2022中国年度短篇小说

中国作协《小说选刊》 选编

漓江出版社
· 桂林 ·

图书在版编目（CIP）数据

2022中国年度短篇小说 / 中国作协《小说选刊》选编.-- 桂林：漓江出版社，2023.4

ISBN 978-7-5407-9409-5

Ⅰ.①2… Ⅱ.①中… Ⅲ.①短篇小说—小说集—中国—当代 Ⅳ.①I247.7

中国国家版本馆CIP数据核字（2023）第046127号

2022 ZHONGGUO NIANDU DUANPIAN XIAOSHUO

2022中国年度短篇小说

中国作协《小说选刊》 选编

出版人：刘迪才
责任编辑：刘红果
书籍设计：石绍康
责任监印：张璐

出版发行：漓江出版社有限公司
社址：广西桂林市南环路22号 邮编：541002
发行电话：010-85891290 0773-2582200
邮购热线：0773-2582200
网址：www.lijiangbooks.com
微信公众号：lijiangpress
印制：北京中科印刷有限公司
［北京市通州区宋庄工业区1号楼101号 邮编：101118］
开本：690mm×1000mm 1/16
印张：20.75 字数：293千字
版次：2023年4月第1版
印次：2023年4月第1次印刷
书号：ISBN 978-7-5407-9409-5
定价：53.00元

目　录

contents

书　童

张　炜*

1

伍老坐在落地窗前，看远山和白云。“总算在生日之前完结此事，甚好。”他饮一口茶，站起，拉拉吊带裤，去了另一个房间。

案上宣纸已经铺好。写点什么？提笔良久，未能落墨。终于想起了一段话，稍加改动写下来：

“当我回首往事的时候，不因虚度年华而悔恨，也不因碌碌无为而羞愧。”

下面还有。哦，还要改几个字才好。

“我能够说：我整个的生命和精力，都献给了最壮丽的事业，为祖国的文化建设而奋斗。”

端详一番，盖上名章。稍停，又加一枚闲章。

他抚着胸部，眯上眼睛。“七十八年过去，弹指一挥间。”他看看沾了一点墨的手：近六十年，都是在这座城市度过的。“所以，舍不得。”

他转向几个大书架：宝贵的积存，跟随半生。“所以，要在一起。”

---

*　张炜，男，1956年生，山东省栖霞市人。中国作家协会副主席。著有长篇小说《古船》《你在高原》《独药师》《艾约堡秘史》等，出版《张炜文集》四十八卷。作品获茅盾文学奖、中国出版政府奖、中华优秀出版物奖、中国作家出版集团特别奖、南方传媒杰出作家奖等。作品被译为英、日、法、韩、德等多种文字。

电话响起，是远方的儿子。对方谈的是父亲即将来临的生日：一家三口要飞回来。儿子如今成了一个“人物”，住在一线城市。

“伍老培养了多么杰出的后代！”这句话成为朋友们的口头禅。他少有回应。

儿子声气高昂，从来如此。挂念父亲，想念父亲，等等。最后儿子问：“李佳佳怎样？干得怎样？”

“啊，她就那样。”

通话毕。屋内沉寂，如同心境。“‘门可罗雀’‘人走茶凉’。”他念着这两个词，颇能深悟。

李佳佳是儿子为老父选来的保姆，四十六岁，微胖，明眸灼人。她让这里窗明几净，随处条理，常有炖鸡的香味。

伍老读书，听到了肩头的喘息。她正盯着他手中的书，小声念出：“‘寻寻觅觅，冷冷清清，凄凄惨惨戚戚’。”

伍老闭上眼睛。她退开，擦拭书架，挪动一个内画烟壶。“哎哟。”她手中的东西差点滑脱。

她刚转身，他就把那物件收入屉中。一件价值不菲的古物，老友所赠。“宝物要藏啊！”老友前天来过，盯着它，又看走来的保姆。

老友的目光落在她高高的胸部，时间稍长。伍老殊为不快。“真好。”对方把玩烟壶。

伍老与李佳佳闲谈，得知她独居有年，嗜读。“您老书可真多！”她咂嘴。

入夜，很晚了，灯还亮着。他发现另一个人也在翻书。

大约是她来到的第一个月末，伍老攀上梯子取书，她在后面喊了一声。他跌下来。事情变糟。

肋与背皆痛。呻吟，忍住不去医院。她为他敷药，理疗，手法娴熟。她双手按背，像弹琴一样。“我这架老琴。”他心里说。

第三个夜晚，他可以翻身了。她把他的内裤拉下一截，涂药。他欠身举手：“不可。”

伍老自己敷药。厨房散出浓香。她把气锅端到桌上，发出“啊啊”声。

一起用餐，相对而坐。有些闷热。他的眼睛不能平视。碎花薄衫近在咫尺，低领，高耸低凹。他低头喝一口汤，离去。

深夜难眠。黎明时分扳指算来，她在这里恰好满月。

早餐是牛奶和蛋卷，几片面包，鲜榨果汁，红茶。结束时空气凝住。他说：“哦哦，佳佳，我要去外地长期疗养了。所以，当然，回来再联系。”

他为自己的谎言而难堪。

2

老友为伍老叹惜。“又是一个人了。”说着走到案前，索要上面的大字。对方习画，偶尔送来一幅。不敢恭维。

第二天，老友呈上新作：一老翁中箭，手抚伤处，不无痛苦。空白处题：“俺老汉荷尔蒙分泌已很少了，怎么丘比特还乱箭射俺呢？这不是浪费资源吗？”

伍老将画放好，待人走后展开。不无趣思。老翁即老友。人与画皆不敢恭维。他与对方同一年退休，先后独居。老友添一保姆，五十许，半年后同居。

收画。铺开宣纸。犹豫片刻，写下两个字：“晚晴。”

继续饮一杯苦茶。“清寂固美，只不好享受。”他搓手，翻找出一沓稿纸：刚刚开头的回忆录。已经放了许久，难以接续。

文笔实在艰涩。半生献身公务，而今才知著述之苦。原来字句连缀之难，远远超乎想象。至此，他想到在任时对文秘人员多有斥声，泛起愧意。

他想老友。对方曾当面竖起拇指：“身居高位，仁智长者。”背后却说：“一个笨蛋！”

“也许这家伙所言不虚。”他闭上眼睛。

傍晚时分，前秘书来了。当年后生已近半百，职抵副局。秘书对他时下处境深感忧虑："总不能一个人啊！这事得办。让有关部门帮忙，找好的！"

"让我清静一段吧。"他婉拒。

秘书摇摇头，走了。两天后秘书再来，极为认真："有个人打理是必须的。想听听具体意见。"

伍老沉默了一会儿，最后说："经组织办理，自然会好。我嘛，希望年龄差距拉大一些。"

"哦，明白了。"秘书离开。

一个星期之后，上午十时，有人领进一个小姑娘：十七岁，微胖，面容端俊，有些木讷。

伍老心生怜惜。来人介绍：李兰童，自幼失父，初中未毕业就进城打工。

"也姓李。兰花，童子。好。"他倒水，取水果，口中喃喃。

李兰童喝水，看他的吊带裤。她刚饮几口就站起，走向客厅角落的拖把。伍老摆手："不急。今天休息。"

午餐由伍老做，李兰童在一旁站着，很快上手。他看到了，她的一双手很小，很粗糙。

从中午开始，姑娘不再停息。她活动时蹑手蹑脚。伍老午休时，觉得屋内有一只游动的小鼹鼠。他披衣下床，对正在擦洗的她说："休息，休息。"

两天之后，室内一切归置完毕，洁净无比，采购充足。她看着他："老爷。"

因为少了一个字，令他大惊。"叫'伍伯'。""伍伯。"

"小童，"他眯上眼，"咱们没有那么多活儿。"他取来一本书，掂掂，又换成画册，交给她。

她坐下翻画册。

他去案前写字。墨味很重。她进来，站得稍远，两手捏紧那本画册。

"书上字可都认得？"

"认得一半儿。"

"另一半我来教你。"他放笔取茶，李兰童先一步端上。

3

再有几天即为生日。伍老想着儿子一家，等来的只是电话：因处理某一“事件”，飞不回了。“‘事件’，那可要处理好。”伍老说。

“这就叫‘官身不自由’。”他看窗外，李兰童看他。

该准备生日了。时间充裕。他说：“我们两人，不是很好吗？”“伍伯。”“蛋糕要有的。一束花。嗯，我要饮一杯老酒了。”

伍老找出一个雕花烛台。“有了它，也就有所不同。”

秘书提来礼物：海参鲍鱼，顶级红茶。“只有他还记得这个日子。”他对她说。

“我可忘不了你的事。”秘书刚走，老友就来了，笑嘻嘻，提着一张“寿”字。字很大，篆体。老友寻找张贴的地方，一转头怔住。

李兰童捧着一个蓝花瓷钵从旁走过。

“哦哟，”老友盯着那个背影，“新的？大胖孩儿！”

老友待的时间稍长。伍老沏一壶茶。老友饮茶如酒，眼窝红了：“我就佩服一句话——‘走自己的路，让别人说去。’”

人走了，那句话留下来。“他是什么意思？”伍老自问，摇头。

夜晚来临。罐中一大束花，雏菊，鸢尾，勿忘我和玫瑰。烛光闪闪。蓝花瓷钵里是南酒鳜鱼。焗芦笋。黄蛤汤。一杯老酒。

“小童也饮一点。”他分出小半杯。

她只沾了一点。伍老与之碰杯，她以水代之。伍老只好将酒倾入自己杯中。

多好的夜晚。伍老记起：自己从未置办烛光与鲜花。“我不走这一经。”他抬头看她。

“我不喜洋派。”他自语，看蛋糕，“孩子买过花。”举杯，一饮而尽。又添半杯。

太静了。也许要有一点音乐。不过这一切只该为青春准备，那就是小童了。

“这是最好的一个生日。”他去取蛋糕，对方赶在前边，切好奉上。

晚宴已近尾声。伍老脸有些红，搓一下眼睛。李兰童坐在烛光下，像个瓷娃。他心里有一些话，还是说出来。

“你还是个孩子，伺候一位老朽，实在不值。我想，我们之间该有一种，嗯，全新的关系。”

李兰童站起。

“请坐。我是说，这里活儿很少。就让我做你的老师吧。几年后，仅就文科而言，说不定能抵个硕士。”

“伍伯，我，定准当好保姆。”

“你这么小，别耽搁大好时光。杂务甚少，咱们一起分担。我们都有更大的事情要做，还远不到终点。”

“可我，就是为您老服务的。”

他摇头：“别信那些话。相互帮助吧。我如果不能把你变成一个学问孩子、一个有志青年，就是失职。”

“可是，伍伯……”她没有坐下。

“我们不谈这个了。今夜以后我会仔细计划一下。”他端起杯子，发现已经饮尽。

4

饮茶，读书，写字，为伍老三大功课。一年前想写回忆录，开了个头，而今算是搁下了。文路坎坷，无力攀缘。

“清静是福”，“我也得闲”。每幅占半张宣纸，盖名章闲章。“小童以为如何？”他问。

她试读，一字未错。“都好呀。”

“差得多呢。半生耗在公务上，早就文事荒疏。今天只得重新起步。我还要著述。”

最后两个字过于沉重。

他摞起几本小书，由易到难排好次序，交给她：凡不识的字，都用红笔圈起，待我详解。

下午四时，伍老携一把木剑去公园。学过太极剑，殊难，最后几经删减，留下来的倒也别致。

他寻个僻处舞剑：两手握柄探刺，缓缓倾身，直到不能自持才一个转体，右手做成剑指，凌空一挥。这一节常常引起观叹。

园中闲人颇多，并无僻处。不过啧啧之声令人愉悦。收功，器具装入蓝绒绣花布套。回程拐个小弯，买一些菜蔬。

进门时李兰童正在翻书，叫一声，接过伍老手中物品。

晚餐后讲书。他不会拼音标注，只好重复读着，努力克服方言。“人这一辈子，乡音紧随。”他沾点口水，翻到下一页。

这个场景让他想到外祖母：星夜河边，灯下，多少故事啊。哦，童年。一切不复回返。“光阴哪！‘老骥伏枥’，如此而已！”

他合上书，看李兰童：大眼漾水，鼻中沟可真深。“多好的孩子！”他心中长叹一声，说，“让我们一起努力吧！”

“伍伯，我会学好。”

“嗯。我呢，”他看着她锃亮的、微鼓的额头，“我也要开始著述。我常想啊，这一生走来，还欠一部书哩！”

“什么书？”

“不知道。诸事未定，正权衡哩。回忆录或可作罢，往事想多了徒增伤感。”他垂下眼睛，“不过，心里总有些话要说。”

"伍伯会有书。"

"嗯，我啊，少年多艰，青年奋斗，中年后更不轻松：受过委屈，也惩戒了一些人。"他转向灯影，"在大是大非面前，人总该有些决断。我至今无悔。"他起座，掐腰站了一会儿。

"我至今无悔。"他回到寝室，又重复一句。

每天早茶后总要写几张大字。她站在一旁。"写字无非心情，有时出字，有时不出字。"他说。

她知道"出字"就是写得好。她说："'出字'。"

"不然。"他远近端详刚写下的字，捏起几张团在纸篓中。"在古代，你这样的小童，会在一边研墨的。"他对弯腰看纸篓的她说。

"那我研墨吧。"

"不了，如今有现成墨汁。省了工序，也少了古意。"

写字颇累，额生汗粒。他喝茶，让她坐在一边蒲团上。"像我这样的老人，古时身边都有一个童子，那是书童。他要收拾笔墨，出门担上茶点书函什么的。"

5

天渐热。伍老不喜空调，多用蒲扇。李兰童单衣汗湿，他特意为她放置风扇。傍晚时分，两人一起出门。没去公园，寻到一家高档商场。他要为她选几套夏装。

"浅色，宽松，棉麻质。"他对店家说。

她一一试过。"伍伯，忒贵。""无妨。"

最后去鞋柜。他对服务员说："白色凉鞋，牛皮。"

她试鞋。他发现她没穿袜子，胖胖的脚丫，大拇指甲比常人约短三分之一。

“很好。怎样？”

“好。忒贵。”她脱掉鞋子，退开一步。

“孩子，这不关你事。”他让她收好物品，自己去交钱。

他们提着大小包裹出门。他说：“这事理应早办。”

回家马上更换衣装。松软布衫，宽裤。伍老上下打量，目光落在那个比常人略小的指甲上。“甚好。小童。”

他一口气写下几张大字，将笔塞进她的手中：“试试无妨。”

“伍伯，不行。”

他将“古为今用”几个大字拉近，让她照葫芦画瓢。她屏气用笔，好不容易描完。伍老呼叹：“稚气可掬！啊呀！”

他说：“再写。”她汗透衣衫，脸色红涨，坐下一动不动。

“从今儿起日日习字，不要辜负这张书案。”他把她的字选了几张，放到一边。

老友来了，一起赏鉴李兰童的字。老友笑：“笔画要连起来。”

他们喝茶。老友说：“我见到环子了。”“谁？”“雨子女人的儿子。雨子，记得吧？”

伍老的杯子凝在唇边。当然记得。一个胆大妄言的家伙，已失去公职。当时他力主严惩。后来就不知音讯了。

“雨子返乡第二年就不在了。女人改嫁。环子在十字口超市，管一个摊子。你家童子常去。原来他们是兄妹。”

失眠之夜。那个倔强苍白的面孔如在眼前。“雨子，嗯。”

早餐饮双倍的茶，又加一杯咖啡。他赞许食品：“好的食材，产地至关重要。”说完看着小童。

“啊，我选的是有机食品，贵些。”

“无妨。就该如此。”

无心写大字。他又翻出那一沓稿纸，坐在写字台前。她端茶，看那支老式钢笔。他说："嗯，人这一辈子总有些话要说。我说过，我要著述。"

"您一定'出字'的。"

他拍打那沓稿纸："没那么容易。老了，写不动了。搬不动字句了。"

"伍伯会成。我能帮您什么？"

"孩子，你念书识字就好了。杂务不多，不可劳累。一切务必从简。"

"写书太苦。我会好好做。我给您炖汤。"

6

李兰童出门买菜，伍老一起。他们进了一家超市，她直奔水果摊和鱼肉摊。摊前一个络腮胡小伙子仰起脸。"这是主家，伍伯。"她又向他指指伍老，转过脸，"我哥环子。"

伍老看着小伙子：一双细长眼。从五官神气上看，差异颇大，也许没有血缘关系。"嗯。"他心里说。

"伍伯写书累呢，你呀，要挑最好的给我！"她指指冷柜里的鲫鱼和排骨。

小伙子将鱼去鳞，剁好排骨，装在袋中。他指指邻摊："新来的水芹。"小伙子揩手，看着伍老。伍老笑笑。小伙子说："不错的老头儿。"

他们离开。她说："我哥嘴贫。"伍老点头："不错的小伙子。"

水芹鲫鱼，清炖排骨。午餐时，伍老说到那个小伙子："眼睛不像你。"她点头又摇头："嗯。不是亲哥。"她为他舀汤："比得上亲哥。"

他明白了，小伙子是继父前妻的儿子。想听下去，她没有再说。

午休时李兰童收拾碗筷，又去书房忙碌了很长时间。伍老起床后，发现案上新裁了一沓宣纸，砚台洗得锃亮，钵中清水也换过了。

他倾墨，蘸笔，却迟迟未能写成一个字。"今天不出字。"他叹一声，掷笔离开了。

半个下午都在写字台前翻那沓稿纸，总算写了几行，又涂掉。重新回到写大字的案前。倾身取笔，浓墨欲滴，赶紧下笔。写下七个字："霜叶红于二月花。"

她端着印泥。他又写一张："江山如此多娇。"

夜深了，伍老把那沓稿纸携到寝室，盯着上面涂去的几行。"这是很难的。写一本书，可不是容易的事。"他将稿纸放到床头柜上。

那个苍白倔强的面孔从眼前闪过。

该休息了。倚在床头出神。"我可不信这样的巧合。"他想起秘书曾和雨子同事，哼一声，拨通了电话。对方吞吐一番，承认："首长，哦，是的。我知道她。怜惜，是的。"

又一个无眠之夜。

上午，他饮过茶，抚着蓝绒绣花剑套。"小童，在家好生念书。"叮嘱一句，出门去了。

他在园中一角呆坐，木剑抽出半截，又插入。沿园边走，一直踏向人行道。

他最后走进那家超市。人不多。他径直走向那个络腮胡。小伙子两眼一直盯着他，手里正在磨刀，一根金属棒挥得眼花，碰在刀上噼啪作响："喂，伙计，书写得怎样了？快了吧？"

"啊啊，实在惭愧。"他低头，看柜子。

小伙子用一团棉纱擦手。"你对我妹好，我就对你好。买啥？"

"哦。看看。"伍老攥紧剑套，汗粒滚落下来。他呼吸半缓了，问："好孩子，家里长辈都好？"

小伙子白一眼，答："我爸还那样，害喘。我妈养鸡。"

"啊，养鸡。好。"他摸着胸口。拥来一些顾客。他退开，稍停，去邻摊买了一把水芹。

回家，进门是炖汤的浓香。小桌上有一本打开的书、一支笔。书上画了不少红圈。

7

儿子难得来一次电话。这次谈的是中秋节，说一定回家。“能否实现，则是另一回事。总会发生一些‘事件’，需要他来决断。”他放下电话，对她说。

离过节还有些日子。天气尚热。“我的孙女小你几岁，”他看着她，“顽皮呢，我在她额头描一个蚕豆大的红点儿。”

“真好。”她说。

伍老看她的脑门。那儿缺一个红点。宽软衣裤，双髻，恰似书童。她去案前倾墨、置水钵、铺宣纸。

“孩子，你进步好快。而我，著述难成。”

“为什么？”

“因为，孩子，人常常有心无力。这事比你想的要难得多。”

她挨近些，不再说话。他再次看她的额头：“这里该有个红点儿。”她仰头时，他将食指伸向印泥，按了一下。

她去镜前，反身时脸色红红的。

“妥妥的‘书童’。不过，孩子，我并非那些骄奢的‘员外’。”他声音低到不闻，一边说一边走向落地窗。

直到午餐，她一直没有除去额上的红点。伍老用餐巾擦眼。他低头时，又看到了她稍短的大拇指甲。

餐后就“书童”二字多说了几句。他告诉她：古时，真假斯文的“员外”身边总有一童子，伺候文墨，郊游时担上书函茶点。

“我也能做。”她说。

“在家无妨。出门这样，人家会侧目的。”他的目光长时间看着窗外，偶尔落向她的额头。

第二天，她的额头才洗干净。不过他看那个开阔的脑门，总觉得红点还在。

写字台上那沓稿纸碍眼，掂了掂，放进抽屉。“不过，我总该有所著述。”他念叨，在书架前徘徊，不时取下一册翻弄。

有一本由短句辑成的小书，《格言集》，他看得入迷，小童呼唤用餐，他没有听见。

午休起床，还是看那本小书。“格言，真如编者所言，‘乃一民族智慧和语言的结晶’。”他对她举起小书，拍打，“所有书籍，最重要的，莫过于‘格言’。”

几天后，一个想法在心里成形：那部回忆录搁下，或可尝试写一些短语嘛。“年迈之人缺少的是精力，而非见识和经验。”他自语，找出一个仿牛皮封面的笔记本。

他在本子扉页上写下两个字：格言。她走过来，他把本子合上。“著作贵在精当，而不在冗长。一诗一赋都可存世，浩浩长卷未必可读。”他接过她递来的茶盅，“小童，我日后要记些心得了。”

说过这句话之后，一连多日眉头不展。要想很多事，想一个意旨深远的句子。不成。“看来这事不可操之过急。”

多么精致的笔记本，原来一直在等人。他踱步，走近，离开。有了，脑际出现了一句，马上。他写得字字工整：

“人间重晚晴，人老当自重。”

反复看，合上。总算开张了，有了第一句，后面自然不难。

一夜好睡。一大早起来，首先打开那个本子。看了一会儿，一阵犹豫：上面的话似乎眼熟。“如果别人说过，那就不成。那还不属于自己。”

他抚着胸口。尽管多有不舍，还是画掉了本子上的话。

8

他因为苦思，一连三天未到案前。看书不能专心，胃口尽失。“小童，我知道什么是世上最难的事了。”

“是‘著述’。”她说。

“一般还好。格言，那是‘结晶’。明白吗？”

她点头，想到的是腌菜缸中洁白的盐晶。她最看不得老人皱眉的样子。她把宣纸裁成不同的尺幅，洗砚，更换钵中清水。

她做了蜜汁桂花糯米藕，在茶几旁放置一碟。“香，软。”他吃一片。

“伍伯该去练剑了。”她记起他七天没有出门。

“也是。闷在屋里不好。”他取过蓝绒绣花剑套，掸几下，抬起头，“咱们今天携上吃物，几本书，去外面野餐。”

提议好极了。她擦拭一个竹网提盒，放入保温壶和糕饼、几碟小菜。“书。”他提醒，包裹笔记本。

他们去公园。提盒颇重，她不得不歪着身子。他要提，她拒绝了。“我们如果有一个竹担，就好多了。”他说着，看一眼她的额头。

找到一片浓荫。闲人稍远。铺一块塑胶布，再加一层粗布织巾，放好驱蚊盒，摆上茶盏。他打开一本书，看了一会儿，起身舞剑。

午餐简而精。热茶，冷碟，五香花生和蜜汁藕。园中还有野餐者，几个男女在不远处吃吃喝喝。

他注意到三个中年男子：双手抓住汉堡，大口吞食。咀嚼肌绷紧，牵拉得脸庞变形。吃相很丑。一旁的女子舔着手指，抓起奶茶吸起来。

他从他们身旁走过，放慢脚步。他们继续吃喝，大声说话。

她收拾提盒。他离开前又看一眼那些男女。“除了喧哗，这里还好。咱们该有真正的郊游，可惜太远。”

走出园门的一刻，他问：“小童，还记得你爸的样子吗？”她一怔，摇头。“哦。没事。今天好极了。”

他一连两天在家，看书，写大字。她站立一旁，他让她也写。“如果小童不成学问青年，那我就是失职。”他把她稍稍端正的字拣出，放好。

每周都去公园待一个上午，野餐后回家午休。常遇到吃汉堡的男女。伍老说："女人吃汉堡就像小鸟啄食，喝奶茶则不然。""为什么？"他不答。

第二天中午，他让她叫了一次外卖，专点汉堡和奶茶。他在镜前看自己的吃相，发现与那些人并无二致：因为要防止食物夹层脱落，必得双手卡住；咀嚼，吞咽，喉结上下移动。整个人至少老了五岁。

他观察她吸奶茶的样子：双颊内收，嘴唇缩着，实在说不上好看。"嗯，明白了。这没有什么可说的。"

午休前，他打开笔记本，在涂过的笔迹下记了一句："男人最怕汉堡。"看一看，再添上一行：

"女人最怕奶茶。"

她走过来，看本子上刚写的两行字。

他一字一顿读过。"小童，这是我这些天的发现。也许过于平俗，可毕竟是观察所得。哦，从没听谁这样说过。"

"是呀。没有呀。"

"孩子，要知道，真理有时并不深奥。"

午休推迟了。他们交谈时间稍长。他说到了自己在任时："那会儿总讲'深入生活''实践出真知'。而今，瞧瞧，就是这么回事。"

她伏在笔记本跟前。

他抬头望向窗外："小童，我们真该制一副竹担了。"

"嗯哪。"

"担子一边是食、水，一边是书。颤颤悠悠。'到生活中去'。"

"嗯哪。"

飞来飞去

东　西*

1

深夜，熟睡中的姚简被手机的铃声吵醒，同时被吵醒的还有他的夫人。他带着不祥的预感接听，果然，听到的是一串哭泣。这在他的意料之中，又仿佛在他的意料之外，心里紧张悲伤之余竟然还夹杂着一丝丝不那么体面的解脱。他需要确认，哪怕是明知故问，于是，便在姚久久一时半会儿尚不能中断的哭泣中很不礼貌地插了一句“到底怎么了？”，似乎还抱着出现奇迹的幻想。“叔，奶奶上呼吸机了。”姚久久一边哭泣一边说。不是最坏的消息，他想，但愿没那么糟糕。他详细地询问母亲的症状后挂断电话。夫人问：“怎么办？我们一起回去吧。”姚简说：“疫情这么严重，回国的航班几乎熔断，去哪里搞机票？”夫人说：“再难搞也得搞，你妈可就你这么一个后代。”

姚简在网上查询航班，找到一趟从纽约直飞广州的，立刻就订了三张。但第二天航空公司来电，说：“疫情原因，航班取消，要不要订一周后的？”姚简

---

* 东西，本名田代琳，男，1966年3月出生，现任广西文联主席、作协主席，广西民族大学文学影视创作中心主任。主要作品有长篇小说《回响》《耳光响亮》《后悔录》《篡改的命》等。中篇小说《没有语言的生活》获首届鲁迅文学奖，《后悔录》获第四届华语文学传媒“2005年度小说家”奖，《篡改的命》获第六届“花城文学奖·杰出作家”奖。部分作品被译为英、法、俄、瑞典、韩、越南、德、丹麦、日、意、希腊、泰等多种文字出版。

在网上又搜了一遍，没找到直飞的，便续订。可第三天，航空公司又来电，说："一周后的航班也取消了，要不要续订半个月后的？"姚简想你这是在开玩笑吗？半个月后回去，加上二十来天的隔离，我还能见到活着的母亲吗？他拒绝了续订，开始托熟人找关系，高价求购飞回中国的机票，包括但不限于直飞。

等机票期间，他每天都跟姚久久视频通话，每次通话他都让她把手机视频凑到母亲的面前。"妈妈……"他在视频里呼唤。不戴呼吸机的时候，母亲的眼睛会努力地睁开一道缝，吃力地盯住视频，一点一点地舒展面肌，试图给他一个好脸色，但舒展着舒展着，眼看一丝笑容就要浮现却突然一动不动，仿佛静止一般，虽然还有舒展的企图却已经没有了舒展的才华。而大多数时间里她都在昏睡，无论他怎么呼唤她都没有反应，就像地面呼唤发射到外太空的失灵的探测器。

一周后，母亲的病情略有好转，能对着手机视频说话了，但每说几个字便停顿一会儿，仿佛挑重担的人需要歇气。她说："仔呀，妈想让你赶紧回来，但又怕一时半会儿死不了。每次我病重你都回来，可每次你回来我都没死，你飞来飞去的都飞累了。要不再观察几天？看看病情走向，如果实在挺不住，我再让久久通知你，你再回来不迟。"其实，她何尝不想让他马上回来，而他又何尝不想立即回去。

又过了十天，他买到一套高价票，该票先由纽约飞伦敦，再从伦敦转机飞上海，然后从上海转机飞 N 市。他把这套机票打印出来放在客厅的茶几上，一家三口像饥饿时盯着面包渣那样盯着，谁也不吱声。夫人想我是第一个必须放弃回去的，因为我跟婆婆既无血缘关系又无共同的文化背景。儿子想我出生于美国新泽西州，不是奶奶带大的，即使我回去也不是她最大的安慰。

"那么，只能是我一个人先回去了。"

"请代我向妈妈问好。"

"告诉奶奶，我非常非常爱她。"

"谢谢。"

2

姚简隔离完毕，姚久久把他从宾馆接到医院。他踮脚走进病房，看见母亲静静地躺在床上，鼻孔插着输氧管，脸庞比视频里的至少瘦一圈。他俯身把脸贴到她的脸上，轻轻地叫了一声："妈……"她嘴唇嚅动，眼睛微微一睁，想举手却没有力气举起来，两行泪从眼角艰难地沁出。她等久了等累了，还在他隔离期间就昏睡过去了。

面对没有声音的母亲，他很不习惯，像走错了地方似的。以前他每次回来，耳朵里房间里走廊上轿车内到处都是她的声音："过得好不好？""累不累？""想吃点什么？""怎么瘦成这样了？"一连串的问句像叮叮当当的打铁声此起彼伏，根本没给他回答的机会，仿佛问只是为了问而不是为了要他回答。他把姚久久支开，一个人坐在床边陪护。真安静，现实中的声音都消失了或者说被他屏蔽了，过去的声音争先恐后："别哭，爬起来。""加油，你会考上的。""留学？那是妈妈梦寐以求的事。""但是，你吃得惯西餐吗？""虽然我不适应洛莉，但只要你喜欢就行。""姚旺长多高啦？""你爸走了，就剩下我了。""美国，我去那地方干什么？人生地不熟的，除了给你们添累，弄不好还给你们添堵。""妈理解，你只要一年回来看我一次就行。""不寂寞，妈有妈的生活。"

经过一阵回忆的轰炸，他出现了暂时失听，就像飞机降落时因气压改变而出现的暂时失听，世界又安静下来。仿佛是为了配合听觉，窗外的光线一抖，突然暗淡，就像被谁动了亮度开关。走廊外的花圃，怒放的鲜花因光线的忽然暗淡反而凸显它们的艳丽，有三团红、三团黄，还有两团紫，远远地看着就觉得香。他下意识地抽了抽鼻子，觉得不对劲，竟然闻到了一股朽味，以为是下水道或过期食物发出来的，但经过仔细检查才发觉朽味来自母亲的身体。

他很生气，打来半桶热水，先用香皂把毛巾洗干净，再用毛巾给母亲洗脸，抹身子。抹身子时，他才知道母亲的瘦超乎他的想象，瘦得身上的骨头都硌他的手了。瘦是因为她长期患病，但她的指甲为什么会那么长？说明姚久久没有尽到护理的责任，竟然不给母亲勤剪指甲，简直是……他想骂人，但话到嘴边却很绅士地咽了下去。他从床头柜里找出指甲剪，一边给母亲剪指甲一边问：“久久多久给你洗一次澡？”母亲没反应，他知道她不会有反应，但这并不妨碍他的自言自语，也并不妨碍他把一年多来想跟她讲的话讲一遍。

傍晚，姚久久来了，她带来了晚餐和母亲的干净衣服。晚餐是给他带的，母亲已经断食，全靠输液维持生命。他没食欲，坐在一旁看她给母亲换衣服。他说：“你没闻到奶奶身上的气味吗？”她说：“这叫老人味，老了你也会有。”“也许吧……”他岔开话题，“要是当初她跟我去美国，哪至于这样，没准连这个病都不会得。”

“到了美国就不生病了吗？”

“那倒不是，也许那边的环境对她更有利……”

“不可能，”她给母亲换上干净的衣服，“看看你们感染新冠病毒的人数，就知道奶奶没跟你去多幸运。”他震了一下，没想到她从这个角度思考问题，更没想到她把他划为“你们”而不是“我们”。他不想默认，也想把憋了又憋的话痛快地说出来。他说：“你多久给奶奶洗一次澡？”

“天天都洗。”

“多久给她剪一次指甲？”

“天天都剪。”

明摆着的谎言她却振振有词，好像撒谎的是他，甚至还让他产生了羞愧。他本想用外交辞令，但看着她那副抵赖的模样，顺嘴说了一声：“Shit！”也许是美剧看多了，她竟然听懂了，把被单重重地一抖，坐在床边生气，说：“叔，你是不是一直怀疑我没有好好照顾奶奶？”他当然怀疑，但他一直没捅破这层窗户纸，直到现在也还在犹豫要不要捅破。“如果你怀疑，你可以另外请人。”还没等他想好词，她先说了。“每月一万元人民币，相当于你们大学里四级教授的工资，难道你就不想挣这个钱吗？”他也下意识地把她划为“你们”。

“我宁可不挣你的钱，也不想让你怀疑；你也不要因为有几个钱，就学美国欺负我们。”

“我欺负你了吗？”

“怀疑就是欺负。”

“那你干吗撒谎？你明明没有天天给奶奶洗澡，却说天天都给她洗；明明没有天天给她剪指甲，却说天天都给她剪了。”

“奶奶这身子骨，经得起天天洗澡吗？再说她的指甲长得那么慢，有必要天天都剪吗？你不了解实际情况就不要满世界指手画脚。要说撒谎，你们美国人撒得更厉害，你们说伊拉克有化学武器，结果找到的却是洗衣粉。”

他无法辩驳。谁告诉她的？他想，当一个护工不看护理手册却天天刷短视频的时候，你就不容易反驳她了。他很想说美国是美国，他是他，但显然她不会同意他的这种切割，在她的意识里他早就等于美国了。他说：“那么，我给你买的轿车呢？本来是想让你方便接送奶奶，但你却拿来做网约车，天天接单挣外快，竟然把奶奶一个人晾在病房里。”

“谁告诉你的？”

“你说呢？”

“真没想到，我对奶奶那么好，她还跟你告密。”她回头看了一眼床上的奶奶，轻轻骂了一声，“叛徒。”

“简儿……”母亲忽然醒了，仿佛是被姚久久骂醒的。姚简走到床边，俯身捧住母亲的手。母亲吃力地断断续续说：“别怪久久，是我叫她去做网约车的……”说完，她又昏睡过去，醒来好像就是为了帮姚久久洗白。

3

病房断断续续来了一些客人，都是姚简昔日的同学与旧交。“你还好吧？”

他们反复询问反复打量，充满了对姚简的关切与担心，饱含深深的同情，好像身患绝症的是他而不是奄奄一息的母亲。但是，也有不这么问却仍然想表达这层意思的，比如大学同学张文垂。

“哈哈，老同学……”张文垂声音洪亮，戴着两层口罩走进来。

姚简赶紧起身朝他伸手，但他没接他的手掌，而是用手肘碰了一下他的手肘，生怕握手又得洗手。姚简还在愣神，张文垂已经从床底拉出一张凳子坐下，并指着旁边的凳子说了一声“Please”，好像他是这个房间的主人而姚简是来客。姚简会心一笑，慢慢坐下，发现张文垂的印堂，准确地说是口罩以上的面部闪闪发亮，由此推断他气血充沛心情舒畅。他说：“快撑不住了吧？”姚简蒙圈，想他怎么会用这么不礼貌的语言来问候母亲，难道是为了表示两人的关系非同一般？他不想回答却又怕失礼，便很不情愿地说：“目前还算稳定，但不知道能撑多久。”

“再这么发展下去，死定了。”张文垂说。

姚简心头一堵，说：“抱歉，你是指我的母亲吗？”

“No，no，no，”张文垂赶紧摇手，“我说的不是伯母。”

“那你说的是谁？”

“你就别装啦，我说的是……”

姚简想说“我没装，我真不知道你说的是谁”，但他像憋屁那样把这句话憋回去，觉得辩解会让他以为他虚伪。如果这是他们做同学那些年的暗语，而自己又偏偏忘了，那岂不尴尬？于是他笑了笑，摆出一副释然的表情。幸好张文垂没追究，而是转移了话题：“我知道你在那边混得不好，但前几年我即使想帮你也使不上劲。”“还行吧，我觉得……”姚简支支吾吾，仍在揣摩张文垂的言外之意。

“你看你，还在打肿脸充胖子，老弟我现在可是能帮你了。”张文垂拍了拍胸口。

姚简又被他说迷糊了，不知道他要帮他什么，也不知道自己需要他什么样的帮助，眼下除了母亲病危这个难题，他几乎没有别的难题。张文垂看他没有领悟自己的暗示，便直接问："你一年的收入是多少？"

"不多，也就十来万美金。"姚简说完立刻后悔，觉得这个数虽然打了折扣，却还是怕对张文垂形成刺激，于是马上补了一句，"不过，这是税前，你知道美国的个人所得税极高。"没想到张文垂一拍大腿，说："Out了，像你这样的人才，在国内年薪至少一百万人民币。""真的？"姚简惊讶，觉得张文垂还是一如既往地喜欢吹牛。但似乎是为了证明自己不是吹，张文垂掏出手机，用免提跟西江大学吴校长通话，说要给他推荐人才。吴校长问推荐谁，他说普林斯顿大学化学系的教授姚简。吴校长感叹，说确实是个人才。张文垂问他愿不愿意引进，吴校长说引不引进还不是你一句话吗？你说引进我们就立即办手续。张文垂说，像他这样的专家年薪是不是应该百万？住房是不是应该不低于一百六十平方米？家属工作也应该一并安排吧？虽然张文垂使用的是问句，但在姚简听来却句句都像命令。果然，吴校长说当然当然，此外还有一笔不小的科研启动经费，还有安家费。张文垂挂断电话，说："过去我不在这个位子上，不知道人才有多奇缺，那么老同学，这事就这么定了。"

"啊……"姚简一脸的诧异，"这么快就定了？"

"这是我一贯的办事风格。"张文垂想摘下口罩，但摘了一半又重新挂上。

"文垂，这么大的事我得慎重考虑，而且还需要跟夫人孩子商量。"

"有啥好商量的，难道你仇恨钱？"

"那倒不至于……"姚简说完就想，他不是来看望母亲的吗？怎么突然就扯到了人才引进上？我没跟他说过要引进呀。张文垂似乎看出了他的疑虑，说："你现在就给嫂子洛莉打个电话，要不我先把她引进了再引进你？"姚简摇头，说："别，你先把引进的速度降一降，你嫂子是学美国历史的，把她引进发挥不了什么作用。"

"让她改学中国历史，让她知道我们的历史有多悠久，多博大，多精深。"

"关键是我都适应了那边的生活，况且，当初我那么渴望出去，现在一听说这边有钱就屁颠屁颠地回来，别人怎么看暂且不说，自己都觉得斯文扫地满脸通红。”

“不怪你，当年我们支持出去，现在欢迎回来。”

“请给我一点时间吧。”姚简犹犹豫豫。

“你就是爱面子，放不下身段，不愿意接受我们强大这一事实。”张文垂不耐烦了，起身徘徊，忽然灵光一闪，指着床上说，“难道你就不想回来陪陪母亲？她可是为你奉献了一辈子。”

“当初就是她劝我出去的。”

“现在她的态度变了，不信你问。”张文垂走到床边，提高嗓门，“伯母，你想不想让姚简回来工作？”

“想……”母亲回答，调门还挺高，“那么好的条件，为什么不回来？”

“我说对了吧。”张文垂一击掌。

姚简羞愧地低下头，他没想到母亲竟然醒了，竟然听清了他们的对话。先不说自己回不回来，但至少“回来”这个议题让母亲的心情有了好转。

4

一天，姚简在给母亲洗脸时，她突然把毛巾推开，说：“你服侍我这么久，是不是烦了？”姚简说：“你给我尽孝的机会，高兴还来不及。”“那你能不能回来工作？”母亲认真地看着他，目光里有一丝久违的明亮。姚简不敢回答，生怕影响她的情绪。他想，不是说回来就能回来，就像移栽的树，已经把根扎在新的环境，要想再移栽一次谈何容易。但母亲没有放过他，说：“只要你回来，我至少还能活十年。”姚简想如果你能再活十年，那我就是绑架也要把你绑架到新泽西州去，就怕你活不得那么久，就怕你连现在的清醒都是回光返照。

“知道我为什么不愿意跟你出国吗？”母亲突然问。

“你说你不习惯那边的生活。”姚简说。

“那是托词，真实的想法是为了给你留一条后路。”母亲忽然压低嗓门，警惕地看着门口，好像这是一个害怕别人听到的秘密。

“你想多了。”姚简故意提高嗓门。

“但从目前的形势来看，我给你留的这条后路留对了。简儿，实话告诉我，你在那边自在吗？晚上敢上街吗？小偷是不是很多？他们歧视你吗？你是不是买枪了？姚旺没吸毒吧？洛莉没出轨吧？一想到你在外面被人欺负，一想到你每天都过着提心吊胆的生活，我就整晚整晚地睡不着，后悔当初把你送出去，你看你，都瘦成啥样了……”母亲一旦有了精力就会毫不吝啬地用来唠叨，这是姚简熟悉的模式，却不是他熟悉的内容。他觉得奇怪，仅仅一年多时间不见，母亲竟然生出了这么多担心。过去，她可从不担心我在外面的生活和工作，难道是越老越敏感或是越病越糊涂？为了让她放心，他卷起衣服露出腹肌，说：“这不是瘦，是结实，我每天都健身呢。你看你，都瘦得只剩下骨头了，还好意思说我瘦。”母亲露出一丝笑容，是事实被所爱的人揭穿后开心加尴尬的那种笑容。

“老房子我一直给你留着，新房子也给你买了一套。”母亲说。

“去年回来，你不是催我赶紧把房卖了吗？”姚简说。

“卖了你住哪里？”

“我又不是经常回来。”

“你那个张同学不是说要把你调回来吗？”

“前天，吴校长找我谈过引进的事，我已经拒绝了。”姚简觉得有必要跟她说实话，否则会增加她无端的期盼。

她叹了一口长气，仿佛在为他也为自己惋惜，她说：“你连房子都没有，你住什么地方？晚上睡桥洞吗？”说着，她的眼眶忽然湿了。她不停地抬手抹泪，悲伤得像个孩子。他说：“请你放心，我在新泽西住的是别墅。”“你的别墅是租的，我这个有房产证，有房产证的住着才像一个家。”她似乎又回到了清醒状态。他说：“我买得起别墅，只是不想买而已，租来住更划算。”“又骗我，物价那么贵，你买得起个鬼。你骗别人也就算了，怎么连妈都骗？”她好像又糊涂了。

“我没骗你。”

“你骗我，你一直都在骗我。你骗我说你生活幸福，有房有车有钱，可我一眼都没看见。其实，你什么都没有，一点都不幸福，你就像莫泊桑小说里的叔叔于勒。你骗我说不想回来工作，其实你想回来，只是放不下架子。”

“我的状况我清楚，你不用担心。”

“你不清楚，你好糊涂……”

沉默。他不想跟她争执，知道再怎么争执也改变不了她的看法，因为她似乎在绝症的基础上又叠加了阿尔兹海默症。也许是说累了，也许是对姚简深深地失望，她突然感到胸闷，忽然就不想说话了。护士给她插了输氧管，她安静地躺在床上，她的安静让姚简好一阵不适应。深夜，姚简感到困倦，便伏在床边打盹。醒来已是凌晨四点，他抬头一看，母亲没了呼吸，输氧管已从鼻孔拔出，被她的右手紧紧地攥着。

5

处理完母亲的后事，姚久久开车送姚简回家。车上，姚久久说：“叔，我知道是你偷偷拔了奶奶的氧气管。”姚简气得面红耳赤，心脏差点停摆。他舒了一口恶气，说：“你的想法比蟑螂还脏。”“不只我，所有的亲戚都这么认为。”姚久久双手握着方向盘，仿佛握着真相。“我为什么要拔她的氧气管？难道我就不希望她活得更久一点吗？”姚简按下车窗，急迫地呼吸着外面的空气。

“因为你不想飞来飞去，不想影响你回美国挣钱，不想再支付护理费。”

“停车。”姚简近乎呵斥。

姚久久把车“吱”地停住。“从今以后，再也不要让我见到你。”姚简指着姚久久的脑门一字一句地说完，才打开车门钻出去，“嘭”地把门摔回去。“忘恩负义，我跟你绝交，我们全家都跟你绝交。”姚久久怼了一句，“呼”地把车开走，好像车比她还生气，好像车不是姚简给她买的。姚简愣住，想为什么会有这么多的误解？去年回来时不还是好好的吗？他孤独地站了一会儿，百思不得其解，便朝家的方向走去，一边走一边想，还有谁能相信我？白小鹃，他突然想起了他的初恋女友。

他约白小鹃在茶庄见面，等待期间，他隔着落地玻璃窗看了好久的草坪和湖水。草不是当年的草，水也不是当年的水，但他假装它们还是当年的，只承认周围的树长粗了，长高了。“我知道你的婚姻不幸福。”忽然传来一个女声。他扭过头来，看见白小鹃坐在对面，脸上还是当年那种高高在上的表情，好像她是上帝专程派来俯视他的。虽然他反感这种俯视，却又不得不承认因为她的漂亮而稀释了对她的反感，就像在硫酸里加碱稀释其伤害性。没想到她还保持着当年的脸形与身材，皮肤依然白里透红，就连眼角和脖子也没什么皱纹，也许是因为一直单身，也许是因为注重保养，她看上去显得比实际年龄至少年轻十岁。他一边观察一边想，她怎么一落座就说我的婚姻不幸福？是掌握了确凿的证据抑或是猜测？洛莉不是挺好的吗？她既有事业心也有家庭责任感，平时说话轻声细语，哪怕我说了不对的观点她也总是无条件地先说“OK”，然后再找机会解释。她懂得管控情绪，从来不跟我发生因文化差异而引起的冲突。她就像我的胃，知道什么时候做中餐，什么时候做西餐，什么时候下馆子。如果硬要说我的婚姻不幸，那也只不过是在白小鹃说出来的这一刻我脑海突然产生的一个概念，因为我从来没质疑过婚姻的幸福。

“你母亲住院后，我常来陪她聊天，她有时喊我小鹃，有时喊我洛莉，有时还喊我儿媳妇。”白小鹃说。

“对不起，她的记忆出了问题。”姚简说。

“也许这是她的真实想法，在她的潜意识里一直反感你跟外国人结婚，尤其是……”没等白小鹃说完，姚简赶紧打断：“母亲跟洛莉的关系很好。”

“那都是装出来的，她每次看见我，就会把洛莉的照片从手机里调出来进行比较，天哪，洛莉怎么胖成那样了？”白小鹃得意地看着姚简。姚简说：“女人嘛，还是丰腴一点好，尤其是到了一定年纪之后。”

“丰腴？”白小鹃张大嘴巴，“那也叫丰腴？叫臃肿好不好？”

“这和婚姻幸不幸福有关系吗？我就喜欢丰腴的。”

“当然有关系，她之所以臃肿是因为有压力，是因为你没有给她幸福，或者说她没有从你这里感受到幸福。”白小鹃一套一套的。

“你说得对。”姚简决定妥协，这几天经历了太多的争论，他不想在离开前再争论一次，于是把茶杯小心地推到白小鹃面前。虽然喝茶能降躁（即降低狂躁），但白小鹃只抿了一口，显然茶量达不到降躁的效果。果然，白小鹃又发话了：“姚简，你好可怜。”他假装没听见。白小鹃盯着他，就像狙击手通过瞄准镜盯着目标那样，盯得他的脸一阵阵辣。他扭过头，回避她的目光。她说：“像你这样的成功人士，竟然连一个情人都没有，好可怜。”

“这恰恰证明我对洛莉的忠诚。”他感到自豪。

“既然你忠诚于她，那干吗还要约我出来？”

“想找你说说话。”

“你想说什么？”

“有人说是我拔了母亲的氧气管，你认为我能做出这样的事情吗？”

“我听说了，亲人群里都在传。”白小鹃迟疑了一会儿，“如果是二十年前，我认为你绝对不会做这种没良心的事，但现在我完全不了解你。再说……你母亲的病一会儿好一会儿坏，这几年你飞来飞去的确实也挺辛苦。这么跟你说吧，我不敢肯定你会拔她的氧气管，但至少你有过拔她氧气管的想法。”

“糟糕，我以为你最了解我，没想到你并不了解，谁会相信我俩曾经在一张床上睡过？”姚简低下头，感到失望。白小鹃感叹，说：“姚简，环境会改变人，况且你出去了二十多年，况且西方根本就不讲中国的孝道，你们对生命的理解完全跟我们不同。”

“可我跟你还是一样的。”

“不一样了。”白小鹃伸手在姚简的下巴上撩了一下，姚简的身子本能地往后一躲。白小鹃说：“你一躲，就说明你不相信我，语言很狡猾，身体很诚实。既然你都不相信我了，凭什么让我相信你？”

姚简无语，嘲笑自己竟然想从抛弃过自己的女人身上寻找安慰，简直就像幻想病毒自行消失那么幼稚。当初，他们也没多大的矛盾，她踹掉他仅仅是因为不同意他出国留学，怕他被洋妞勾引。他忍不住重新打量白小鹃。她看见他抬起头来，忍不住又伸手撩了一下他的下巴，他又本能地一躲。她说：“你看，想重新建立信任有多困难，当初我摸你的任何一个地方，你不仅不会躲反而会迎难而上。可是现在……”

“现在我已经有老婆孩子了。”

“想不到你们美国人这么保守，姚简呀姚简，无论一个人或一个民族，如果不开放，那就会憋死。难道你不想从我们当初失败的恋爱中吸取教训吗？”

“吸取教训的应该是你。”

“哼……”白小鹃说，“除了对你深表同情，我真没办法救你。”

6

姚简飞向新泽西州，于上午十点回到自家别墅。一放下行李，洛莉就问：“亲爱的，这几天你看社交媒体的亲人群了吗？”姚简说：“没看。”洛莉说：“他们怎么那么邪恶？”姚简问：“谁邪恶？”洛莉说：“你的中国亲戚，他们说是你拔了母亲的氧气管，让她提前死亡。”姚简说：“那不叫邪恶，叫误解或误会，你用词重了。”

“可他们都在污蔑你。”洛莉气得满脸通红。

“他们照顾母亲那么多年，蛮辛苦的，批评几句也是为了宣泄情绪，过一段时间就风平浪静了。”姚简解释。

“我讨厌他们拿母亲的生命来编故事，都是些什么物种呀？”

姚简听得不舒服，便提醒洛莉：“亲爱的，请注意你的语言，我们和他们是一样的。”过去，只要姚简一提醒，洛莉会马上说“Sorry”，但这次她竟然没说“抱歉”，说明她骨子里仍然潜伏着天生的优越感，哪怕她平时没有表现，但在不经意间会猛地跳出来。

傍晚，姚旺黑着脸从大学回来了，一进门他就说：“爸，你的亲戚为什么总是用恶意揣测你？”姚简说：“我的亲戚不也是你的亲戚吗？”姚旺说：“什么狗屁亲戚，我已经在网上跟他们开骂了。”姚简心里一沉，后悔没在亲人群里及时屏蔽姚旺和洛莉。他怕矛盾升级，劝姚旺停止骂战。姚旺说：“可是我气得肺都要炸了。”姚简说：“一个人成熟的标志就是能控制脾气。”“在谣言面前你不用控制，”洛莉从厨房冲出来，“我支持你骂他们，儿子。”姚简一拍餐桌，说：“你们想没想过明年我们还要回去过清明节？还要跟他们打交道，还要拜托他们照看好爷爷奶奶的骨灰？”洛莉和姚旺沉默了，他们用同情的眼神看着他。姚简发现他们的眼神和回国时亲人们看他的眼神相似。

深夜，姚简偷偷打开手机，翻阅亲人群里的信息，看见上面全是“阴谋论”。姚久久说她半夜送夜宵，发现叔叔偷偷拔掉奶奶的氧气管，于是赶紧冲进去制止，但已经来不及了。姚简想，她什么时候送过夜宵？我从来都不吃夜宵。姚老大，也就是堂哥，姚久久的父亲，他说他调看了医院的监控，确证婶婶的氧气管是堂弟亲手拔掉的。姚简想他们家不就是想多挣一点护理费吗？但也犯不着这样污蔑陷害。表弟说表哥既有作案的动机也有作案的时间，还有作案的环境。姚简想这个表弟是著名的“啃老族”，在母亲病重期间他连看都不愿意看一眼。姨妈每求他来看一次，他就跟姨妈收一次出场费。除了真正的亲戚，群里还多了一些不认识的人，他们都是姚久久拉进来的。他们不摆事实不讲道理，只是一通乱骂，而姚旺早在几天前就跟他们怼上了。群里塞满了不干不净的语言，每隔两三行就有人问候别人的祖宗。这个亲人群是几年前为了方便沟通由姚简拉的，现在不仅不能在上面友好地沟通，反而成为相互仇恨的场所。姚简很失望，他的手指悬在屏上许久许久，终是下定决心按了下去，就像按下武器的开关。从此，这个群被他解散了，彼此眼不见心不烦。

但是，姚简仍然心事重重，他的脑海里时不时会冒出关于氧气管的各种说法，有时候他竟然怀疑母亲的氧气管真是自己拔掉的，甚至会给这种想法配画面，越配越觉得真实。这种想法就像一块创可贴贴在他的脑海，怎么撕也撕不掉。一天午后，他靠在客厅的沙发上打盹，突然梦见了母亲，这是母亲逝世后他第一次梦见。母亲不停地抹着眼泪，说："简儿，氧气管是我自己拔的，你受委屈了。"姚简一个战栗，忽地惊醒，放声大哭。这是母亲逝世后他第一次痛哭，仿佛要哭出全部的悲伤和思念。哭罢，他算了算时差，发现母亲在梦里出现的时间正好是一个月前她离开的时间。

这边午后，那边凌晨。

诗　会

韩　东*

《S 市晚报》每年都会举办一次题为“诗年华”的活动，已经举办了十届，晓华参加了至少八次。之所以如此频繁，是因为《S 市晚报》的总编当年和他是一个诗社的，哥俩推崇的也是同一批诗人。老朋友们借机相聚，不免其乐融融，但这并非晓华屡屡参加的唯一理由。

晓华的母亲和哥哥一家就住在 S 市。每次参加“诗年华”，晓华会顺便看望母亲，或者，看望母亲顺便参加一下“诗年华”。活动期间，晓华也曾把他的诗人朋友领到家里拜访母亲，老人家热情、健谈，给诗人朋友留下了难忘的印象。尤其是她特有的“气质”，按闻仁的话说：“一看就是大户人家出身，阿姨才是真正的美人！”闻仁说这话时母亲已经年近八十了。

今年，“诗年华”举办前一个月，晓华就开始四处联系，问老朋友们是否来 S 市参加活动。多年下来大家都有一点疲沓，积极性并不是很高。“我铁定参加。”晓华说，“实际上我在 S 市已经住了三个月了。”原来晓华的母亲生病，他请了长假待在 S 市陪伴尽孝。

“一个月后，就算出现医疗奇迹，我妈也不可能完全康复。”晓华还说，“就算不是为了诗歌，你们也该再见我妈一次，见一面少一面。”

---

* 韩东，男，1961 年生，现居南京。当代汉语文学重要的诗人、作家之一，“第三代诗歌”标志性人物，“新状态小说”的代表作家之一。著有诗集、小说集、长篇小说、散文随笔集四十余种。导演电影一部、舞台剧一部。

话说得唐突，而且，这完全是八竿子打不着的事，可见晓华心情之急切。考虑到他说话时的“语境”，大家也就不深究了。总之他七劝八劝，最后闻仁、李小松几位都答应一定来，不见不散。之后晓华又打着他们的旗号，给其他诗人打电话：“闻仁、李小松肯定来，你就看着办吧。”

因此，这届“诗年华”是应邀嘉宾最整齐的一次。所谓整齐，是说老朋友们都会莅临。甚至尔夫（《S 市晚报》总编）一直想请但没有请到的女诗人卢敏琼受到蛊惑，也将出席。真是规模空前，令人神往。当然了，最神往的人还是晓华，三个月的孝子经历已经让他压抑坏了。

大概两年以前，晓华母亲被诊断出肺癌，并且已是晚期。晓华和哥哥经反复考虑，最后还是决定采用中医治疗，让母亲服汤药调养。为此哥哥特地购置了一套单身公寓，请了保姆小张，让母亲住进去养病（哥哥家里有小孩，不利于病人静养）。

开始时，应该说中药效果还是很不错的，母亲狂咳了一阵后就不再咳喘了。她只是消瘦，短短的一年内体重从一百二十斤迅速骤减到六七十斤，只剩一把骨头了。后来中药也不吃了。是开方的医生觉得已无药可医，还是母亲根本吃不进去？并没有人告诉晓华。三个月前他再次来到 S 市，母亲已经停药，甚至进食都成了问题。晓华每天的任务就是监督母亲吃饭，尽量多吃一口——看她吃饭简直是受罪，两人受罪，妈妈咽不进去，儿子不忍目睹。此外就是摆弄设备，伺候母亲吸氧。晚饭后晓华回到借住的朋友的房子里，第二天一大早再去她那里。

晓华不是没有想过救母，但回天无力。大概一周后他就想明白了，医治已经结束，剩下的只是陪伴。

“诗年华”活动开始前十天，母亲的状况急转直下。说是“直下”，其实并没有一个明确标志，只是人消耗到一定地步，周围的氛围起了某种变化，一些细枝末节吧。

比如母亲总是坐在客厅里的长沙发上，晓华来了以后就坐在她身边。他觉得自己坐下去的时候，母亲那边便升了起来，就像跷跷板一样，或者像天平，称出了母亲的分量。

以前他就有这样的感觉，但没有这么明显，显然母亲更瘦更轻了。她穿一条带松紧的睡裤，总是抱怨被松紧带勒得喘不上气来，实际上松紧带已经放到了极限，再要放松人站起来的时候裤子就会掉下去。母亲的感觉没有道理可言，晓华再一想马上就明白了，她的身上已没有脂肪，甚至没有肌肉，松紧带隔着一层皮直接勒在了母亲的内脏上。

这并不是想象。一次晚饭后，晓华把母亲抱回她的房间，放在床上，手伸进被子帮她整理了一下衣服，拉抻妥，不小心碰到了母亲的胸腹部。他觉得他的手抓到了母亲的肝脏，或者是一颗心，血管狂跳，就像隔着一层纸——母亲纸一样干脆的皮肤。同时晓华的脑袋里映出了器官的形象，拳头似的心，或者是肝脏的扇叶，谁知道呢？就在他沉重的手掌下面。

晓华含泪又坚持了一会儿，这才把他的手拿开。

无论如何，他是不能参加“诗年华”了。十天以后母亲的情况只可能更糟。反倒是那些诗人朋友开始联系他，问他准备哪天报到，通报自己的航班，询问除了诗歌活动还有哪些节目安排。晓华一概敷衍过去，话也说得模棱两可。

“你怎么啦？不会不参加吧？”诗人朋友说，“把我们都忽悠过去了，你自己可别临阵退缩啊……”

“不会，不会。”晓华说，然后挂了电话。

由于他热情不高，后来诗人们也不再打电话了。晓华更是把活动的事搁置在一边，一心一意地陪伴母亲。

这天早上，晓华从借住的房子来到母亲的公寓，一进门就看见母亲坐在客厅的沙发上，似乎睡着了。小张在厨房里忙着什么，晓华过去打了个招呼，再次转回客厅。当时上午八点刚过，长沙发是朝东靠墙摆放的，阳光从阳台方向照射进来，映得母亲身后的白墙上火红一片，真的就像失火一样。在这片吓人的朝霞映衬下，母亲的脸色越发灰暗，她张着嘴，全无动静。晓华走过去察看，母亲张开的口腔就像一个浅浅的凹槽，里面已经没有丝毫唾液了。再一摸鼻息，母亲已经去世了。

晓华急忙喊小张，她扎着围裙从厨房走出来，惊讶得说不出话来。这才几分钟呀，哥哥前脚下楼去上班，之后晓华进门，前后大概十分钟都不到。当晓华打电话给哥哥告诉他“妈妈走了”，他的车还在路上塞着呢，没有到单位。

事发突然，但也在兄弟俩的意料中。哥哥转回来后，晓华和哥哥开始有条不紊地处理后事，联系街道，开死亡证明，致电S市殡仪馆。其间，他们把母亲抱回到卧室，放在她的床上，小张打水给母亲擦身子，换上已经准备好的衣服和鞋袜。

大概中午时分，殡仪馆的人到了，由他们接手，熟练地将穿戴整齐的母亲装入一只专用的尼龙遗体袋中，刺啦一声拉上了拉链。母亲被拎了出去（一人拎着尼龙袋一端）。殡仪馆的人问有没有货梯，确认有货梯后，晓华和哥哥在前面探路，以免遇到邻居，引起大家的不适和嫌弃。好在这会儿正是上班时间，楼道里没有其他人。终于进到了货梯里，两个殡仪馆的人和晓华、哥哥站着，而母亲躺着，就在他们脚下的那只灰色的袋子里，靠着冰冷抛光的电梯轿厢的金属壁。他们带着那只装着母亲遗体的袋子向下降去，没有人说话。

忽然，电话铃响起，是晓华的手机。晓华拿出手机接电话，对方显得不无兴奋：“我到酒店啦，你在哪儿？哪个房间？”是李小松，他的声音就像一连串迷你的小炸弹，在电梯里炸开。

晓华这才想起来，今天是“诗年华”活动报到。“我在电梯里。”他说。

出了电梯，晓华走到一边打电话，告诉李小松，母亲刚刚去世，他们正准备送她去殡仪馆。李小松有些发蒙，不知道说什么才好。晓华说：“我们回头再说吧。”

“也好，你先忙你的……节哀顺变……”

去殡仪馆的路上，他又接到了闻仁的电话，同样很兴奋，告诉晓华他已经下飞机了。之后晓华又收到一个诗人的短信，说他已经入住酒店，问晓华人在哪里。再后来，一直到天黑，就再也没有电话或短信了。母亲去世的消息想必在诗人中间已经传开，大家都知道了。

晓华看见小张坐在楼下小区的秋千上，似乎在等他。那是去母亲公寓的必经之处。昏黑中，她慢悠悠地荡着，幅度不大，只能称之为摇。晓华走到跟前，小张止住秋千，但脚并没有放下地。她说："晚饭已经做好了，凉了你就用微波炉热一下。"今天以前，晓华都是在母亲这儿吃晚饭的，吃过晚饭哥哥来换班，他才会回到借住的朋友家。小张还记得他吃饭的事。

"你吃过了？"他问。

"我不想吃，今天就不吃了。"

不知道是哪里射来的光，也许是路灯亮了吧，照见了小张脸上的眼泪，亮晶晶的。说来也怪，这与母亲非亲非故的小保姆的悲伤，让他的心一下收紧了。

"我也不吃了。"晓华说，"我就不上去了。"

说完，他转过身，离开了这个母亲公寓所在的绿树成荫的小区。

他去了酒店，为诗人们接风的晚宴刚开始不久，晓华走进包间时喧哗一片。谁都没想到他会来参加活动，分贝顿时就降了下去。尔夫让服务员赶紧加一把椅子，晓华坐下后，他这才代表大家向晓华表示哀悼。"老人家什么时候走的？"他问，仿佛这是活动主办方的一个问题。晓华照实回答，尽量做到简明扼要。

"上午八点，安然去世。下午已经火化了。"然后他说，"你们继续啊，别因为我妈妈……"但诗人们仍然免不了一轮致哀问候。

终于，尔夫端起了面前的酒杯，众人响应。饮之前他转过头来问身边的晓华："多大年纪？"晓华明白他的意思，答："七十九。""虚龄八十，也算解脱了。喝，喝！"

尔夫领头，一帮人开始聊诗歌和文学。说话时所有的人都不由自主地看着晓华，似乎在察言观色，就像担心说得太兴奋了，是对晓华的不敬。

"也许我真的不应该来。"晓华想，"一个刚刚死了母亲的人，坐在这儿，真是大煞风景了……也许，我妈去世是一个绕不开的话题，他们真的想知道妈妈的事呢？”

当有人再一次向他表达哀悼之意时，晓华索性说开了（说了很多）。

“就在她平时坐的那张长沙发上，霞光映红了整整一面墙，就在她身后，简直就像是着火了……我妈一直到死都很清醒，没在床上躺过一天，每天一大早起来就坐到沙发上，后来自己走不过去了，她就让小张抱她过去，就像那沙发是她的岗位一样。我每天看见她的时候，都坐在沙发上，她已经在那儿坐好了。每天晚上我把她抱回床上才离开，可早上一来她还是坐在老地方。我妈的一天是从沙发上开始的，极有规律，就像太阳东升西落。似乎只有这样，生活才可能继续，或者表明生活正在继续，这绝对是一幅永恒的画面，妈妈坐在沙发上……”

鼓掌。大家都觉得晓华说得太棒了，简直就是一首诗，一首杰作。由此话题又转移到了诗歌和文学上（这次非常自然），晓华想乘兴再说点母亲的事，已经插不进去了。

当天晚上晓华就住在了酒店里。第二天参加了研讨会和诗歌朗诵。一切都和往年一样，没有任何不同，只是他记得母亲刚刚死了，脑袋里有一个声音在不断提醒他这一点。

和老朋友们在一起仍然倍感亲切，其乐融融。但时不时地也会觉得彼此是在演戏。没错，问题就出在“彼此”上，现在他是他，而他以外的其他人是他们，他和他们之间就像隔了点什么，有一个无形而透明的罩子把晓华罩住了。他就戴着这个量身定做的罩子，就像宇航员穿着太空服，在意识的深空里沉浮，不免觉得晕乎乎的。他和他们一起吃饭喝酒，一起开会、走路、说话、读诗，但是，他为什么会在这里呢？

消夜的时候晓华向尔夫告假，说明天的活动他不参加了，因为要参加母亲的追悼会。尔夫不及反应，闻仁当即表示，他也不参加下面的活动，要去追悼会，“送阿姨一程”。之后，李小松几个也表示要去追悼会，所有的老朋友都表态了，都要去追悼会，不参加活动了。剩下的几位诗坛新人自然积极响应。这一结果晓华始料不及，觉得真的太不好意思了，打搅到了大家。

“不行，不行。”晓华说，“你们来S市是参加诗年华的……”

“明天不就是组织游览吗？S市的所有景点我们都去过了……”李小松说。

“没错。”另一个诗人接过话茬儿，“只有S市的殡仪馆我们没去过，听说是新建的，市政府花了大钱……”

如果放在别的事情上，晓华或许会说：“那我就不去了，留下来参加诗年华。”可那是母亲的追悼会啊，因此非常为难。这时闻仁又将了他一军：“你不是说，让我们再见阿姨一次吗？见一面少一面。”

“我是让你们见……见活人，但我妈已经去世了。”

“生死都一样，我们非得见老人家一面不可！”

晓华于是解释，母亲去世的当天，也就是昨天，遗体已经火化了。“我妈一向爱美，”他说，“去世的时候人已经瘦得不成样子了，她肯定不愿意让人看见她现在的模样……”

“那也无妨，生或者死，有形或者无形，对我们来说都是一样的。”

“对，我们是诗人，可以想象……”

“在我们的心目中，阿姨永远是最美的！”

半真半假，一帮人开始起哄，越说越高兴，总之是非去追悼会不可。也许他们是想让晓华高兴吧，想让他现在就高兴起来。也只有到了现在，晓华才发现，过去的一天其实大家都很压抑。

最后尔夫宣布，明天的游览改在S市殡仪馆，并强调这是活动主办方的决定，不想去或者去过的人可以自由活动。众人报以热烈的掌声，竟有人吹起了呼哨。闻仁拍着尔夫的肩膀说：“这是你为官二十载，做出的最英明的决定！”

“那是，那是。”尔夫说，举起手中的啤酒瓶。

母亲的追悼会于上午十点举行。一辆旅行大巴将全体诗人及会务人员拉到了殡仪馆。晓华、哥哥、嫂子以及从N市连夜赶来的晓华的女友都已经到了。

嫂子怀里抱着的晓华的小侄儿，正挣扎着想要下地。哥哥单位的领导和几个要好的同事也来了。总算组织起一支三四十人的队伍，向告别厅进发。

工作人员递过来一张表格，让家属填写。问了才知道，是追悼仪式的流程，需要提交给主持人小姐的。几大栏，分别为“单位领导发言”“生前好友发言”“家属代表发言”。哥哥说：“我们的情况比较特殊，死者单位不在S市……”晓华突然觉得灵感附身，打断哥哥道：“不不不，单位里也来人了。”

他拽过表格和圆珠笔，开始填写。在“单位领导发言”里填了“尔夫”，“职务”为“S市报业集团董事长兼《S市晚报》总编”；“生前好友发言”一栏晓华则填了“闻仁”，“职务”为“中国当代著名诗人、大师”。填表过程中，工作人员狐疑地看着晓华，但没有说话，之后他收走了表格。

晓华此举完全是即兴，没有和任何人商量，填完之后仍然发蒙。当然不免有一点兴奋，大概他还没有从昨晚消夜时的氛围里出来吧，或者看见这帮诗人就有点不正常了。

于是，追悼仪式开始，尔夫便作为母亲单位的领导发言了。

尔夫身高体胖，大腹便便，一副领导的派头，的确也是领导，简单的致辞难不倒他。加上现成的套话、官腔……晓华怀疑他以前就在追悼会上致过悼词，很可能就是在S市殡仪馆，也许就在这间告别厅里。这么大个集团几十年下来能不死几个人吗……

然后是闻仁，作为母亲生前好友发言，边听晓华边觉得太合适了，至少形象上令人信服。闻仁比晓华大了近十岁，加上皮肤黝黑，面部表情深奥，写诗写到他那份上已经看不出年纪。说闻仁七十岁了，或者七十多了，也不会有人怀疑。但他的确不了解母亲，因此不断地重复道：“大户人家出身，是真正的美人……年轻的时候还要美，关键不是美，是气质……她的美属于一个已经逝去了的伟大灿烂的辉煌时代……”

闻仁总算想到了一点什么，开始赞美母亲培养出了两个如此优秀的儿子：“优秀、卓越，有目共睹……”但他对哥哥也不了解，不免含糊带过。说到晓华时则大大地夸赞了一番，晓华的诗歌、晓华的文学成就……

哥哥作为家属代表发言，总算有所纠偏。他深情回忆了母亲的生平，说到她的养育之恩。之后，哀乐声再次响起，大家列队向母亲告别，没有遗体，所有的人都对着骨灰盒和骨灰盒上方母亲的遗像鞠躬，献上白花。正要鱼贯走出告别厅，晓华（他正作为家属接受大家的致意）听见闻仁问主持小姐：“还有多少时间？”

“嗯？”

“我们租用这里还剩多少时间？”

“没有多少时间……”

“没有多少时间是多少时间？”

“半小时吧。”

“够用了。”

说完闻仁拿过小姐手上的麦克风，音箱刺啦咚咚响了几声后，传出闻仁突兀而失真的声音：“请大家留步，我们何不在这里举行一次诗歌朗诵，纪念晓华的母亲！”

于是，就有了这次特别的朗诵，就在这高大宽敞、大理石铺地、阴气森森，且四处透风的告别厅里。四周花圈环绕，母亲的大幅遗像自上方深情凝视，她的目光似乎看见了朗诵者的每一行诗稿……

闻仁显然有备而来，不仅亲自主持，也第一个朗诵了他的诗。那天诗人们朗诵的所有的诗，包括闻仁的这首——《纯棉的母亲》，都和“母亲”有关。

纯棉的母亲，100% 的棉

这意思就是　俗不可耐

温暖　柔软　包裹着……

落后于时代的料子

总是儿子们　怕冷怕热

极易划破　在电话里
说到为她买毛衣的事情
我的声音稍微大了点
就感到她握着另一个听筒
在发愣　永远改造不过来的
小家碧玉　到了五十六岁
依然会脸红　在陌生人面前
在校长面前　总是被时代板着脸
呵斥　拦手绊脚的包袱
只知道过日子　只会缝缝补补
开会　斗争　她要喂奶
我母亲勇敢地抖开尿布
在铁和红旗之间　美丽地妊娠
她不得不把我的摇篮交给组织
炼钢铁　她用憋出来的普通话
催促我复习课文　盼望我
成为永远的 100 分
但她每天总要梳头　要把小圆镜
举到亮处　要搽雪花膏
“起来慵整纤纤手
露浓花瘦，薄汗轻衣透”
要流些眼泪　抱怨着
没有梳妆台和粉
妖精般的小动作　露出破绽
窈窕淑女　旧小说中常见的角色
这是她无法掩盖的出身

我终于看出　我母亲

比她的时代美丽得多

与我那铁板一样坚硬的胸部不同

她丰满地隆起　像大地上

破苞而出的棉花

那些正在看大字报的眼睛

会忽然醒过来　闪烁

我敢于在 1954 年

出生并开始说话

这要归功于我母亲

经过千百次的洗涤　熨烫

百孔千疮

她依然是 100% 的

纯棉

李小松的《母亲节》：

今天母亲节

给母亲洗了头

顺便给父亲

剪了指甲

听说女儿

也给她的母亲

发了

一个红包

卢敏琼的《妈妈》：

十三岁时我问
活着为什么你。看你上大学
我上了大学，妈妈
你活着为什么又。你的双眼还睁着
我们很久没说过话。一个女人
怎么会是另一个女人
的妈妈。带着相似的身体
我该做你没做的事么，妈妈
你曾那么的美丽，直到生下了我
自从我认识你，你不再水性杨花
为了另一个女人
你这么做值得么
你成了个空虚的老太太
一把废弃的扇。怎么能证明
是你生出了我，妈妈
当我在回家的路上瞥见
一个老年妇女提着菜篮的背影
妈妈，还有谁比你更陌生

西塞的诗《星期四：墓园》：

我们在墓园的山顶
正要离开，隐约传来一些奇怪的声音
我们以为那是哭声

四处望下去，整座墓园

并没有一个人

尔后，或许是风向的转变

我们确定那是一种模糊的歌声

慢慢变得柔缓、深情

向逝去的亲人

献上一曲是常有的事

谁的生前

不曾有过一首喜爱的歌曲呢

但此刻，除了山下几个翻新墓碑的

见不到任何多余的人

一直到走出了墓园

我都在想

妈妈平时最爱哼唱的，究竟是哪一首歌

尔夫已经很多年不写诗了，青年时代写的又不愿意拿出来，或者他就没有写过关于“母亲”的。于是就背了唐代孟郊的《游子吟》，倒也符合他的身份：

慈母手中线，

游子身上衣。

临行密密缝，

意恐迟迟归。

谁言寸草心，

报得三春晖。

晓华没有准备，轮到他时拿出手机翻找，终于找到了一首《忆母》：

她伸出一根手指让我抓着
在城里的街上或是农村都是一样
我不会丢失，也不会被风刮跑
河堤上的风那么大
连妈妈都要被吹着走
她教导我走路得顺着风，不能顶风走
风太大的时候就走在下面的干沟里

我们家土墙上的裂缝那么大
我的小手那么小，可以往里面塞稻草
妈妈糊上两层报纸，风一吹
墙就一鼓一吸，一鼓一吸……
她伸出一根手指让我抓着
我们到处走走看看
在冬天的北风里或是房子里都是一样

念着念着，晓华感觉到脸上有泪，这才意识到自从母亲生病以来他还没有哭过呢。母亲病重他没有哭，去世他没有哭，一直到刚才都没有哭，是诗歌让自己流泪了。不是这首《忆母》，而是诗人们念过的所有的诗，是这场诗歌朗诵会，是诗歌这回事，让晓华热泪盈眶……

正好晓华读完，主持人小姐走过来说："时间到了。"闻仁接过话筒说了句："圆满！"之后将话筒交还给主持人。

作者注：《纯棉的母亲》《母亲节》《妈妈》《星期四：墓园》四首诗分别为于坚、何小竹、尹丽川、毛焰的作品。感谢他们的授权，使这篇小说大为增色！

瓦尔帕莱索

徐则臣*

瓦尔帕莱索之旅无论在地面上还是在文字间皆没有尽头。

——聂鲁达《我坦言我曾历尽沧桑》

“瓦尔帕莱索是神秘的，地势起伏，道路曲折。”

这是聂鲁达说的。神秘不神秘还不清楚，地势起伏、道路曲折倒是真的，从圣地亚哥到瓦尔帕莱索，在听见大海涛声之前，我们就不知道翻越了多少道冈、拐了多少个弯。老宋开车带着我，一路聊中国文学在拉美。老宋是智利大学的教授，邀请我来给学生讲讲中国文学和写作。眼看三个月已满，我还没去过瓦尔帕莱索，老宋觉得是他失职，无论如何要带我来一趟。智利的文学之旅，这一项是规定动作。聂鲁达在智利的故居有三处，圣地亚哥和黑岛的我都去过，就差一个瓦尔帕莱索。

翻过一个丘陵，大海在前方闪烁，五月的阳光在海面上洒下一层金片和银

---

* 徐则臣，男，1978年生，毕业于北京大学中文系，现任《人民文学》杂志副主编。著有长篇小说《北上》《耶路撒冷》《王城如海》，中短篇小说集《跑步穿过中关村》《如果大雪封门》《北京西郊故事集》等。曾获老舍文学奖、冯牧文学奖、华语文学传媒大奖等多个奖项。2014年，短篇小说《如果大雪封门》获第六届鲁迅文学奖，同名小说集获中国好书奖；2019年，长篇小说《北上》获第十届茅盾文学奖、中国好书奖、中宣部“五个一工程”奖。部分作品被译为英、法、意、西、阿拉伯等二十种文字。

箔。又拐几个弯，我们就进了古老的瓦尔帕莱索城。

跟旅游指南和网上介绍的区别不大，这是一个让你见了就会喜欢的城市。穿行在老城区的石头街道上，以及半山腰层叠错落的民居之间，你的确会有地老天荒之感。那些大大小小的房子被刷成五颜六色，像一堆散乱的魔方，正等待一双神秘的大手来整理妥当。房屋的山墙上布满涂鸦，用的都是颜色奔放的大红大绿。我敢打赌，漫山遍野的涂鸦中，至少有一百幅聂鲁达的画像。素描的、水彩的，写实的、漫画的，半身的、全身的，单人的、集体的。这是一座致敬聂鲁达的城市，这也是一座属于文学、属于诗歌的城市。唯一意外的是，聂鲁达故居因修缮临时闭馆。

故居在山上，每人三百比索，缆车把我们送到半山腰的一处平台。老宋做向导，我们上台阶下台阶，再上台阶下台阶，在那些缘山而建的错落房屋之间穿行。根据越来越密集的聂鲁达主题的涂鸦，我知道大诗人的故居要到了。

那是一栋主体为三层的小楼，漆成艳丽的太阳红，三楼上建了椭圆形的小阁楼，门前有棵树。院子不大，但在半山上，这样一个平台已是相当难得。门上挂着“因修缮谢绝参观”字样的牌子。工作人员在玻璃门内对我们做抱歉的手势。老宋很愧疚，说要是早点带我来就不会吃闭门羹了。我说留点遗憾挺好，这可能是世界上离中国最远的国家，没个念想，来一趟还真不容易呢。我俩就围着故居转圈。我开玩笑，在外围转十圈总抵得上在里面看一回吧。聂鲁达挑了个好地方，向上有拾级而上的房子，向下是更多层层下落的民居，一直铺排到海边。碧蓝的海面再过去，是山和城市。聂鲁达站在他的阳台上，抽雪茄、喝茶、构思诗歌时，目光可以像鸟一样倾斜地滑翔出去，童话般五彩缤纷的人间和一个浩茫辽远的世界展现在他的面前。

从山上下来，去老城逛。瓦尔帕莱索在西班牙语里，大致意思是“去往天堂”，相当于咱们中国的苏州和杭州。好地方当然少不了，随处是景。但好景多了等于没有好景，一桌子全红烧肉，看着你都觉得饱。我邀请老宋到索托马约尔广场抽根烟。我们坐在普拉特将军雕像前的台阶上，智利的五月已然深秋，石头开始冰屁股了。普拉特将军当年指挥了智利与秘鲁和玻利维亚的海湾战争，以少胜多。此刻，这位民族英雄的肩膀上停着两只海鸥，更多的海鸥在他头顶上飞来飞去。第一根烟刚掐掉，来了三个中年女人，一例是在海边或高原上长久地风吹日晒的棕红肤色。海风吹散了她们的头发，一张脸支离破碎，分不清谁是谁。两个女人穿着下个月就能磨穿的旧短皮靴，一个穿一双绣花的布鞋。她们集体向我们伸出手。

我把刚抽出的一根烟递给穿棕色短靴的女人，她接过了，说了句啥我没听懂，也没理会，继续给另外两个女人发烟。她们都接了，各自掏出打火机点上，站在我们面前抽，没要走的意思。老宋站起来。“走，看看智利海军部去。”说完汉语，他用西班牙语又重复了一遍。“走”和“智利”的西班牙语我听得懂。他可能觉得石头太冷了。斜对面的海军部我们已经看过了。出了广场，老宋说：

“吉卜赛人，她们要钱呢。”

怪不得她们抽上了还不走。

我要说的就是这几个女人，下午在老港口又遇到了。

午饭从馆子里出来，老宋把车停在港口旁边的空地上，我们俩得到海边醒醒酒。喝得不多，两人一瓶干露红酒。烤鳕鱼和火腿，瓦尔帕莱索人把它叫“船”，老板娘说，这道菜不配点红酒，就糟蹋了。当然不能糟蹋，这酒得喝。果然以酒佐餐，鱼和肉都不腻了。不能酒驾，没人查也不行，老宋觉悟很高。他也想趁醒酒的时间让我看看老港口。

港口闲人不少，石头更多。难以想象如此众多的奇形怪状巨石能聚到一起。海边层层叠叠的石头像瓦尔帕莱索山上扎堆的房屋，岸上摆满了高昂雄壮的水泥墩子，形如杂乱无章的丛林。年轻人躲在这些防汛的墩子后面接吻，流浪汉用风帽遮住脸，倚着水泥墩子，就着它们的弯曲弧度在太阳底下打瞌睡。我和老宋穿过这片丛林时，从某个水泥墩子后面冒出来三个女人。虽然分不清她们的脸，但我确定是她们没错，两双即将磨穿的短靴，一双赤脚，那双绣花鞋掖在扎腰的皮带里。她们伸着手。我从兜里摸出烟，每人给她们一根。递到第三根，我和老宋已经与她们隔了两个水泥墩子。安全了。我们从防波堤下到了海边的巨石上。海浪扑向黑色的石头，撞击出孔雀开屏般的雪浪花。远处有比石头更大的船，再远处还是船，然后是茫茫的海天一色。瓦尔帕莱索天朗气清。

吹了一个多小时海风，十来度的酒精消散殆尽。我们拍拍清醒无比的脑门，决定回圣地亚哥。上了防波堤我还特地环顾四周，没那三个女人的影子，我竟隐隐地如释重负。老宋开车。我拉开副驾驶一侧车门准备上车，一双赤脚出现在车旁。沿着那双女人的脚往上看，没有悬念，我先是看见腰间的绣花布鞋，然后是被乱发遮住的脸，最后才是她的手。手里攥着一副扑克牌。

我又到口袋里掏烟。她挡住我，随手把扑克牌分成两半，一手捏一半。我瞄了一眼牌面，以仅有的塔罗牌知识，认出那是韦特塔罗牌，因为每张牌上都有可以相互连缀起来的故事画面。

“你走不掉。”赤脚女人幽幽地说。她第一次开口，用的是英语：“这是它说的。”她两手对扣，塔罗牌撞击塔罗牌发出令人心惊的沉闷声响。

我一阵慌乱，把掏出来的半盒烟猛地塞到她两手之间，弓腰上了车，砰一声关上车门。我对老宋说：

“快，开车。”

那女人还站在车窗外，花白的乱发后面似乎露出了微笑。我们的车驶离老港口。

经过海边，进入丘陵。二十分钟后，老宋把车靠路边停下，我们决定下车看看。一路都在颠，像一直在过减速带。开始还不太明显，车偶尔跳一下，我们还以为是紧张的心跳带来的错觉，没当回事。蹦跳的频率变高，我们以为是马路的问题，我还打开车窗伸出脑袋，发现地面上的确有不少小石子。继续走。直到出现了有节奏的律动，我和老宋对一下眼，突然都不吭声了。

右后车胎瘪了。昨天他刚在家门口的洗车店检修过，经验丰富的洗车师傅拍着焕然一新的车头说，去蓬塔阿雷纳斯打个来回都没问题。蓬塔阿雷纳斯在智利最南端，也是世界上最南端的大陆城市，距离圣地亚哥三千公里。咱们只来了瓦尔帕莱索啊，一百二十公里，路况不能再好了。

车胎软塌塌地趴在路面上。“有人动了手脚。”老宋是个老司机。

“难道，”我说，“那三个吉卜赛女人？”

除此之外，找不出第二种可能。我们简单地复了一下盘：港口的空地上停了不止一辆车，但只有我们这辆SUV块头最大，且白得耀眼，完全是羊群里跑出来一匹马。她们一定看见我们从车上下来。我们在海边的那段时间里，足够她们把车子大卸八块再拼装到一块儿，对着车胎扎一刀两秒钟足够。

“这种事常出？”

老宋说：“一切皆有可能。”

好吧。可是老宋没带备用轮胎。我们站在路边，眼睁睁地看着车向右后方塌陷。这是一匹总想后坐的白马。退回瓦尔帕莱索肯定不行，车轱辘受不了；带伤继续往前跑，老宋心里也没底，他记不起前边多远有修车的铺子，如果太远，跟返回瓦尔帕莱索一样不现实。老宋先打了道路救援电话，打到第三次才接通，回复说，今天事故较多，几队人马都在忙，赶到出事地点预计在三个小时以后。老宋气得要摔手机，三个钟头，请圣地亚哥的救援人员过来也可以打个来回了。但没办法，这地方归瓦尔帕莱索管。给瓦尔帕莱索的修车店打电话，人家没这业务。再说空口无凭，要是“逗你玩”，这费用算谁的？我自责也无益，要不是我的惊恐和抠门，那三个女人也许就不会下此狠手。老宋让我别着急，方法总比问题多。

下午四点半，智利的阳光大不如前。时不我待，商量的结果是，老宋搭车返回瓦尔帕莱索，拿着钱直接把修车店的师傅带过来。我留下来守车。这是我们能想到的最有效的办法。

老宋搭了一辆奥迪。在此之前，我们俩把车推到距路边五米开外的一处安全的斜坡上。坡上荒草枯黄，几只智利窜鸟在灌木枝上跳跃。我挑了一块平整的石头坐下，读完五六首聂鲁达的诗，困意从诗集《大地上的居所》里生起来。我爬上车，把座椅放倒，躺了下来。

醒来时天上了黑影，看手机，屏幕也是黑的，没电了。老宋百密一疏，临走时没把车钥匙留下，想在车上充电不行，看看车上的时间也不行。我到车外伸了个懒腰。眼看夜晚如黑幕垂天而降，老宋联系不上我，一着急，很可能油门一踩就错过去了。我爬上车，坐到车顶上点着烟。在这荒郊野外，一辆车和坐在车顶的人你看不见，明明灭灭的烟头还是容易发现的。果然，在这个平缓的拐弯处，偶尔经过的车辆大都把速度放得更慢，以便弄清楚半空中为何突然亮了一盏小红灯。还有一个哥们儿打开车窗对我喊：

“Good job.”

天彻底黑下来，不知道晚上几点。两道车灯打过来，显然没走正道，灯光直直地奔着我来了。我一下子没站起来，盘腿坐久了，腿麻软跟酥了似的。灯光定住，我遮住眼。我知道不会是老宋，它是从圣地亚哥方向来的，我还是问了句：

“老宋吗？”

车窗降下，一个女声，西班牙语。见我没回话，改用英语又问：“要帮忙吗？”

“谢谢，那就告诉我现在几点了吧。”

对方一定觉得这要求有点怪异，她笑了一声，说：“智利时间，晚上六点二十六分。”

“谢谢。”腿脚恢复了知觉，我跳下车。

对方也从车里走出来。在车灯的余光里，能看出是个漂亮的姑娘，高挑，长头发，穿一件黑色的皮夹克。

“车抛锚了？”

“算是，我朋友去找修理工了。”

“打不着火了？”

“钥匙被带走了。你怎么知道车打不着火了？”

“大冷天，谁会坐在车顶靠抽烟取暖？”

遇到聪明又有意思的人了。我缩缩脖子原地跳了两下，把烟盒递过去。“要不一起来一根？”

她没客气，抽出一根，夹到噘起的上嘴唇上闻了闻，说：“中国的？日本的？我猜是中国的。”

“为什么是中国的？”

“味儿像。”

我向她伸出手。“老革命。”

她愣一愣，立马回过神，笑起来，握了一下我的手。“我在古巴待过半年。”

我说：“同志。”

她又笑。“同志。”给她点烟时，她打了个哆嗦，吐出一口烟，说，“下露水了，到我车里抽。”

宝蓝色的雪佛兰。她把车开到斜坡上，停在老宋的尼桑旁边，我坐到副驾驶座上。表盘上方有一瓶香水，我喜欢的薰衣草味。她把瓶盖阖上。“抽完烟再让它工作。”

一是一二是二的姑娘。

“智利人？”

“也可能是墨西哥人。”

这个回答别致。“双重国籍？”

“国籍是墨西哥。我爸爸是智利人，当然这是我妈妈说的。”

这种事常有。再问下去涉及隐私，到此为止。我掏出手机，问可否借她的车内电源充下电。我问得谨慎。要充电，就要耽误时间，这大晚上的，还在荒山野岭，人家一个大姑娘。没想到她爽快地答应了。

“爱充多久充多久。”她说，找到充电线。竟然是万能的，不知道是不是咱们义乌产的，反正总有一个接口适合你。

“十二点之前到瓦尔帕莱索就行。”

“有事？”

"见我妈。明天我爸生日，她非要跟我一起庆祝。"

"冒昧问一句，你爸呢？"

"谁知道呢。不说我了。你是干什么的？"

"考考你眼力。"

"艺术家？"

"眼够毒，你会算命？"

"我学过一点占卜。你不信？你冷？我开点暖风。"

"我当然信。"我说。善解人意的姑娘，真有点冷。"你说你是天使我都信。"

姑娘大笑起来。"再来一根。"她夹着烟叼在唇上，脑袋凑过来接火。我摁下打火机，红黄的火苗照亮她的脸，高鼻梁，浓眉毛，大眼睛，唇线清朗柔和。比墨西哥人的皮肤白，她妈说的没错，她爸很可能是智利人。

"看什么呢？火！"

"抱歉抱歉，"我把火递上去，"失态了。没见过你这么漂亮的姑娘。"

她一撇嘴。"讨好女孩也不知道换个谎撒。"

"讨好女孩我从来不撒谎。"再聊下去她可能要生气，充了一会儿电，可以打开手机了。

"真的？"

我说的大实话。手机开了，很安静。没有电话进来，也没有短信。她突然欠起身子，在我的左腮上迅速亲了一下。我转过脸看她，她又欠起身，以相同的速度把嘴送过来。亲完了她想笑，我没给她机会，我比她的速度更快，一把揽住她的脖子。不能让她回去。事不过三，事情当然不能过三，两次就足够了。

两张充满烤烟味的嘴巴无缝衔接了多久，没有表，也看不到手机，我估算不好。也不必去估算，这个深秋的夜晚我们有的是时间，我一时半会儿等不来老宋，她好像也不愿意早早地去见她妈。把时间放到一边，我的注意力集中到她舌头上，那就是个芭蕾舞演员，柔韧、有力，弹跳力一流。

终于可以喘口气了，她的眼神突然专注起来，盯着我超过五秒，声音降了八度，几乎是耳语，说：“到后面去。”

我下了车，车灯已经关上。等我拉开车后门，她已穿过前排两个座位之间的空当到了后排座位上。她的个头不小，比我想象的要灵活得多。后排的三个座位并在一起，也比我想象的更辽阔。

瓦尔帕莱索无边的黑暗笼罩下来。露水旁若无人地落在一辆孤独摇晃的宝蓝色雪佛兰轿车上。当然，在醒着的智利窜鸟眼里，此刻这辆奇怪的车肯定也是黑色的。

手机突然在前排座位上响起来。我选的来电提示音乐，《铃儿响叮当》。应该是老宋，总算有信了。我伸出手去摸手机，被她一把拽回来。

“不许接。”她说。

我们任由铃儿一直响下去，直到车里只剩下我们两个人的声音。

最后，我们也安静下来。我给老宋打回去。老宋一直在电话那头说抱歉，没想到屋漏偏逢连夜雨，找了半天才找到修车店，好容易说服师傅愿意野外作业，可心急吃不了热豆腐，十字路口跟另一辆车追尾了。掰扯了半天，交警那边刚把手续走完。少安毋躁，半小时准到。我把老宋的话翻译成英语给她听，她理着衣服害羞地低下头，说：

“跟他说，不着急，这段时间我们很充实。”

我嘿嘿地笑。她叫埃莱娜。她把车顶灯打开，从被匆忙推下座位的包和方便袋中找水给我喝。先在前排座位后面捞出一个袋子，又在后排座位底下摸出一个布包。包上绣着墨西哥式的花朵，布包两面一面一朵仙人掌花。

“这是什么？”我问。

“我妈的鞋。她只穿布鞋。”

“可以欣赏一下吗？”

她递过来一瓶矿泉水。我打开布包带子，第一眼就看到了鞋头上的绣花图案。我把带子系上，像什么都没看见。

“令堂为什么只穿绣花布鞋？”

“喜欢呗。准确地说，是我爸爸喜欢。”

我犹豫了一下还是问了：“令尊现在哪里？”

“这得问上帝。长这么大我就没见过。”

“去世了？”

“可能吧。我妈妈认为他只是失踪了，躲在智利的某个角落里不肯出来。不出来也不行。我妈妈发誓，就是藏在老鼠洞里也要把他揪出来。”

“所以她就满世界地找，流浪讨饭也在所不惜？”

“完全正确。我们家族的女人都一根筋，对上眼了，到死都不撒手。你也能掐会算啊？”

“看过几页塔罗牌的书。啥叫对上眼了？”

“我也不知道啊。”她说，把脸颊往我长了一天的胡楂儿上慢慢蹭，话多起来，“你懂塔罗牌？我也会一点，我妈妈教的。她算得才叫准。所以，她做什么我都不劝，劝也没用。对了，”她把脑袋往后撤，捧住我的脸，一寸一寸又凑过来的眼睛里幽光闪动，“你叫什么名字？”

手机又响了，还是老宋。我对埃莱娜做个手势，说：

“稍等，先接个电话。”

我很想问问老宋，除了香烟和钱，关于那些流浪的吉卜赛女人，他还了解多少。

梧桐风

刘庆邦[*]

春夏秋冬，一年四季，每个季节都是一个大门槛。迈过门槛，人们遇到的是不同的气候，呈现在面前的是异样的景象。除了大门槛，门里还有小台阶。一季里有六个小节气，四六二十四，等于一年有二十四个节气小台阶。沿着台阶，不管是往上走，还是往下行，一阶一世界，每一阶都有新的变化。比如从处暑到白露，从气温上讲，就是往下行，一步比一步气温低。处暑者，出暑也，意味着已出了暑天，天气不再炎热。白露呢，是指天气渐凉，寒生露凝。古人以四时配五行，秋属金，金色白，故称初秋的露珠为白露。白露还不是白霜，对植物还没什么杀伤性，树上的叶子还稠着，路边的野草还绿着，花园里的花儿还开着。只不过，叶子显得有些沉重，野草绿得有些发糙，花儿也开得艰难多了。只拿花儿来说，攀在灌木丛中的牵牛花儿虽然仍在开放，但开得已经有些瘦弱，有些牵强。花期较长的月季花儿也是，花骨朵倒是举起来了，花瓣儿却迟迟打不开，好像每打开一片花瓣都得举全身之力。一朵绒红的月季花，好

* 刘庆邦，男，1951年12月生于河南。中国煤矿作家协会主席，北京作家协会副主席。当过农民、矿工和记者。著有长篇小说《断层》《远方诗意》《平原上的歌谣》等九部，中短篇小说集、散文集《走窑汉》《梅妞放羊》等。短篇小说《鞋》获第二届鲁迅文学奖。中篇小说《神木》《哑炮》分别获第二届和第四届老舍文学奖。长篇小说《遍地月光》获第八届茅盾文学奖提名。根据其小说《神木》改编的电影《盲井》获第五十三届柏林国际电影节杰出艺术贡献银熊奖。多篇作品被译成英、法、日、俄、德、意、西、越等文字，出版有六部外文版作品集。

不容易打开了，再往下看，花朵下面的叶子上却出现了一些暗褐色的斑点。那些斑点像是用力太过憋出来的，又像是过景的人脸上所生的老年斑。

节令白露的第二天，梅国平没有在草叶子上看到露珠，因为这天下雨了。雨点儿落在草叶子上不会停留，不会凝结成珠，只把草叶子变得湿漉漉的。立秋之后，只要下雨就是秋雨，不再是夏雨。秋雨与夏雨的风格有所不同，夏雨下起来总是电闪雷鸣，大喊大叫，充满激情。而秋雨轻轻的、绵绵的，落地时几乎没什么声音。一般来说，夏天的雨下的时间比较短，忽地来了，忽地走了，来时不打招呼，走时也不说再见。秋天的雨像是成熟的雨，有耐心的雨，细水长流，下得时间长一些。更大的不同是雨的内涵，夏天的雨不管下得有多大，给人的感觉还是热乎乎的，而秋天的雨里就带有了寒意，小雨里也有寒意。梅国平想过，秋雨里的寒意是含有天意、自然之意，也有人的意志在里头，李白的“雨色秋来寒，风严清江爽”，还有民谚“一场秋雨一场寒”，传达的就是秋雨寒的意念。有意念的先入，秋雨就与寒意有了必然联系，只要秋雨来，不寒也是寒。梅国平脱下了夏天穿的半袖衫，换上了秋天穿的长袖衫，手持一把黑色的雨伞，在路边的一棵杨树下面站着。杨树的叶子还很稠密，偶尔从树上落下一片沾满雨水的树叶，树叶还是绿的，一点儿都不发黄。这样的杨树，跟一把绿色的大伞差不多，要是雨刚开始下，下得又不大，树冠之伞会把雨水遮住，周边的地是湿的，树下的地是干的。可雨下得时间一长就不行了，树冠对雨的遮蔽效果就没有了。这场雨是从昨晚后半夜开始下的，到了这天早上，已经下了好几个小时。持续不断的秋雨一滴一滴在树叶上积攒下来，雨水积得多了，叶片托不住，就一层一层传递下来，使每一片叶子都像是变成了屋檐滴水，啪嗒啪嗒滴落下来。这样的“屋檐滴水”落在梅国平的伞面上，似乎比细雨直接落在伞面上更有分量，发出的响声也更大一些。煤矿上的煤总是很多，煤燃烧之后，炼成的煤渣也不少，家属房之间的通道就是废物利用，用煤渣铺成的。在干天干地的时候，通道是灰色，一下雨呢，通道就变成了黑色，像是还原成了原煤的颜色。梅国平的黑色雨伞周边，挂满了银色的水珠，伞上有多少根伞骨，伞骨的梢头就有多少颗水珠。当水珠大得不能再大时，就掉在通道上摔碎了，溅起一些细小的水花。雨伞罩得了头罩不住脚，水花难免溅在梅国平的皮鞋上，还溅在他的裤脚上，使他的皮鞋和裤脚上沾了一些颗粒状的黑点儿。

梅国平是个爱干净的人，平常日子里，他的皮鞋总是擦得亮亮的，裤腿线是线，缝是缝，每天都板板正正。偶尔低眉，梅国平看到了溅在鞋面上和裤脚上的黑点儿。他没有移动脚步，也没有扭过脸看后面的裤脚湿得怎样。没事的，好比下井挖煤的人，身上总难免会沾一些煤尘，下雨天在雨地里久站的人呢，身上也难免会带一些雨。梅国平是习惯早起的人，越是下雨天，或下雪天，他起得越早，从不在雨雪天睡懒觉。还不到上班时间，不少人还在床上躺着，他一大早站在雨地里干什么呢？他在等一个人，或者说在等着看一个人。那个人是一个姑娘，名字叫乔点凤。他跟乔点凤并没有约，甚至跟乔点凤连熟悉都谈不上，只是说过几句话而已。但不知从哪里来的信念，他相信乔点凤一定会从自己家里走出来，一定会到豆师傅家里去，越是天气有变，越能增加乔点凤去豆师傅家的一定性。进而他相信，在这个细雨如愁的早上，他一定会看到乔点凤，说不定还能跟乔点凤说上两句话。

这里是矿上的职工家属生活区，矿大人多，生活区的面积也比较大。生活区铺有三条南北向的通道，每条通道两侧都有好几排一个模式的家属房，每排连脊的房子里都住着五六户人家。有人伸着脖颈在门口刷牙，刷得满嘴都是白沫子。连舌头差不多都刷白了，就从茶缸子里噙一口水，向门外的雨地里喷，喷得地上一片白。有妇女打着雨伞，向生活区底部的公共厕所方向走。妇女的另一只手在裤兜里揣着，手里攥着从卷纸上撕下来的手纸。手纸没有完全揣进裤兜，在裤兜口露出一段白。通道一侧的水龙头里开始供水，有壮年男人手提一只大号的铁皮桶，到水龙头下面拧开水龙头接水。水龙头举得比较高，铁皮桶放在水池里比较低，当颇有压力的水流刚刚注进桶里时，砸得桶底一阵当当响，像敲击铁皮鼓一样。一只连眼珠都是黑的黑狗，在厕所前面五彩杂陈的垃圾堆里嗅来嗅去。它没有什么收获，像是简单思考了一下，颠颠地跑走了。靠山吃山，靠煤吃煤。这个生活区的各家各户，烧的都是本矿生产的煤。他们把原煤打碎，掺上一些黏土，制成每块煤上有十二个窟窿眼儿的蜂窝煤。烧蜂窝煤的好处，除了可以节约用煤，一天二十四小时还可以保持煤火不灭。晚上睡觉时怎么办呢？他们的办法，是睡觉前往炉孔里添一块新煤，随即用铁饼样的炉盖儿把炉口盖上，再把炉灶下面的通风口堵严，就行了。第二天早上需要烧水，或做早饭，把炉盖儿一掀，并把下方的通风口打开，冒过一阵烟，红中带蓝的火苗很快就会升腾起来。这会儿，各家的炉盖儿应该都打开了，整个生活区弥漫着湿润的煤香。因密集的雨点一直在往下压，煤香在地面散去得比较慢，显得格外浓郁。一只不知名的鸟从这棵树上飞起来了，落在另一棵树上。那只鸟在另一棵树上只停留了一会儿，又飞走了，飞到生活区外面去了。生活区里所栽的树木主要是杨树，另外还有一些杂树。杨树是矿上的绿化队统一栽的，栽在通道的两侧。杂树由各家的人自由选择，都栽在自家门口。那些杂树有柿子树、石榴树、葡萄树，还有泡桐树、梧桐树等。豆师傅家门前栽的是一棵梧桐树。

没出梅国平的预想，乔点凤果然从家里走出来了。乔点凤打的也是一把黑伞，她把伞篷压得很低，把头和脸都遮住了，把肩膀也遮住了。如果拿伞作比，好像她把自己也变成了一个“伞”字。只不过，“伞”字下面只有一竖，她的“伞”字下面却有两竖，因为她长有两条腿。她脚上穿的是一双深筒胶靴，裤脚掖进了胶靴的筒子里。胶靴看上去还比较新，靴子面上闪耀着明亮的漆光。这样的胶靴，是下井的矿工特有的劳保用品，每个矿工一年才能领到一双。有的矿工只穿旧的，舍不得穿新的，把新的省下来，给家里不下井的人当雨靴穿。乔点凤不下井，没有资格领取胶靴，她穿的胶靴，极有可能是她的男朋友豆明生送给她的。乔点凤的家住在第二排房，她从房前的夹道里走出来，向后面的第五排房走去。豆师傅家住在第五排房，他家门前栽的是一棵梧桐树。一般情况下，一个人打着伞在雨地里走，不会把伞放得那么低，不会把头脸都遮住。乔点凤大概想到了有人想看她，有人想跟她说话，她不想让人看到她，更不想让别人跟她说话，才这样把自己掩盖起来。

秋雨继续在伞面上絮语，梅国平的伞面上有絮语，乔点凤的伞面上也有絮语。花有花的语言，雨有雨的语言。秋雨在两个人伞面上发出的絮语，也许只有絮语和絮语之间才听得懂，并互相以絮语做出了回应。可梅国平没有喊乔点凤，他懂得什么叫理解，什么叫尊重。乔点凤把伞打得那么低，显然使用的是伞的语言。伞的语言在告诉梅国平，乔点凤不愿和任何人说话。梅国平的伞对乔点凤是敞开的，当乔点凤从他身旁走过时，他把伞篷向后面倾斜，宁可让雨水淋在自己身上，也要亮明他对乔点凤的态度。他没有喊乔点凤，却移动脚步，跟在乔点凤后面，也向生活区的后面走去。

乔点凤大概听到了她身后的脚步声，并猜到了跟在她后面的人是谁，她脚下迟疑了一下，一时有些慌乱。但她并没有加快脚步，更没有举起伞来，回头证实一下跟在她后面的人是不是她所猜的那个人，而是继续一步一步向前走。走到豆师傅家所住的那排房的夹道，她就拐进去了。乔点凤相信，只要她拐进夹道，跟在她后面的人就会停下脚步。果然，她一向右转拐进夹道，她身后的脚步声就不响了。细雨如叹息，乔点凤心想，这个人真是个懂事的人，为人有分寸的人。

有一个水龙头，就安在豆师傅家那排房的西头，梅国平在水龙头旁边站下了。他目送着乔点凤从西往东，往那棵梧桐树所在的地方走，也是往豆师傅家里走。这时梅国平有一个期望，也是一个判断，他想，当乔点凤走到豆师傅家门口时，当乔点凤进门前收起雨伞时，应该会回过头看他一眼。这个判断也是一个试验，如果乔点凤能看他一眼呢，表明事情有些希望，他可以把事情继续进行下去；如果乔点凤连看他一眼都不愿意呢，他对乔点凤就不敢抱什么希望了。成败在此一试，梅国平看乔点凤看得有些目不转睛，还有那么一点儿紧张。还好还好，如梅国平所期，如梅国平所望，乔点凤在收伞进门的那一瞬间，果然回过头看了他一眼。光的速度总是很快，目光也是光，目光的速度当然也很快。不管什么东西，一快就有力量。尽管乔点凤只是匆匆看了梅国平一眼，像书面上常说的惊鸿一瞥，梅国平还是迅即就接收到了。因为梅国平一直在等着乔点凤的目光，当乔点凤的目光过来时，两个人的目光就在空中产生了对撞，两光相撞，更有力量。天上并没有打闪，可给梅国平的感觉，他眼前仿佛闪过了一道明亮的闪电。天上并没有打雷，可在梅国平的幻觉中，他耳边像是轰然响起了雷声。“电闪雷鸣”之后，他的信心又坚定了几分。

看见乔点凤走进梧桐树下的豆师傅家，梅国平并没有马上回自己家，仍在水龙头旁边的雨地里站着。梅国平注意到了，自从豆师傅的儿子豆明生出事后，乔点凤作为豆明生曾经的女朋友，几乎天天都到豆师傅家里去，有时是早上去，有时是晚上去。乔点凤只要去豆师傅家，必定会提上豆师傅家的铁桶，到水龙头这里为豆师傅家提水。梅国平听生活区的大妈们说过，在豆明生活着的时候，豆家所吃所用的水都是由年轻力壮的豆明生负责提。豆明生不在之后呢，乔点凤像是从豆明生手里接过了接力棒，就把为豆家提水的责任承担了起来。梅国平还听说，乔点凤之所以时常到豆家，是舍不下豆明生，寄托的是对豆明生的感情。乔点凤和豆明生是矿中的同学，他们两个在中学阶段就开始了恋爱，从十六岁恋爱到二十四岁，已经相爱了八年。他们原定在今年国际劳动节时结婚，两床大红的被子都做好了，照得满室里都是喜气。可因为计划中的大衣柜和箱子还没有做好，他们就推迟了婚期，定于国庆节再举行婚礼。哪里料得到呢，劳动节过去时间不长，还不到儿童节，豆明生就在一天夜间遇上了井下瓦斯爆炸，再也没有从黑夜里走出来。

果然，乔点凤一手打着雨伞，一手提着铁桶，向水龙头这边走来。

梅国平对乔点凤打招呼，乔点凤早上好！

乔点凤也说早上好。她没叫梅国平的名字。

我来帮你提水吧？

不用。谢谢你！

乔点凤把铁桶放在水泥砌成的水池里，拧开水龙头，开始往桶里注水。她一开始没有把水龙头拧至最大，水流打在桶底发出的声音不是很响。等桶底有了一些水，她才把水龙头拧得稍大一些。这时水龙头里喷出的水，才刚刚有一点“水龙”的样子，“水龙”垂直着钻进水里，冒出一簇簇白色的水花。乔点凤低着头，顺着眉，只看着水桶，和水桶里不断增长的水，没有看梅国平。乔点凤戴的是一副透明眼镜框的眼镜，因她的皮肤比较白皙，表情也比较沉静，看上去跟没戴眼镜差不多。

你今天还去矸石山上捡煤吗？梅国平问乔点凤。乔点凤初中毕业后，一直在家里待业，没有参加工作。在好天好地的时候，她会爬到矸石山上捡煤卖钱，为家里增加一点收入。

不一定。乔点凤说。

我建议你今天不要去捡煤了，天下着雨，矸石山上太滑，不安全。

看情况吧。

说话之间，桶里的水快要满了。乔点凤不等桶里的水满得溢出来，就及时关上了水龙头的旋钮。一桶水恐怕有三四十斤重，乔点凤用右手提起水桶往豆师傅家里走时，不得不使劲向左侧倾斜着身子，才能保持整个身体的平衡。梅国平见乔点凤身体瘦弱，提着一大桶水有些吃力，真想追上去，把乔点凤手里的水桶接过来，替乔点凤提。可乔点凤说过不让他帮着提水，他不能违背乔点凤的意志。来日方长，他打定了一个主意，以后要替乔点凤为豆师傅家提水。

和所烧的煤一样，生活区每月所用的水也是从矿井下采取的。矿区在山区，山区干旱的时候多，下雨的时候少，地面上基本上没什么存水。山区的农民，家家打一口水窖，趁下雨时收集一些雨水。水窖里储存的死水当然谈不上干净，里面有树叶子、草毛缨子，还有羊粪蛋子等。就那样浑浊不堪的水，农民们也非常珍惜，用得十分节省。比起农民来，矿上的职工和家属就优越多了。矿工在几百米深的井下挖到了煤，也挖到了水。他们把地下水抽到一座高高的水塔上，稍做净化处理，就可以通过埋在地下的水管，送到矿上的澡堂、食堂和生活区。只不过，给生活区送水是定时，早上六点和下午六点各送一次，每次送水的时间不超过两小时。

这天下午刚过六点，梅国平就到豆师傅家去了。乔点凤一般是早上为豆师傅家提水，他提前到头天下午为豆师傅家提水，这样就免得乔点凤第二天早上为豆师傅家提水了。秋雨还在继续下，午后刮了两阵风，雨成了斜雨，零一下子，星一下子，下得小多了。梅国平往豆师傅家走时，没有再打伞。来到豆师傅家门前的那棵梧桐树下，梅国平看见湿地上落着好几片湿漉漉的树叶子，心形的叶片还是绿的，一点儿都不发黄。有一片叶子就在脚前，他似乎从新鲜的叶蒂处闻到了一股梧桐树特有的清气。他绕了一下，把脚前的叶子绕开了。豆师傅家没有关门，梅国平一到门口，就看到了在屋内床边坐着的豆师傅。他喊了豆师傅，自我介绍，说他是小梅。

豆师傅抓过放在床边的一根单拐，欲站起来。

梅国平赶紧上前扶了一下豆师傅，让豆师傅只管坐着，不要起来。

豆师傅说，我认识你，你爸是咱们矿的矿长。

我爸只是一个管机电的副矿长。

副矿长也是矿长。

豆师傅的儿子豆明生出事后，梅国平作为矿上宣传科的一个干事，曾被抽到矿上组织的事故处理临时工作组，参与了豆明生的善后工作。以前他爸爸在另外一个矿工作，只是一个科长。他爸爸调到这个矿，才当上了副矿长。随后，他和妈妈随着爸爸，也来到了这个矿。可以说，他是这个矿的一个新人，对这个矿的一切还不是很熟。因参与了豆明生的善后工作，他对豆师傅家的情况，以及豆明生与乔点凤的恋爱情况，才有了一些了解。豆师傅在井下受了伤，导致一条腿落下了残疾，不能继续下井采煤，只好提前退休，让儿子豆明生顶替他参加了工作。儿子出事的当天夜里，豆师傅穿着工作服，拄着拐棍，一直在井口等。每抬上来一位工亡矿工，他就凑上去仔细辨认，看看是不是他儿子。黑夜深沉，星光惨淡，当他终于在一副担架上认出面目全非的儿子后，他没有扑在儿子身上大哭，只说了一句“我的孩子”，就一瘸一拐地离去了。走出不几步，他就靠在一棵树干上抽泣起来。在微弱的灯光下，只见一个花白的头颅靠在树干上不停地颤抖。善后事宜的协商，是在矿上的招待所里进行的。在儿子的遗体火化前，豆师傅只提了一个要求，希望给他儿子豆明生穿一件棉衣，儿子这一回要走远路，过了夏还要过冬，过了冰天还要过雪地，他担心儿子临走时穿得太薄会受冻。工作组组长的答复是，这次遇难的矿工统一着装，一律穿西服打领带，西服和领带都是崭新的。要是单独给豆明生穿棉衣的话，恐怕还要和矿上和矿务局的领导商量，请示。豆师傅低下头沉默了一会儿，没有坚持他的要求，说既然矿上有统一的安排，那就算了。豆明生的母亲没有参与善后问题的协商，她还住在矿上的医院里。她第一次哭得在家里休克，是豆明生的姐姐和乔点凤把她送到了医院。医生把她抢救过来，她再次哭得昏死过去。医生担心她随时会有生命危险，一直在对她实施监护治疗。豆明生母亲的生命倒是保住了，但从那以后，她就瘫痪了，再也不能下床活动。这样的两位老人，哪里有能力去水龙头那里提水呢！梅国平说，豆师傅，我来帮你们提点儿水。

豆师傅说，不用，有乔点凤天天帮我们提水。她早上提的水，我们还没用完呢。我们两口子半死不活的，用水用得很少。

乔点凤不如我的力气大，以后你们家用水，就由我来提吧。我们家就住在西边那排房，离你们家也很近。梅国平到厨房看了看，见水桶在地上放着，桶里的水只用了小半桶，还剩有多半桶。梅国平说，豆师傅，没用完的水，我先倒进锅里和烧水壶里。以后用水，您不用再省着用，我晚上早上都可以来帮您提。梅国平很快把满满一桶水提了回来，放进了厨房。他问豆师傅：你们家门前的梧桐树长得不错，是您栽的吗？

不是我栽的，是我儿子豆明生和乔点凤一块儿栽的。我儿子参加工作那一年，他们两个去县城里买回了树苗子，就栽上了。树还活着，可惜我儿子没有了。

这话有些悲哀，梅国平一时不知道怎样安慰老人家才好。

你来帮我们家提水，乔点凤知道吗？豆师傅问。

她会知道的。

点凤那孩子可是个好孩子呀！

我知道。

她经常过来帮助我照顾明生他妈，要不是她帮着照顾，明生他妈恐怕活不到现在。豆师傅说着，回过头来看了看躺在床上的豆明生的妈妈。

梅国平也看见了，豆明生的妈妈脸色苍白，只有眼珠在微微转动，嘴里却说不出话来。每个人都有妈妈，看见豆明生的妈妈，梅国平联想到自己的妈妈，眼睛差点儿湿了。自己的妈妈年纪和豆明生的妈妈差不多，自己的妈妈身体很好，洗衣做饭都不成问题。豆明生的妈妈却是因为突然失去了儿子，受到沉重打击，身体才垮掉了。

第二天下午雨停了，太阳出来了。黄黄的阳光一照，气温有了小幅上升。这天傍晚，梅国平刚给豆师傅家提了水，还没有离开，乔点凤到豆师傅家来了，二人在豆家不期而遇。对于在豆叔叔家遇见梅国平，乔点凤似乎并不感到惊奇，因为她听豆叔叔说了，梅国平也在为豆叔叔家提水。但室内相遇不是路边相遇，互相不说话恐怕说不过去。还是梅国平先跟乔点凤打招呼。乔点凤，我没经你允许，给豆师傅家提了点儿水。

想提就提呗。

这两天你没去矸石山上捡煤吧？

你不是说下雨天矸石山上不安全嘛，所以我就没去。

看来乔点凤很把他的话当话，并没有当成耳旁风，这让梅国平心里一动，几乎接近于感动，他说，这就对了，这就对了，你一定要爱护好自己！

乔点凤低眉微笑了一下，撩开套间的门帘，转入套间里去了。套间是豆家为豆明生布置的婚房，婚虽然没有结成，但房子里的一切都没动，好像豆明生并没有离开人世，还会回来结婚。以前为筹备婚事，乔点凤作为当事人之一，自然会时常到婚房里看看，走得轻车熟路，一走就走到套间里去了。

梅国平感觉出来了，乔点凤还是在回避他。梅国平不会忘记，那天在协商处理豆明生的后事时，因乔点凤没有和豆明生办理结婚登记手续，还不算是豆家的人，就不具备参与协商的名分。豆明生出事后，梅国平听生活区的家属们议论纷纷，说到乔点凤和豆明生的恋爱经过。他们都说乔点凤与豆明生的感情很深，人说矿井深，他们的感情比矿井还要深。不管豆明生上白班还是上夜班，乔点凤经常去井口，等豆明生下班归来。越是下雨天或下雪天，越能在离井口不远处看到乔点凤的身影。豆明生每天下井，他们都像是经历一场离别。而豆明生每天升井呢，这对恋人像是离别后的重逢。往往是，豆明生刚从井口走出来，乔点凤就迎了上去，趁人不注意，用自己的白手，拉住豆明生沾满煤灰的手。那天，梅国平看见一个姑娘在门外的回廊上站着，姑娘脸色苍白，眼泡红肿，正靠着回廊边的栏杆出神。梅国平猜想，这个姑娘应该就是乔点凤。他走过去问，请问你是乔点凤吗？乔点凤愣了一下，否认了自己是乔点凤，问梅国平是谁，找乔点凤干什么？姑娘既然不愿承认自己是乔点凤，梅国平也没有多问，只说，我是矿上宣传科的小梅，我听说乔点凤很痛苦，请转告我对她的安慰。姑娘点点头，眼泪涌流出来。她掏出手绢刚把眼泪擦去，更多的眼泪又涌流出来。梅国平又说，请她不要太悲伤，要珍重自己的身体，因为她的路还很长。姑娘说，谢谢！谢谢！我一定转告她。说罢，咬着嘴唇，转身下楼去了。

梅国平欲走，豆师傅又跟他说了几句话，问他今年多大了，成家了没有？

梅国平说，我今年二十五岁，还没有成家。

那你一定有对象了吧？

梅国平摇摇头。

那你比我儿子还大一岁呢，应该找对象了。

不着急。

小梅，我跟你还不太熟，有一件事儿我不该对你提，不提吧我又想提。

豆师傅您只管说。

你跟你爸爸说说，看看能不能让矿上给乔点凤安排一个工作。一个姑娘家，成天风里来雨里去在矸石山上拣煤，终究不是个事。

在协商处理豆明生的后事时，豆师傅也曾提出过，让乔点凤顶替豆明生的名额，能够在矿上参加工作。豆师傅说，豆明生和乔点凤虽然没有领结婚证，但两个孩子谈恋爱已经谈了八年，乔点凤已经跟他的孩子差不多。豆师傅还自责，说让两个孩子在劳动节那天结婚就好了，就是因为家具没打好，他才同意两个孩子推迟了婚期，都是他对不起孩子啊！工作组的组长倒是没有当场拒绝豆师傅的要求，说这事儿要跟矿上劳动人事科的科长商量一下。商量的结果，还是因为乔点凤没有和豆明生正式结婚，还不是豆明生的妻子，不能顶替豆明生参加工作。豆师傅念念不忘这件事，他还是一心在为乔点凤着想啊！梅国平说，我也认为矿上应该为乔点凤安排工作。这样吧，我不一定跟我爸爸说，可以去找人事科的李科长说一下试试。

外屋和套间只隔着一层印花的布帘子，在套间的乔点凤大概听到了豆叔叔和梅国平的对话，拨开布帘子，从套间里出来了。她说，梅国平，对不起，我该给阿姨擦洗一下了。

梅国平明白乔点凤的意思，在乔点凤为卧病在床的阿姨擦洗的时候，他不便待在这里，他可以离开了。进一步理解，乔点凤不愿意和他同时待在豆师傅家里，乔点凤心里只有豆明生，还没有从失去豆明生的心灵阴影里走出来，要和他保持一定的距离。梅国平说，那我走了，辛苦乔点凤了。

乔点凤去厨房烧热水，把热水倒进洗脸盆里，取一条毛巾在热水里蘸一蘸，绞一绞，准备为阿姨擦洗身子。

豆叔叔拄上拐棍，离开床边，说不下雨了，他也出去活动活动。临出门，他又对乔点凤说，我看小梅这个年轻人不错，他跟明生一样，一看就是个好孩子。

乔点凤没接豆叔叔的话。

人事科的李科长，是梅国平的爸爸在省里煤炭干部学院的同学，梅国平把李科长喊李叔叔。有一天，梅国平到李叔叔的办公室找到了李叔叔，把乔点凤前前后后的情况跟李叔叔说了说，看看矿上能不能为乔点凤安排一个工作。

李叔叔没说能不能为乔点凤安排工作，只是有些漫不经心地问，这是你爸爸的意思，还是你自己的意思呢？

我没跟我爸说过，这是我自己的意思。

噢，那你说说你的理由。

理由嘛，我听说乔点凤是个很重感情的人，也是用情很深的人。因为早恋，她在学校时曾受到校方批评，但她对豆明生痴心不改，照爱不误。乔点凤的父母嫌豆明生的家庭条件不好，也反对乔点凤跟豆明生谈恋爱，有一段时间，父母把她从家里撵了出去。父母把她撵走，她就去找豆明生。豆明生出事后，她不相信豆明生死了，好像豆明生还活在她心中，有时，她不知不觉间就走到了井口，去那里等豆明生升井。另外，乔点凤对豆明生的父母也很讲情意，豆明生不在之后，她还经常到豆师傅家，帮助两位老人做家务，照顾两位老人。在现在，我觉得像乔点凤这样的女孩子是很少见的，不说凤毛麟角，但也差不多。

听梅国平说了理由，李叔叔看着梅国平微笑了，说，好小子，听你这么说，你是不是对乔点凤有点儿意思呀？

窗户纸被点破，梅国平一下子闹了个大红脸。他没有否认对乔点凤的意思，说，不好意思，如果可能的话，还是请李叔叔帮个忙吧！

你放心，这个忙李叔叔一定要帮。

闻听此言，梅国平很是感动。他在替乔点凤感动，感动得眼都湿了。他说，李叔叔，太谢谢您了，怎么感谢您才好呢！

你不用谢我，这事儿赶巧了。今年下半年，咱们矿计划招收一批新工人，优先考虑在家待业的矿工子女。乔点凤属于优先考虑的对象之一。我一直在这个矿上工作，对于乔点凤的情况，我恐怕比你还要了解。乔点凤成天不言不语，文文静静，又心事重重，沉沉吟吟，很有点儿古典之风，的确是一个好女子。

古典之风的说法让梅国平感到新鲜，他说，古典之风，我以前可没听说过。

怎么，不是吗？

梅国平说是。

这年的国庆节前夕，乔点凤参加了工作，正式成为矿上的一名工人。她工作的地点是在选煤楼上，和别的女工一起，站在运煤的皮带运输机两侧，把夹杂在煤里的矸石拣起来。这个工作与她上矸石山拣煤有一个共同之处，也是沾得满手都是煤灰。但是，两者却不可同日而语。上矸石山拣煤是风里来，雨里去，在选煤楼里干活儿风刮不着，雨淋不着。上矸石山拣煤是自谋生路，能不能拣到煤很难说；在选煤楼里工作，每月都有工资，是旱涝保收。更大的区别在于，她以前是待业的、漂泊的状态，没有归属感，成了全民所有制企业的国家工人呢，她一下子有了归属感。如此柳暗花明般的变化，乔点凤不认为是赶上了矿上招工的机会，而是梅国平在背后帮了她的忙。不光她这样认为，豆叔叔也是这样认为。豆叔叔不止一次对乔点凤说，都是小梅帮你找到了工作，你一定要好好感谢小梅。这个小梅，真是一个好孩子！更让乔点凤难忘的是，她去人事科办理参加工作的手续时，李科长曾对她说，小乔你知道吗？梅国平对你很够意思呀！为让你参加工作的事，他专门来找过我。

乔点凤点头说知道。

你是怎么知道的呢？

乔点凤脸上红了一下，说我也不知道怎么知道的。

这年的中秋节与国庆节挨得比较近，两节之间只隔了两天。也就是说，在阳历十月一日那天，农历是八月十三。新月总是升得比较早，西边的太阳刚落山，东天的月亮就升了起来。月亮已接近圆满，矿区各处都洒满了月光。豆师傅家门前的梧桐树叶子落了一些，枝叶显得比以前稀疏。月光透过梧桐树的枝叶洒在地上，地上花花搭搭，犹如一些盛开的菊花。

国庆节的这天晚上，梅国平和乔点凤不约而同都来到了豆家。梅国平带的是月饼，乔点凤带的也是月饼。月亮将圆，月饼先圆。梅国平说：乔点凤，我们想到一块儿了。

乔点凤说，梅国平，你帮助我参加了工作，我不知道怎样感谢你才好。

你不用感谢我，这是赶巧了，正好赶上矿上要招工，你才顺利地参加了工作。

李科长告诉我了，为我参加工作的事，你专门儿去找过他，帮我说了不少好话。

李科长说，他对你的情况比较了解，他还夸你长得文静呢。我正要跟你商量一件事，看你愿意不愿意做。

乔点凤文静地看了梅国平一眼，让梅国平有啥事只管说。

梅国平说，局里矿工报的编辑交给他们宣传科一项任务，要他们选择一些对煤矿事故有切肤之痛的人，以现身说法的形式，谈一谈自己的感受，并形成第一人称的文章，在矿工报上发表，以期对全局职工、家属进行安全生产意识的教育。

听梅国平提到事故，乔点凤低下了眉头，瞅着脚下的地面。豆师傅家没有椅子，也没有高板凳，只有几个矮脚小板凳，梅国平和乔点凤都只能坐在小板凳上。豆师傅家屋里的地面没有抹水泥，也没有铺砖，只是砸实的土地。土地与地气相通，地面稍稍有一些潮。

梅国平接着说，其实写起来也很简单，你呢，主要写一写与豆明生的恋爱经过，再写一写失去豆明生给你造成的打击和痛苦，提醒大家处处注意安全生产就行了。

乔点凤抬起头来，再次看着梅国平时，眼里渐渐地有一些湿。她的眼不是一下子湿的，像是从眼角那里开始洇起，一点一点把眼睛都洇湿了。那湿不像是水湿，像是眼睛上起了一层雾。乔点凤大概也觉出了眼睛有些模糊，她把眼镜摘下来了，用手指头肚把镜片擦了擦。擦过之后重新戴上，她的眼睛不但没有清亮，轻轻吸了一下鼻子之后，双眼似乎模糊得更厉害了。

梅国平想起来了，乔点凤和豆明生原定在今天结婚。倘若豆明生不发生意外，今天应该是他们两个大喜的日子，应该是室内双喜明灯，门外炮竹声声，到处充满喜庆的气氛。因豆明生不在了，一切都成了泡影，预期的喜情就变成了悲情。今天是乔点凤敏感的日子，也是伤怀的日子。梅国平向乔点凤道了对不起，说他不应该在今天跟乔点凤说这件事。

乔点凤当然不会忘记今天是什么日子，她等日子，日子不等她，她所等的日子已离她而去。她对梅国平说，你不用想那么多，这没什么。只不过，我哪里会写什么东西，我怕写不好。再说，我也不敢写。

好，一切尊重你的意思。

乔点凤不再回避地看着梅国平问，那你说该怎么办呢？

等等再说吧。

我听说你写文章写得很好，你是高中毕业，差一点儿就考上了大学，谁能跟你比呢？

梅国平看了一眼门外的月光，像是想了一下，对乔点凤说，你看这样行不行，我来替你写，写完给你看，得到你的认可之后，咱们再交上去。

乔点凤点了点头。

三天之后的农历八月十六晚上，当梅国平和乔点凤又在豆家相聚时，梅国平从乔点凤的角度，以乔点凤的口气，已把稿子写完了。三百字一页的稿纸，他写了六页还多。写完，改完，他又工工整整地把稿子抄写了一遍，才拿给乔点凤看，请乔点凤多提意见。

乔点凤接过稿子，刚看了两页，眼泪就涌流出来。她用牙咬住颤抖的嘴唇，起身到套间里去了。

豆师傅在厨房里炒菜，今天他执意要留梅国平和乔点凤在家里吃晚饭。

月光如水。梅国平不知在外屋等了多长时间，乔点凤才从套间里出来了。乔点凤的心情好像稍稍恢复了一些平静，但她的眼圈是红的，鼻头是红的，睫毛还是湿的。可以想见，乔点凤的情感受到了怎样波涛汹涌的冲击，或许她抓过枕巾捂住了自己的嘴，才没有哭出声来。

梅国平示意让乔点凤坐下，正要安慰乔点凤几句，乔点凤先说了话，国平，你比我自己还知道我啊！

梅国平说：有你这句话我就放心了。怎么，咱把稿子交给矿工报发表吧？

不料乔点凤却说，不，这篇文章我要自己存着，什么时候想看就什么时候看。

他　乡

程永新*

我与母亲走出县城汽车站，四周尽显零落，一眼望去没有什么人。初春时节，从远处田野飘来的风带着丝丝的寒意。

一个身材魁梧的中年人迎了上来，喉咙里咕噜着，嗓音混浊，用东阳话叫了一声“五姑母”，随即撸起宽松的衣袖，弓下整个身体，忙不迭地从母亲手中接过旅行袋。

中年人穿着一件薄薄的中式布衫，右侧口袋边有个补丁，硕大的脑袋下，一双暴突的牛眼格外引人注目。他毫不费劲地提溜着旅行袋，碎步来到车站对面的开阔地，扶起一辆躺倒的木质独轮车，将旅行袋搁放在车上，然后拉过一条宽扁的麻绳套在脖子上，双手握住独轮车光滑发亮的粗木把手说，五姑母，坐上坐上。牛眼叔说话的态度格外谦卑。

母亲走过去坐在独轮车右侧的一块木板上。小弟也坐，坐呀坐呀。牛眼叔朝我说。他说的虽是东阳话，我都能听懂。从小母亲与姐姐喜欢用东阳话交流，

---

* 程永新，男，1959 年生于上海的浙籍人，职业编辑，业余作家。高级编审，现任《收获》主编。负责编发的众多作品频获茅盾文学奖、鲁迅文学奖及国际国内各种奖项。著有长篇小说《穿旗袍的姨妈》《气味》，中短篇小说集《若只初见》《到处都在下雪》，话剧《通往太阳之路》、《我们这些人啊》(与人合作)，散文集《八三年出发》以及中国第一部“个人文学史”《一个人的文学史》，主编《中国新潮小说选》，担任大型电视片《上海建筑百年》的总策划、总撰稿。曾获第四届中国出版政府奖优秀编辑奖、第四届“中骏杯”《小说选刊》奖·中篇小说奖等。

家里来客人，她们不想让客人听懂，就说东阳话。我能听，却一句也不会说。

我站在那儿有些犹豫，那一年我已经十九岁了，高中刚毕业，再过两个月就工作了，要离开上海去江苏的农场。是我自己要去的，根据当时的政策我原本可以留在上海的，但我就想离家出走，就想浪迹天涯，像鸟儿一样飞翔。我当时的身高应该在一米七二左右，坐在独轮车上让别人来推，感到浑身的不自在。

牛眼叔坚持要我坐，他说两边坐人推起来才不费力，我不坐的话重心不稳，他推着会很累。无奈之下，我勉强跨腿坐上左侧的搁板，牛眼叔噌一下朝前推动独轮车，独轮车厚厚的胶轮轻盈转动起来，发出低低的咿呀声，牛眼叔说，你看你看这样多快呀。

县城通往乡间的土路很宽阔，左右都是无垠的田野，田野的后面是隐约起伏的山峦，山峦间有个村庄叫厦程里，是母亲出生长大的地方。三十多年前母亲告别故乡走出这片土地时，还是一个不到二十岁的姑娘。

远远望过去，地平线上散落着连绵的群山和白墙黛瓦的屋舍，地平线随着独轮车的咿呀声，一会儿往右边微微倾斜，一会儿往左边微微倾斜。牛眼叔健步如飞行走在坡道上，很多时候他只用一只手扶住把手掌控方向，任由胶轮滚动向前。

炊烟袅袅升起，黄昏将近的时候，前面出现了一个村庄。村口一栋老屋前，我远远看见四姨妈围着肚兜在一只大水缸边洗菜。四姨妈皮肤白皙，眉清目秀，头发有些花白，她穿一件灰色涤纶布衫，戴着袖套，一看就是城里人的打扮。

牛眼叔推着独轮车拐个弯，停在老屋前。老屋面对一片菜地，菜地用篱笆围着，篱笆外一个中年村民与一个包着方格头巾的姑娘在挖甘蔗，甘蔗怎么会埋在地底下呢？我好生奇怪。

中年村民挥锄翻开泥土，那包着方格头巾的姑娘上前提拎起长长的甘蔗，蹲着把泥土扒拉掉，我出神地看着，姑娘似乎察觉到了什么，缓缓抬起头，我们的目光就在那一刻对接了！姑娘迅速低下头去，一团红晕泛上脸颊，神情慌乱妩媚，且有些不自然。

四姨妈大声叫唤着小舅的名字，倏忽，小舅出现在矮屋门口，他穿着背带裤，手持一把木梳一边梳着头，一边笑微微说，五姐来了，小弟来了。欢迎欢迎！

小舅永远是那么精神，头发永远梳得整整齐齐，头路从靠右侧两分，照他的说法，这叫菲律宾博士头。他幅度很大地张开手臂，把母亲与我迎进屋内。跨进门槛的一瞬间，我忍不住又回头朝菜地方向张望，我惊讶地发现，那包着方格头巾的姑娘也在偷偷看我。

晚餐由四姨妈掌勺，她围着灶台上的一口大铁锅忙得不亦乐乎，牛眼叔坐小板凳上，往方口炉膛内添送柴火。母亲与小舅喝茶聊天，我无所事事，来到厨房蹲在牛眼叔的旁边。

牛眼叔用东阳话问我读几年级了，我用普通话回答他说已经毕业了。然后牛眼叔磕磕巴巴用别扭的普通话告诉我，他家里有个女儿，叫六谷，还没上学。我说为什么不上学，他说她不愿意上学，上了学也没啥用，女孩迟早都是别人家的。我后来才明白，六谷就是玉米，七十年代的东阳很贫穷，老百姓饭桌上常吃的就是六谷粉加菜叶熬成的玉米糊。二姨妈活着的时候，我经常吃到她熬的玉米糊。二姨妈离开家乡去了上海，但是儿时的饮食习惯始终未改。

四姨妈把大碗装的菜肴端上八仙桌，慈姑烧肉，葱拌老豆腐，一碟油氽花生米，一大碗青菜蛋花汤，外加一缸黄酒。小舅打开塞子，满屋飘散黄酒的香气。酒倒进玲珑的锡壶，一只小木桶装了滚烫的开水，小舅把锡壶放进桶内温酒。

四姨妈和母亲摆放碗筷的时候，牛眼叔搓着双手支支吾吾说要走了。小舅眯眼哈哈大笑说，你别来这一套！我五姐来了你要走了？喝酒喝酒！牛眼叔嗫嚅着说六谷还在家呢。四姨妈笑嘻嘻地去厨房拿来瓷碗装好的一大碗米饭，米饭上盖着慈姑烧肉。早就给六谷准备了饭菜。四姨妈边说边笑，露出一口白牙。

牛眼叔的眼睛忽然瞪得贼大，抹了抹嘴，似乎很不情愿地坐下了。很快，他的大眼睛在桌面上扫来扫去，用筷子夹起一块红烧肉塞进嘴里大快朵颐，摇头晃脑地说，今天吃的可是县太爷的餐啊。

小舅用锡壶逐一给大家斟酒，轮到我是最后一个，我刚端起酒盅准备凑上去，四姨妈在一旁说小弟还是学生，不能喝酒吧。我听闻迟疑着，酒盅悬在半空中。

小舅挥挥手说，我们程家的后代哪有不会喝酒的？说完给我的酒盅倒满了酒。小舅就是这样地豪爽，逢年过节，亲戚们相聚，只要小舅在场，他都竭力鼓动小辈们喝酒。小辈们确实都喜欢小舅，他经常挂在嘴边的一句话就是在酒面前人人平等。在几房亲戚中，小舅的儿女、我的表哥表姐最不擅饮酒，可每次小舅都要劝他们喝，表姐一喝酒脸就涨得通红，惹得舅妈在旁边连连摇头。舅妈与小舅是同事，在一个小学里教书，据说年轻时是舅妈追的小舅，所以在家里什么事情都是小舅说了算，但喝酒这件事舅妈始终不服，她说拒绝喝酒也是一种平等。小辈们喜欢小舅，还有个原因是他走到哪都带着他的德国康泰司相机，他喜欢给每个小辈拍照。我儿时的很多照片都出自小舅之手。

那天喝的黄酒是米白色的，有点像崇明老白酒，仿佛牛奶兑了水一般的颜色。喝了几盅浑身发热，四姨妈对母亲说，你看小弟脸都红了。母亲微笑着说，我的几个孩子呀都会喝，都有半斤黄酒的量。

我摸摸脸，滚烫滚烫的。侧脸看看小舅，发现他的脸也很红，两眼发光炯炯有神，一边用手心朝后捋着发际，一边高谈阔论。他像没有听见四姨妈的话一样，继续给我斟酒。随后举起酒盅一饮而尽，朝我眨眨眼睛说，程家的后代哪能不喝酒呢？

四姨妈的烹饪手艺着实不错，慈姑烧肉红红的，浓油赤酱，完全是上海本帮菜的做法；老豆腐也好吃，过了水撒上碧绿的葱花，长这么大，这是我吃过的最美味的豆腐；大灶头煮的米饭喷香诱人。我似乎一下明白了小舅提早退休后不愿待在上海，老往乡下跑的缘由了。

晚餐后，眼睛红红的小舅兴致颇高，他带着母亲与我参观他的酒窖，酒窖就在这栋老屋的后面，步下石头砌成的台阶，推开一扇年代久远的木门，小舅在门旁随手拉下一根绳子，昏黄的灯光亮起，映入眼帘的景观真是壮观：几十平方米的酒窖内，摆放着一排又一排大大小小的酒缸，酒缸都用泥土封口。小舅喋喋不休地向我们炫耀他的眼光，酒窖上面这间临街的老屋原是一个小酒馆，当年大舅妈与外祖母婆媳关系不好，吵着闹着要分家，按乡间习俗，祖产传男不传女，外祖父把祖产沿街面一分为二，大舅一族争抢位处南边地形较好的街面房，不承想小舅一口答应，他之所以那么爽快同意接受北边的街面房，相当一部分原因就是这个酒窖。小舅儿时与小伙伴在街上玩耍，玩累了，渴了，跑回小酒馆，外祖母就会用长柄竹勺舀黄酒给他喝。据说小酒馆当年在乡间闻名遐迩，村民们都相信自酿的黄酒养人，女人坐月子最补的食物就是黄酒煮水潽鸡蛋。

五姐，我当初的选择还英明吧？小舅拉上酒窖的木门时，笑嘻嘻地问母亲。

当然了，你最聪明，最知道自己要什么，所以老母最喜欢你。大哥人不坏的，忠厚老实，就是太听嫂子的话。母亲的眼神凝住，明显陷入对往事的回忆之中。

我落在后面，回头打量一下木门，突兀地问，小舅，酒窖的门不用上锁吗？

小舅在石阶上站住，回头用手抹了抹嘴对我说，不用不用，小弟你不知道，我在这里的地位很高的，没人会来偷我的东西，再说农村人都比较老实，民风淳朴。小舅的口吻明显带着炫耀，眼睛在夜色里熠熠闪光。

第二天一大早我被母亲叫醒。我们沿着石块铺就的小街往山上走，两边绵延几十米都是店铺。小舅捧着二姨妈的骨灰盒走在前，四姨妈与母亲侍奉左右，我跟在母亲后面，随着地势渐渐升高，我有点气喘吁吁。牛眼叔与他叫来的两个村民挑着箩筐殿后，箩筐里装着红砖和水泥。

太阳亮晃晃从树林间照下来，爬到山顶我已大汗淋漓。在小舅的引领下，穿过一片小树林，母亲与我来到外祖父和外祖母的墓前，半球形的坟冢上堆满石头，坟前竖着一块长方形的石碑，怎么看都未免有些简陋。据小舅说，就是这样一块荒山墓地，当初也是他疏通各种关系才获乡政府的许可得以落葬，因为外祖父他们的成分不好。我跪在母亲旁，给从未谋面的外祖父外祖母敬了一炷香。

牛眼叔带着村民在几米远的地方挖了个浅坑，用红砖砌成方形的箱体，并用水泥封闭缝隙，小舅把二姨妈的骨灰盒轻轻放在箱体内，牛眼叔与村民挥锹迅速用泥土覆盖，泥土越堆越高，两个村民又从四处捡回许多石块，堆垒在泥土上。

太阳在林间当空照射下来的时候，墓冢完工了。小舅点上香朝山坡四个方向一一合十作揖，大声说，二姐回家了！你又回到阿爸与姆妈的身边，以后就要拜托你照顾两老了！

小舅带磁性的嗓音在密密树林间穿梭回荡。

四姨妈在一只铁桶里点燃折成元宝形状的锡箔，银色的锡箔熊熊燃烧，烟雾四处飞扬，这些锡箔是四姨妈和母亲大清早折成的。二姐啊，钱不够花言一声，我会时常送来的！小舅带磁性的声音再次响起。

下山的途中小憩，小舅从口袋里掏出几张一元的纸币递给牛眼叔，牛眼叔的两只眼睛突然发光，他嘴里念念有词，抽出一张一元票面的钱币分给一个村民，又抽出一张分给另一个人，余下的笑呵呵地一把全揣进裤袋。小舅含笑朝山下走去，装作什么也没看见。

下山的路似乎变短了，很快回到小街，小舅走在前面，我与母亲、四姨妈随后。快到老屋时，突然，从一家卖水果的店铺旁蹿出一个矮个子的妇人，拦住了小舅。妇人的嗓门很大，哇里哇啦说着，唾沫飞溅，小舅侧头躲避，脸上挂着尴尬的表情。后来是四姨妈走过去，与那个妇人左说右说，才帮小舅解了围。

小舅板着脸气呼呼地朝老屋走去，四姨妈随后跟着。妇人是大舅一族的孙媳妇，她要租小舅的门面房，那门面房原先已租给村民杏子一家，大舅的孙媳妇每天在村里闹，逢人就指责小舅六亲不认偏袒外人。

我悄悄拉一下牛眼叔的衣服，问，杏子是谁啊？牛眼叔说杏子是叔公的学生，跟叔公学拍照的。

小舅站在老屋门口，回转身对四姨妈苦笑着说，我为什么一定要租给她？小舅指着一旁的母亲对四姨妈说，她看见五姐人都不叫，这样的晚辈我为什么要迁就她？莫名其妙！小舅说完气呼呼地跨进老屋的门槛。

这天中午是乡镇小学的校长请小舅吃饭，我们刚回老屋不久，一个年轻小伙子骑着自行车来把小舅驮走了。四姨妈掌勺炒索粉给我们吃，牛眼叔依旧坐炉灶前添柴加火。东阳人说的索粉其实就是米粉。卷心菜切成细丝再加肉丝，放油锅里煸炒一下，索粉是浸泡在水里的，四姨妈用双手捞起放淘箩里，等水滗干，放入锅内翻炒。

一盘盘索粉端上八仙桌，门口闪现一个十岁左右的精瘦小女孩，她穿着颜色发白的花布裤，上身套件褴褛的布衫，袖口很短，裸露出细细的胳膊。她长得很标致，站在门口眉开眼笑忸怩作态。

牛眼叔对母亲说，我囡六谷，又虎着脸对六谷说，死鬼，怎么不叫人？这是五姑婆，这是小弟叔。

六谷朝我们分别作揖，嗲声嗲气地叫人。

四姨妈跑去厨房又端来一盘索粉，嘴里嘀咕一句，早饭都没吃过吧？把一盘索粉递给六谷。

六谷交叉双腿，两手合掌捏着，微微欠身说，这厢有礼了！

四姨妈笑着对母亲说，这小妖精，也不知道跟谁学的。六谷马上回了一句，这是从戏文里学来的。牛眼叔板着脸，手持筷子一直戳到六谷的额头上，呵斥道，死鬼，给你吃还这么多话！

大家默默地吃着索粉。牛眼叔说明天上蒋的村干部要请叔公去吃饭。四姨妈说上蒋很远的，怎么去啊？牛眼叔说还能怎么去，我用独轮车推他去呀。四姨妈说这次回乡已有好几个人请小舅吃饭了。牛眼叔说那没有办法，叔公在东阳的地界上面子大呀。

午饭后牛眼叔要送六谷回家，六谷一点不认生，跑过来拉住我的手臂左右晃动说，叔，去我家玩吧。

穿过小街，拐几个弯就到了牛眼叔的家。一座泥土墙的茅草屋，门帘是用破棉被做成的，掀起门帘，是半身高的木板门，六谷几乎是跳进屋内的，因为兴奋过度用力过猛，她的瘦小身子几乎直接跌倒在泥地上。她在地上打了个滚，迅疾站起来，姿态极其灵活，用一双恐惧的眼光定定地看着她的爸。

牛眼叔的家委实让我惊呆了，四周全是泥土墙，屋内空空荡荡，真可以用家徒四壁来形容，除了一个发白的旧木柜和许久不用的灶头，麦秆从中间围成两个空间，姑且算作是两个房间。有两张床，床上的被子棉絮裸露，凌乱不堪，房间里弥漫一股发霉的气息，我的呼吸顿时感觉困难起来。

我无法想象，假如小舅不回家乡，游手好闲的牛眼叔怎么来养活六谷，如何支撑这个破败的家。我像受了刺激一样逃离牛眼叔的家，牛眼叔要送我，我坚辞了。我能找到老屋，我对自己的方位感很有信心。

我疾步如飞，很快找到村口方向，在老屋门口，远远看到三个女孩在那里探头探脑地张望。一个胖胖的姑娘领头，十七八岁的模样，梳着两根大辫子，脸颊上两大瓣红红的紫斑，她身边是比她矮半头的小姑娘，再后面的那个女孩被挡住了。

四姨妈出来了，站在门口，躲藏在视线后面的女孩退后一步，转过身子，一双灵动的眼睛朝向我，我心里咯噔一下，时间仿佛在那一瞬间凝固了：是昨天见过的那个包着头巾挖甘蔗的女孩。后来我才知道她就是杏子。

女孩们随四姨妈拥入屋内，我若无其事地跟了进去，心里一阵扑通扑通地乱跳。我手足无措地先去厢房，空无一人，又径直拐去厨房，路过客厅，总感觉到背后有一双眼睛在盯视着自己，像一束舞台上的追光，让我浑身发麻无处可逃。

母亲戴着老花镜，坐在灶台旁翻阅一本杂志，见了我好奇地问，那么快就回来了？我嗯了一声说，他家怎么那么穷啊？母亲问，你是说六谷家吗？东阳这地方农村人大部分都穷，而且重男轻女，要不当年我们姐妹几个就不会先后都离家出走了，二姨妈也不会逃婚逃到了上海。我们几个姐妹中三姨妈除外，她长得最漂亮，嫁到邻村的富庶人家，土改中老公被划成地主成分，结果一生都抬不起头来。

三姨妈我不久前见过，个高肤白，一看便知年轻时是个美人坯子。半年前为了二姨妈的遗产分配，小舅把她从东阳接去，请到上海的家中住了个把月，每天好酒好菜地伺候。后来的家庭会议上，三姨妈不遗余力地为小舅说话……

母亲关于家族史的往事尚未讲完，屋外突然一阵喧哗，是小舅回来了。原来他与这些女孩约好下午帮她们拍照的。

我与母亲走到厨房门口，只见小舅脸腮和眼睛红红的，眼神矍铄，肩上挎了一架棕色皮壳的德国康泰司相机，手持木梳在精心打理他的菲律宾博士头。那几个女孩围在他身边，欢呼雀跃。小舅把木梳塞到四姨妈的怀里，手臂高高举起，像一个将军似的发出指令：出发！

姑娘们簇拥着小舅往外走，胖姑娘看见我，热情地上来一把拉住我说，一起去吧！

小舅回转身来沉吟道，对哦，小弟也可以一起去。我正犹豫着，母亲从身后推我一把，我矜持地跨出厨房的门槛，其实内心是十分乐意的。

下午的阳光明媚和煦，山坡像被涂了一层金色的涂料。树林里小舅健步如飞，东张西望，在宁谧的风景里寻找风景。小舅在一块突出的岩石旁伫立，他拍了拍岩石，让杏子坐在上面，用手势示意杏子侧过身子，于是阳光斜斜地照射在杏子的脸上，一幅图画油然浮现在众人的视野里。

杏子长着一张标致的脸蛋，尖下巴，皮肤很白，一点不像每天要干农活的村姑。她个子不高，斜倚的身材却格外匀称。笑起来自带一种狐媚，害羞的样子尤为动人。数年后上大学期间，我读到徐志摩的诗句，“最是那一低头的温柔，像一朵水莲花不胜凉风的娇羞”，那似乎就是为杏子而写的。

随着相机咔嚓一声，杏子笑微微站起，站在我边上的胖姑娘一阵兴奋，大辫子甩呀甩，一直拂到我的脸上。她还没来得及有所动作，她的妹妹已噌一下蹿出去，一屁股坐在那块岩石上，尚未发育好的身子扭捏着，傻笑着让小舅给她照相。

上山的路上，叮咚的泉水哗哗流淌，胖姑娘走在我的旁边，她的话真多，喋喋不休地与我搭讪，她说她叫梅花，边上是她的妹妹菊花，那个模样标致的姑娘是同村的杏子。我承认我有点坏心思，有意无意从梅花嘴里套话，打听的全是杏子的情况。杏子早年丧母，哥哥在县城打工，杏子与父亲在家务农，兼带经营甘蔗店。我跟梅花交谈的时候，与小舅走在前面的杏子不时回过头来，她的目光一旦与我对视，眼帘迅疾下垂，温柔地低下头，脸上浮现一团红晕。

小舅给梅花拍照的间歇，杏子与我靠得很近。我对杏子说你很上照，拍照时你就像一个电影明星。杏子听闻我的话，害羞地低下头，杏子笑起来的表情妩媚极了。其实，那时候的我是很腼腆很矜持的，我也不知道当时哪里来的勇气让自己如此口无遮拦，说出这般肉麻的话。我只是觉得，无来由地，杏子给我一种莫名的熟悉感。

小舅的一卷胶卷拍完了，换胶卷的时候他把相机放在一块岩石上，让杏子用外套遮住相机，小舅的双手在里面不停鼓捣，他一个劲儿地告诫杏子捂牢衣服遮住光线。不一会儿，小舅换好了胶卷。他在相机上摆弄几下，说可以了，又开始潇洒地东张西望，寻找拍摄的角度和位置。

我们来到一片桃树林，树叶零落翻飞，地上长满紫色的花朵，调皮的菊花俯身采撷了一朵跑过来，在我面前摇晃说，知道这是什么花吗？我这个城里人一下被考住了，眼光不由得扫向杏子求助，杏子马上替我回答，这是勿忘我。菊花不乐意了，手持花朵在杏子的脸庞上胡乱挥打，叫你帮他叫你帮他！杏子红着脸用手抵挡，左右躲闪，梅花上去拉住妹妹，三个女孩扭成一团。

小舅走过来，拉着杏子让她倚靠在一棵矮矮的桃树边，杏子把外套交给梅花，身体侧立在桃树边，一只手搁放在树干上，捋起袖管，露出一块铮亮的手表，我的视力特别好，那分明是一块上海牌的手表。杏子还未摆好姿态，只听到小舅的相机啪啪的一阵响。小舅的抓拍能力确实了得，杏子的神态生动，那一个个瞬间，都在小舅即兴的灵感里得到完美的呈现。

夕阳西下，我们一干人从山上回到村庄，炊烟在旷野上袅袅升腾，小街上的店铺都打烊了，长长的石板路上阒无一人。

临分手前，梅花突然拉住我的手臂说，晚上我们去上蒋看电影，一起去吧？我支支吾吾地说，上蒋在哪里？很远吗？梅花说不远的，出村爬两个山坡就是上蒋，不会超过一个小时。说好了，六点半我们在村口等你。

我点点头，朝杏子和菊花挥挥手，转身跟上大步流星往老屋走去的小舅。

那天晚上，乘小舅边喝酒边侃侃而谈之际，我偷偷溜出了老屋。事先我只跟母亲打了个招呼。

在村口我与三个姑娘会合了。梅花笑嘻嘻上来与我打招呼，她的东阳普通话让人啼笑皆非，菊花从她姐后面忽地钻出来哈哈大笑，稍远一点的杏子在月光下亭亭玉立，一脸文静地含着笑，怀里揣着一捆报纸裹着的什物。夜幕下我们健步如飞，梅花两条大辫子左右晃动，甩得像拨浪鼓。

到了上蒋的打谷场，电影已经开始放映，党卫军上校冯・第特律斯已经到达萨拉热窝，他与下属军官漫步在城堡上，俯瞰远处鳞次栉比的屋顶说道，我记得一位波斯尼亚诗人曾经说过，愿上帝保佑追击者，同时也保佑被追击者！下属军官马上说，长官，我喜欢追击人，而不喜欢被追击。第特律斯潇洒地挥挥手。这时候，梅花朝我手里塞了一根削皮的甘蔗，是杏子带来的。我们一边吃着甘蔗，一边观赏身材健硕的瓦尔特率领游击队员怎样保卫萨拉热窝。甘蔗很甜，汁水饱满冰凉爽口，那甜味沿着咽喉食道慢慢下滑流淌，滋润我的心田。

随着第特律斯沮丧地指着萨拉热窝全景说这座城市它就是瓦尔特，打谷场上的村民们全都骚动起来，纷纷往四周离散。往回走的路上，我好不容易摆脱梅花的纠缠，与杏子并排而行，侧头斜视，杏子的脸庞轮廓清晰，胸脯骄傲地隆起。我觉得自己的脸有点微微发烫。

甘蔗真甜！也许是没话找话，我突然说。

杏子的眼睛在暗夜里发光。真的吗？你喜欢吃？

我说我好喜欢。实际上，我也没有那么喜欢，那时候随口一说，有点像小和尚念经有口无心。甘蔗为什么要埋在土里呢？我接着问出了心里的疑团。

东阳这一带都有冬天往地里埋甘蔗的习俗，这样可以保持甘蔗的水分和鲜度。杏子耐心地给我科普。你要喜欢，我明天给你送，都是自己家种的东西，农村人其他没有，不比你们城里人。

你这个农村人都有上海牌手表！我贸贸然脱口而出。

那是我让你舅舅从上海带的。杏子说。不过，不过，后来我要给他钱，他死活不肯要。

啊？真的？我惊呼起来，不知道自己为何如此失态，仿佛知道了一个天大的秘密。那时候一块上海牌手表价格不菲，便宜的也要上百元。

杏子转过身来，用一只手捂住了我的嘴，她像一只惊慌的小鹿，看看走在前面的两姐妹，另一只手的手指杵在小嘴边。嘘——保密！

我连连点头，很倾心杏子能够对我毫无保留坦诚相见，我也很乐意成为杏子的同盟军。

夜路漫漫，走着走着我与杏子落在后面。梅花和菊花伫立在前面等待。见我们慢慢走近，梅花上来拉住我的手臂，不乐意地说，快走呀，你们走得也太慢了！

城里人，不习惯走夜路。杏子微笑着，似乎在为我打圆场。

我看看旁边的杏子，感觉到我们的目光在夜色中互相寻觅，有一种无言的默契。

回到老屋，母亲和小舅都睡了，四姨妈还在收拾屋子，她微笑着看着我，眼神很怪异。她嘴唇嗫嚅着，仿佛要说什么，终究什么也没有说。

翌日早晨起来，我看到客厅的八仙桌上堆着一摞甘蔗，全削皮斩断，整整齐齐地摆放着，甘蔗的色泽白里透着嫩黄。四姨妈走过来对小舅说，不知道谁拿来孝敬你的，一早就放在了门口。

小舅那会儿正准备出门，他用木梳梳着头，说，大家一起吃吧，东阳的甘蔗还是很甜的，算是这一带的土特产吧。

我没吭声，我大概能猜到是谁送来的。

这一天小舅出门后就没回来，中午和晚上都有人请他吃饭。小舅不在，伙食就比较简单，四姨妈又在准备炒索粉的备料。

小舅出门时，出工的村民纷纷与他打招呼，我很快在三三两两的人群中认出包着头巾的杏子，她扛着锄头朝田野走去，回眸看到屋内的我，调皮地朝我眨眨眼睛，一低头走了。

傍晚时分，门口一阵风似的出现菊花的身影，她告诉我晚上邻村又放电影，邀请我同去。我支支吾吾问她还有谁一起去，她说当然有姐姐和杏子。我连忙点头，竭力掩饰心花怒放的情绪。

晚饭后，我偷偷溜出老屋，在村口见到菊花和杏子，没看见梅花，我问菊花她姐为什么不去，菊花说姐姐一个人在家里哭呢，不知道为啥。不管她，我们去看电影！菊花说着奔跑在崎岖的山路上。

这天晚上放映的电影是《春苗》，讲的是一个赤脚医生的故事，我根本没有心思观看，一直凑过脑袋去与杏子窃窃私语。梅花不在，我显得有些放肆，趁菊花津津有味地看着电影，我们相谈甚欢。交谈中我了解到杏子是厦程里读书成绩最好的，但她没读完中学就帮父亲打理农活了。她居然读了很多书，《艳阳天》《红旗谱》《上海的早晨》等等，对十里洋场的认识全是从《上海的早晨》这本书里获得的。杏子说她向往上海，几次做梦梦到上海，大轮船，高楼大厦，只要能去一次上海，就是死了也愿意。这次轮到我捂住杏子的嘴了，我说你去呀去呀，你去上海我可以带你玩，老城隍庙、黄浦江、大自鸣钟，等等等等。我不负责任地拼命开着空头支票，那会儿我尽情发挥，完全忘记了再过些时日，我就要离开上海了。

杏子连连摇头，悲伤地直直地盯视着前方的银幕，一颗泪珠从她的脸颊滚落下来。然后她低下头，沉默不语，她的神情就像霜打的残红。

我的心好痛，手情不自禁地伸过去，紧紧揽住杏子的肩膀，这是我平生第一次像个骑士般拥住一个女孩。中学期间，有过我喜欢也喜欢我的女生，但仅仅就是朦朦胧胧的喜欢，连手都没有拉过。

杏子抬起头，用泪汪汪的眼睛望着我，我很自然地凑上去吻了杏子。这一切仿佛从天而降，没有任何人教过我。杏子的嘴唇紧闭，我品尝到了一股甜甜的、带着田野芳香的滋味。

突然杏子推开我，拉了拉衣服，坐直了身体。我斜眼张望了一下旁边的菊花，小姑娘神情专注地盯着银幕，呵呵傻笑着。

从邻村回家的途中，杏子一直显得很忧郁。后来菊花说要尿尿，她很快钻进田野，消失在黑暗中。我在月光下坚决地捧起杏子的脸庞，她的脸沉浸在幸福之中，可双眼却挂着泪花，我又一次吻了她，一个长长的吻，时间在那一刻仿佛凝固了。

杏子突然推开我，田野中菊花像个幽灵一般闪闪烁烁出现了。我与杏子迅速分开，月光无边无际地漫过来包围着我们。

回到老屋，昏黄的灯光下，四姨妈坐在八仙桌边做针线活，好像就在等待我的归来。我刚想溜进厢房，被四姨妈叫住了。

小弟，你去哪里了?

我看电影去了。我小心翼翼地回答。

你人生地不熟的，夜里黑灯瞎火的，要出点意外如何是好啊?四姨妈语重心长地说。

不会的，我已经成人了，又不是小孩。我的语气有点生硬。

长辈是关心你，母亲出现在厢房门口，农村的治安不比城里。

母亲这一帮腔，刺激了我的逆反心理，我说，你们瞎操心，我又不是一个人去的。

你跟村里那些女孩子厮混也不好，四姨妈笑得很暧昧，你小舅在东阳地界上是有头有脸的人，万一出点什么事情，他的脸面往哪里搁啊？

我的脸唰一下红了，一股无名火油然而生，我尽量克制自己的情绪说，能出什么事？四姨妈！你这话说得真是的，我做什么了？怎么给小舅丢脸了？

我如此直接地顶撞四姨妈已经不是第一次了。半年前，在二姨妈遗产分配的家庭会议上，当她与小舅一起指责我不愿意给二姨妈做干儿子的时候，我被激怒了。二姨妈一生节俭，却留下几套平房，还有数量可观的红木家具及瓷器。本来是小舅与四姨妈的矛盾最尖锐，四姨妈嫌自己口才不好，叫来大女婿参加谈判。四姨妈的女婿是律师出身，思路清晰逻辑性强。小舅请来的“救兵”三姨妈没什么文化，她戴着绒线帽，操着缓慢的东阳话，完全站在小舅的立场说话，所有的理由都建立在传男不传女的乡俗上。四姨妈的女婿马上针锋相对地指出，二姨妈的遗产不是隔代相传的祖业，更何况，于今已是新社会，传男不传女的观念也不合时宜。老迈的三姨妈被四姨妈的女婿一抢白，眼睛吧嗒吧嗒地眨巴着，一句话也说不出口。

戏剧性的一幕出现了，三姨妈原本以为也可分一份二姨妈的财产，结果小舅以三姨妈成分不好为由，拒绝了她的要求。三姨妈象征性地得到了一些二姨妈的衣物。我看到三姨妈起身离去的时候老泪纵横，她没想到上海之行是这样一个结果。

三姨妈的问题解决后，小舅与四姨妈抛弃前嫌，开始联手打压母亲，他们寻找的突破点就在我身上。四姨妈一字一句说得非常清晰：

你看小弟，你要给二姐当儿子，我们今天就用不着在这里吵来吵去了，所有的遗产都属于你了。

听闻四姨妈的话，我一下崩溃了，我冲着四姨妈怒吼。

我为什么一定要给二姨妈当儿子？我难道没有选择的自由吗？

后来，我冲出屋去，仰头朝天，面对万籁俱寂的星空号啕大哭。那时候只听见小舅在后面说，让他哭让他哭，这样他的愧疚会少一点……

小舅睡意蒙眬眯着眼睛出来了。他穿着短裤背心，说你们在说什么呢，还不睡觉啊？然后他一副息事宁人的表情对四姨妈说，四姐，你不要操心了，小弟的事情由五姐管，我们就不要管了。睡吧睡吧。

四姨妈收起针线活说，我也是好心，又不是我的子女，我操什么心啊。

那天晚上我心烦意乱，翻来覆去难以入睡，脑子里全是杏子梨花带雨的模样，天蒙蒙亮，我好不容易才依稀睡去。

这一睡自然到第二天中午，睁开眼环顾房间四周，母亲不在，我慵懒地起床，洗脸刷牙间，听到厨房里传来喧哗声。我走过去，母亲和四姨妈在灶头忙碌，牛眼叔依旧在烧火。

母亲看到我问道，小弟饿了吗？我摇摇头。反身离开厨房的时候，我瞥见灶头边的垃圾桶里，有一堆削皮的甘蔗。

好好的甘蔗，为什么要扔垃圾桶呀？我大声说。

戴着袖套的四姨妈手持一把炒菜铲子走过来说，这是昨天的甘蔗，看你们都不吃我就扔了。今天又有人送来新鲜的。说着她从水缸木盖上拿过一只淘箩递给我，淘箩里装满了甘蔗。

浪费是最大的犯罪！知不知道？我没伸手去接淘箩，生硬地撂下一句便离开了厨房。

午饭四姨妈做了三菜一汤，小舅提了锡壶要给母亲倒酒，母亲说她嗓子痛就不喝了，小舅给自己的酒杯斟满，又给牛眼叔斟酒。我的面前没放酒杯，小舅举着锡壶笑嘻嘻地问，小弟不喝吗？我摇摇头，小舅没再说程家的后代哪能不喝酒之类的话。我匆匆扒拉完一碗米饭，就离席回房了。

午饭后，小舅走进屋来打开衣柜寻找衣服，他下午可能又有应酬，刚准备换上，客厅传来吵闹声，一个妇人哇里哇啦快速地说着，小舅穿着短裤冲了出去，我看到客厅里大舅的孙媳妇在和四姨妈大声嚷嚷着，她的脸涨得通红，唾沫四溅，因为语速太快，声音在屋梁四周回旋，完全听不清语义。

母亲站在四姨妈的身边，耐心劝阻着大舅的孙媳妇。那妇人随后一把拉起母亲的手臂说，你是五姑婆吧？你评评理，我们还是不是亲戚啊？他宁可把房子租给外人也不租给我，这是一个长辈该做的事情吗？

奇怪，我为什么一定要租给你？是小舅的声音。我想租给谁难道还要征得你的同意吗？莫名其妙！

那妇人即刻又爆炸了，嗓门变得异常地嘹亮，有你这样的长辈吗？你跟那家人是什么关系啊？你要跟他们做亲戚啊？

不知道为什么，那时候我突然想起杏子拍照时手腕上露出的那块上海牌手表。

你再胡说八道，我就对你不客气！穿着短裤的小舅拿起了一把竹尺，在八仙桌上敲得噼啪响。

你打呀你打呀！妇人凶猛地冲向小舅，母亲和四姨妈两个人拼命拦住她，四姨妈的脚下踉跄了一下，小舅赶紧放下手中的竹尺，一把扶住了四姨妈。姐弟三个簇拥在一起，那画面异常融洽暖心，面对外部势力时他们是那么团结，让人绝对不会想到他们曾经因为二姨妈的遗产而争得面红耳赤。家庭会上所有难听的话此刻都烟消云散了。

后来牛眼叔出现了，他嘴里嘟嘟哝哝，凭借魁梧的身材，将大舅的孙媳妇和气地劝走。

傍晚时分，菊花活蹦乱跳地来找我，她完全不知道白天发生的事情，站在门口大声邀请我去看电影。

四姨妈挡在门口，不让菊花进屋，她对菊花说，我家小弟晚上不能去看电影，他马上要回上海了。母亲也走到客厅说，对对，我们小弟今天不去了。菊花应该是很失落地走了。

我一个人坐在房间里，外面的对话全部钻进耳朵，心里备受煎熬，我真的无比思念杏子，脑子里全是她会说话的眼睛、活泼生动的姿态和悲戚忧伤的神情。

这期间四姨妈做了一件让我匪夷所思的事情，她瞒着大家特意跑去位于山坳里的杏子家，让杏子的父亲好好管住女儿，不要再往老屋送甘蔗了。杏子的父亲因为租着小舅的街面房，对四姨妈的要求自然是满口应承。

四姨妈为了维护她的兄弟真是煞费苦心不遗余力。可我当时不明白她为什么要这样做。我从母亲嘴里知道这件事后，再也没有主动与四姨妈说过话，冷战一直持续到我与母亲离开东阳的那一天。

一天早晨，我起床后一直被一种心神不定的情绪所笼罩，忽然我意识到了什么，跨出门槛，于是，我看到老屋前面的菜地里两个在挖甘蔗的身影。我实在抑制不住内心的冲动，一步步朝菜地靠拢挪近。包着头巾的杏子发现了我的莽撞，拼命朝我摆手。我没有停下脚步，杏子大概意识到无法阻止我的前行，她站起身来，躲到父亲的身后。杏子的父亲，一个满脸皱纹的村民，终于察觉到了异样，他看看我，又看看杏子，抱起一捆甘蔗往杏子怀里一塞，提了锄头，强拉着杏子的手臂朝村里走。走出十几米外，杏子回头望了我一眼。这是我最后一次看到杏子。

接下来的日子流水般庸常，我整日无所事事，在思念中度日如年。那天小舅不在，坐上八仙桌，面对一大盆索粉我毫无食欲，再好吃的东西中午吃晚上吃你都会腻。

母亲见我不动筷子，就关切地说，小弟早饭也没吃，快吃吧！

每天吃这个，受不了。我说。

四姨妈微微一笑，说，索粉在东阳是用来招待客人的。

我又不是你们东阳人！我没好声气地回了一句。

受到顶撞的四姨妈拉着个苦瓜脸，尴尬地看着母亲。

我不想让矛盾激化，也不想让母亲为难，于是突然站起来离席而去。

冷战一直持续着，终于有一天，母亲对我说，我们回上海吧！我连连点头，转过身去，生怕母亲看到我沮丧失意的样子。

临走前的一天，我写了一张字条，在村口拦住正与几个小孩玩耍的菊花，请她无论如何将字条带给杏子。我已经好几天没看见杏子，就想最后再看一眼杏子。你告诉杏子，我明天就要走了，我反复叮嘱菊花。菊花点点头，接过字条，活蹦乱跳地消失在我的视线里。

这天晚上，我在村口足足等了一个小时，杏子没有来。开始是焦急，忐忑，渐渐地，心情像一盆炭火冷却下来。夜风拂面阵阵寒意，我感到身体在微微颤抖。不知道菊花有没有把信送到，我热切期望见到杏子，杏子却没有出现。我不认识杏子的家，不然以我当时的心境是会找上门去的。

清晨，牛眼叔送我们去县城。我坐在独轮车上，感觉自己是被押解回上海的囚犯，天际线愈来愈近，心里有一口井，往下沉往下沉，一直沉到深不可测的井底。极目望去，无边的田野，望不到边的荒芜和寂寥。我幼年丧父，在大城市里出生长大，母亲说要带我来她的故乡，我是多么地欣喜和兴奋，遇到杏子，生命第一次感到被激活被打开，第一次体验到异性相吸的美好，不承想是这么一个结局！短短几天的乡间生活，像一阵风吹过田野，像一个梦，还没到结尾，梦就醒了。

到了东阳县城车站，因为我没吃早餐，母亲去旁边的小店铺给我买点心。母亲先把一个沙琪玛递给我，说好像不是上海生产的，你尝尝，也许不错。我接过沙琪玛，母亲又递给我一个纸袋，我打开一看，纸袋里是切成块状的一段段乳白色的甘蔗，我像被电击一样，用一种惊诧的目光盯视着母亲。母亲的目光很慈祥，但也很无奈和空洞。

火车隆隆轧过铁轨，我一语不发地坐在车窗前，田野急速朝后驶去，所有的景象都幻若梦境，所有的一切都那么地不真实。那袋甘蔗一直静静地躺在车厢的餐桌上，我的眼光几次触碰到它又迅速移向别处，好像那是一颗定时炸弹，一旦引爆乳白色的甘蔗片就会在车厢内到处奔跑起舞，苦涩的汁水如雨滴般翩翩洒落。

很多年以后，我的母亲年事已高，因为心脏不好，在医院做搭桥手术。手术后的一天，阳光照进窗棂，母亲午睡后醒来，看见我坐在病榻前，她伸出瘦骨嶙峋的手拉着我对我说，有一件事情一直没有告诉你，我怕再不说就没有机会说了。你还记得东阳老家的杏子吗？

我点点头。

当年你去了大丰后她来上海找过你，来过我们家。她是跟着三姨妈的儿子到上海的。当时你在大丰农场，我没有让她去找你。

母亲突然咳嗽起来，她拍着胸脯，脸色涨得紫红，我赶紧起身倒了一杯温开水递给她。

母亲吞下一口水，清了清嗓子，又继续说道，你们的父亲去世早，我一个人抚养几个子女长大，没觉得亏欠你们什么，但这件事情一直是我的一块心病。

母亲接着说，每个人都有自己的命，杏子长相俊俏，在东阳那个小地方就算美人了，但很不走运。杏子的婆家是三姨妈的儿子牵线找来的，那时候杏子的父亲得了重病，为了得到一份厚重的彩礼给父亲治病，杏子才答应这门婚事的。杏子婚后生了一个残疾孩子。那姑娘是不是很苦命？这些都是三姨妈的儿子告诉我的。

三姨妈的儿子我见过，这位表哥的外号叫“天公神仙”，东阳话的意思就是无所不晓的乡间能人。

母亲又喝了一口水，双手捧着玻璃杯，望着我说，我知道我的几个子女都对小舅有看法。金无足赤人无完人。但他毕竟是我的弟弟。

其时小舅已去世，前列腺癌，晚年即便得了病，都离不开黄酒，他不听医嘱，中午晚上忍不住还是要喝半斤酒，吃一餐饭要上好几次厕所。

当初小舅听说杏子要嫁人，他很生气，把东阳的门面房收回来，租给大舅的孙媳妇了。母亲继续说。

小舅不是与大舅家不和吗？我问。

是呀，可大舅一族一直在闹，后来闹到整个东阳地界沸沸扬扬的，你舅妈在上海也知道了这件事情，为此还专门去了一趟东阳。

那杏子结婚小舅为啥要生气呢？我问。

具体的我也说不清楚，你四姨妈可能知道的多一点。杏子结婚的时候想让你小舅当证婚人，小舅人在东阳，东躲西藏，死活不露面。

母亲强撑起身体，伸出枯瘦如柴的手，指着白茶几前面的一只旅行包说，哦，对了，你帮我找一下，旅行包的里袋有一个信封。

我打开旅行包，抽出一个褪色的牛皮纸信封，信封上印着“新疆建设兵团”的字样，那是大哥戍边工作了一辈子的地方。

你把它打开。母亲说。

我打开信封，从里面抽出一张黑白照片，约莫明信片大小的尺寸，照片上杏子神情妩媚地倚靠树身，臂腕自然松垮地搭在树干上，手腕戴着一块上海牌手表。

我久久凝视着照片上微笑的杏子，时光飞快穿越到几十年前的乡间。影像模糊晃动，依稀浮现那一低头的温柔。翻过照片，只见背面歪歪扭扭地写着一行字：

厦程里的山上，到处长着勿忘我的紫色花草——杏子

病房里静如止水，午后的阳光温煦地映射在白色的墙上。

好了，说出来我心里就舒坦了。一开始是不想告诉你，日子久了，就开不了口了。母亲轻轻吁出一口长气，神情显得有些疲惫，她眯上眼睛，轻声说，你也快四十了，不要光忙事业，也该成个家了。

母亲想说的重点原来在此，我恍然大悟。我抚摸着母亲冰凉而枯瘦的手，宽慰她说，会的会的，会成家的。谢谢母亲告诉我这一切。

进入新世纪不久后的某个仲夏，人到中年的我，因为参加一个采风活动莅临东阳，当地报社接待了我们。报社副刊部的一位女主任带我们去火腿厂考察，一爿爿猩红的猪匹悬挂着，在阳光下像一面面旗帜。之后我们又去了木雕厂，最后驱车参观东阳的市容，沿一条正在整修的柏油路返回报社。我坐在大巴上，一次次眺望远方迷蒙的山峦，无来由地被一种近乡情怯的情绪所笼罩。山那边是怎样的一番景象？现在东阳人都变富了，粗粗估算一下，那个包着方格头巾

的姑娘已是中年人了，要在乡间的小路上迎面相遇，我还能认出她吗？一股悲伤无来由地涌上心头。

汽车缓缓行驶的某个瞬间，我的脑际突然回响起拉威尔《波莱罗舞曲》的旋律，这首乐曲是大学期间一位法国留学生向我推荐的。它的旋律很特别，非常简洁和恒定，通过一次次的变奏和配器变化来呈现主题，像一条条小河，从四面八方汇聚而来，节奏缓慢地坚定地朝向一个目标。很奇怪的是，那么多年过去，每当我陷入冥想的时候，这首乐曲就会自动跳出来。

午餐在报社的餐厅包间，一张大圆桌上摆满了丰盛的菜肴。我们走进去，落座后我忽然轻声对旁边的女主任说：能不能让厨房炒一盘索粉？

女主任很惊讶，说老师怎么知道我们东阳的特产索粉的？我说我母亲是你们东阳人，前年她去世了，享年九十四岁。

一大盘索粉端上来了，堆成一座小山，里面放了很多切片的红肠和卷心菜叶，索粉全是断开的，每根都一寸来长，一筷上去索粉就散开纷纷掉落，让人联想到大珠小珠落玉盘的诗句。

女主任见我放下筷子，连忙问老师你不喜欢吗，炒得不好再来一份。我说不用不用，非常好。

我情不自禁地陷入了沉思。那圆圆的切片红肠，怎么看都像是初吻。

德雷克海峡的 800 艘沉船

戈　舟*

1

十二月下旬的一天，晚上八点二十分，段欣慧登上了海南航空公司的航班，从海口飞往西安。五十分钟后，航班在美兰机场准点起飞。不出意外的话，会出什么意外呢？她会提前在咸阳机场落地。

是啊，会出什么意外呢？飞机爬升到巡航高度时，她一边调整椅背，一边在心里反问自己。

段欣慧习惯了这种内心的对话。有时候，她也会认清自己热衷于假设出两个自己，不过是为了聊以自慰。独居日久，她形成了固定的自语模式，凡事总归要先用一句消极的假设——“不出意外的话”——来做铺垫，继而再给出一个并非板上钉钉的结论。“不出意外的话”，对她来说，是句放之四海而皆准的金句。“不出意外的话，中午会准时用餐”；“不出意外的话，晚上能睡个好觉”。世界运转无碍，仿佛全靠某个意外的缺席才成就了一桩又一桩的小奇迹。这让平铺直叙的世界具有了不确定性，也让一顿午餐和一个好觉，都显得有如神助；重要的还在于，这个金句显而易见的荒唐感，又能给她提供出自我辩论的基础。

* 弋舟，男，1972 年生，现居西安。《延河》杂志副主编。中国作家协会全委会委员、青年工作委员会委员，入选中宣部全国文化名家暨“四个一批”人才。曾获鲁迅文学奖等多种重要奖项。

会出什么意外呢？就这样，自我的对话完成了，聊以自慰也完成了，就像成功地将自己一分为二，并且，那个看上去更具理性的自己，还占了上风。

夜航的旅客不多，机舱里空着不少座位。段欣慧这排就没坐满，她的邻座，一个像是公务员的年轻男人，和她隔着一张空座。男人靠窗，她靠过道。三个多小时的航程，不出意外的话，她应该至少需要让行一次——把腿屈起来，侧放在过道，给他留出去洗手间的通道。会出什么意外呢？除非他有着一颗蓄水能力惊人的膀胱。段欣慧自嘲着在心里念叨。事实上，空中服务还没开始，男人就已经迫不及待地上了两次洗手间。段欣慧由此意识到，这回，自己踏上的恐怕是一场没有神助的旅行。

旅行对于段欣慧而言，已然是活着的常态。独居后，她在四十三岁获得了所谓的财富自由。比她大三十岁的亡夫留下的财产，丰厚到令她不敢相信——不出意外的话，足以让她将这辈子都用来云游四方。她也的确因此过上了一种“说走就走”的日子。这种日子似乎被许多人所向往，但走个不停，难免会削弱她与人间生活的关联。段欣慧先是渐渐地没有了朋友，继而，连父母都联系得少了。有时候，身在旅途，她会想，如果她就此失联，消失在某个不为人知的地方，没个三年两载，身在武汉的爸妈都不会想起来找她。

不出意外的话，此生铁定就是一场漫长的旅行了，一直走到走不动的那一天，在一个不为人知的地方，倒下。她想，鲜有地没有反诘自己，而是默默祈祷：那么，请让这旅途是被神所祝福的。

可是神真的常常缺席。航班延误、天气突变之类的就不用说了，大到被人抢了手机，小到遇上个尿频的邻座，旅途中，她遭遇过太多不测，意外是无法完全避免的。但她已经停不下脚步。

空乘发过餐食后，男人又一次挤过她的双膝去了洗手间。她自作主张坐到了他的位子里。他的空位上留着一份报纸，此前一直心不在焉地翻看，给人的感觉是以此抵抗着内急的再一次光顾。她将报纸拿起，在男人回来时递向了他。这个男人真的具有一种公务员才有的理性，他迅速领会了她的意思，乖巧地坐进了她空出来的位置，似乎是想要表达一些歉意，男人还用手势示意那份报纸也一并归她了。

她并不想看报纸。但巡航在平流层的飞机平稳得令人昏昏欲睡。相较于看报纸，她更不想在一个陌生男人的身边睡着。她常常在飞机上看到睡相让人不能恭维的女性，立誓绝不让同样的一幕在自己身上发生。舷窗外，一万米高空中的夜色不过就是一张黑幕，她只有去想象，落地后，不出意外的话，会有一张酒店的大床等着她。会出什么意外呢？轻车熟路，酒店早已经订好了，接机的车，也在平台上落实了。

没有意外，只能让睡意更浓。她强打起精神，翻看手中的报纸。是一份《环球时报》，应该是登机时男人从舱门口自取的。在一种若醒若睡的状态里，段欣慧依稀看到这样一条新闻：

……国防部长埃斯皮纳称，找到幸存者的机会比较渺茫，但仍会全力以赴。事故原因不排除任何可能性……此次失联飞机于1978年制造，在美国服役至2008年。2012年智利花费七百万美元购入，2015年进入智利空军服役……德雷克海峡是智利本土通往南极基地最短航程的必经之路，这里是太平洋和大西洋水流的汇合处，没有任何陆地阻挡，该海域一直以恶劣天气著称，气温极低且常有严重暴风雨。据不完全统计，目前已有800艘船只沉入德雷克海峡，造成两万人死亡……智利军方表示，飞机起飞时，飞机状况和天气状况均良好。搜寻行动将持续至少六天，并可延长四天……

是一条关于空难的报道，嗯，还提到了海难，总之，神又缺席了，天上地下，皆是灾难。那些翔实的数据令她振作了片刻，“美帝国主义”，她的心里好像如此谴责了一下，多少对卖旧飞机这样的行径感到了不齿。继而，有种幻觉般的宏大图景席卷了她的意识：寒冷的海峡，疾风骤雨，怒浪惊涛……但她清清楚楚地意识到了“800艘沉船”这个概念，只不过，这个清晰的概念全然又被睡意给包裹了。如实说，谁靠着飞机舷窗睡着的样子都不好看。

她在机身落地时巨大的顿挫中醒来，迷惘地看着一个像是公务员的年轻男人朝她略带羞涩地微笑。她发现外面在下雨，停机坪倒映着被冬雨扭曲了的光斑。她看了下腕表，差十分钟零点整，果然提前了。打开手机，预约接机的司机已经发来了按时接驾的短信。她没什么行李，不过是一只登机箱，还有一件同样塞在行李舱中的羽绒服——登机时，海口的气温将近三十度，羽绒服完全就是一个行李般的存在。年轻男人友好地帮她从行李舱中取了箱子，她道了谢，自己拿下羽绒服，套上，下意识地将那份遗落在座位上的报纸重新拿回手里，卷成圆筒状，握住，好像如此一来，作为一个旅人，她的行囊才不会显得过于单一。

2

新年将近，吴尤莉计划给自己买件礼物。至于买什么，她一直拿不定主意。不是怕花钱——她又不会琢磨着买套房子来犒劳自己。别说房子，丧夫后，她可能都没有过千元以上的消费记录。她并不因此感到匮乏。她觉得自己没什么欲望，对什么都不抱有期待。这个新年的计划，只是作为一个“念头”存在，而有一个“念头”，对吴尤莉来说，反倒是种比较愿意体会的感觉。

她三十六岁，身高接近一米七，看起来还行。最初，这个判断的依据是：不乏男人对她兴致勃勃。后来，经了些不堪的事，她搞明白了，男人对所有的女人都是兴致勃勃的，他们随时都想碰碰运气，激发他们的，恐怕是一个“类”，而非具体到某个身高一米七的女人。明白了，就获得了宝贵的自知，于是比起同龄的女人，吴尤莉反而真显得有点“看起来还行”了——至少，她比她们苗条，比她们肤色好，比她们高挑。

这天早晨，吴尤莉的那个“念头”落在了实处。就买一只电动剃须刀吧。听见父亲在卫生间里的抱怨，她做出了决定。“充了一晚上电，只能刮半张脸！”吴玉福的声音并不大，但还是被她听到了。有时候，情绪比音量更能决定话语的传播效果。

房子是父亲的，老式的三室一厅。吴尤莉搬进来两年多了，承受着父亲的乖戾，她只能归咎于是自己的不期而至对父亲构成了麻烦。她也想过另找个住处，但条件真的不允许。亡夫除了给她留下一堆窟窿，什么也没给她留下；好在，也没给她留下个孩子，否则真是不堪设想。好日子也有过，但好日子的背后，是负债累累。丈夫活着时，铁肩担道义，只身营造虚假的繁荣；他可真是条硬汉，然而有一天这条硬汉突然撑不住了，一跃从二十七层的楼顶跳了下去。水落石出，好日子瞬间露出了狰狞的本相。一切都没了，生活不是清了零，是变成了负数。至今，吴尤莉还背负着几项被法院判定了的债务。

吴尤莉在三十四岁的时候，重新又做回了吴玉福的女儿。不是说父女俩一度泯灭了天伦，是说那种一个成年人突然不得不重新返场，再次回到一种仿佛不具责任能力，需要被监护的角色里的心境。吴尤莉想过，如果母亲还活着，自己的不适感也许会减弱一点，有爸有妈，即便参差不齐，共同挤在这套三室一厅的房子里，也会让一切显得“正常”点。遗憾的是，母亲在她婚后不久便离世了——宫颈癌，发现得太晚了。吴尤莉时不时会想，没错，如今同住在这套房子里的，是一对父女，但你也可以这样说：是一个三十多岁的寡妇和一个六十多岁的鳏夫。

对于亡妻，吴玉福没有悼念之情，全是怨怼之意。他认为罹患宫颈癌，正是对那个女人的惩罚。“她这一辈子，男人太多了！”吴玉福对着吴尤莉这么嚷过一次。至于何出此言，吴尤莉不想细究，也不想在自己的成长记忆中重新寻回尘封的蛛丝马迹；她倒是补充了一下宫颈癌的医学知识，原来性伴侣过多的确也是一条致病的缘由。如今，面对吴玉福，她只感到自己实在难以给自己定准角色，她找不到作为一个女儿的感觉，可也找不到不是一个女儿的感觉。对于吴尤莉，作为一个父亲，吴玉福又并非一无是处。除了会开车，吴尤莉一无长技。两年前，她去驾校做过教练，但从业的经历只是让她坐实了男人兴致勃勃的本质。这时候，吴玉福全然像一个慈父，他给吴尤莉买了辆丰田卡罗拉，还是辆新车，他鼓励她去开网约车，以一个父亲的口吻对女儿说：“命运这把方向盘，还是要握在自己手里。”那一刻，吴尤莉恍然记起，眼前的这个父亲，退休前是中学的历史老师。情绪好的时候，他还会跟女儿评价一番客人，譬如：“看上去是个有教养的人，结果把擤鼻涕的纸扔在车上。”可是转天，他又会性情大变，常常是吴尤莉做好了饭，他却铁青着脸泡了桶热干面自己端进卧室吃。

这天早上，当吴尤莉决定买一只电动剃须刀的时候，她不能给自己的这个念头定义——究竟是给父亲的一个礼物，还是给房东的一个贿赂？

吴玉福从卫生间出来了，的确是只刮了半张脸，这让他的脸色看起来尤为阴晴不定。残留的胡楂仿佛是一片不祥的阴影。“怎么不多睡会儿？”她小声问，没指望得到回答。她这么问是有道理的，昨晚最后一单活，是他去机场拉的人，回来睡下，怎么也要到半夜了。自从开上网约车，为了安全起见，吴玉福经常替她跑夜活，显然，这算得上是一个标准的父亲对女儿才会有的顾念。但是此刻吴玉福有些发呆，他从卫生间出来，给人的感觉却像是“进来”似的，好像一个人两脚踏空，突然陷入到了新的境遇中一般。在吴尤莉眼里，这的确又不像是一个父亲了。像什么呢？某个念头在她脑子里一闪而过。

3

“所有世纪的二〇年代都辉煌。”

微信群里有人发出的这句话让胡晓虎心头一热。考虑到新年将至，那个“二〇年代”已经进入了倒计时，恐怕任何人看到这句话都会心头一热。“世纪”“年代”“辉煌”，都是自带热力与光芒的词啊。胡晓虎不由得默算了一下——就是说，八十五个小时后，辉煌便要普照万物了。他有些激动，是种久违了的感觉。这种感觉他也说不准，但是在他当兵的那些日子里常常会被点燃，一道命令，一次动员，都会令他产生同样的情绪。他感觉被激励，即便作为队伍中微不足道的一分子，也会有一种欣然而隆重的神圣感。

但是这句话被湮没在信息的洪流中了。他给这个群设置了“消息免打扰”，偶尔翻看一下成百上千的言论，随即删除掉，等着下一次信息重新注满这条他和战友们保持链接的通道。没错，这个群里的都是复转军人，基本上都是在各种培训班上认识的，如今大多分布在政府机关和事业单位。曾经的军人们自发地组织起来了，如同一支影子部队。

好像没人对这句话做出响应。大家在群里基本上都是自说自话。有人发地铁里人潮涌动的照片；有人说两句本单位的节日福利；还有人分享昔日的军歌，《打靶归来》什么的。各自抒发，各自捕捉能够触动自己的信息。胡晓虎查看了一下发布这条信息的主人，果然，是位文联干部，头像是一个打着领带的卡通人物。然后，他在群里也发了条信息：目前已有800艘船只沉入德雷克海峡。没什么道理，他可能只是觉得这句话比较接近自己此刻的心情，觉得“800艘船”“沉入”“德雷克海峡”，同样也有一种令人心头一热的、辉煌的气质。

胡晓虎发出信息后，才想起这句话是两天前自己在飞机上看到的。它出自一份《环球时报》。现在突然想起，说明当时还是触动了他的，这条新闻中那道不祥的海峡，当时在他看来有种被诅咒过的意思。伴随记忆而来的，还有无法令人忍受的、同样像是被谁诅咒过一般的腹痛。海口之行是他分配到社科联工作后的第一次出差，热带地区的水土彻底击溃了他。在海口待了短短三天，他就拉了两天半肚子。胡晓虎想起，自己在返程的航班上是如何煎熬的了——他妄图用一份报纸来分散自己的注意力，在报纸上，地球人四处杀人又放火，但都抵不过他肚子里的革命。只有这条事关空难与海难的消息短暂地对他有效过，也许是“800 艘”这个具体的数据要胜过一切抽象的灾难，他的注意力因之转移，获得了间歇的安宁。

他的信息发出后，同样也迅速地湮没在群里了。今天大家好像都闲下来了，往常这个时候，临近中午休息，也没几个人上来扯闲篇。

2019 年 12 月 27 日 11 时许，西咸新区昆明池生态保护区发现一名未知女性尸体(下附照片)，身长 1.65 米左右，体态较瘦，年龄 45 岁左右，上身着紫色羽绒衣，衣领为连帽样式。现死者身份不明，有知情者请与市公安局刑警二队联系。

有人发上来这样一条公告。不出所料，发布者当然是位警察；不知出于什么动机，他很快又将信息撤回了。胡晓虎被这条信息惊动了一下。他看到了那个女人的头像，像是睡着了，也并不血腥，不过是睡相不大好看。胡晓虎觉得自己应该想起些什么，但又不是很确定。他想专门私信一下那名警察，但又因为自己的不很确定而打消了念头。

他显得有些茫然若失，无所适从地在心里确定了一下自己的返程日期。十二月二十六日，夜。然后他起身检查了一下办公室的电源，确认该关的都关了。下午陪领导看望一下退休老人，他就不用再回单位了。他要在元旦那天结婚，与辉煌的二〇年代一同开启自己的婚姻生活，单位提前给他放假了。删除这组群消息的时候，他看到群主发布了群公告：单位要求，公务员不允许组建与工作无关的微信群，本群即日起解散，祝战友们新年快乐。无论如何，这不能算是个好消息，尽管，也无关痛痒。

中午他要回趟家，李琳，他的未婚妻，让他抓紧把新房的煤气卡充足，他早上出门忘带卡了，只能抽空回去取一趟。他不想和她吵架，就像他不想结婚。单位离家要乘坐十二站地铁。好在中午地铁上的人不是很多，但也没有空座，胡晓虎靠在关闭的车门一侧，突然感到肚子里又翻滚起来。应激一般，他的脑子里自发地出现了一道怒浪惊涛的海峡，这让他又一次获得了片刻的安宁，

“800 艘沉船”与“辉煌的二〇年代”这两组概念共同协力，令他在隐隐的不安中获得了平静。

4

吴尤莉比同龄人显得“看起来还行”，也许是遗传了吴玉福的基因。六十四岁的吴玉福看起来就比同龄人年轻许多；至少，吴尤莉的身高一定是受惠于遗传的，吴玉福在生命的鼎盛时期，身高曾达到过一米八五，即便如今缩水，在一群老头当中他也算是挺拔的。对于任何孩子，有个身高超过一米八的父亲，都是个加分项。吴尤莉年少时也的确以此为荣过，面对父母间的龃龉，她会不自觉地倾向于同情父亲。一个挺拔的男人，仿佛天然地就多了些正确性。毕竟都是做教师的，吴尤莉的记忆中，父母的冷战不少，热战不多，一对男女常常各自沉默，但沉默和沉默的气质迥异。个高的那个，沉默得如同雪山，让人生出对于高冷的仰止；个矮的，就吃亏，连沉默都显得是理屈词穷。幼年的吴尤莉以此判断着父母的是与非，她认为母亲的错误全是因为个子矮，是不具优势的身高让这个女人成为蒙羞的过错方。直到她十四岁的那年，雪山骤变为火山，沉默的吴玉福爆发了，对自己的女儿嚷出一句：“她这一辈子，男人太多了！”吴尤莉这才骇然面对了这样一个事实：原来，她的母亲，其貌不扬的中学物理教师田冰茹，居然在婚姻生活中从未安分过。她是以此缓释来自丈夫身高的压力吗？千真万确，母亲是因为有错才显得像是个罪人，这跟身高处于劣势压根儿无关。但是，这个事实之中蕴含的人性线索太复杂了，十四岁的吴尤莉根本择不清。她并没有因此更加轻视母亲，反而，对于父亲的观感还打了折扣，仿佛这个一米八几的男人徒有虚表、虚张声势，应该打回到一米七去。

火山般爆发过几次后，吴玉福开始了具有规律性的失踪。每年，他都会在三月中旬离家一段时间。去哪儿了，不知道。田冰茹不问，可能也是不能问与不敢问；吴尤莉不问，说不清为什么不问。这个三口之家，彼此间好像没有相互过问的权利。结婚后，吴尤莉的丈夫，那位铁肩担道义的硬汉，有一次对吴尤莉点明了要害：“你爸肯定在外面有人了。”她才直面了一下现实，竟觉得父亲重新有了挺拔的迹象。

田冰茹去世的那一年，吴玉福没有离家。他中规中矩地给亡妻办理了后事，火化，买一块价格不菲的墓地，竖碑，碑文也镌刻上自己的名字——用红漆涂抹住，以待日后合葬，再刮掉油漆，与田冰茹的名字并肩。看上去，他什么都能接受，接受龃龉频仍的一生，也接受被指定了的墓穴。这同样关乎复杂的人性，吴尤莉对此是爱莫能助的心情，只不过将同情分摊开，一半给了母亲，一半给了父亲。就此，她也更加无意过问自己丈夫的真相了，由那位硬汉顾自去承担着他愿意承担的一切，她知道他在外面有女人，可能还有个儿子，但是又怎样呢？她不拒绝最后也跟这硬汉刻在一块碑上。

搬回来和父亲同住后，她知道了父亲的秘密。原来，每年的三月份，正是武大樱花盛开的时候。吴玉福给吴尤莉买了辆丰田卡罗拉，提车的那天，他的心情很好，坐在副驾驶的位置，突然就袒露了心声。“每年我都会去看看，”他说，“就像回到了自己的大学时代。”吴尤莉无动于衷，至少表面上看起来是这样的，她的双手紧紧地握着新车的方向盘，就像是遵嘱掌控住了自己的人生。这样就好理解了，吴玉福毕业于武汉大学历史系。他在晚年热衷于和武汉相关的一切。他喜欢看《百家讲坛》，因为里面有口若悬河的易中天，他说，他在大学的时候听过易中天的课；他不断地网购热干面，每次情绪恶劣的时候就自己煮一桶吃。有一次，客人投诉到平台，说他在车上不停搭讪，热情过度，还绕路，他对吴尤莉说自己不过是因为那女人来自武汉，好心想多拉人家看看西安的夜景。

也是条硬汉，吴尤莉在心里评价。当他将自己的名字与亡妻的名字刻在一起的时候，他需要在人间找到一个属于自己的平衡，那不是你有“太多男人”我便“外面有人”的简单对称，是对命运本身的精密修复，如果非要换算成一个公式，差强人意，大约是：你在你的命运里颠簸，我追念我的樱花。

在网约车平台上注册的是吴尤莉，按规定吴玉福是不能代驾的，而且，他也过了六十岁，这些都不合规。好在，迄今还没遇到过大麻烦。大多数时候，他是一位能够给人好感的司机，这位瘦高的师傅，衣着得体，沉默寡言，每一年都被樱花熏陶，别有一番知识分子才有的气质。除非他遇到一位有武汉口音的客人。

5

中午，吴尤莉在开元商城买了一部三星牌电动剃须刀，两千八百元。付款的时候，她想到了法院给自己的“限高令”。衡量一番，她确定自己的这笔消费应该不能算作是高消费，但她还是感到了些许兴奋——那种轻微地破坏了什么或者冒犯了什么的兴奋。在商城七楼，她吃了碗面条，带着兴奋劲儿，她还“恶意”地给自己加了份肉，然后匆匆驱车赶往机场。她的下一个单子是下午三点在咸阳机场的 T2 航站楼接人，这种单子对于网约车司机堪称福音，好过在城里绕来绕去。

车子开上机场高速不久，她收到了吴玉福的一条微信，没容她细看，一桩车祸发生在她眼前。眼睁睁地，吴尤莉看着前方那辆白色的日产轩逸扎进了一辆大货车的车尾。好在车距足够大，吴尤莉来得及避险。她与事故现场擦车而过，几乎没有停下的念头。车子上了高速公路，就如同上了传送带，人的意志也仿佛不能完全由己了。但是只那么一瞬，她也能确定日产轩逸的司机凶多吉少。货车上拉着几十辆排列整齐的新车，居然也是日产轩逸，这让追尾的那辆像是一头扎进了亲人的怀抱，车头完全塞进了车尾，如同被一把大钳子捏碎了。路面上的碎玻璃像是洒满了一地的光芒。她在发抖。这段路面经常有车祸发生，像是被诅咒过一样。跑上网约车以来，吴尤莉在此就目睹过不下十次的惨烈场面。但是今天不同了——这辆日产轩逸的车主她认识。

罗哥，大家都这么叫他，但年龄恐怕还不到三十岁。跑网约车的经常会在候机时相互打趣解闷，一来二去，熟悉了，罗哥开始在她这儿碰运气，给她献殷勤。有一次，就是在 T2 航站楼的停车场，罗哥邀请她坐进他的车里，感受一下后排的“大沙发”。不错，正像同行们说的那样，轩逸的乘坐空间的确比她那辆卡罗拉要大一圈，不但空间大，这后排的座椅还很柔软。罗哥说这正是他好评率高的原因所在，乘客基本都坐后排。“他们的屁股舒服了，人就舒服了。”他在炫耀，她却做出了事后自己也想不明白的事——伸手钩住他的脖子，将他的脸与自己的脸拉近，直到两张嘴咬合在一起。她有欲望，也能感觉到小伙子的欲望，但对方想进一步的时候，又被她不由分说地推开了。她从车里钻出来，狠狠地抹嘴，心里面竟是万分的委屈。这委屈她也不知从何说起。似乎是不甘于卡罗拉被轩逸比下去了，这让她想起了自己曾经是开过顶配普拉多的，似乎是两人年龄上的差距让她感到了屈辱，她愤恨于一个小伙子对她的蠢蠢欲动；也似乎是她被她自己的欲火吓着了。似乎是，似乎也都不是。从此罗哥开始明目张胆地追求她，给她送花，给她买盒饭，发出莫名其妙的邀请，在候机楼前的停车场演戏一般地表演着他夸张的爱情——没准就是演戏，网约车司机们是观众，他知道自己在被围观，卖力地排练这个噱头般的角色，并且也因此粉饰了他自己都难以直面的欲火。她没有再给过他任何机会，就像如今被“限高”着的她，停在机场，却不被允许乘机。

小伙子的热情渐渐熄灭，他们本来就不是持久燃烧型的。但是，今天目睹了这场车祸，吴尤莉还是认定自己可能难辞其咎。罗哥一定也看到她行驶在后面了，于是，为瞬间的跑神付出了代价。这个念头令吴尤莉不停地发抖。

客人是一对情侣。两个人上车后都咳嗽不断，尽管这样，还要用明显充了血的嗓音喋喋不休地吵架，搞得吴尤莉烦躁不已。拉完机场的这单活儿她就回家了。还不到六点，往常这个时候正是接单的高峰期。一个月必须在线至少二百小时以上，每月最少完成四百单，这是平台对她的要求，但是今天她没法干了，觉得自己像个命案在身的逃犯。

吴玉福不在家。七点多钟吴尤莉叫来了外卖，敲他卧室的门，发现门虚掩着，里面空无一人。这时候她才想起去翻看手机微信，然而，吴玉福的那条信息显示撤回了。她拨他的号码，对方已关机。不知为何，吴尤莉感到了空前的焦虑。当然，她没那么牵挂他，至少看上去是这样的，至少，父女俩之间从来都表现得像是管你爱在不在的样子。但是此刻吴尤莉感到了从未有过的不安。她想，可能是那场车祸导致了她情绪的紊乱，但觉得又不大对，她不是没见过酷烈的现场——肝脑涂地，那条硬汉横在二十七层楼下的场面，她也是领教过的。房间里黑黢黢的，吴尤莉没有开灯，一个人枯坐在客厅的沙发里。

十点半的时候，吴玉福的电话打了进来。

"我在武汉了。"他说。

"武汉？"吴尤莉下意识地确定了一下日期，"现在？"

"对，刚下飞机。"

"武大的樱花开早了？"

"我们几个老同学约好一起跨年。"他说得有些不情不愿。

"跨年？"

"对！二〇年代了！"吴玉福大声说了一句，随即挂断了手机。

6

第二天吴尤莉没出去跑活。她觉得自己病了，嗓子痛，鼻子闻不到味儿，四肢无力，好像还有点发低烧。网约车司机也有自己的群，她躺在沙发上不时翻看，果然看到了罗哥的噩耗。死了。这竟然令她有股尘埃落定的轻松感。群里还在散布一桩凶案。一个女人，横尸昆明池，年轻，不，老女人，光着身子，或者半裸……司机们相互交换着并不一致的说辞，人人都像是掌握了一手消息。

只有一点是确凿的：此刻，一具不知名的女尸要比横死了的罗哥更吸引人们的关注。警察已经在机场调查了，他们怀疑死者可能是从咸阳机场落地的旅客，网约车司机们，有重大嫌疑。群里面散布着的，与其说是恐慌，不如说是快活。有人打趣，质问他人还不赶紧去自首，有人追问到底是个年轻女人还是个老太婆。反正二十六号晚上拉活的都没跑！——这句话让吴尤莉的心骤然悬了起来。她甚至看了下手机的日历，认真估算，昨天、前天，这么倒推回去，终于确定，那晚是谁去机场拉了最后一单活。

她去吴玉福的卧室，想要得到某个说法，才意识到他已经走了。她拨通了他的手机，“喂”了一声，竟不知从何说起。

“你有事？”吴玉福问。

“没有，”吴尤莉感到嗓子干涩，有种火辣辣的刺痛，“今天二十八号。”

“对，我们先聚聚，有些外地来的老同学陆陆续续到。”

“你都好吗？”

“我？”

“武汉冷不冷？”

吴尤莉难过极了，突然就涌出了眼泪。她从没想过自己会如此难过。

“和西安差不多。”

“你衣服带得够吗？”

“不冷，我穿着大衣呢。”

她知道那件大衣，灰色，羊毛的，他穿着比易中天还像个教授。

“那就好……”

她抽泣着终止了通话，因为实在说不出更多的话了。

她下了楼，钻进卡罗拉里，好像此刻一个狭窄的空间更能让她感到安全。老旧小区，没有规划的停车场，业主们的车见缝插针地塞在公用路面上。一个七八岁大的男孩正耐心地鞭笞着这些给人添堵的家伙——他远远地这么干过来，手拿一截不知从哪儿捡来的破麻绳，一辆接一辆，绝不放过地抽打。她打开了车里的广播，这个动作本身就带有对抗性——平台规定，载客时不允许开广播。下意识里，她已经开始和什么事物较起劲来。广播里有她不知名的乐曲响起。古典音乐，交响曲。她看到了那卷遗落在副驾驶座下面的报纸，捡起来，心无所属地翻看，不过是给自己找件事做。循序渐进，男孩干到她的车前了，看到车里有人，手里扬起的鞭子犹豫不决了。在她鼓励性的目光下，他对着卡罗拉的车头抽了两鞭，然后笑着继续干他的活去了。她体贴地为男孩着想，也许是他手里那截麻绳太过奇怪，身在二十一世纪的城里孩子压根无从识别，于是，策马扬鞭，某种古老的人类经验被神秘地唤醒了，令他激动地应用了起来。她觉得自己这辆车也真像是被鞭子抽打过的马，倏忽就委顿了。后来，她把驾驶座的椅背放低，半躺进去，昏昏沉沉地睡了一会儿。在深深浅浅的睡意里，在时起时伏的乐声中，她成了一艘正奋力穿越着凄苦海峡的、破浪的巨轮。

二〇一九年，十二月二十八日，从这天起，吴尤莉开始了焦虑的等待。她在等一个电话，当然是来自警察的。她差不多已经在心里决定了，她会告诉警察，二十六号晚上是她去机场接的客人。显然，这个谎言一点也经不起检验，他们有太多的手段可以将其戳破。但她决定了，无论如何，这个谎她是要撒的。她认为，这是一次重要的报偿，至于报偿什么，她也一下子难以捋清。是为了女人田冰茹对男人吴玉福一生的背叛吗？是为了父亲吴玉福馈赠的那辆丰田卡罗拉吗？不不不，即便都沾点边，但绝对没这么简单甚至是——下作。没错，就是“下作”，这个词蹦到吴尤莉脑子里，全然否定了她能想到的那些动机。因此，她也小心翼翼地触到了“下作”的反面，那个她感受起来都会万分犹豫的——纯洁。像是遭遇了难以启齿的情绪，三十六岁的吴尤莉，决定撒一个弥天大谎，有生以来第一次切近了一种自己没有体会过的情感。她也好像突然理解了吴玉福将自己的名字与田冰茹镌刻在同一块碑上的理由。那是生命本身的奥秘。

在二十一世纪一〇年代的最后三天里，吴尤莉陷入在双重的想象中。她一边想象着一个负案在逃的凶手——有一张剃了半边胡子的脸；一边想象着一个毕生忍辱负重的男人——常年给小区里的流浪猫投食。她感到了自己的同情，这种同情是不具体的，它是弥散的。怀着同情之心，她还想到了自己的亡夫，想着有朝一日，也把自己的名字和那条硬汉的名字刻在一块碑上，墓碑上的字总是让人感到有些妄自尊大，但死都死了，还要怎样呢？甚至，她还想到了罗哥，想到了那根伸在自己嘴里激烈搅动着的舌头是多么富有宝贵的生命力、富有人的道理。

警察的电话始终没有打来。吴玉福却打过一次。

“我给你买了套房子。”开宗明义，他在手机里说。

她能听到手机里喧闹的声音，一群老人发出的青春新声。肯定喝酒了，他们肯定还喝了不少，南腔北调，荒腔走板。

一瞬间，她竟笑了。

“我不要你的房子。”她说，又补充道，“你好好的，就好。”

“房子还不错，”他自说自话，有些慷慨激昂，“在昆明池，能看见沣河。”

她都能感觉到自己的心开始下沉的响声。

7

吴尤莉在新年得了场此生最严重的病。她觉得是感冒，但又不太像。她从没想过一场感冒会如此凶狠地撂倒她。最难熬的几天，她把家里所有的被子都压在身上，可还是冷得不停打摆子；而且病程也超长，差不多半个月后她才感觉自己活过来了点儿，如同九死一生。她在病中问过父亲的归期。她并不想问到这个问题，其实还想回避掉这个问题，但有些问题如同是被规定好的铁律，必须要去执行，就像当你有一个离家在外的父亲时，你就只能问问他什么时候归来。吴玉福在手机里说“快了”，人却是迟迟未归。这些天吴尤莉还偶尔想起过母亲，气血两虚的她突然觉得母亲这一生的荒唐之中也有着一种类似于荒凉的美，作为一个不幸身材粗壮的女人，她活得该有多么地用力。

二〇二〇年一月二十三日，武汉封城。吴尤莉在电视上看到的新闻。新闻中说：这是人类历史上的第一次。她拆开了一部三星牌电动剃须刀的包装，把里面的机器摆在卫生间的面盆上，就好像剃须刀的使用者刚刚离开，或者即将到来。

同一时刻，新婚的胡晓虎挤在已经有人戴着口罩的地铁里回家，他将在辉煌的时代里学习如何克服厌婚的情绪，嗯，这是人类的第一次；身在大理的段欣慧一边有一搭没一搭地收听着新闻，一边做出决定：不出意外的话，等到解封之日，她就在第一时间赶回武汉，回到父母的身边，回到生活本身中去。远处的洱海风平浪静，是该结束这无尽的旅程了，她想，我历经了路上的一切：抢手机的歹徒，飞机上内急的邻座，乃至古怪而热情的网约车司机。

比时间更久

钟求是 *

A：虚构部分

父亲是一位原则先生，当年做中学语文老师时，似乎就看不上“浪漫”两字，现在变成年迈老头儿，更不喜欢挪动日子里的细节。可是那天晚上，他一个电话将周一忆召去，摆出一副有点儿庄重的谈话样子。周一忆只好坐在他的对面，做平时在局里听领导训话的认真状。父亲说：“我有个打算，想改一下自己的名字。”他又说：“是的，我要把身份证上的名字换掉。”

周一忆愣了几秒钟，才确定自己没有听错。他眨一眨眼睛，向父亲送去诧异的目光。母亲去世以后，父亲的精气神儿一点点漏掉，身体失去了硬朗。所以儿子上大学后，周一忆便和妻子商量，让父亲搬过来一起住。父亲不肯点头，他觉得一个人住着自在，吃饭睡觉什么的也不丢秩序。没料到时间一久，父亲的想法先丢了秩序。周一忆说：“爸，你这是什么意思？我有点儿不明白。”父亲说：“我不要你明白，你按我说的去做就行了。”周一忆说：“这是一件稀奇的

---

* 钟求是，男，1964年生，毕业于中央民族大学经济系。现为《江南》杂志主编，浙江省作家协会副主席，一级作家。作品发表于《收获》《人民文学》《当代》《十月》等刊，出版长篇小说《零年代》《等待呼吸》，小说集《街上的耳朵》《两个人的电影》《谢雨的大学》《昆城记》《给我一个借口》等多部。曾获鲁迅文学奖、《小说月报》百花奖、《中篇小说月报》双年奖、《中篇小说选刊》优秀中篇小说奖、十月文学奖、浙江省优秀文学作品奖等。

事，我总得知道为什么吧。”父亲说：“也不算稀奇，我只是改回年轻时的名字，周文振换成周大正。”周一忆嘿嘿地笑：“周大正真不如周文振好听。”父亲提一提眉毛：“我这个年纪了，做一件自己想做的事，不可以吗？”父亲这么一说，周一忆不吭声了。按虚岁算，父亲已经七十九啦，年龄让他的话语变得不好反对。

周一忆在脑子里寻找可以咨询的人，想了一圈，找到个名字里也有个“一”的人，即半是熟人半是朋友的刘一东。刘一东在昆城公安局做捉笔科员，虽然不是户籍警，相关规定总归能拿捏住的。周一忆躲开父亲走到另一个房间，打手机跟刘一东接上话，先寒暄两句，便试探着问改名字的事。刘一东果然靠谱，马上一二三四讲了申报流程和变更条件。他认为这事儿说难也不难，关键点在更改理由。周一忆问：“哪些理由能用上劲呢？”刘一东说：“户口本和身份证上的名字不符呀，特别的冷僻字呀，还有招惹公共风俗什么的。譬如我姓刘，如果叫刘氓，就可以理直气壮地要求改名儿。”周一忆沉吟一下，说了父亲的想法。刘一东哟了一声，说：“你爸是……什么意思？我不太明白。”周一忆说：“我也是这么个反应，可他不肯说出理由。”刘一东说：“没有合适的理由肯定办不了，而且你想过没有，改了名字就得改户口簿医疗证社保卡老人卡房产证土地证保险单……”周一忆说：“嗯，我听懂啦。”刘一东仍补一句：“你爸这样的年纪了，要是一不留神漏掉什么证件，将来你继承遗产就很容易抓瞎。”周一忆赶紧又说：“嗯嗯，我听懂啦。”

周一忆的本意正是找到托词，现在有刘一东这一番话做底子，心里安定了。出了屋子回到客厅，周一忆把改名字的难度说给父亲。父亲不服气地说：“名字是自己的，叫啥名字应该自己说了算。”周一忆说：“名字还真不是自己说了算，你的名字应该是爷爷说了算。”父亲说：“这就对啦，我要改回的正是你爷爷给的名字。”周一忆忍不住一笑说：“爷爷给的名字一会儿不用一会儿又用，总得有个理由呀。”父亲沉默一下，说：“我的理由就是年纪！我老了，活不了几年啦，日后到那边得去见父母。”停一停又说：“周大正三个字叫了二十四年，父母就认这个名儿。”

父亲出生在浙北一个叫周家浜的镇子。爷爷在当地有点儿能耐，做生意赚了钱买下一些田地，算是半个商人加半个地主。中华人民共和国成立后生意收手，田地又没了，爷爷的日子灰溜溜的，只能不停敲打儿子好好念书。父亲还算争气，在十九岁那年考到杭州城读师范学院。毕业后先在杭州一所小学任教，一年后要求做中学教师，便一路调配到了浙南的昆城。父亲告诉过周一忆，正是到昆城后心里觉得憋屈，又想重新振作自己，才改了个名字。

换了名字嘛，就得作数，应该落棋无悔，不能到老了又想活回去。周一忆说：“爸，为了到那边见父母而改名字，这个理由怎么拿得出手！再说了，你这也是硬往我心里塞了个不高兴。”父亲说：“你有什么不高兴的？”周一忆说：“按你的说法，你改了名字到那边见到我妈怎么办？你这不是对不住她吗？”父亲的脸硬了一下，眼光缓缓移向旁边桌儿，那上面摆着一个母亲的相框。照片中的母亲启齿微笑，心里像是放着一些满意。父亲叹口气说：“你说得也对……其实刚才的说法我只是顺嘴一讲，要改名字得找别的理由。”周一忆顺势引导说：“就是嘛，到了这个年纪日子要维稳，可以经常到外边散散步，没事了也可以到照片里走一走。”说着他起身去父亲卧室，从木柜抽屉里取了一本相册回来。

相册里布着父母的照片，有些是单人照，有些是合影。这些年，跟父母在一起时，周一忆顺手用手机给他们拍了不少。父亲并不喜欢拍照，但儿子举起手机时，他一般也是配合的。过后拣出好的照片打印出来，他会看了又看，然后挺宝贝地存起来。

周一忆坐到父亲身旁翻开相册，随便指了一张照片：“你瞧瞧，那时候你多年轻。”这是十几年前的一个午餐镜头，那会儿母亲还在厨房里，父亲独坐餐桌前用筷子偷偷尝菜，被拍了下来。周一忆又指着一张俩人的合影：“这张拍得不错，两个人的样子都挺投入。”这应该是五六年前的一个周日，父亲在手机里收到一位亲戚的什么消息，他看了一遍，又招呼母亲过来看，两颗脑袋便凑在一起认真地琢磨文字。随后周一忆翻过一页，指尖落在一张郊游照片上。照片里父母坐在草地上，旁边闯进一条不怕生的小狗，他们瞧着小狗，小狗也瞧着他们。

接着周一忆注意到了右上方一张画面好玩的照片。那天昆城中学校庆，曾经做过副校长的父亲自然被列为嘉宾。周一忆和母亲陪着他去了，报到时领到一朵配有金色名字的胸花。母亲伸长脖子将胸花别到父亲胸前，父亲则咧着嘴做幸福傻笑状。这是可以借用的场景，周一忆说："瞧见了吧？名字可不能随便改，改了就对不上人了。"父亲一撇嘴说："换个名字，那些老同事还能认不得我？"周一忆说："老同事能认得你，可老档案不认得你，它们只认一个叫周文振的老师。"父亲嘴巴动一动，没发出声音。

之后一些日子，父亲没有再提改名儿的事。

时间过得快，春天红红绿绿一阵子，不知不觉收了尾踏入夏日。夏日总是愣头愣脑地热，没什么味道，这是昆城最无风韵的季节。

大概是没应付好空调，父亲感冒了一次。感冒过后，身子又弱了些，譬如在手机里讲话，中间不时要停顿一下。好在镇子不是很大，周一忆和妻子可以常过去看他，顺便捎上一些肉、菜什么的。周一忆也向父亲试探过，要是不肯搬过来一块儿住，能否请一个保姆收拾屋子，被他一口拒掉。他说自己干些家务没啥问题，手脚要是歇下来，会很快锈掉的。

没有太久，父亲为自己的倔强付出了代价。那天傍晚周一忆在餐桌前喝着啤酒，父亲打来电话，讲一句自己心里难受便断了通话。这一声没头没脑的诉苦让人纳闷，周一忆放下酒杯迟疑一下，打个车子赶了过去。推门进屋，却见父亲坐在沙发旁边的地上，嘴唇乌暗，双手捂着胸口。周一忆这才明白他说的心里难受是怎么回事。慌乱之中，周一忆的第一个动作是在手机上摁出120。

父亲住进了医院。医生说是左心衰，由肺瘀血引起心脏血量供应不足。配合着查一查其他指标，又牵出别的一些毛病。在周一忆看来，父亲像一部攒着许多年头的机器，近期保养不是太好，于是哪儿都容易冒出毛病。再往细里说，保养不好的原因不是缺少吃喝，而是缺少内心的快乐。他的心衰不仅是物理性的，可能也是心理性的。

父亲在病床上躺了半个月，情况渐渐好转，力气也回来了一些。傍晚周一忆来医院，会扶着他在走廊里走一走。走了几天，觉得他气神稳住了，又把散步延伸到了楼下休闲区。

散步的时候，父亲不喜欢说话，周一忆也就不多开腔。两个人待在一起，有一种默契似的安静。但是有一天正慢慢走着，父亲突然停住脚步，转头看周一忆一眼说："我还想改名字。"

周一忆愣了一下，没有马上搭话，而是将父亲引向旁边花坛间的椅子。他觉得父亲此时有不少话要说，站着说话是要花力气的。果然，父亲在椅子上坐下后，说："我想过了，我一辈子没做过对不住你妈的事，改名字也不算。"周一忆说："你为什么不等病全好了再说这个？惦记这种事挺累人的。"父亲绕过问话，自顾自说："你知道的，你妈对我好，我对你妈也没有不好。"周一忆说："这话我同意……两年前也是在这里，你陪着我妈走路散步哩。"是的，两年前母亲住进这家医院，父亲一直相伴着，有时坐在床边跟她轻轻聊天，有时挨着她在院子里一起慢走。那时母亲身子枯瘦双脚无力，走路时一只手拄着拐杖，另一只手握住父亲的胳膊。好几次周一忆撞见这情景，心里又难过又安慰。

父亲说："既然你同意了这一点，那我就跟你好好讲一件事。"父亲又说："我知道，我的时间也不会很多了。不把这件事讲出来，你不会帮我去改名字的。"

那个傍晚，天空上停留着夏日特有的云朵，空气中流淌着医院特有的气味。父亲从年轻时的一次恋爱说起，讲到了许多年前的一个夏天。那个夏天有一场露天电影，那场电影让他的那个夏天变得很不一样。在他的讲述中，昆城的夏日不是无风韵的，而是有着黑白老照片似的苍凉味道。

坐在父亲旁边，周一忆做了一回寡言又认真的听者。

第二天下班，周一忆将刘一东邀到一家海鲜餐馆吃饭。昆城不是个大地方，都在机关局委里混着，刘一东不好意思不给脸。再说事先周一忆给过提示，饭菜里没有阴谋，主要还是聊聊父亲改名字的事。

在餐馆小包厢里落了座，两个人先干掉几杯啤酒，然后慢慢切入主题。刘一东脸面微胖，声音却有些细瘦。他说："你爸真够执着的，非要作废用了这么多年的名字。"周一忆说："人老了就是这样，一旦被什么想法粘住，怎么也揭不下来了。"刘一东说："他还是不肯说理由吗？"周一忆不想把父亲的往事拿出来搁到餐桌上，况且拿出来也不一定说得清楚。他说："要是能有落到纸上的理由，我直接拿着奔派出所了，哪里还会再来骚扰你。"刘一东想了想说："说句实话吧，这种事的难度说小也小，说大便大。"周一忆说："调节大小的旋钮是什么？"刘一东说："还是理由，一个无中生有的扎实理由。"

周一忆点点头，从携包里取出一张金色银行卡，推到刘一东的桌前。刘一东愣一下说："这是……啥意思？"周一忆说："理由的创意费。"刘一东说："都什么年代了，你还玩这个！"周一忆说："这不是给你的，是奖励想出好点子的人。"刘一东笑起来说："你还说今晚没有阴谋，这不是明显的阴谋吗！"周一忆说："改个名字说到底不是什么见不得人的事，何况是一个年近八十的老人。"刘一东沉吟一下，端起杯子饮一口又放下，说："好吧，这事儿我想想办法，尽量不让老人失望……不过这张东西你拿回去。"周一忆说："还是你先收着吧，能派上用场就用，用不上再还给我。"周一忆这样的口吻，几乎是把刘一东当自己人了。刘一东不再反对，将银行卡移入衣袋。周一忆又叮嘱一句，说密码在上面写着呢。

转过一天，周一忆去医院时将开始办事的消息告诉了父亲。父亲嗯了一声，脸上还严肃着，却没压住浮上来的高兴。随后几天，他的病情明显转好，散步时呼吸也挺顺的。又过两天，医生允许出院了。

父亲依着自己的想法，仍回到一个人的住处。周一忆费了点儿周折，找到一位爱做家务的邻居，让他每天过去照料一下父亲。当然了，周一忆付他半份工资。

父亲的日子回归秩序，周一忆心里安定了一些。隔上三四天，周一忆便拎点儿东西去探看他，找些闲话说上几句。父亲自然会问改名之事的进展。周一忆说：“正走着程序呢，再等一等，到时候你就会拿到一张新的身份证。”周一忆的信心来自刘一东的消息。他在微信里告诉周一忆，前些天搞定派出所了，派出所已将表格报送县局。

在等待时间里，父亲的心情似乎有时明朗有时黯淡。有一天晚上，周一忆推门进去，撞见父亲坐在那儿发愣，脸上搁着茫然的伤心。周一忆连忙问怎么啦，是不是对做家务的邻居不满意？他慢慢地摇摇头，说自己脑子老了，很多时候会记不起一个人的脸。周一忆有点儿明白了，说：“又想年轻那会儿的事啦？”父亲说：“你妈有许多照片，她的一张也没有。”父亲又说：“有时候也会记起那脸儿，赶紧在脑子里小心存着，可是转过身再去找又没了。”

又过了几天，刘一东在微信里招呼周一忆，口气有些躲闪。周一忆直接摁了号码拨过去，问出现了什么新情况。刘一东说：“也不知道哪个环节出了差错，报到局里的更名申请竟然没有批。”周一忆说：“你不是在局里吗？”刘一东说：“靠，我的注意力全给了派出所，以为那边跟上头已说妥了……原先派出所是这么说的。”周一忆沉默一下说：“还有伸手挽救的办法吗？”刘一东说：“没有了，不通过就没有了……你知道的，这年头办事讲纪律啦。”周一忆想不到这样，暗生恼火地摁掉手机。

心里正憋屈着，刘一东电话又打回来了，说事情还没讲完呢。周一忆问：“你是说事情还有转机？”刘一东说：“我手里有个人，在街面上制造证件的，包括身份证。”周一忆有点儿糊涂，说：“你讲的街面是指街上墙角贴纸条的那种？”刘一东说：“这个人不一样，自己开礼品公司，有熟人相托才会帮忙做证件，质量差不了。”周一忆呵呵一笑说：“质量好难道就变成了真货？”刘一东说：“你爸爸都这样的年龄啦，他不就是图个心理安慰吗？一张新的身份证可以解决这个问题。”刘一东又说：“再说了，我以前提醒过，改了名字就要接着改一堆证件，拿不到好处还累人。”周一忆动动嘴巴续不上话。在那么一分钟里，他突然觉得刘一东讲的也许是对的。因为这种冒出来的感觉，周一忆骂了自己一声。刘一东说：“就这么办吧，至少你可以试一试。当然啦，跟那人的联系我来做。”

一周之后，一只瘦小的盒子通过快递到达周一忆的手里。拆开一看，是一张模样端正的身份证，上面写着“周大正”三字。他细瞧好一会儿，没找到什么破绽。

当天晚上，周一忆站在客厅里，一脸郑重地将身份证交给了父亲。他提醒父亲，换名字的事最好不告诉亲戚同事，因为他们听说之后一准儿会追问为什么的。他又叮嘱父亲，身份证要放好，以后用的时候自己会来取的。

父亲嗯嗯了两声，取过身份证举在眼前，动着胳膊一会儿近看一会儿远瞧，脸上渗出一层难得一见的光泽。在那一刻，他的嘴巴还不自禁地嚅动着，念出了带有几分新鲜的旧名字。

也是在那一刻，父亲似乎瞥见了桌几上母亲的目光，慌一慌眼神转过身子，把身份证往手掌里收了收。因为对着背部，周一忆没看见他脸上的光泽是否退去。

B：非虚构部分

二〇二〇年十二月九日晚上，我在住家附近的影城看了一场电影。之前我一直在忙郁达夫小说奖，真是累透了，待颁奖典礼一结束，马上就想把自己送进电影院轻松一下。

电影是张艺谋的《一秒钟》。片子的核心情节比较简单也比较走心，讲的是二十世纪七十年代中期的中国西北某地，一个犯人从劳改农场冒险溜出，拼命赶去看一场电影。看电影的真正目的，是为了看正片之前的《新闻简报》，因为上面有他女儿一秒钟的镜头。故事也可用一句电影宣传语表达：我女儿在电影里，我来看我女儿。

我清楚地记得，片子看到一半时，自己心里咯噔了一下。待片子放完走出电影院，我已经相当沮丧了。沮丧的原因，正是电影中追看《新闻简报》的情节，它跟我手头在写的短篇小说情节撞车了。这个小说已写了一半，后来因为张罗郁达夫小说奖而中断，我计划近些日子坐下来续上。小说已写的部分，说的是一位退休老教师步入生命末期，执意要改回自己年轻时的名字（见本文 A 部分）。接下来是写老教师换名字的缘由：年轻时他在杭州工作，其间谈了一场很投入的恋爱，后来因出身成分不好被迫分开。女友是一位体操运动员，之后去上海读了大学。他则下放到昆城做了中学教师，并且在伤感中改掉名字以求自新。七十年代中期，已经成家做了爸爸的他，偶尔在看一场露天电影时，见到了《新闻简报》里的她——中国大学生体操队赴罗马尼亚进行友谊赛，比赛中出现了体操队女教练的特写镜头，虽然只有一两秒钟，但他一眼认出那就是她。贮存多年的情感重新被激活，让他幸福又伤心。他携着三岁的儿子，一个村子接一个村子追着露天电影，为的是瞧一眼《新闻简报》里的她。在追看电影的日子里，他经常会想起当年恋爱时的情景，想起她唤他名字时的亲昵样子。他知道这一辈子可能再也遇不到她了，但老了的时候，一定要把自己原来的名字改回来，隔空送还给她。

同是七十年代中期，同是追看《新闻简报》里的镜头，如此特别的情节竟在二〇二〇年底相逢，这的确让人惊叹。我不知道《一秒钟》的电影剧本是何时创作的，从拍摄周期看，想必已有些时日。而我对这个小说的构思，是在一两年之前，至于小说的缘起，时间则前伸得更久。这么说，不是自造心理优势。事实上，追看电影情节的生成，与我生活中的一位中学老师有关。

我的中学老师姓周，在高中阶段教过我语文。他对我很好，我对他也不忘尊重。大学毕业后，我经常在年底给他寄挂历，一寄就是十几年。我的小说见了刊物，他一有机会便找来看。离休之后，他也写些诗词以助余兴，有一回做成一本集子，还让我写了一篇短序。应该说，他对我这个学生是信任的。

差不多十年前，周老师来杭州检查身体，住在儿子家。一天傍晚，我开车接他出来一起晚餐。因为不准备喝酒，待在乱哄哄的餐馆挺没意思的，所以我把车子开到了西湖边一个幽静的茶室。两个人一边吃些东西一边聊些话。就是在那个晚上，周老师向我讲了自己年轻时的爱情故事。他是浙江龙泉人，年轻时追求进步加入中共地下组织，一九四九年五月随部队进入杭州，之后留下来做了公安警员。他有文化又血气方刚，在事业发展上应该有不错的前景。这时他谈起了恋爱，女友是中学体操队员，眼下留校当了体育老师，只是家庭成分有些暗，在表格上得填“资本家”三个字。他当时在公安局工作，有严格的纪律管着，过了一阵子，组织要求他或者放弃公安身份，或者离开女友。为了爱情，他选择脱下警服，去一所小学做教员。这时第一届全国体操比赛举行，体操项目得到重视，女友被挑去上海体育学院学习训练。他为了赶上女友步伐，课余时间努力复习，也考上了杭州师范学院。两个人在读书期间，把许多相思的话写在信纸上，并商定毕业后结婚。不料毕业那年出了一件事，他虽然没讲过什么过头的话，但也被裹进“精简下放”的大潮，分配去了浙江南部的平阳县城（也就是我老家的小镇，现称昆阳，在我的小说里唤作昆城）。女友则因为专业成绩上佳，幸运地留了校。

那时交通极不方便，偏僻的平阳与上海简直隔着千山万水。这千山万水太巨大了，很快压灭了两个人走到一起的希望。那几年里，我的老师一边在信纸上输送爱意，一边眼睁睁看着爱情渐渐远去。终于有一天，女友在信中含着泪说自己找到了新爱。他很伤心，一会儿把信纸丢开，一会儿又捡回来看，几天几夜脑子都是混沌的。

到了三十多岁，他才把心情调整好，在当地结婚生子，过上正常的日子。日子一正常，时间便过得快，他变成了一位平淡安静的中学教师。又过了一些年，突然遇到一个特别的夏日。那天晚上，学校附近一个广场放露天电影，他去看了。在正片放映前的《新闻简报》里，有一则中国大学生体操队去东欧比赛的体育报道，其中有女教练和女队员击掌相庆的镜头。他吃惊地发现，那位女教练正是他的前女友。银幕上的这个镜头无疑击中了他。他一夜没有睡好，一边复习往事，一边怕自己眼睛看花了。第二天他去打听到下一场露天电影的地点，又跑去看了。

周老师讲述的时候，脸上似是安定的，但眼睛里有微澜般的波光。我在静听中回过神来，问了一句，那位女教练叫什么名字？周老师说，她是在月圆之夜出生的，名字里就有个婵字，千里共婵娟的婵。顿一顿，他用老师的口吻提问，你知道这婵娟怎么解释吗？我赶紧回答，身姿美好的意思。周老师点一点头，慢慢地说，有一天晚上也是在西湖边，月光照在草地上，她为我一个人跳了一串体操动作，那身姿真是好看啊。他停下声音，目光转向窗外，静默了好一会儿。此时的窗外，可惜没有配合回忆的月光。

周老师神伤的样子打动了我。说实在的，他和我虽然有很好的师生之谊，但我对他的主要记忆，基本保留在当年的课堂上。老师在课堂之外的生活轨迹和内心冷暖，当学生的一般不会去探究。学生对老师的关注点，是他嘴里输出的知识，他的古董往事跟我们有什么关系呢？但在西湖边饮茶的这个晚上，我望着坐在对面的年已八旬的老师，真切接收到了上一辈人的生命悲喜。我觉得自己不能一听而过，我想也许可以沿着老师的故事写一篇小说。

这个念头被我收存，放入写作的预备计划里。世事忙乱，时间匆匆，一不留神又过去许多年。对我来说，早点儿或迟点儿创作这个小说不需讲究，只要有了合适的心境写出来便行了。

现在看来我错了。合适的心境不等于合适的时间，合适的时间已经被我浪费掉了。我为老师的故事遗憾，也为自己的拖延生气。

每个小说都是有命运的，这个小说的命运就是半途而废。懊丧的时候，我只能这样安抚自己。

又过一些日子，春节临近。我回温州过年，其间去了一趟平阳，跟几位中学同学喝了一场酒，扯了一堆闲话。谁也没有提起周老师，或者说，谁也没有想到要提起周老师。

过完年回杭州上班没多久，一天中午，接到平阳同学老曾的电话，说周老师身体不好，住在疗养院里，同学几个要去看看他。我有点儿懊恼，怪自己上次回平阳时忘了去探望老师。我告诉老曾，自己这段时间在准备下一期刊物的稿子，待闲下来就专程回去一趟。说实在的，我还没忙到抽不开身的地步，只是没料到周老师这一回寿限已至，就讲了推延的虚话。

又过几日到了周五，我下班坐在地铁上刷手机，突然看到同学群里有周老师去世的文字，说周老师今天没了，说同学们有空就去送一送。我吃了一惊，马上打同学老曾的电话。老曾确认了周老师的消息，说是今天上午故去的，也没有大病，就是身体的使用期到顶了。车厢里比较嘈杂，我大声问什么时候出殡。老曾说是后天上午。

第二天中午我坐上了回老家的高铁。这段路程两个半小时，刚好让人想些事情。我记起周老师的爱情往事，心里不免叹息，便顺手摁开手机，试着找当年那位体操女教练的信息。我在百度搜索框里输入“新闻简报 1974”“七十年代中国大学生体操队女教练”“上海体育学院体操队”“上海体育学院婵”等词句，跳出来不少内容，却没有什么收获。在不知道齐全姓名的情况下，动动手指就想找到几十年前的一位女人，当然是不可能的。我放弃百度，在脑子里想象着体操女教练的模样。在当年，那应该是一个身段柔软、脸面清秀的女子。

到了平阳已是下午三时，我找一家宾馆住下后，让自己躺在床上睡了一小觉。按事先的商量，几个中学同学这个晚上要守夜，至少要守到深夜，所以得养足精神。

当天晚饭我是和老曾在一家小餐馆吃的，怕红了脸不好，就没有喝酒，只说些话。老曾是个憨厚的人，当年做过班长却没有雄心，现在开一家文具小店过踏实日子。我问他几天前去疗养院看望周老师的情况。老曾说，他躺在那里，身上力气很少了，但脑子还清醒，说话间还提起你呢。我赶紧追问他说了些什么。老曾说，周老师夸你有出息呢，还讲自己没精力看书了，你新写的小说他看不动了。我心里有些难过，沉默一会儿才说，周老师应该过九十岁了，算得上长寿。老曾说是呀，能活到九十岁，这辈子不亏了。

吃过晚饭，我和老曾直接去了周老师家。按当下疫情时期的做法，周老师遗体存在殡仪馆，家里设灵堂供亲友们祭拜。又因住房不大，便在小区空地搭了临时帐篷作为灵堂。我进了帐篷，看到一些人散坐着，周老师的遗像摆在一张桌子上。我认真向遗像鞠了三躬，回过身见到周老师的儿子和女儿。周老师的儿子在杭州上班，好几年前见过一面。周老师的女儿待在平阳照顾父母，我偶尔跟周老师联络，便是通过她转告的。现在她见我从杭州赶来送行，挺欣慰的，马上引我去楼上房间见一下师母。师母小周老师十来岁，身体也不太好，此时一个人坐在小客厅里，样子有些寂寞。我讲一些安慰话，意思是周老师走得顺当，您别难过，要保重身子。师母很慢地说了一句话：我二十出头就跟了老周，在一起快六十年啦，突然没有了他，不知道会不会习惯。这句话让我暗吃一惊。其实我知道周老师和师母的婚龄长度，但听到"快六十年了"这个数字，还是有一种诧异的感觉。

这个晚上，我和八九位同学待在帐篷里为周老师守夜。已是春日，帐篷内灯火又足，一点儿不觉得冷。一拨同学围着一张方桌在打麻将，另一拨同学围着一张圆桌喝茶聊天。灵堂守夜，现在已不是守候灵魂的意思了，主要是弄出一些人气。我坐在茶叙圆桌边，与同学们东拉西扯生活中的一些趣事。后来讲到了以前的学生时代，我问大家，你们对周老师印象最深的一个记忆是什么？一个同学说，我在课堂上不认真，周老师就对我生气，一生气他的嘴唇会抖动。一个同学说，周老师平常不开玩笑，但有一回为什么事笑起来，那样子像个有点儿天真的孩子。又一个同学说，周老师有一次上课念错了一个字，第二天他在黑板上把这个字写了二十遍，说是对自己的提醒。同学们回忆往事时，不敢发出调皮的笑声，毕竟这是特别的送别之夜，但他们的逗玩口吻和轻松心情是明显的。他们没有一个人提到周老师当年的心境和情绪什么的，或者说，在他们的记忆中，周老师内心的悲喜是遮蔽着的。

这时有一位女同学有点儿正经地说，我的记性没你们好，不讲以前的事了，但我会记得一周前去疗养院看望周老师的场景。这话有些不一样，我拿眼睛看这位女同学。女同学解释道，我是说周老师和师母在床头手拉手的情形。为了证明自己的话，她拿起手机调出一个视频给我看。视频是那天探病时随手拍的，有两分多钟，镜头里周老师躺在房间床上，虚弱又和气地跟同学们说着话，声音比较沙哑但还不含糊。他说话的时候，右手伸出床外，跟坐在床边的师母的手握在一起，一直没有脱开。

我们这批同学已五十多岁，这位女同学可能也做了奶奶或者外婆，情感区域应该比较粗糙。如果潦草地看视频，注意力会在周老师的脸和他说的话上，不容易留意两只手一直相握的细节。但女同学捕捉了这个细节，并且似乎被触动了。

我让女同学把这段视频转发给我。我盯着视频，又看了两遍。

现在的守夜，的确不像以前那么讲究了。守到半夜，同学们便散了，我也回到宾馆睡了几个小时。第二天一早，大家又聚集到灵堂跟前。一阵哀乐声中，送行的人坐上车子，驶向十公里外的殡仪馆。按照习俗，只有师母待在家中不参加葬礼。

在殡仪馆告别厅，我见到了周老师的遗容。周老师五官端正，身体瘦高，年轻时长得挺精神，上年纪后也保持着一份儒雅。此刻躺在棺台上，他脸面有些凹陷，但表情是平淡安详的。因为防疫要求，告别仪式相当简单。我随着不长的队伍走到周老师跟前，向他鞠躬献花。

告别仪式后，众人散去。我和老曾几人留下来在休息室等着，准备和家属一起送周老师上山，这是事先说好的。

遗体火化的时间比预想的要短一些，大约十点钟，周老师的儿子捧着骨灰盒从里边出来了，等待的亲友们站起身跟上去。大家坐上车向位于县城南边的松鹤墓园开去。

松鹤墓园位于山腰，气势不小，有堂楼有亭子，园内种了许多松柏。周老师的墓位在中部偏上的一排，墓穴已经揭开，一位砌墓工已等在那里。

在墓位前，鞭炮声响起，一阵白烟散开。周老师的女儿和儿子将骨灰盒小心地放入墓穴，然后依照程序摆放供品，点燃香火，焚烧纸钱。砌墓工将长方形的黑色墓碑合上，利索地用水泥砌好。

送行者围成半圈，向周老师做最后告别。这时我注意到，墓碑上写着周老师和师母的名字：周庭起，叶茶竹。周庭起的名字上涂着银色，表示已经逝去。叶茶竹名字是红色的，表示仍然健在，有待以后某日入住此处。

我脑子恍惚一下，飘过一个年轻的体操运动员身影。不过我马上又想，周老师现在独自长眠于此，但有叶茶竹这样翠绿的名字伴着，应该也是不孤独的。

当日吃过中饭，我赶往车站坐 G7792 回杭州。因为头天夜里没有睡饱，我在座位坐下就闭上眼睛补觉，睡了不多一会儿，便开始起梦：在野外的空地上，先飘出周庭起的名字，又飘出叶茶竹的名字，然后一个婵字像蜜蜂一样飞来飞去。醒来之后，我回味着梦境，一种叫作好奇心的东西似乎也醒来了。

我费了一点儿时间，在微信通讯录里找到一个昵称叫邱人的人。他也是写小说的，给我们杂志投过几次稿，后来上过一个短篇。小说发表时我觉得题目不好，替他重拟了一个。为此他特意找到我的微信加上，送来几声感谢。从他当时提供的作者简历中，我依稀记得此兄就职于上海体育学院。

邱人见我主动联系他，有些意外也有些高兴。我先用文字求证：你是在上海体育学院上班吗？他回复：是的，在上体传媒与艺术学院混着呢。我拨了语音通话过去，表示自己因为写小说的需要，想去上体校史馆看看，了解一点儿情况。邱人说现在只要提前报备，学校倒可以进来，可校史馆近期不对校外的人开放呢。他接着问，你要什么资料，要不我帮你找找？我说，其实我找的是一位老人，可我不知道她的全名，也不知道她是否还活着。我把那个“婵”字说给他，又简单讲了她的早年经历。邱人说，一个快九十岁的老人，名字里还有个婵，线索不算含糊，我们学校有个体操学院，我替你打听一下吧。

原以为一两天后才能获得回音，不想这位邱人是个挺利索的人，不到一小时，他便发来文字，说自己辗转三次，找到体育学院一工会干部，证实的确有一位符合线索的退休女教师，可惜已经去世。邱人打出她的全名，说这应该就是你要找的体操老人（为了表示尊重，避免不必要的节外生枝，我在此称之为婵老师）。我向邱人表示了感谢，马上又在百度输入婵老师的全名，结果只跳出十几条相关消息，其中几条还是重复的，说的多是体育学院领导慰问退休人员的事，里头拣不到有价值的信息。这让我有些失望，但也不觉得意外。从年龄上推算，婵老师大约在二十世纪九十年代初便已退休，她这一代人年轻时的风光，在眼下的网络上是留不下多少痕迹的。不过这个网络时代的好，是让寻人变成一件不困难的事。

半小时后，邱人又在微信上送来消息，说联系到体操老人的儿子了，他是个集邮爱好者，尤其喜欢搜集体育邮票。从他的口中，得知其母亲是在五年前故去的，留下一些照片、奖章、证书，邮票一张也没有。邱人打出一行字：这个儿子，年纪已不小了，一说就说到邮票上去。我问：婵老师老伴呢，也去世了？邱人答：噢不，她没有结婚呢。我恍惚一下，追问：她是离婚了吧？邱人答：听那位工会干部说，当年她眼里只有工作，一辈子未婚。我打出吃惊的表情：一辈子未婚怎么会有儿子？邱人说：我也这么问工会干部，他说这个儿子是养子，她近四十岁才领养的。我沉默了一两分钟，问：老人年轻时经历了什么，这个儿子知道吗？邱人答：这个我没问，也不方便在电话里问。我发一个微笑符号，表示认可他的话。邱人说：要不你来一趟上海，我约这位儿子一起喝咖啡。我说：想法不错，有点儿突然。邱人打出一个调皮的表情，说：上海杭州这么近，突然的事随时可以做呀。又跟一句：什么时候来都行，提前说一声便可。

我说：好吧，可以考虑。

我和邱人微信交流的时候，他并不知道我在高铁上，而且是能到上海的列车。二十分钟后，列车抵达杭州东。我犹豫一下没有下车，而是在车上补了一张到上海的票。很快，座位被新上来的一位男子占领，我变成了在车厢连接处的站客。

一小时过去，列车到了上海虹桥。我下车查了查手机，坐上地铁10号线。在车厢里我给邱人发了条短信，问上体附近有哪家合适的咖啡馆。邱人说：呀，你决定来上海啦？我回复：还没呢，先打听着，看看有没有好的咖啡馆能勾引我到上海。邱人发出哈哈大笑的表情，介绍了一家叫“时间探戈”的咖啡馆。在随后的简略对话中，我终于没有说出自己已来上海。

我不乐意与婵老师儿子见面，是因为这种见面的结果有可能挺无趣。同一个女人，在当年的周老师眼中和当下的养子眼中，很容易是截然不同的女人，我不能通过自己的努力反而让周老师心里添堵。在不少时候，对真相略知一二也许是最好的。从这个角度说，眼下所知的婵老师这些信息，我觉得已经够了。

到达上体北门已是晚上七点半。我压住混进校园一逛的念头，沿着校外道路走了一会儿，来到那家“时间探戈”咖啡馆。

咖啡馆不大，但有一个不错的二楼厅区，饮客也不多。坐在临窗小桌前，侧头便能远远望见上体的运动馆。那里灯光亮堂，气神充沛，里头一定活跃着许多汗水淋漓的年轻身体。

我慢慢喝着咖啡，把自己喝静了。这样挺好。我觉得自己临时起兴来一趟上海，差不多就是为了这么坐一会儿。

没有多久，杯子空了。我唤来服务生再要一杯卡布奇诺，并希望得到一支笔和两张白纸。不知怎么，此时我脑子里出现一段关于婵老师的小说想象，我想随手记下来。

不一会儿，冒着热气的杯子和纸笔一起送来了。我呷了几口咖啡，然后拿起笔在纸上写下虚构的文字：

婵老师离去世还有一年的时候，突然想到一件要紧的事。这天晚上，她一个电话将儿子召到家中客厅，摆出一副有点儿庄重的样子。儿子坐在母亲的对面，做认真听话状。婵老师说："我有个打算，烧掉自己收着的旧信。"婵老师又说，"这些信已经存了五十多年，只对我一个人有用，可我不知哪天就会走掉。"

儿子愣了几秒钟，才确定自己没有听错。婵老师转身回到卧室，过了片刻又出来，手里拿着一只精致的木盒子。盒子搁在桌几上打开，果然现出一堆旧色的信件，估计不少于四五十封。婵老师说："我自己也可以烧，又怕手脚不利索烧不好。"儿子说："怎么个烧法？"婵老师说："你去拿个脸盆来，帮我一封一封地烧，不能太潦草。"儿子没有马上去拿脸盆，而是把信件一封一封拿起放下，在手里过了一遍。他说："这里边有三张邮票挺不错，可以送给我吗？"婵老师说："这个可不行，邮票跟信封信纸长在一起，不能分开的。"儿子说："好的邮票值不少钱哩，烧掉怪可惜的。"婵老师说："不可惜的，儿子，我有些东西可以留给你，有些东西不能留给你呢。"

儿子不吭声了，起身去拿来一个铁脸盆，搁在桌几上。不多时，脸盆里升起火苗，信封和信纸接二连三来到火苗之上。火苗一会儿高一会儿矮。

母子俩坐在桌几边，脸上都放着沉默，但同样的沉默有着不同的内容。

兰亭惠

潘向黎[*]

兰亭惠是一家在市中心开了二十年的餐厅，专门做粤菜。

粤菜在上海人心目中一向有地位，其他菜系走马灯似的此起彼落，粤菜始终稳稳地占据人气榜三甲。广东人到底会吃，而懂经的上海人到底也多。和它并列冠军的是川菜，本邦菜只能是探花。说起本邦菜，上海人的叫法也有意思，鲁、川、粤、苏、闽、浙、湘、徽八大菜系都明确说出地名，唯独上海菜，偏偏不叫“沪菜”，叫作“本邦菜”。说什么在上海话里“本邦”就是“本地”的意思，其实多少透出了大上海各省交汇、八面来风的派头。各菜系都是前辈，名声也响，但毕竟都少不了到上海滩来争一席之地，而上海菜，就在家门口做大做强，“本邦”二字，表面上本分低调，但这份气定神闲好整以暇，不经意间就衬出了别家的劳师远袭。

正因为上海滩是这样各菜系兵家必争之地，加上上海市中心高昂的店铺租金，一家餐厅开了二十年，这可不是一件容易的事情。想了解一家餐厅的口碑，要到手机里“大众点评”之类 App 上查看？老上海人可不是这样做的。在老上海人心目中，即使是陌生的餐厅，只消把它的地段和开了多少年头说出来，就

---

* 潘向黎，女，1966 年生，上海作家协会副主席，文学博士。出版长篇小说《穿心莲》，小说集《白水青菜》《轻触微温》《女上司》《中国好小说·潘向黎》等多种，散文集《茶可道》《看诗不分明》《梅边消息：潘向黎读古诗》《万念》《如一》《古典的春水：潘向黎古诗词十二讲》等多部。短篇小说五次入选中国小说学会年度小说榜，曾获第四届鲁迅文学奖等奖项。

已经是不着一字尽得风流了。若不是菜式、服务、环境俱佳，有一批老客人追捧，新客人也不断慕名而来，是很难做到屹立二十年不倒的。

所以，兰亭惠这样的餐厅当然可信。当然也有缺点，就是价格的门槛。订餐软件上显示：人均四百五十元，那大概是家族聚餐或者比较随便的同事聚餐吧，实际上，如果是请客，人均五百至六百才够像样。要是上燕鲍翅海参，人均就会很轻松过千。

就这样，兰亭惠的十个包房还经常是满的，不预订很难坐进去。顾新铭和汪雅君事先订了一个小包房，等他们五点一刻到了兰亭惠，跟着服务员来到包房门口，一抬头，见这个小包房名字叫作“鸿运当头”，不约而同地站住了，汪雅君说：“不好意思，能不能换一个包房？”服务员有点儿奇怪，对讲机和不知道什么人商量了一下，说：“其他包房客人还没有到，我们调整一下，可以的。”于是带他们到另一间，他们一看，这间叫作“清风明月”，互相交换了一下眼色，顾新铭说：“就这间。”

于是，这对五十多岁的上海夫妻，就在颇有名气、价格颇有门槛的兰亭惠一个叫作“清风明月”的小包间坐了下来。包间里的布置自然是中式的格调，红木或者仿红木的桌椅，青绿山水瓷餐具，同款的瓷筷搁上整整齐齐地排着的两双筷子，一双是红漆木筷，一双是黑檀木的。旁边有沙发、茶几和衣帽架。难得的是，这里的沙发坐上去有足够的硬度，不颤颤悠悠，靠垫也够饱满，很得力地支撑起整个腰部，不露声色地让人坐得既松弛又不累腰。这才是真的让人坐的，而不是摆出来让人看的沙发。真正好的餐厅和过得去的餐厅，差距往往就在这些细节上。

服务员先送上来两个放在影青兰花瓷托里的热毛巾，然后给每人斟了一杯茶，看汤色，应该是普洱。然后把一大本黑缎封面沉甸甸的菜单递了过来，含笑说了声“两位先看看，需要点菜的时候按一下呼叫铃，我们马上来为你们服务”，就先出去了。

好餐馆就是这样，不急，总是给客人留余地。这个余地，既是心理上的礼遇，也是做生意的技巧。寻常日子难免忙碌，进了餐厅，先让人休整和放松一下，从容之后才能进入“吃饭”的状态，在对的状态下再点菜，点菜的人也愉快，餐厅也愉快——因为心情好的人往往会点更讲究的菜。另外，经过二十分钟以上的等待和喝茶——尤其是消食去腻的普洱茶，再看那些撩人食欲的照片，食欲更容易旺盛起来。过去有个口号叫作“多快好省”，那么这时候点菜，容易点得多、点得快、点得好，唯独不省。

喝了一盏茶，汪雅君略带愁容地说：“我们要不要先点菜？”

“先点。等她来了好说话，你说呢？”

“也是。可是……”

“你担心什么？”

“不要我们菜点好了，结果她不来哦。”

顾新铭停了几秒钟，说：“不会，她会来的。”

顾新铭就按了呼叫铃，这回进来了一个领班模样的人，态度更加殷勤得体，见多识广的样子。于是双方有商有量，顾新铭一口气点好了冷菜、按位上的汤、小炒、主菜，汪雅君刚想问“是不是差不多了”，只听领班说：“再加一个蔬菜，差不多了。你们才三位。”顾新铭说：“好，要不要甜品？”汪雅君说：“我不要了，胖。”顾新铭就说：“那就先这样，等一下客人到了，再让她看看要什么甜品。”领班说：“这样最好了。”就出去了。

静了一会儿，汪雅君说：“现在是五点四十，时间还早……约好是六点。不过幸亏我们到得早，不然只能坐那间包房，就蛮尴尬。”

顾新铭说：“这种时候，请客的人一定要早到的。事先电话里、微信里再怎么说，总不如自己来看看，七七八八、边边角角有什么问题，到了才能发现，也才来得及调整。”

汪雅君说：“还是你有经验。这些地方，听你的总没错！”

顾新铭看了妻子一眼，心里觉得舒坦多了。在这种时候，如果只是说一句“对呀”或者“还真是这样”，却忘了赞美男主人，那只是及格。大部分上海女人都不会只是及格，她们会明确归功于丈夫——不过，大概率，她们只会说前一句，但是他顾新铭的太太还会加后面一句。一个“总”字，与其说是在一个很长的时间跨度中认可和抬举丈夫，不如说更多的是显出一个妻子对丈夫的欣赏和信赖是长期的，近乎“始终不渝”的意思了。

不管怎么说，自己选人的眼光比儿子强多了。

服务员轻轻敲了两下包房的门，然后打开，司马笑鸥到了。

司马笑鸥长得眉清目秀，小巧白皙，介于职业和休闲之间的米色套装显得她身材苗条而气质大方。城市里白领女郎从大学毕业到三十五岁是看不出年龄的，要不是顾家夫妇知道她今年二十九了，猜测她的年龄是困难的。

顾新铭和汪雅君都站起来迎接她，态度热情但有轻微的不自然。不自然并不是因为热情是假的，而是因为想充分地把热情表现出来，却又要把热情背后的愧疚藏起来，可是彼此都知道这愧疚就是热情的一部分来源，所以很难藏得天衣无缝。而且，似乎也不应该把这份愧疚藏得天衣无缝？不好拿捏。毕竟面对这种局面，他们也没有经验。

司马笑鸥的脸色比想象中的要好，她似乎不是来赴这样一个滋味复杂、注定不会轻松愉快的宴会，而是参加一个商谈合同具体条款的工作晚餐。表情的主调是礼貌，还有着理智的清醒和一点儿不那么在意的清淡，还有一丝不易察觉的戒备——似乎在防范谈判对方在表面友善之下的算计。

“小鸥来了，快坐，快坐！”

“路上顺利吗？服务员，倒茶！”

“顾伯伯好，汪阿姨好。”司马笑鸥说，表情和声调都很正常。

三个人坐在旁边的沙发上，喝了几口茶，这时候冷菜上来了，汪雅君说：“冷菜上来了，我们边吃边聊？”

顾新铭让汪雅君坐了主位，然后自己和司马笑鸥分坐在她的两边。这个他们事先没有商量过，就自然而然这样坐了——因为这样，便于汪雅君就近给客人布菜和倒饮料。

桌上的冷盘有四个：一个冻花蟹；一个卤水小拼盘；一个四喜烤麸——这是本邦菜，兰亭惠也有几个融合菜，多少有几个本邦菜和川菜的菜式，四喜烤麸是上海家常菜，本来上海人下馆子不会点这个，但是做起来挺麻烦，现在许多人也都偷懒在餐厅里吃了；一个桂花山药泥——山药泥自然不成形，为了好看，用模子压出了一朵朵花的形状，上面浇了糖桂花和蜂蜜，雪白花朵上面有两种深浅不同的黄色点缀，看上去精致讨喜。卤水拼盘是在六种里面自己选的，他们选了卤水掌翼和猪利——广东人真有趣，为了讨口彩，猪舌永远叫作猪利，因为“舌”谐音是“蚀本”的“蚀”，而“利”就是“一本万利”的“利”了。

汪雅君看着猪舌，心想：名字叫得好听有什么用？有些事情，蚀就是蚀，亏就是亏。就拿小鸥来说，恋爱了两年，然后分手，两年的青春，伤透的心，怎么看都是女孩子蚀本呀。

上海话猪舌也不叫猪舌，而叫门腔。顾新铭心想：如果真是吃什么补什么，那今天自己和汪雅君确实应该多吃门腔，变得会说话一些，才好。

世界上，人和人的关系不但最复杂，也最难以预料。就说眼前的司马笑鸥吧，和他们是什么关系呢？两年零一个月之前，他们就是陌生人。两年前，她成了他们的儿子顾轻舟的女朋友。一年半前，她和他们正式见了面，他们也都认可和喜欢这个女孩子。半年前，他们已经把她当成了自己的准儿媳妇，高高兴兴地谈论起婚房和婚礼的问题。那个时候，是他们和这个姑娘的人生轨迹最靠近的时刻，几乎再进一步就成为一家人了。但是三个月前，顾轻舟突然说和她不合适，死活分了手。于是，现在，他们其实已经没有关系了。

不要说司马笑鸥，就是汪雅君和顾新铭都觉得非常突然和难以接受。顾新铭对太太说：“大概儿子看上别人了，不然不会这么绝情。”汪雅君说：“小鸥这么好的姑娘，这死小鬼还要哪能？”“哪能”是上海话，“怎么样”的意思。顾新铭说：“我找他谈谈。”

他找了一个中午，特地到顾轻舟的单位门口，和儿子单独吃了一顿午饭，然后傍晚回到家对太太说："看样子，只能让他去了。"汪雅君说："那么他是有别人了吗？""可能吧，但好像没那么简单。他反正拿定主意了。"汪雅君不接受："这是什么话？我找他谈！"顾新铭说："你是他妈妈，你和他谈可以，但是你不要激动。"汪雅君血压有点儿高，控制血压的药又时吃时不吃。

当天晚上母子谈话很快进入对抗模式。顾轻舟喊："她爱不爱我，你比我清楚？"汪雅君说："就是比你清楚！你这个没良心的！你要是看上别人就承认，不要敢做不敢当！"顾轻舟气势低了一些，说："我要怎么和你说呢？我们这一代，和你们不一样，大家都是脑子很清醒，在做一个选择。""那你为什么不选择小鸥？她哪一点配不上你？""她好多地方都比我强，问题是这一点你们知道，她自己也知道，我们在一起我有一种学渣被要求上进的感觉，我不喜欢。""你不爱她！如果你爱她，为她上进上进有什么问题？啊？""是，我发现我不爱她，按照你们的标准，我可能从来没有爱过谁。""你！你不要和我耍无赖噢我告诉你，我直接怀疑你有问题，你是不是有新的女朋友，把人家肚子搞大了，所以要急吼吼和小鸥分手，赶紧去娶人家？""拜托，老妈，这是上个世纪的故事了好吗？我遇到更合适的，换个女朋友也很正常，但是因为你说的原因结婚，你觉得我会那么土吗？""你！"汪雅君有点儿头晕，顾新铭赶紧进来把母子分开了。

花了两三个星期，夫妻俩终于弄明白了，顾轻舟确实有了新的女朋友。这位是正宗上海人，李宝琴，二十五岁，大学本科学历，小公司文员，工资只拿来自己吃饭和零花的，父母是挣足了钱退隐江湖的生意人，所以这姑娘的名下，有价值两千多万的房子一套，地段好，房型好，保时捷一辆，结婚时还有丰厚嫁妆。唯一缺点是，这姑娘年轻而不貌美，长相乏善可陈，开足了美颜也很一般。夫妻俩一致认为：完全不如司马笑鸥。不漂亮不说，这种家庭出来的，就是个地主家的傻闺女，娇气加刁蛮，已经够顾轻舟受的，而且什么也不懂，什么也不会，其实是没法一起过日子的。顾新铭说："结婚是终身大事，可要选对人。"顾轻舟说："都说结婚选对人，可以少奋斗二十年，如果选她，我可以少奋斗三十年。”夫妻俩一起失声说：“你真的要选她？”顾轻舟说：“如果结婚，我就选她，可是我还不一定想结婚呢。”汪雅君说：“你到底和小鸥有没有谈恋爱啊？现在有没有爱上别人啊？我怎么听来听去，都没有什么感情呢？”顾新铭说：“儿子，我也不是很明白，不过作为老爸，我要提醒你，婚姻对男人也是大事情，你要理智。”顾轻舟说：“你们两个人商量好了再来和我搞脑子，好不好？一个要我讲感情，一个要我讲理智。就很搞笑。”

汪雅君觉得头晕，只能坐下了。“儿子，不要说人家小鸥想不通，你总要让妈妈理解你呀。哎哟，我怎么会生了你这么个儿子！”顾轻舟听见母亲带了哭腔，停住了要离开的脚步。顾新铭说：“你和爸爸妈妈好好谈谈。不管选哪一边，另一边至少不要出人命。”顾轻舟转过身来，带着不耐烦和无奈说：“出什么人命啊？你们不要以为司马笑鸥爱上了我，她也是——在可能的范围里选中了我而已。如果有更好的男人出现，她一样会头也不回走开的，你们不知道吗？”顾新铭说：“可是你们互相选中了，对方没有改变心意，你改变了呀。”顾轻舟说：“因为李宝琴出现了，而且她主动追我了呀。”汪雅君说：“你有女朋友，她怎么可以这样？”“奇怪，为什么不可以？如果谈恋爱了就不可以换人，那为什么要谈恋爱？都相个亲，然后直接去民政局好了！你们讲点儿道理好吗？”顾新铭问：“她能让你要和小鸥分手，说明你动心了，那么你看上李宝琴什么呢？是她家有钱吗？”顾轻舟说：“在有钱的家庭长大的人不一样，她做人不那么起劲，不会什么都很在乎很紧张，也不要求我上进，大家在一起很轻松，可以一起享受人生。另外，他们家有钱，也是个优点啊，结婚的房子、车子都是现成的，将来我不用按揭，你们留着钱养老，有什么不好呢？我就想不通，你们到底生什么气？！”顾新铭说：“人生哪有这么便宜的事情？儿子啊，你太年轻了！”汪雅君说：“没有爱情的婚姻是不道德的呀，儿子。”顾轻舟像听到好笑的段子那样，一下子笑了起来：“你的老校长恩格斯说的，对吗？”再次转身走了。汪雅君对着他后脑勺喊一句：“她父母有没有文化？还宝琴呢，不知道这是《红楼梦》金陵十二钗的一个吗？那种家庭、那种长相，怎么好意思叫这个名字！”顾新铭说：“好了好了，名字不是重点，至少没有叫宝钗吧。”汪雅君说：“哪怕她叫林黛玉，我也不要！我就是认定了小鸥做儿媳妇！”

外面的防盗门咣当一声关上了，顾轻舟出去了。顾新铭说：“看来他是真的拿定主意了。”汪雅君说：“我反对！我们怎么对得起人家小姑娘？怎么对人家父母交代？谈得好好的，该做的、不该做的都做过了，然后莫名其妙就分手？人家肯定要骂我们上海人没家教不像样，说这家父母都睡着了吗？儿子这样也不管？”顾新铭叹了一口气：“我知道你反对，我也反对呀。我当面和他说了：爸爸妈妈都喜欢小鸥，你要分手，她伤心，我们舍不得，你放掉了她也很难再找到这么好的了，希望你珍惜。其实你和她结婚，是我们家高攀，要不是你是上海人，有主场优势，估计你打破头还娶不上人家呢。他说，不是你们要和她结婚，是我在选人过一辈子好吗？当初你们谈朋友，你们结婚，我干涉过吗？”汪雅君忍不住笑了，然后笑容一敛，更生气起来：“这什么话？！他跟谁学的，三十岁的人了，讲话这副不正经的腔调！”顾新铭长叹了一口气，说：“你也知道他三十岁的人了，所以，我们反对也反对过了，后果自负的警钟也敲过了，也没办法了。”汪雅君一时不知道怎么回答，愣了好久，茫然地问：“格么哪能办？”顾新铭说：“让他去！”汪雅君想了想，也说：“烦死了，让他去！让他去！”

上海话说“让他去”的发音很像普通话的“娘遗弃”，最后的一个字唇齿摩擦得厉害，听上去咬牙切齿，有愤恨，有无奈，更充满了鄙视和不屑的味道。

司马笑鸥是贵州人，自己一个人大学考到了上海，从此留在上海打拼，如今在一个大公司里有一个很不错的位置，年收入比当公务员的顾轻舟丰厚。她皮肤雪白，五官立体而精致，虽然一米六二的身高不够高挑，依然算得上是个漂亮姑娘，而且一看眼睛就知道很聪慧，智商情商双在线的那种。接触下来，明显要比顾轻舟成熟，有一种离家早的人特有的懂事和干练。顾轻舟虽然比她大一点儿，但从小到大没有离开过上海，其实反倒是温室里的花朵。司马笑鸥对未来的公公婆婆也是要温度有温度，要礼数有礼数。过年的时候，在回贵州之前，小年夜先请吃饭，双手送上一盒茶叶（是顾新铭喜欢的正山小种）和一盒燕窝，一看盏形和成色，汪雅君就一边惊叹一边笑着责备："哎呀，你这戆小姑娘疯了吗？这个太贵了！自家人，一定要送么，也送点儿碎的吃吃好了！"初六,一回上海就来拜年，再送大冬天里最好的鲜花和进口车厘子。去年，连他们两个过生日也有表示，顾新铭生日收到一个精致的栗子蛋糕，汪雅君生日收到一瓶法国大牌的面部专用精油，司马笑鸥说可以滴两滴在面霜里，加强对面部皮肤的保养，又不麻烦。汪雅君惊叹说："真是用心啊！精油滴在面霜里头，我还没有这样讲究过呢。"顾新铭开玩笑说："人家小姑娘出手这么大方，你不要开心得太早，你等着，以后他们房子的首付你是跑不掉了！"说这话的时候，汪雅君刚洗完脸，先不回答，从容地用无名指轻轻地往眼睛下方点上几点芝麻大小的眼霜，用无名指轻轻地抹开，然后用三个手指弹钢琴一样点匀了，才说："你以为吓得死我啊？不是准备好了吗？首付我们来，按揭让他们自己来。过两年要是生孩子，正好我们也退休了，可以帮他们带。"顾新铭说："还是要请个阿姨的，不然你吃不消的。"汪雅君说："嗯。都这么晚了，睡觉吧。你怎么还在喝茶？"顾新铭说："这是小鸥送的茶，还没喝透，不能浪费。"

那时候，这两个人，第一次有了要做公公婆婆的感觉，第一次以满意、喜悦、期待的心情准备迎接一个家庭新成员加入。当然，上海家长在孩子婚嫁时必须拥有的万事俱备、运筹帷幄的骄傲感，他们也有了。

而现在，把他们联结在一起的顾轻舟不在这里，他甚至都不知道父母要请司马笑鸥吃饭。只有他们三个人——一对心愿落空，还要来对曾经的准儿媳道歉、安抚的夫妇，以及一个因为受了伤害而随时可能拂袖而去的女孩子，坐在这个包间里，面对着四个冷盘，虽然是兰亭惠的招牌菜，但是看上去冷冰冰的。

"小鸥，吃呀，吃呀！"汪雅君用公筷往她碟子里搛菜，注意把每样菜摆放得整齐，互相之间保持距离，免得串味。

顾新铭看见汪雅君用调羹舀了一勺混合了金针菜、香菇、黑木耳、花生的烤麸往司马笑鸥的碟子上送，突然脸色一凝，眉头皱了起来，坏了！百密一疏，自己犯了一个错误，这道菜不该点。“烤麸”除了是上海家常的冷盘，也是过去上海人婚礼上必备的一道菜，因为，烤麸的谐音是“靠夫”，结婚后凡事依靠丈夫，“夫”能够一辈子“靠”得住，这是新娘一方的强烈心愿，往往也是新郎新娘两家的共同心愿，因此“四喜”是例行的口彩，“烤麸”（靠夫）才是真正的祈愿和祝福。司马笑鸥是被分手的，对她来说，顾轻舟根本靠不住，所以今天的席上出现这道菜，就大大的不妥了。顾新铭此刻只能舒开眉头，装出若无其事的样子，心里安慰自己：司马笑鸥毕竟是外地人，又年轻，应该不知道上海人这些“老法”的规矩和说法，如果真是这样，那就太好了。对天发誓，今天，他们两夫妻可是世界上最在乎司马笑鸥情绪的人了。

司马笑鸥慢条斯理地吃了一朵山药糕、一片卤水猪利、一个冻花蟹的蟹钳——蟹壳事先都是夹破了的，所以用筷子轻轻拨几下，四分五裂的蟹壳很简单就脱落了，一点儿不费事就可以吃到完整的蟹肉了。兰亭惠就是兰亭惠。最后是四喜烤麸，司马笑鸥没有吃，不知道是不喜欢吃，还是知道那个说法所以拒绝碰它。汪雅君这时候也发现问题了，看了顾新铭一眼，整整齐齐的衣服下面，两个人身上都出汗了。

这时候汤来了。一人一盅橄榄瘦肉螺头汤，打开汤盅盖，就闻到香味。“小鸥，喝汤！”喝一口，又清鲜又甘甜，连这三个没心思真吃饭的人也觉得好味到熨帖。“这道汤清热解毒、润肺滋阴，对人很好的。”顾新铭说。他真心希望，这道汤，或者说这种心理催眠，能在上海凉爽而干燥的秋天，从嘴巴到喉咙再到五脏六腑，为遭遇感情挫败的女孩子提供一点儿帮助。

三个人静静地把汤喝完，居然没人说话，好像突然一丝不苟地遵守起“食不言”的古训似的。

然后上了牛排。虽然每人一份，这个牛排小得出奇，只有成年人手掌心大，还比手掌心窄，但是服务生上菜的时候，领班特地进来介绍了一声：“这是和牛牛排，请趁热用。我们的配方是专门研制的，所以建议贵宾自己不再加任何调味，就这样享用。”看了这个阵仗，自然知道这道菜身价是高的，再一看上面的雪花纹，用刀一切感觉到那种质感，就知道不是骗人的，切一小方放到嘴里，果然是和牛。顾新铭说："是和牛，和我在日本吃过的差不太多。"汪雅君问："这不是日本来的吧？听说国内没有真正日本进口的和牛。"领班笑了一笑，说："请三位吃起来，边吃边听我说——如果有人说他们端出来的是日本进口的和牛，您不要相信，我们这是澳洲和牛。虽然不是日本进口的，但是我们是正规渠道进口的，而且是真正的有等级的和牛，像今天这个牛排，绝对是 M6 - 7 等级的，绝对香，雪花分布很好，也不会太油。"顾新铭点头说："我刚才一吃，就知道不是日本和牛，不过东西是好东西。我就喜欢你们这样，有一说一，不要吹，不要浮夸。说的人踏实，听的人也踏实。"领班说："我们也最欢迎您这样的客人，见多识广，上海人说叫'懂经'，而且又客客气气。"顾新铭说："哈哈您客气，您客气。你们会做生意！"领班说："欢迎您多来！这是我的名片。"司马笑鸥没说什么，只是娴熟地用刀叉把小小的牛排切成四五块，然后一块一块送进嘴里，同时似看非看地听着，但她明显比刚进来的时候松弛了，神情深处的那一丝戒备也找不到了。

领班走后，汪雅君对司马笑鸥说："这牛排还不错，就是太小了，你年轻，可以多吃点儿肉，要不要再来一份？"

司马笑鸥说："不用不用，我不减肥，不过也要控制体重的。"说完这句话，她脸上有了一点儿笑影子。

"是啊是啊，你们这一代比我们好，从小有控制体重的意识，所以身材比我们这一代好多了。"

"哪里，阿姨您和顾伯伯都保养得好。"司马笑鸥一半被迫一半真心地说。其实这话本来是真心的——她过去和顾轻舟说过，上海人到底不一样，你爸爸妈妈身材、风度都很好，打扮也很得体。可是今天不是说这种话的心情和氛围，却又出于场面需要不得不说，于是一句真话刚说出口，就死了一半，好像是不合时宜的恭维。当她自己意识到连说一句真心话都这么尴尬，不由得叹了一口气。

顾新铭和汪雅君几乎同时叹了一口气。顾新铭有点儿可怜汪雅君，于是决定自己先开个头，他记得读过一本《如何有效交谈》之类的书，里面说，在面对容易引发争执和不愉快的谈话时，一定要用“我”“我们”来开头，哪怕不得不说“你”，也不能说“你怎么生气了”，要说“我觉得你好像生气了”；不能说“你误会我了”，要说“我不是这个意思，但我表达得不好，好像引起你的误会了”。总之是要主动担责的意思。于是他说：“小鸥啊，伯伯和阿姨也不能做什么，今天就是想请你吃个饭。”司马笑鸥浑身微微一震，马上垂下了眼帘，好像不愿意让人看见她的眼神。

汪雅君赶紧说：“我们心疼你，可我们也插不上手。你也知道，孩子大了，爹妈简直成了弱势群体，根本管不了。你相信我，要是打他能把他打听话，我早就用家法打得他趴下了。”

司马笑鸥似笑非笑地说：“还不至于。”这句话有点儿微妙，是说顾轻舟罪不至此，还是说自己不至于沦落到这一步，要男方的家长用暴力来逼迫男朋友留在自己身边？汪雅君和顾新铭对视了一眼，顾新铭不开口，汪雅君只好继续说：“小鸥啊，我们都很喜欢你，真的，已经把你当成……家里人了，弄成今天这样，我真是万万没想到啊！我们心里也很难过。”司马笑鸥嘴边浮起一缕似悲凉似讽刺的笑容，说：“对不起，让你们操心了。”顾新铭马上补救，说：“千万别这么说！是我们对不起你。你是个好姑娘，你做得都很好，都是顾轻舟不好，他这个人不成熟，完全拎不清，不知道自己几斤几两，不知道如何珍惜感情，也不知道该如何选择人生伴侣，他将来肯定要后悔的。”想了想，一咬牙，把最严重的一句说出来了：“是我们教子无方，对不起你。”汪雅君也说：“我们真的很内疚，都没脸见你。”

只听司马笑鸥一个字一个字地说：“都是成年人，哪怕是犯罪，也是自己进监狱，哪有株连父母的？这事和你们没关系。”两个人听了这句话，抬起了头，看见她喝了一口茶，稳住了气息，继续说：“何况，谈恋爱，本来就是两种结果，要么结婚，要么分开。你们放心，我不会去纠缠顾轻舟，将来他和别人结婚，我也不会去砸场子的。”

两个人心头一宽，同时又一酸：已经没有希望成为儿媳妇了，依然有这样的态度，可见过去的种种懂事不是假的，真是难得的好姑娘，可惜江湖一去深似海，从此彼此是路人。汪雅君说了出来：“我们知道，你是个明事理、重情义的姑娘。顾轻舟配不上你，真的，你也许现在不相信我的话，过几年，就会觉得我说的是对的，到那时你还会庆幸没有嫁给他呢。”顾新铭喃喃地说：“确实，你样样比他强。是他没福气，真的，是我们顾家没福气……”

司马笑鸥不知道是被打动了，还是触动了心事，低着头，好一阵子没有声音，然后，她好像下了决心似的，缓缓地抬起头，说：“我这些天是很难过。但你们知道我心里最过不去的一个坎，在哪里吗？”“你说，你说！”夫妻俩争先恐后地说。让司马笑鸥在他们面前倾诉一番，这是他们请这顿饭的最大希望啊。

“他可以和我分手，什么理由都可以——两个人在一起，要两个人都愿意，分手就不一样，只要一个人想分手，就只能分手。他可以不爱我，可是他不该说我不爱他，他说我只是快三十了，急着想找个人结婚、在上海安个家。我不是！我受不了他这样冤枉我！”

顾新铭说：“这个他说得完全不对！”汪雅君说：“他胡说！你只当他放屁！”

司马笑鸥说：“我对他说，你不能这样说我，除非你从来没有爱过我。然后你们知道他说什么？他说，你们女人真奇怪，反正就这样了，爱过，没爱过，有什么区别？”她的眼圈和鼻子都红了，但是没有让眼泪流下来。

夫妇俩都沉默了，因为真的不知道说什么。没想到儿子如此现实，如此狠绝。同时也深深感到了自己立场的尴尬和语言的无力。

“伯伯，阿姨，谢谢你们这么接受我、疼爱我。我不知道他在你们面前会怎么说，我今天来，就是想告诉你们，我是真的爱过顾轻舟，是真的看上他，我也说不清为什么，我就是爱他这个人，想和他在一起，想和他白头到老，不可以吗？他要分手我没办法，可为什么我的感情还要被这样否定、这样不在乎？现在我也看明白了，我不是他要找的人，他也不适合我，所以，分手就分手，总比以后离婚强。”司马笑鸥的脸色苍白，嘴唇也失去了血色——口红已经在吃饭过程中消失了，所以现在是真实的唇色。但她始终没有流下来一滴眼泪，倒是汪雅君眼泪汪汪了。

好在装在青绿山水大瓷盘里的清蒸珍珠斑上来了。平时请客，点一条笋壳鱼或多宝鱼也就是了，但是今天，顾新铭觉得一定要珍珠斑。普通石斑鱼也很鲜，肉质也够弹牙，但是珍珠斑的嫩，是超乎一切石斑的，价格也是超乎一切普通石斑的，所以——今天必须要珍珠斑。顾新铭说：“你给小鸥搛点儿鱼肉，这是珍珠斑，好吃，又不会胖。”汪雅君用不锈钢长柄调羹，一下子拨下来一大块雪白的鱼肉，放到司马笑鸥的碟子里。司马笑鸥慢慢吃掉了。

然后又上了一道脆皮百花鸡、一道黑松露汁烩鲜鲍、一道锅烧杂菌豆腐、一道白灼西生菜。

这时候顾新铭用另起一段的口气，说：“小鸥，人这一辈子，总会遇到一些不开心的事情，也只能面对。我们呢，真的很喜欢你，也知道你一个人在上海，虽然事业有成，但是毕竟没有亲人，我们希望，以后像朋友一样来往，你如果遇到什么事情，自己解决起来有困难，只管来找我们。商量商量啊，需要我们出点儿力啊，我们都很乐意。”

司马笑鸥显然没想到他会这样表态，迟疑地说：“这个……不用了。”

汪雅君说：“小鸥啊，你如果不嫌弃，就把我们当成亲戚吧！我们是小老百姓，你知道的，他在出版社，我在学校里，都快退休了，但我们总归这把岁数了，好歹算是长辈，你有需要的时候，要想到我们，碰到为难事情了，不要一个人撑，发个微信、打个电话告诉我们，好不好？”

司马笑鸥愣了一会儿，脸上有混合着惊讶、委屈和感动的神情掠过，然后恢复了平静，说：“好的。谢谢。”她的双唇恢复了一些血色。

汪雅君说：“对了，甜品刚才还没有点，小鸥，你看看你想吃什么？流沙奶黄包？陈皮红豆沙？燕窝蛋挞？天鹅酥？他们的甜品也很不错的。”

“不用了，阿姨。”

“吃个甜品吧，心情会好。”

司马笑鸥幽幽地说：“心情，总要让我不好一段时间吧。整件事情，我也只剩这个可以决定了。”

汪雅君要说话，顾新铭用眼神阻止了她。这顿饭，司马笑鸥的情绪就像退潮的大海，虽然还有一浪一浪地往回卷，但是总体是浪越来越远去，海面越来越平静了。这下子回浪有点儿猛，也只能等它自己下去，这时候不能乱说话，这时候如果说错一句话，岂不是前功尽弃？这女人，就是性子急！

最后还是汪雅君做主，选了冰激凌，顾新铭从来不吃甜品，于是她和司马笑鸥一人两球冰激凌，慢慢地吃着。第一球冰激凌吃完的时候，汪雅君说：“小鸥，阿姨送你一件礼物，是我们做长辈的一点儿心意，希望你收下。”她从背后的手提包里拿出一个红色的丝绒盒子，打开，里面是一个老凤祥金手镯，没有花样，光面的一条，看上去有点儿像藤条做的，出人意料，有古朴的感觉。

司马笑鸥睁大了眼睛：“阿姨，您这是做什么？太贵重了！我不能收！”

“你听我说，我们上海人家，孩子大了，总归要买个手镯的，是为了保值，所以都不讲时髦，就是买老凤祥的。这是我去年买的，当时觉得足金手镯比较土，你肯定不会戴，也就是给你压压箱底，所以给你选了这个实心的。”

司马笑鸥说：“手镯还有实心的？”

顾新铭说：“虽然是实心的，但分量不重，也就五十克，你看，标签还在，也没多少钱的。你收下吧。”

司马笑鸥说：“我心领了，但我还是不能收。”

汪雅君说：“这是我心里想着你买下来的，不可能以后去给别人，所以我一定要给你，你也一定要收下，听见没有？你不要多说，你就收下！”语气里有伤感，也有赌气。顾新铭知道，这是妻子本色出演，一定会有效果的。

果然，司马笑鸥听出了这语气里的真实感情和江湖义气，终于慢慢伸出了手，接过那个丝绒盒子。“那我收下了。谢谢阿姨，谢谢伯伯。”

司马笑鸥吃第二球冰激凌，心想：这么好的一对父母，如果能是自己的公公婆婆，该多好！本来就应该是的！这个镯子，本来是他们给自己的结婚礼物，谁知道突然一脚踩空，什么都变了……又想：连他们都这样对自己，可见顾轻舟是何等无情、何等过分！最可恨的，他变心不要紧，还要把过去的感情说得一钱不值……一想到这里，忍了整顿饭的眼泪涌了上来，来势汹汹，在失控之前，她猛地站了起来，匆匆地说："我先走了。谢谢伯伯阿姨！再见！"就推开门走了。夫妇俩追到包房门口，只看见她纤细的背影飘一样消失在走廊尽头的光影中。

顾新铭拉拉汪雅君，两个人回到餐桌前，坐下来。一坐下来才觉得非常疲惫。

顾新铭说："有点儿累。"

"我头痛。"汪雅君说。

"都老了。"顾新铭说。

"想想当初，我们什么都没有，还不是照样结婚、生子？哪有这么复杂？"

"是啊，你当初那么漂亮，怎么就那么傻，我什么都没有，就嫁给我？开头还是和我父母挤在一起，后来单位总算末班车分了房子。你跟了我这个穷人，这三十多年，真是不容易。"

汪雅君白了丈夫一眼，说："不要说得那么作孽相，我们的房子涨了多少倍，你怎么不说？再说你也不差呀，兼职啊，股票啊，拳打脚踢，这三十年可没少挣。关键是你的心思都在家里，嫁给你这种男人，心里踏实，夜里也睡得着。"

顾新铭得到妻子的赞美，心里甜丝丝的，说："是你不容易，当年那么相信我，嫁给我这个穷小子，和我白手起家。"

汪雅君看看丈夫几乎全白了的两鬓，不由得伸出手去，拍拍丈夫的手臂，说："还是你好，当初选中我就是我，三十年来一心一意的。不像某些人，本事嘛没有，还要那么花！"

顾新铭说："他拎不清！他以为人生这么便当啊？往往是越想走捷径，越会走弯路的。"

汪雅君说：“就是呀。一开始如果不是真心看上这个人，以后有点儿风吹草动都过不下去的呀。现在这些年轻人，真不知道在想什么！他们懂什么？一辈子长着呢。”

顾新铭转移话题说：“不过，你也不要光生气了。如果——我是说如果啊，他一定要和这个小李结婚，也不是一点儿优势都没有。”

“什么优势？就有钱啊？一个一米八的男子汉，怎么可以想这样当小白脸吃软饭？”

“他们房子和车都现成，确实省力很多，不过关键还不在这里，关键是，我问清楚了，对方父母没读过大学，早婚早育，现在女孩子的父亲才五十岁，母亲还不到五十岁，而且又在上海，将来他们生孩子，不要说坐月子，就是帮忙带孩子，女方父母应该也靠得上。”

汪雅君眼神闪了几下，然后沉默了，顾新铭知道她在心里盘算，一时不知道该说什么。半晌，只听汪雅君长叹了一口气：“没劲！你说，是我的儿子要谈婚论嫁，怎么说也是喜事，怎么我这心里就这么不痛快呢？”

顾新铭也长叹一口气：“我和你差不多。大概我们都落伍了，都是老人类了！”

汪雅君说：“那我们真是选对人了，不管新旧，夫妻最要紧是两个人谈得拢。”

顾新铭看了看妻子，他发现曾经是班花的妻子，不知何时，双眸不再如水清澈，眼角也出现了细密的皱纹，像开片瓷器上的裂纹。

顾新铭说：“不管了，我们好久没有两个人出来吃饭了，今天就当我们二人世界吧。”

“是啊，这么好的地方，刚才吃得没滋没味，菜都凉了。”

顾新铭说：“现在帮儿子擦好了屁股，接下来我们放松，慢慢吃！”

“你说得这么难听，好像我们刚才在搞危机公关一样，我可是真心的。为什么一定要送她那个手镯？让她派用场的。我们对人家说得好听，什么‘你有困难来找我们哦’，这就是嘴巴上讲讲的，一点儿都没用的！人家小姑娘也是要面子的人，以后无论如何不会来找我们的。她一个人在上海，还是给点儿东西防身吧。给她那个，是千足金的，分量也有了，平时放着呢，保值；万一碰上难处，拿出来，总还可以抵几个月房租。”

真是一个好女人！顾新铭想。他突然有一点儿站起来拥抱一下这个女人的冲动，这是一种他好久没有体会到的感觉了。当然作为一个上海人，这种外露的方式，是和他们绝缘的，即使在四下无人的包房里，他也不会这么做。就像在上海话里面，根本没有“我爱你”这句话一样。

他特别温润地看了看妻子，好像想用眼神抚平她眼角的细纹似的。然后高声唤：“服务生，来一下！把菜都拿去热一热！”

月光下

蔡　东*

我在哪里，现在什么时候，闹钟响是为了什么？被闹钟唤醒后的三连问。几秒钟后，意识清醒，身体立刻从床垫上弹起来。

镜子里的面孔有些陌生。记不清有多久没有认真照镜子了，只偶尔就着手机屏幕，瞥自己两眼罢了。把打结的头发梳开，裙子穿上又脱下，来来回回折腾了好几次，在黑色、白色、天蓝色之中，我放弃了更有朝气的天蓝，选择了稳妥的黑色。

这是南方最舒服的季节，不冷不热，风和阳光都清清爽爽的。借着路边的玻璃门，我悄悄打量自己，发型衣着都过得去，心情虽忐忑，也还藏得住。想一想，像上辈子的事了，现在的她，又会变成什么样子呢？

不出所料的缘起，先是春节前夕，我们被拉到一个叫“相亲相爱一家人”的群里，说是一家人，其实有见过的也有没见过的，大家热聊，发养生谣言和珍藏的表情。“晓茹”两个字突然出现时，我心跳加快，有点儿不敢相信，她居然也在。生怕她又不见了，想赶紧加上她，临到最后却没把消息键出来。时间露出一个小豁口，旧事一幕幕涌出来，都这么多年了，还要用沉默表达对她的

---

* 蔡东，女，生于1980年。主要写作小说和艺术随笔，在《收获》《十月》《人民文学》《当代》《花城》等刊发表小说，曾获鲁迅文学奖、《小说选刊》“中骏杯”双年奖、华语文学传媒大奖最具潜力新人奖、十月文学奖等文学奖项。出版《星辰书》《来访者》等小说集。

责怪吗？想起了那场梦，在梦中的小城白事上，我一眼认出她来，她远远地站在幔帐边，目光交汇的时候，她嘴唇动了动，好像有话对我说。犹豫半天，等我下定了决心去找她，她已经离开了。

群里热闹了一阵子，几轮热络的网络走亲戚后，气氛凉下来，因为并不真正生活在一起，曾消失在时间里的人换种方式又消失在虚幻的空间里。有时我会猛然一惊，以为她退出了，赶紧点进去看看，见她还在，就松了一口气。我了解她过去的坎坷和挫折，她现在的日子也未必有多好，如果是我，丢不起人，早就自绝于家族，干脆让自己永远消失了。迟疑和猜度中，日子像上了釉，一天天滑过去了。

直到她主动加上我，说，刘亚，我也在深圳。

约了几次，不是她没空就是我没空，或者也可以说，总有一个人没准备好，托词逃脱了。大半年之后，终于定下来时间地点，人物是我和她，刘亚和李晓茹。

她到得比我早。隔着窗子端详她的侧影，利落的短发，干净的墨绿色针织衫，背是挺直纤瘦的，我心里踏实了些。快走到座位时，她转过头来，在这个时空里，她依然记得我的脚步声，有一个瞬间我像坠入昏暗的深海，四周是真空般的寂静。

小姨，你有白头发了。这句话脱口而出，暗地里埋怨自己不会说话，随之却发现，我俩耸起的肩膀都松开了。

六角托盘擎过来两杯茶，透明杯子里绿莹莹的，薄片正舒展成叶子，有的芽头朝上，立于水中，有的缓缓落下，躺在杯底。她倒吸一口气，赞叹着真好看，一边却说，不用来这类地方，在哪里说话不是说？这类地方，大概就是指四季恒温、落地窗通透、植物和美器环绕的玻璃屋。现代人吃完饭喜欢再找一个地方喝东西，坐进被设计的空间里，也坐进被设计的生活里。

她还那么爱美，拿起手机拍杯中碧色，我趁机细看她的样子。长白发了，眉心文刻着深深的竖纹，但比起同龄人来她仍显得年轻。很多这个岁数的人，头发往脑后梳，稀疏得几乎能数得清，还有一具沉甸甸的身体，穿什么衣服都紧绷在肚子那里。不光是体态的年轻感，她精神头看上去也不错。我不确定，这会不会是一种调动和伪装，我不是也挣扎着出了门，在没有快乐激素分泌的情况下调控出快乐和积极来嘛。只是临出门的时候，放下刘海遮住了眼睛，于是我去寻找她的眼睛，眼睛可骗不了人。她的眼睛一点儿也不黯淡，眼神里充满对此刻和未来的热情。

几棵散尾葵，几株马醉木，室内就幻化出一片清新的小森林，看多了，也觉得不过是一种崭新的流俗。她看看四周，说，我住宿舍，连个坐的地方都没有，不然就叫你过去了。我低下头，喉咙一阵发紧，知道她想认认我家的门，但久居城市已不适应具有速度感的亲昵，哪怕我们曾经那么熟悉，哪怕今天看她一眼我就听见心底的声音，如之前的某个人生阶段，现在的我也需要她。

她座位旁站着一棵高高的琴叶榕，小提琴形状的叶片掩映着她的脸。过往的这些年，她的脸时时浮现出来，总在一个金黄色的场景里，四月的河边，大片连翘开花了，长长的花枝伸向空中，她站在满缀金黄小花的枝条间。

我和她像两棵水草，一高一矮地生在河边。同伴们是几棵杏树、成片的连翘，还有荠菜、野茼蒿、蒲公英和马齿苋，爬满斜坡，向着远处蔓延。家在河的另一边，种着香椿和月季的小院落，安然待在一排平房中。黄昏时分，我们爬上河沿准备回家，才发现裤脚上沾满了苍耳。

我是她的小跟班，她是为我摘苍耳的人。

我曾为我妈感到些许遗憾，老天爷偏心，李晓茹才是姐妹中长得好看的那一个。有她在的时候，我眼睛挪不开，偷偷盯着她看，仰慕她俏丽的单眼皮和飞扬的长眉，还有月光一般的皮肤。一度不知怎么形容那细白若有光的皮肤，比雪色柔和，比奶脂透亮，直到那个月夜，我分不清楚了，月光是从天上落下来的，还是从她脸上轻轻荡漾出来的。

我和她年龄相差十几岁，辈分上她高我一辈，但我们亲密得更像姐妹。父母白天上班，我又是独生子女，但我从来不知道什么叫孤独。有一段日子，沉迷于扮古装美女，头发里插上自制珠钗，披着曳地的毛巾被，端起胳膊走来走去，她就配合我，演小姐丫鬟什么的。还拓展出大侠系列的新剧情，一人执纸扇，一人持木棍充作的剑，挥舞，发功，从高处往下跳。她手巧，会编各式辫子，在我头顶两侧扎两个高马尾，再盘起来，戴上蓬蓬的头花，我定睛细看，马上宣布这是全天下最美的造型了。要知道，比我大几岁的孩子都嫌弃我，她不会。

杏烟河是我俩的嬉游之地。在那里，你知道四季是怎么到来和退出的。月光下，杏树枝根根分明，投在地上的影子也是瘦的，疏疏淡淡干净的几笔，忽如一夜，水边堆满热闹的花影，抬头一看，干枯的树枝上冒出密密的杏花，酸胀的春天舒畅了。接着，白天长了，细细窄窄的河流变宽了，充足光照中，树叶的绿厚了一层，又厚了一层，蝉声在浓绿中突然静默又骤然响起，她喜欢说，一大早天就这么蓝，中午得热成什么样！当河边的色彩变得丰富，夏天就过渡到了秋天，毛衣上的静电起得噼里啪啦的。到了深秋时节，河水分外沉静，风掠过，几朵云从水里浮起来。我们用纸片叠小船和飞机，任由它们随水流走，我们百无聊赖地躺着，看到英俊的狼狗把吃不完的骨头埋进土里，然后永远地忘记了。

那晚浩浩的月光在河面上晃荡，月下求偶的青蛙发出高亢的叫声，我抬头看到朗照的月亮，突然觉得它待在空旷的天上那么孤单。小姨扭捏了一晚上，像是忍不住了，凑到我耳边扔下一句话，我处对象了。我一愣，隐约知道有过几个人追求她，半真半假的，她并不理睬。正式对象吗？是谁是谁？长得排场不？回过神来，我巴住她的肩膀，迫切地想知道更多。

她害羞起来，枕在一丛没抽穗的车前草上，背对着我不肯说。我被吊得难受，假意说先走，她又靠过来，说两句，收回去半句，像河面上忽闪忽闪的月光。她的脸时而化进夜色，时而从黑暗中浮现。

听着听着，我浑身发烫，同时感到一股庄严的气息四下弥漫。没等她说完，已感觉自己重要了起来，我是被信任的人，第一个知道这件事的人，一定要守护好秘密。我捂住胸口，调匀呼吸，也想说点儿什么以回报她的信任，可惜我连小学都还没上，除在我妈兜里偷过几块钱之外，再没有更重大的秘密了。

她接着吐露，已互赠了照片，从口袋里把照片捏出来。我举高照片，月光拨开了黑暗。照片上的人侧身站立，手一上一下抓着衣领，衣领上头，是平凡如你我的一张面孔。

“啊”了一半，惊疑的感叹未成形，失望在心底尽情生起，怎么就跟他好上了？转念一想，这个人能让她脸上放光幸福成这个样子，又不由得亲近起他来。毕竟，姥爷就不说了，添了心病，总想着给待业的她找事干，连我爸妈都发愁，复读再次落榜，前程在哪里呢？她说，他就像世上另外一个我，我们有很多共同点，都闻不了芫荽味，都爱吃饺子皮，不爱吃肉丸。我说，那饺子丸怎么办？她跟我打闹起来。我心里为她高兴，生活还将继续下去，大好的日子在等着她。以前，人们总虚言着她的未来，她长着修长匀称的四肢，据说适合当运动员，但怎么才能当上运动员，没有人知道，连她自己也不上心，都是说说罢了。

过了两个月，他骑着自行车在河堤上疾驰而过，后座上坐着她，大梁上坐着我。他叫侯南南，穿运动裤和黑皮鞋，跟小姨差不多高。之后他不穿皮鞋了，比小姨矮一点。他下了班也加入夜晚的嬉游，月光勾勒出一条小路，小路带我们至树林的深处。几个人一起摸爬爬，摸到后塞进罐头瓶里，运气好的时候能有满满一瓶呢。遇上正脱壳的，我们就凑在一起看，在手电筒的一束光下，爬爬背部裂开一道缝，蜕出来淡绿色的翅膀和几近透明的新身体。更多的时候是游荡，走着走着来到河边，我俩坐在地上，他找棵树倚上去，歪着头讲故事，有心让我们觉得他很厉害，他也会勇敢地驱赶爬过来的臭大姐。我别过脸去偷笑，觉得成年人也挺好玩的。我忘了他俩还年轻，散漫游乐之后，脸上也有一闪而过的不甘和茫然。

刚上小学的那两年，我跟她见面少了。原来人生是一段接着一段的，好像一下子，我们走进了各自的新生活。我交上年龄相仿的朋友，也体会到微小却灼人的痛苦，具体来说，是同桌总用胳膊肘挤我，我的领地只剩一窄溜了。

我们再遇见，刚开始会有点儿生疏，很快又亲近起来。她读书不行，一用功就偏头疼，还神经衰弱，姥爷给她用气功治过。她最喜欢给我买课外书，叮嘱我好好上学。我还怀着念想，经过短暂的冷淡期之后，我们还会像以前一样好。

事实上，我们再也没有像以前那么亲密。有时，我会想起杏烟河的河水，日日夜夜往前流，但没人知道它流到哪里去了。

还是在亲戚家，影影绰绰地听说，她哭闹了几场，到底把婚订了。这之后，一个傍晚，她把我从家里叫出来。她清瘦了些，脸颊微微凹陷，太阳穴边游动着细细的蓝色血管，那时我不懂，爱上一个人，异样的光彩和骇人的憔悴交替出现，爱情既制造多巴胺也令人消瘦。她往我手心里放了一样东西，我以为啥稀罕物，一看不过是塑料发夹。注意到她热切的眼神，我装出惊喜的样子来。就在那天，我第一次感觉到，是她依恋我多一点。暮色中，我们沿着被太阳晒热的小路走向河边，她的裙子沙沙作响，像雨正落下来，又像风掀动满地的落叶。

我们并排躺在河边，风吹在身上，是可以用身体去感受，也能从树冠和水面上看出来的那种风。睁开眼睛，迎过来的不是残编断简的天空，是一整块向着无尽从容铺展开来的蓝。

站在很高的地方往下看，这片街区像不像一个巨大的竖琴？我问她。

她摇摇头，倒没这样想过，竖琴没见过，这块地方不熟。

其实我也觉得不像。只是我愿意对居住的地方生出浪漫的想象，取空中视角把偌大的城市想象成无数个竖琴的列阵排列，那真称得上壮丽了。拉开足够远的距离向下俯视，高瘦颀长的建筑物仿若细细的琴弦，琴弦之间，长满了树木和街道。

我说，那你觉不觉得，深圳是站立着的？

她笑了，这样一说就懂了，可不是嘛，咱们那里是横躺着的。

我想起多年前熟悉的景象，天高地平的黄泛冲击区，连绵成片的低矮房子和城郊安静平整的田野，听到她补充了一句，现在也算半蹲了。

哪有什么是不变的，天际线也未定型，只是变化慢一点。我说。

在几幅剪影画里，我能准确地把生活之地认出来，我熟悉它目前的线条和高度，这让我感觉到踏实，以及片刻的确定。毕竟，多少以为会永远在一起的人，一恍神就不见了。连坐在这里喝口茶的工夫，窗外的云彩来了又走，都变幻了好几回。

她说，你长大了，我是变老了。我看着她，小姨你哪里老，气色比我强。她笑笑，心还没老。很多年过去了，她无意于站在她的角度把那件事重述一遍，以完成自我辩解，但一年又一年的，那根刺早就融化在我自己也正在经受的生活中。

我注意到，她拿起纸巾把桌上的水渍抹干净，没有水渍也来回抹，这或许是过往从事某个职业的印记。她说这些年奔走多地，最早做保洁，后面跟古法经络的传承人学习，专治亚健康，也做过老板的住家保姆，麻利干活，其他时候笨笨的就行，雇主要管理不想走太近，我就注意保持距离感，包吃住挺好，手里一直有活钱，只是跟坐牢一样不自在，半年就辞掉了。我问她现在靠什么吃饭，她说，前几年开始做育婴和产后康复，就是伺候月子，熬夜免不了的。

我点点头，大体明白了。在各个年龄段女性都讨厌被叫成阿姨的时代，她从事着可以笼统地被称为阿姨的各种工作。珠三角和长三角流动的中老年女性，善解社会和家庭之烦忧，亦专于藏匿和退场，她们无比重要却能随时隐形，就这样凭着勤劳与智慧过活了下去。她说，城市人需要什么，我就学什么，说不上人们忽然开始信什么，不求稳定，跟着市场一直都在变呢。

是呀，她没工夫往回看，只拥有现在。她说，跟你妈一直有联系，她刚得心脏病那年我回去看她，问起你来，说早出来上班了。她等着我也说点儿什么。

到底在外生活多年，自觉遵守新礼节，不主动打听私事。但她的眼神是急切的，是与比较和窥探无关的，单纯地想知道我过得好不好。

攒了很多话想对她说，又怕表现出过了火的熟络，毕竟我们在彼此的生活中失踪已久。我瞅瞅周围，人越来越多，闹哄哄的，有几个姑娘站着四处看，侦察员般等一个座。我们左边那桌是谈上市大生意的，嘴里不断说出来的名字很唬人。右边是一个戴哈利·波特圆眼镜、穿宽大卫衣的小男孩，到了就摊开一本书，半天没翻一页，也许是装置。更远的地方，看得见风景的窗子边，坐着的人像两对夫妻，关系还没到可以家庭聚餐的亲密程度，往往就选在外头聊天。

我和她曾共享大好月色，共享一段充满情味的日子，呼朋引伴，形影不离，以为会一辈子这样好下去。那时，我瘦得撩起衣服能清晰地看到一根根肋骨，此刻，我正处在跟发胖、网瘾、职业低谷、焦虑型购物搏斗的人生阶段，睡前辗转，杂念如潮，醒来的一刹那，身体像刚晒干的直挺挺的旧毛巾。家里也越来越狭小，万恶的满减和凑单造成了囤积，有时竟担心自己被各式各样的纸巾吞没掉。

胆怯如我，不敢把上一任房主贴在房间里的平安符撕掉，任由它在那里继续庇佑着房子和生活。枕头已经发黄，标签也看不清了，但我没有勇气换成新的，害怕再买不到这么舒服的枕头了，我还居然开始穿红色带福字的袜子。

然而，表面上我已刀枪不入，老练地坐下来，双肩包卸一边，不与人对视，顺滑地戴上一副现代的表情，不在场，无羁绊。最初还觉得心惊，满地的幽灵，熙攘又冷清，原来不光我爸在家里像幽灵一般存在着。单位大楼、综合体、地铁车厢，各个空间飘浮着的，是谁都不在乎谁、互相不感兴趣的眼神，空气里满满的，是自恋和防御。

有些时刻，发现月亮竟行至窗前，先是一怔，接着心底涌上来模糊的旧事。我到底也跟它疏远了。漫长的时光里，其实它一直在那里，照亮暗夜，移动潮水，譬喻悲欢，唤起思念，让分离的人们在抬头望月的一刻再度发生深刻的联结。

她淡淡地说，身体总有吃不消的一天，打算学个含金量高的技术，通乳师怎么样？你念书多，帮着参谋一下。我说，你看准的，肯定行。她说，也不是什么正经证书，有总比没有强。我想到她的经历和年龄，她的坠落和攀爬，忽然就觉得，一切并没有那么可怖。捋捋刘海，从哪里开始说起呢？就从家里的三个人开始说吧。

家里还有三个人，跟我一起住。

这么多人？她很惊讶地看着我。

先给你说说名字，等着再见面，他们是李榕添、周细龙和董娟玉。

赶紧去通知晓茹，这是最后一面。我得令，跨上自行车，头也不回地冲进黑夜。骑得飞快，耳边只有呼呼风声，屁股都离开了车座。这之前，我妈打了几通电话，是忙音。我提醒她，小姨家的电话早停机了。

小姨熟食店的生意一度兴隆，她羡慕我家有电话，挣到钱先把电话装上了，也是一圈数字转盘、话筒在上方而不是一侧的电话机，现在人们眼中的老式复古款。装好电话，她打电话喊我去玩，声音里有按捺不住的激动，一并顺着线路传送过来。她在娘家时就会做熟食，下水卤得好，成家后靠手艺开起一家小店，卖卤味和炸货，记得开张那天我可高兴了，满心盼着她过得富，富得流油才好。之后我去她家玩过几次，有一次，她拿出半块亮红的卤猪耳，一边切一边没头没脑地说，侯南南又把内增高皮鞋拿出来穿了。我回忆起当年他穿运动裤配黑皮鞋的样子，有些惶惑，鞋是带增高的？她接着说，皮鞋在床箱里放了好多年，扒出来一看都长绿毛了，他擦了好几遍鞋油。我随便应着，哪里等得及，拈起案板上的猪耳就吃，感受那又脆又软糯的奇妙口感。她用围裙擦擦手，叹口气，又说别的去了。

我快升初中时，她给我买了一身大红运动服，专门送过来。那个年龄的我，沉默，敏感，正是从心灵到身体都别别扭扭的时候，僵硬地接过衣服，也没说声谢谢。我偶然看她一眼，忽然觉出来她老了，手脚迟钝，头发披下来，用我妈的话说是跟疯子一样。她身上散发出一股哈喇油气，白袖套也很脏。接着就听说，她做的熟食味道大不如前，心思没放在上头。小生意靠街坊回头客，人家买到发臭的食物，上一回当就绝不再买，口碑丢了，小店就在恶性循环中半死不活了。又陆续听到一些愤慨的对话，大意是她抠姥爷的退休金，她开始到处借钱了，反复听见的是救急不救穷这句话。有些话压低了声音说，听得并不真切，但知道不是什么好话，我不喜欢别人背后这么议论她，想到她不知受了多少冷眼，心里会猛然疼一下。

但我跟其他人一样，有点儿躲着她了。

路灯头上跟着一团团蚊蚋，灯光勉强漏下来一点。一块砖躺在路中间，发现时已来不及，车子一踉跄，把我颠了下来。坐在地上揉膝盖，心里说不出来的怕，抬头看见半个月亮，正努力发出微弱的光。我想起过往的日子，想起河边夜晚的月光，有时是银质的月光，叮叮当当清脆地掉落；有时是磨了毛的月光，带一层细密的短绒，可软软地披在身上。我站起来，扶稳车子，继续往前走。

远远地看见一星点暖黄，渐渐晕开了，变大了，接着，黑夜中显现出一个黄盒子，方方正正的，盒子里头就是她的小店。一间面对街道的偏房，墙壁上开了一扇窗，灯光从窗子里透出来。我丢下车子，冲小窗里面喊，无人回应。大门敞着，我冲进院子，箭头一般揳入一片凝固的黑暗。

那一刻我太着急了，顾不上其他的，是在一遍遍的回忆中，孤寂和无望缓缓从那个画面中蔓延出来，她和她的影子相对而坐，身后是黑沉沉的夜。

院子里没开灯，只有轻烟薄雾的月光，渺渺地照着，她坐在小凳子上，也坐在能藏住人的暗影里，她身旁有个煤球炉子，炉子上白铝壶咕嘟咕嘟烧着水。

快走快走，姥爷不行了。我呼哧呼哧喘气，天都快塌下来了，恨不得马上拽着她飞回家去了。我边说边往外跑，身后竟没有动静，我停住脚步，转过头去。后来在很长一段时间里，我都忘不了她的表情和她说的话。

她摇晃着站起来，又坐下去，她说，等我把这壶水烧开了。

我在她制造的真空中窒息了，全身不能动，也说不出一句话来。只迷迷糊糊感觉到，不知哪里裂开一个大口子，轰隆隆地，涌出来一些我还无法理解和辨别的东西。

没等我回过神来，她抓起壶把，把水壶扔在地下，哐当一声，溅了一地的水。

两辆自行车慌张地蹿出去。黑夜里，传来齿轮和链子猛烈摩擦的声音，还有急促的呼吸声。我和她之间多了一个秘密，一个真正的秘密，我深信自己永远不会说出去。

路穿过小城，在小城的边缘地带突然终止，我穿过一道暗门，却赶紧捂住眼睛。双手颤抖，泪水冰凉，车子驮着我进入虚焦的前方。那时候我不知道，眼泪到底为何而流。我被一股太过复杂的情感淹没了，熟悉的世界露出更深也更幽暗的那个部分，我不愿正视，也无法说出它们。

接下来的守灵，我哪肯理她，不光是愤怒，还有一些沉重的东西压得人透不过气来。冗长的葬礼进行到了众人齐号只出声不掉泪的阶段，只有她这个小女儿低着头，真哭，没声音，有眼泪。

也许，这并不是我最后一次见到她。中考那年，消息乱飞，传她离了婚，带着小孩走了。事后孔明说活该，厚道些地说认命。我硬起心肠，没找我妈详细问，想起小表妹来我却很伤感，在他们家还有钱的时候，送表妹学过一阵电子琴呢。传闻渐渐消散，大人们那么忙，闲话也拣最热乎的说。

中考之后，我知道自己能考上有书念，长假走到跟前了，不争气地想念起她来。骑着车子一次次从她家门口过，盼着正赶上她往外走，我们就相遇了。相遇没有发生，我推着车子站在门口，不知这里还是不是她的家，两扇大门紧闭，小店的窗户被报纸糊死，只有那棵高大的柿子树，叶子枉自绿着，长长的树枝伸到院子外面来。

下午，我习惯性地来到河边，独自坐在泡桐树的阴影里。还记得，她曾把满含花蜜、淡紫色的泡桐花用线穿起来，给我做了一个项链。只要听到一阵脚步声，我就赶紧回头，幻想着她像以前一样突然出现在我身后。孙国梁喊我时，我吓了一跳，转头看到他站在树荫下，我注意到老同学嘴上长出淡淡的胡须，车筐里放着刚租来的一摞武侠小说。他嚷嚷道，城西来了个马戏班，有个演飞天女的，都说是你姨。我不信，什么飞天，别瞎说。嘴上说不信，孙国梁一走，我立马蹬上车子往城西赶。

我跑过城区，跑过菜地和汽车站，跑过了一个完整的黄昏。夜色里，一座亮着彩灯的圆形大棚出现了，数根立柱撑起红白条纹的棚布，棚子门口放着两个黑色大音箱，还有几辆卡车停在树林旁的空地上。我买票进去，找靠前的位置坐下，等着座满开演。

穿绸袄的猴子倒骑在山羊背上，山羊迈着艺伎碎步走到舞台中央，观众哄笑，吹口哨，我只看见猴子的眼神很悲伤。接下来是爬杆和铁笼飞车，惊叹声一波波涌向棚顶。我看不进去，像个局外人，木然坐在座位上。终于，顶花坛的壮汉下场，几个闪闪发光的女演员走上来，她们的身体裹在艳丽的色彩中，翠绿、玫红、宝蓝、金黄，腰间缀满粼粼的亮片，收紧的裤脚上飘着几朵云纹。报幕声响起，预告绸吊表演开始，长长的绸子从顶棚上垂落下来，不可思议的一幕就要出现了。女演员们单手挽住绸子，像画圈一样走步，越走越快，我还没反应过来，她们已飞在半空中了。我紧盯舞台，眼睛都没眨，不知道她们怎么就飞起来了。她们优美旋转，双腿仍在空中有节奏地摆动，像蹬踩着肉眼看不见的阶梯。她们化同样的妆，四肢都很纤长，我心里着急，哪个是她，她到底在不在半空中。顶棚上的频闪灯像是坏了，光束呜呜咽咽的，舞台的热闹与繁华里平添了几丝荒凉，到最后，我就把那个遍体金黄的人当成她了。

黄昏的几缕阳光斜照进来，把人的影子投到远处的地板上。她从包里拿出一板药，摁住药片顶开铝箔。我赶紧给她要了一杯清水，她仰起脖子把药吞下去，没多说什么。我知道，她这个年纪的人大抵是受着一种或几种慢性病折磨的。

李榕添是衣柜，周细龙是餐桌，董娟玉是电脑。我给衣柜、餐桌和电脑都起了名字。

她睁大眼睛，嘴唇抖动，复又平静下来，抓住我的手握一握。她说，刘亚，没什么，不过是平常事。她顿了顿，记得那个家北窗下的石榴树吗？有那么几年，我叫它刘亚。

要用眼睛看别人，此时我在用眼睛看着她，她也一样，我们的视线坦然相接。不能哭出来，我找的理由是，这里人太多。但有件事情我打定主意，不计较了，我先说。我知道，她拐着弯地打听我，她同样知道，我拐着弯地了解她，然而，八个月过去了，谁也没往前走一步，显然都在保护自己。我总在长夜里暗下决心，睁开眼却世故退缩，主动表达关心和爱，这是多么不明智的行为。

茶已经放凉。她站起来，说沙发窝得人难受，出去溜达溜达。我跟着她往外走，像一下子回到了多年前。这一刻，我辨认出胸口突然涌上来的热流是什么，是庆幸，庆幸在我能理解更复杂的人世时，还有机会跟她相见。

推开门，尚未汇入人流中，我们像被什么撞了一下。不知道哪条街的桂花开了，金桂的香那么重，风都吹不动，空气变得很稠密，站在里面，一下子就被花香染了一身。不似幽冷的兰花香，飘飘忽忽，闪躲着什么，桂香浓郁、强烈，无所保留地让空气达到了饱和状态，香味像是凝结成一滴滴水珠般，落得到处都是。

她深深吸一口气，说，听说这两年家乡也开始堵车，真不敢想了。可惜过年还是回不去，月子订单已经排到春节后。我马上说，忙你的事业。她摇摇头，哪有什么事业，过日子罢了。我说，我今年能休假，替你回去看看他们，多拍几张合影发给你。她笑了，这个哪能替。

洒水车缓缓走过，喷出的水流落在路面和路旁的绿化带上。她指着前方说，快看快看。我循着她的视线，看见一道小小的彩虹，阳光和水滴造就了它，缺了小半边，依然梦幻鲜艳。

在饭店门口的台子上，她拿起菜牌翻翻，大大方方放下，往前走出去一段路才对我说，钱不是这样花的。她说多年来有强制储蓄的习惯，备着应急和养老。

她问，你家里能做饭吗？我点点头，能做，就是东西不全，不太像个家。她试探着问，要不去家里看看？我想起那个进门堵着一堆鞋子的住处，毫不犹豫地说，当然可以。

小直升机般的蜻蜓悬停在灌木丛上，鸟挥动翅膀起飞，雪白的肚腹和金属光泽的尾羽在空中一闪而逝，剩一缕鸟鸣还飘在半空中。街道转角处的烘焙店很火爆，坐满了被公众号准确引流到店里的人。再往前走，路边有一家瑜伽馆，高高的玻璃窗里，两排女士一排男士在导师的带领下，时而脖子后仰下巴上扬，集体化作眼镜蛇，时而手臂伸直前胸贴地，集体变成正在舒展身体的猫。练习柔软，尝试自然，学会放松，一点点把属于人类的压力释放出来。我暗想，老板可千万别跑路，得让浑身硬邦邦的人有个地方去。

橘红的月亮出现在天地相接的地方，天一黑，它就蹑足而上，越过树梢，步入深蓝色的天幕。像往常那些日子一样，它散射出母系的、心智成熟又充满感情的光，安抚夜空，也慰藉人世。

我跟着她拐进旁边的小超市，她问，现在爱吃什么，我说，你做的都好吃。她细细挑选，把失散的白菜豆腐五花肉归拢在一起。我拎起袋子，挽住她的胳膊，从超市里出来，往家的方向走去。

漫长的季节

班　宇*

防鲨网距离岸边四百多米，游上一个来回，至少燃烧掉五百卡路里，约等于一份咖喱饭，一包方便面，或者一袋薯条加个汉堡，这些是我估出来的。有个软件，能记录每日摄入与消耗的热量，但我手机里的空间很紧张，装不下了。六月份到现在，每周我都会游上几圈，也没瘦，反倒黑了不少，搽了防晒也不管用，数值什么都证明不了，无论多么精密的科学，一旦落到我的头上，就会变成误差，这没办法。就像防鲨网也不能阻拦真正的鲨鱼，在水里时，我经常想着，到底有没有一条勇敢的鲨鱼，抖着背鳍和尾鳍，向着那些坏橙子似的浮标，从深处威武驶来，以锋利的牙齿撕咬聚乙烯网，突破严守的防线，来跟我相会。比较理想的状况是，我骑在它的身上，乘风破浪，出海远航，要是实在没看上我，把我吃了也不是不行，最好几口解决掉，没太大痛苦，只留下一片殷红的水面。也可能没那么明显，无非是一小瓶墨水倒入海里，潮来潮往，很快就消散了。

海水浴场的更衣室不分男女，被泡沫板隔作不规则的小间，连绵起伏，如

---

* 班宇，男，1986 年生，沈阳人。作品发表于《收获》《当代》《十月》《上海文学》《作家》《山花》《小说界》等刊，被《小说选刊》《小说月报》等转载。出版小说集《冬泳》《逍遥游》。曾获 2019 年“茅台杯”《小说选刊》年度大奖、华语文学传媒年度最具潜力新人奖、智族 GQ 年度人物、《钟山》之星年度青年作家、花地文学榜短篇小说奖等。《逍遥游》获“2018 收获文学排行榜”短篇小说类榜首，《夜莺湖》获首届曹雪芹华语文学大奖短篇小说奖。

课本上的一道道舒缓的等压线，有的地方仅一人宽窄，也很奇妙，身在其中，并不那么压抑，偶尔还有开阔、自在的感觉，能听到海浪起伏的声音，冲刷着陆地，一种无比纯净的嘈杂。带着咸味的风从脚底下钻过来，吹得人心颤，像是上着夜班的妈妈忽然跑回家里，裹着一身的凉意，把手伸进被窝，抚摸着我的肋部。还有那些小小的沙砾，蚂蚁似的，顺着小腿一路往上爬，走走停停，阳光之下，闪烁如同鳞片，刺着发烫的身体。海浪是鲸的叹息，人是鱼变的，以及，有些金子总埋在沙里，这是小时候妈妈讲给我的道理，也像在说我。每次换好衣服后，我都会在里面坐上一会儿，听听别人说话的声音，外面放着的流行歌曲，有时坐着就很想哭，不知道为什么。我平时不是这样的，我在家里从来都很平静。

小雨以前跟我讲过，循着海边的音乐走去，就能看见那些出游的快艇。斜倚在沙滩上，横七竖八，如一群搁浅的大鱼，旁边立一块牌子，上面写着，三十块钱一圈，等你上了船，装死的鱼就又活了过来，流弹一般，在海水里飞行，转了一圈又一圈，不受控制，总之，没个百十块钱回不来，看着潇洒，掀风鼓浪，驰骋于天际，谁坐上谁倒霉。开到大海中央，马达一停，船身晃得特别厉害，这时，他就跟你讲起价钱，谈不拢的话，也不为难，随便找个地方把你卸在岸上，自己看着办。小雨说他读高中时，有次在船上吵了几句，硬是没给钱，对方也不发火，马达声一响，谁的话也听不到，船越开越远。小雨环顾四周，只有汪洋一片，便很害怕，心脏一直悬着，身体向内萎缩，呼吸急促，默念着逃脱术的口诀。临近一段陌生的海岸，如蒙启示，来不及多想，他一下子跳入水中，头也不回地游了过去。快艇立于海中，来回摆荡，像是一位追击数日的疲惫枪手，夕阳之下，竭力控制着颤抖的双臂，企图瞄准猎物。他扑腾了半天，来到岸上，举目荒凉，不知身在何处，走了半个多小时，终于找到公交站，耷拉着脑袋，跟人要了一块钱，这才上了车。乘客很多，一个空位也没有，小雨光着脚，只穿一条泳裤，扶着栏杆站了一路，窗外吹来的风使他的皮肤变红，起皱，一阵阵发紧。他打着哆嗦，牙齿乱颤，头都不敢抬起来，听着那些报过的站名，一站又一站，总也到不了，如遭凌迟。这么一想，还是鲨鱼好，没什么心机，要么远走高飞，要么就地完蛋，至少有个痛快话儿。

从更衣室往北边走，约二十分钟，绕过半月湾，有那么一小片海滩是我承包下来的，出手比较阔绰，至少我单方面是这么认为的。这里比较荒僻，背后是断崖，长不了树，常年潮湿，阴郁滑腻，仿佛被涂过一层闪着黑光的清漆。坡上杂草葱茏，狭长的叶片呈锯齿形，一团一团，紧密不透风。岸边没有细沙，遍布粗糙的碎石，大大小小，竖起尖利的棱角，很不好走。海浪是个穷凶极恶的歹徒，生于暴风的肩头，面目狰狞，奔涌至此，如猛抽过来的一记耳光，令人心惊。交界之处凝聚着无数白色的泡沫，相互依偎着、吞吐着，不离不散，炽烈的光射过来，显出变幻不定的颜色。我总想着，如果有一天我见到了上帝，对他说的第一句话就是，请不要再往大海里倒洗衣粉了。

没什么景色可言，也就很少有人来，我在这里游了好几天，感觉不赖，什么都不想，什么也不用在乎。有一次，游累了回到岸边，我躺在防潮垫上，眯着眼睛晒太阳，还悄悄拉下了肩带，不过也就一小会儿。我的这身泳衣还是上高中时妈妈拿回来的，那会儿每年夏天都会搞个泳装节，从外地请来模特，让她们穿着泳装走台步，电视里从早到晚持续转播，壮观极了，三千个模特同时穿着比基尼在海边亮相，列成优美的弧形，如大海轻捷的翅膀，不只是一道亮丽的风景，还破了吉尼斯世界纪录，当场颁发金字证书。我们都很激动，期末考试时，好几个同学的作文写的都是这个事情。

那段时间，妈妈身体不好，就不上班了，在家门口的裁缝店里帮忙，我从别人家的信筒里偷了一份晚报，带回家给她看，泳装设计大赛面向全市征集作品，画几张示意图，辅以简单的文字说明，入围就有三百块钱可以拿，头等奖则是五千元。我很心动，怂恿妈妈报名参赛，她有点犹豫，总觉得选不上，大半辈子了，什么好事儿也没轮到过她，其次，她也不会游泳，没有灵感，像一条记性很差的鱼，忘掉了鳃的用途。我一直央求着，跟她说，这次有希望，我想好了两个不错的名字，一个叫自游自在，胸前印一只矫健的小海豚，线条流畅，尾巴甩到后面，像是跟游泳的人抱在一起，另一个叫水精灵，天蓝色的弹性布料，与大海的颜色一致，荷叶袖边，后背与腰侧做成网格，裙摆下垂，游起来时，一舒一张，缓缓地散落着。我写作业，妈妈陪着我熬夜画图，总是画不好，模特小人儿的双腿看着太过柔软，青蛙一样蜷曲，脚掌如蹼，很不协调，改来改去，截止日期到了，我写好说明，将那两张擦得薄薄的草纸塞在信封里寄了出去。之后几天，我一直盯着电视，等待公布结果，当时也有预感，可能不会是我们，但还抱着一点点的期待。果不其然，第一名给了个学美术的男孩儿，眼神狡猾，留着半长的头发，说话的声音有点哑，发言却很得体，还感谢了这片海滩："我睡着的时候，它像一只摇篮，使我身心和睦。"我很羡慕，又不太服气，他的设计一点儿也不好看，不过是扯了一截绷带裹在身上，模特穿起来像是打了败仗的伤员，走得一瘸一拐，并不十分和睦。

那天下午我很伤心，哭了好长时间，不是因为没得奖，而是觉得这个世界只是我和妈妈组成的，没有其他人，我们就活在两个人的世界里，谁也听不见我们的话，如在海底，孤独长达两万里。第二天，妈妈晚上回来时，带了两套泳衣，装在发黏的绿塑料袋里，说是主办方寄过来的，类似于参与奖，精神可嘉，以资鼓励。我一点也高兴不起来，看也没看，放在衣柜里，一次都没穿过。结婚前，我收拾衣物，发现了这两套泳衣，可能是放得有点久，散发着一股樟脑丸的味道。我上身试了试，没想到，尺码很对，款式也不过时。我跑到客厅，走了两个来回，展示给妈妈看，问她我穿着漂不漂亮，记不记得这件衣服，以及那次落选的设计大赛。妈妈躺在床上不说话。

一个叫彭彭，一个叫丁满，我为今天的两位不速之客分别起了名字。他们来得比我早，提前占据了这片海滩，看起来有八九岁，实际可能不超过七岁，海边的孩子总比同龄人长得快一些。彭彭穿着一条松垮的蓝裤衩，神情专注，挑拣着片状的石头，聚成一小堆，再大叫一声，用力投向海里，可惜一个水漂儿也没打出来过，在空中划过一道低低的弧线后，石头隐没无踪，我总觉得他要把自己也扔进海里。丁满在一边看着他，双手叉腰，嘴里念念有词，宛若教练，时不时地，他的手会伸向后背轻抓几下，好像身上刚爬过了一只小螃蟹。铺垫子时，他们发现了我，也许是有点难为情，两人停了下来，转而走向岸边那块最大的礁石，很像是一块铁，或者焊在海底的黑色宝塔。两人比着赛，没用几步，便站在了塔顶，海风吹过来，他们艰难地保持着平衡，丁满很紧张，不太敢起身，彭彭的裤衩掉了一半，眼看着褪到膝盖。实在是有点危险，我不太放心。

我踮起脚来，朝着他们高喊：嘿，下来啊，你们俩。他们俯视着我，似乎有点犹豫。我摆起手势，大声叫道：回来，太高啦，快回来啊。两人挠挠脑袋，蹲了下来，一点一点向下蹭，提醒着对方可以落脚的地方，几分钟过后，才安稳着地。我松了口气。有时就是这样，你也不知道自己是怎么上去的，只在高处看了看风景，什么都没来得及做，来时的那条路就消失不见了。

丁满向我跑了过来，彭彭跟在后面，腿有点软，两个人气喘吁吁，分不清身上是海水还是汗水。他们来到近处，瞪圆眼睛，低头看着我，像在观察一团晒干的海藻。我望着他们，想起自己什么零食也没有，有些过意不去。丁满没说话，彭彭把脑袋探了过来，问我，你刚才说什么？我说，没什么啊。彭彭说，你不是在跟我们说话吗？我说，是啊，不是。他有点迷糊，抬高了嗓门问我，到底是，还是不是？我说，不是，是。彭彭更晕了，无计可施，皱着眉头看丁满，我乐得不行。丁满扭过身体，跟彭彭说，你别理她。彭彭跟我说，我以为你找我有事儿呢。丁满捅了他一下，说道，别跟她说话了。我说，不要生气嘛，我请你们吃雪糕，不知道推车卖雪糕的什么时候过来。彭彭说，我可以帮你看看他走到哪儿了。我说，好啊，我们一人一根。彭彭说，我想吃个枣味儿的。我说，那我吃个奶油的。丁满说，我不吃，你怎么还理她。

彭彭和丁满并肩前行，踏上寻找雪糕的旅程，比画着说了一路，越走越远，这片海滩又归我了。我在心底欢呼了一声，掀去浴巾，慢慢走入海里，阳光不错，和缓的波浪将我稳稳托住，可只游了一个来回，就没什么兴致了，转头回望，身后的水痕迅速愈合在一起，仿佛什么都没发生过，无人从此经过，大海不曾止息。我回到岸边，等了很长时间，直至太阳落在水面上，他们也没有回来。

我乘着拉客的小摩托回家，四块钱，突突突突，最棒的交通工具，机动性高，从不堵车，这一路上，头发也吹干了。很难想象，妈妈以前最大的爱好是骑摩托车，我一点印象也没有，只见过照片，还是在别人家里。她烫着及肩的大波浪，戴了一副浅色的方框墨镜，遮住大半张脸，手上拎着头盔，旁边是一辆红色的铃木摩托，如同挂历上的美人儿，妈妈年轻时很好看的。别人跟我说，有一次在路上见到妈妈骑车带着我，我不在前面，也不在后座上，而是被她揣进皮夹克里，一大一小，两个脑袋齐齐从领口里伸了出来，不管不顾，迎着风落眼泪，看上去相当惆怅。我问过她有没有这回事，她否认了，说自己不会骑。妈妈总是这样，对于跟现在无关的事情，都觉得没发生过，好在有照片为证。我问她，骑车带我去了哪里。她说，想不起来了。我问她，车哪去了呢？她也说，不记得了，车也不是我的，过去太多年了。她不说也没关系，我有自己的办法，在最好的晴天里，把照片向着太阳举高，这样的话，就能看到当时发生的事情。妈妈拍过照后，收起了边撑，挂上空挡，向下踩着打火杆，一溜烟儿开出去，欢呼声在身后响了起来。她顺着风走，车速与风速一致，道路平坦，感觉不到自己正在行进，周围很安静，世界是一个密封的罐子。天空有云飘过，下起了小雨，那也浇不到她，妈妈在雨滴的缝隙里穿行。有一个她即将认识的好人，真正的好人，仰平了身体，正在大海的中央打着转儿，像一片年轻的叶子，夜雾湿润，无人能够窥透，而她将一路骑去，无忧无惧，活在世上，也如行于水上。

但妈妈不能在水中飞翔，她连游泳都不会。妈妈躺在床上，讲不了话，也动弹不了，眼睛总是闭着，像在思索，有什么很重要的事情等着她来做决定。长长的睫毛像一弯新月，在夜里发着光，星星守在她的窗外，由南向北，缓缓下降，天亮之前，终于落回了海面。清晨的大海轻轻抖动着，毫无规律，如人战栗，也像妈妈最初时的那只拇指，精灵一般，不自主地在空气里滑动，画出一个记忆里的图案，可能是摩托车，或者一套泳衣、一位好人。我预感不妙，从外地赶了回来，拖着妈妈去做肌电图，医生测了十几次，把钢针扎进她的舌头里，妈妈很无助，呜呜地叫着，满头大汗，双手乱抓，像快被闷死的小狗，或束手无策的哑巴，面临着巨大的灾难，没办法求助，更不能向谁诉说清楚。我哭着想，重刑也不过如此吧。医生命令道，快，把舌头伸直，快一点，不然没有效果，罪都白受了，不要耽误时间。屈辱且怕，我甚至想到了自己糟糕的初夜，就这样展示着，光天化日，一览无遗。妈妈的脸扭曲得如同一张被揉皱的旧报纸，钢针与呼吸同步收缩，来来回回地搅动，反复刺透，拷问着受损的神经，她的嘴被撑得很大，头向后拧，用喉咙喘着气，发出古怪的哀声，伸手想去抓点什么，眼前却什么都没有。我扯住自己的头发，跺着脚，乱喊乱叫，想在她面前下跪，如果这样她能好过一些的话。妈妈看着我，口水淌了下来。

我想，医生说得不对，我们所受过的罪，有哪一种不是白白浪费的？看过检查报告，他们对我说，按目前进展，最多不过三年，做好准备。语气轻松得像是帮我提前预订了一个假期，到了那时，一切都会清晰起来，她不再痛苦，我也没了负担，太阳照常升起，天穹横跨在海洋的远侧，光明向我这边挪动了一小步，歌声缭绕万物，金钱唾手可得，失去的爱情也会回来，总之，我将会拥有我想要的全部，作为一种莫名的恩赐。无非是三年，一个漫长的季节，鱼儿溯流，逡巡洄游，草木持存，日日更新；无非是三年，一片幽暗的树荫，一场骤然而落的雪，一阵浓重的睡意，仿佛越过了这个障碍，就能彻底苏醒过来，打个哈欠，走出门去，迎向和煦的暖风，洗尘的细雨。而障碍又是什么呢？我的妈妈吗？

在门外时，我没听见收音机的声音，就知道闵晓河已经到家了。他讨厌额外的声响，总觉得吵，每次回来后，一定要先把妈妈枕边的收音机关掉。妈妈没听到过晚上的广播，她的一天从《实时说路况》开始，然后是《心有千千结》《谈房我当家》《隋唐演义》和《海滨时刻》，最后一个节目是《生活零距离》，往往只能听到一半，许多人打来电话，诉说困境，反映生活里的大事小情，后半段是对前一天问题的调查通告。可惜妈妈每天听到的只是问题，数不胜数，没有穷尽，从没得到过任何的答复。

卧室的房门关着，悄无声息。闵晓河的妈妈在做饭。我换过鞋子，洗净双手，摸了摸妈妈的脸，问她有没有想我。妈妈看着我不说话。我帮她重铺好被单，按摩了双腿，然后去厨房帮忙。只有一个菜，已经做好了，分辨不出是什么，半固态，像一碗搅过的水泥。闵晓河的妈妈让我端上桌去，再叫他出来吃饭，我喊了两声，又敲了敲门，还是不见人影。我跟闵晓河的妈妈说，喊过了，没有动静。她说，别管，还是不饿。我说，今天怎么样？她说，翻了几次身，听着还是有痰，夜里多注意，雾化的药快没了。我说，好，闵晓河今天回来得挺早啊。她说，是，比你要早。然后我就不说话了。我知道，她这是来了情绪，故意说给我听呢。

结婚以来，我没管她叫过妈，一直喊姨，改不了口，无法突破心理这关。不得不说，她对我家一直都很照顾，我内心感激，妈妈的情况没什么好转，拉锯战似的，她怕我坚持不住，每周都过来帮忙，坐着十几站公交车，替我照看一个下午，做顿晚饭，再赶车回去。她总说，过日子就像喘气儿，一呼必换一吸，有来有往，进退得当，只呼不吸的话，不知不觉，便油尽灯枯了。道理如此，但她也不年轻了，连着几个月，都是这么过来的，有时一周两次，有时三次，确实辛苦，我都记在心里。也很奇怪，一方面，她来的次数越来越多，虽有抱怨，我也能感觉得到，她与妈妈之间越发难以分离，妈妈不讲话，她就说给妈妈听，一说一个下午，一件过去的事情要讲上许多遍，有几次我正好遇见，她坐在床的另一侧，佝偻着背，自己抹着眼泪，话停在嘴边上，见我回来，就不讲了，起身去了厨房。另一方面，这么说不太合适，其实我很盼着她来，不是推卸责任，只是我真的很想往外面跑，抑制不住，也不去什么地方，就在海边待着，听浪、看海或者游泳，类似的心理总会令我有些羞愧。对于这一点，倒也不难消化，过意不去时，我就会想，这也是闵晓河的妈妈自愿的，她心里很清楚，这段关系建立在什么样的基础之上，无非是在还债而已。可说到底，一切决定都是我自己做的，没人逼着，所以又有什么资格去苛责呢？想不明白。每天夜里，我都会暗下决心，一旦妈妈离开了，我就跟闵晓河离婚，受够了，谁劝都不行，爱说什么就说什么，我谁也不怕，反正不欠你们的。但是，妈妈还活着，还在思考，内心明亮如镜，一天又一天，她看得见我，听得到我，能想着我，盼望着我，那么，漫长的季节过去之后，这笔账还能算得清楚吗？我总是处在这样的境地里，爱不好也恨不起来，所有的理解与宽恕，最终都变成了自己的负担。我想起来，小雨以前跟我说过许多次，你必须立在坚实的岸上，才能真正告别海浪。但他并不知道，我的海岸那么小，几粒流沙而已，很快就冲掉了，我一个人站在水里。

饭后，我去厨房收拾，闵晓河的妈妈进了屋，跟他说过几句话，准备去赶车，最后一趟七点半，下来后还得走一段路，到家差不多要九点了。出门之前，她跟我说，明天还来我家。我说，我也没什么事情，要么您休息一天。她想了想，说，我还是过来吧，习惯了，自己待着也没意思。

不一会儿，闵晓河抱着篮球走了出来，我问他吃不吃饭。他不看我，也没回应，埋着脑袋系鞋带。我们的相处就是如此，没什么好说的，正常交流都很困难。我觉得他心里根本没我，也好，反正我也差不太多。说来惭愧，结婚这么久了，我还是总会想起小雨来。妈妈刚生病时，他提过要跟我一起回来，我拒绝了，不是不需要，而是觉得他没那么情愿。不情愿的事情，往往落得更不堪的下场，我对此异常恐惧。回来以后，我给小雨发过两次信息，都很长，说了很多自己的感受，他回得很迟，也很草率，分开已成定局。我不是不理解他，但在家里还是忍不住胡思乱想，被幻念折磨着，有时很想他，有时又想把他杀了，虽然他也没做什么过分的事情。我困在这些情绪里，反反复复，走不出来，有那么几次，夜里失眠，仿佛还听见他在远处轻轻吐了一口气。我越想越不甘心，老是在哭，半个多月下来，枕巾硬得硌脸，眼睛一直没消过肿。妈妈很自责，整天畏首畏尾，觉得是她的病拖累了我。其实不是的，我想，不是这样，我很对不起妈妈，自己的生活过得一塌糊涂，无论做什么都很失败。

那阵子过得不太好，我还跟妈妈发了脾气，明明她受着很大的折磨，我非要火上浇油，好像妈妈真的犯了什么错似的。我对她说，你自己待着吧，明天我就走。她站在那边，愣了一会儿，然后说，那也好，也好。可是我要去哪里呢？根本不知道。说着轻松，怎么都行，这也意味着没什么必须要去的地方。哪里都不属于我，没人需要我，除了妈妈。我说过后，又有点后悔，躺着玩手机，不敢抬头。妈妈弯着腰去了厨房，在水流声里叹气，擦过一遍地面，又切了个苹果，放在小碗里端了过来。我噘着嘴，脑袋斜过去，跟她紧挨在一起，我们用一根牙签轮流扎着吃。苹果不是很脆，放的时间有点久，我们吃得很慢，半天也不动一下，像要把嘴里的苹果含化。不知为什么，我始终记得这一幕。

十点半，闵晓河还没回来，如同往常，我给妈妈洗过脸，把被子从卧室里扛了出来，铺在客厅的沙发上，枕着扶手，跟妈妈睡在一侧，这样的话，半夜探过手去，就能摸到妈妈的衣袖，小时候我每天都是这样入睡的。我告诉妈妈说，今天在海边见到了两个小朋友，一个有点胖，一个很瘦，长得像动画片《狮子王》里的人物，还记得吧，当年很出名，你领着我去电影院看的，总之，俩人都很可爱，我答应了要请吃雪糕，可惜没实现，谁体验过谁就知道，吹着海风吃雪糕是一件多么美妙的事情，还有，我刚看了天气预报，明天的温度不错，没有雾，中午可以出门晒一晒太阳。说着说着，妈妈闭上了眼睛，我也睡着了，在梦里，我吃了一根雪糕，之后肚子有点疼，走不动路，冷汗直流，蹲在地上休息，忽然被一团蓝灰色的影子拖住了腿，力气很大，使劲儿把我往底下拽，我吓坏了，完全拗不过，拼了命地连踢带打，不敢大声叫，对方像在摆弄一具尸体，恶狠狠地拧着，动作粗暴，喘息声刺耳，我的整个人被他握在手里，没办法挣脱。我哭着说，别这样，妈妈还在，求求你了，什么我都答应，求求你，妈妈还在这里，请不要这样。他根本听不到我的哀求，伸手进来，蛮横地分开了我的双腿。哭出声来的那一刻，我也醒了过来。屋内空荡，一片漆黑，如同沉静的岬角，没有人，也没有影子。我转过头，发现妈妈睁着眼睛，望向天花板。我也看了过去，空气波动，灰尘缠绕，在夜里，好像有谁在那里涂着一幅透明的画。

丁满发明了一种游戏，在海滩上勾出圆圈和方格，两个方格是战场，一主一次，圆圈是各自的基地，他还给每颗石头安排了职位，尖尖的是将军，椭圆形的是战士，略小一点的是士兵，带花纹的是医生，不能上阵，可以救死扶伤，但只有两次机会。讲述规则时，彭彭看着很忧愁，吃光了三根雪糕，冒了一脑袋汗，还是满脸的困惑。我也没太明白，不过不耽误游戏，跟出牌一样，每一轮掏出同等数量的石头对垒，自行组合搭配，战场任选，具体数目由守卫者来决定，可以是两颗、三颗，或者四颗。猜拳过后，彭彭占得先机，他说，十颗。丁满说，一共就十颗。彭彭说，对，我知道，不行吗？丁满说，不行，分不出来胜负。彭彭说，那就是平局，很好，以和为贵。我乐得不行，丁满白了他一眼。我问丁满，他在学校时也这样吗？丁满说，什么样？我想了想，说，爱好和平，很重感情。丁满说，智商不行的都重感情。我说，别这么说嘛，你们都很聪明的。丁满说，我跟他可不是一个学校的。

我们玩了两局，能用的石头越来越少，原因是输掉的或没救回来的都要扔到海里，没办法再来闯荡一番，这很残酷。我提议再给它们一次机会，彭彭也很认同，主要是他负责着找石头的工作，来回来去，跑了好几趟，很辛苦。丁满否决了，他说，打仗就这样，时光不能倒流，死人不能复活，所以得学会珍惜，这样的话，有些东西才显得珍贵。我像是被他上了一课，张大了嘴巴，讲不出话来。远处的歌声飘了过去，彭彭在地上打着滚，拒绝行动，嘴里咿咿呀呀，背着什么口诀，丁满用手挖了个挺深的沙坑，把剩下的石头埋了起来，他跟彭彭说，做个记号，三年后，我们再把它们挖出来，看看有什么变化。彭彭说，不还是石头吗？丁满说，那可不一定。彭彭说，三年？丁满说，对，三年。彭彭说，我怕我忘了。丁满说，没关系，我记得住。

丁满说话时的样子会让我想起小雨，明明是一些小得不能再小的事情，经他这么一讲，就有了不同寻常的意义，严肃得可笑，认真得无聊，郑重得毫无道理，不知为何，你还会觉得有点激动，仿佛什么都可以被爱，什么都值得留恋，什么都需要被纪念，没什么转瞬即逝，一日长于一年，三年又好像只是过了一天。我大学时读的中文系，学得不好，不是很敏锐，许多文字里的情绪感受不到，小雨念的是国际贸易，对文学很感兴趣，经常来我们这边听课，自己也写些东西。我们刚谈朋友时，有一天在自习室，我跟他说，给我写首诗吧。他说，不行，怎么能这么随便。我听着就不太高兴，直接走掉了，半天没理他。他以为我很生气，其实我只是想回去给他写点什么，但也没写出来，怎么表达都不太对。第二天早上，我刚起床，收到了他发来的一首诗：

打个响指吧，他说
我们打个共鸣的响指
遥远的事物将被震碎
面前的人们此时尚不知情

吹个口哨吧，我说
你来吹个斜斜的口哨
像一块铁然后是一枚针
磁极的弧线拂过绿玻璃

喝一杯水吧，也看一看河
在平静时平静，不平静时

我们就错过了一层台阶
一小颗眼泪滴在石头上

很长时间也不会干涸
整个季节将它结成了琥珀
块状的流淌，具体的光芒
在它身后是些遥远的事物

我问他，这首诗叫什么名字？小雨说，还没想好，原来的题目是“女儿”，现在想改一改，你觉得“漫长的”怎么样？我说，漫长的什么呢，话没说完。小雨说，还不知道，都可以，反正都很漫长，历史在结冰，时间是个假神，我们也不必着急。后来他又写过一些，谈论盲道、松荫或气象学，只有这首我读了许多遍，至今也还记得。分开之后，有天下午，我很委屈，心里堵得厉害，默默哭了一会儿，就想找他说说话，拨了两个电话过去，十几声长音结束，无人接听，我抱着手机等他回给我，直至后半夜，也没有动静，而那时候，我也什么都不想说了。遥远的事物，我想，响指虽小，却可将其震碎，他说得没错，我就是碎掉的遥远的事物。

妈妈很幼稚，也有点自私，想在自己还能思考和行动的时候，见到我有个着落，或者没这么简单，那些可以预见的未来，她不忍心只让我一人承受，不管怎么说，有了伴侣的话，至少能分担一部分。就算不够和睦，互有隐瞒，就算总有争执，怎么都走不到对方的心里，那也是一条隐秘的细线，始终牵扯着我的精神，那么，她离开之后，我就不至于滑落下去。妈妈觉得，人不畏困境，也不惧斗争，怕的是既没有爱人，也没有对手，睁开眼睛，出门一看，满世界全是疯子和故人，他们中的一部分威胁着你，使你恐惧，另一部分冷眼旁观，因为他们与你再无任何关系。这样一来，过得就很疲惫，没什么想要争取的，也没什么可以期盼的，无事可做，也无话可说。我跟她说，妈妈，我可以照顾得很好，不只是你，还有我自己。妈妈说，我相信啊，所以更不想让你一个人了。

我与闵晓河第一次见面是在医院，闵晓河的妈妈在那里当护工，从早伺候到晚，每天能赚八十块钱，她很勤快，性格也不错，天南地北，什么都能聊，妈妈很喜欢这样的人，因为她自己总是羞于开口，无论是生活还是疾病，都没什么好说的，既不想面对也不想抱怨。闵晓河的妈妈一直鼓励着她，跟她说道：不能全听大夫的，得有自己的主意，但也要相信现在的医疗水平。康复不是没有机会，她亲眼见过一位患者，病情相似，后来有所好转。不要吃动物内脏和花生，记得补充一些蛋白质。如果有需要，她可以来帮忙照顾，相逢就是缘分，千万不要客气。妈妈听得很认真，眼神闪烁，我想，有人跟她说话就是很大的安慰，不管是谁，说的又是些什么。妈妈没有我想的那么坚强，也不那么聪明，看起来小心翼翼，为人处世警惕，其实她的原则很简单，妈妈没有自己，一切以我为主，只要不是让我历险，怎么样她都能接受。

闵晓河坐在台阶上抽烟，头发剃得很短，穿着一身蓝灰色的工作服，不太合身，他的个子不高，远看像是被安放在一尊未完成的雕像里，只露了个脑袋出来。我走过去时，闵晓河朝着旁边的袋子点了点头，里面装着一些颜色鲜艳的水果，神情像是赏赐，非常高傲，令人不适。我摆了摆手，也不讲话，实在没什么心思，当时我还在等着一项很重要的检查结果。我坐在离他一米远的位置，想着自己的事情，不时闻见一阵刺鼻的油漆味道，那一刻，要不是妈妈在楼上的病房里望着我，我真想跑掉。闵晓河不看我，自顾自地说着，初次见面，幸会，我叫闵晓河，中专学历，在船厂上班，不怎么忙，工资待遇一般，身体还行，半月板受过伤，没大问题。我点了点头。他继续说，平时作息规律，三餐正常，吸烟，不喝酒，不看书，也不看电视，没什么特殊爱好，偶尔打打篮球。我说，好。闵晓河说，家里的条件，你多少也知道一些，租房子住，我爸前年没了，我妈在照顾你妈。我说，是，谢谢。闵晓河说，但你也不用觉着欠我的，没必要，我在外面待过几年，见识不多，道理总归知道一些。我说，行。闵晓河说，按照我妈的想法，年内结婚，明年生子，她来帮我们带孩子。我说，现在谈这些，为时尚早。闵晓河说，所以，我今天过来就是想告诉你，我不听她的。我说，什么？他说，我有自己的事情要做，即使不做，我也有东西要想，我想了好几年，也没明白，还得继续，所以不喜欢被打扰，当然，如果结了婚，我也不会打扰你。我说，没懂，不过不要紧。他说，平时我不怎么讲话，今天准备了挺久，说得不好，请多担待，时间差不多了，我得回单位去，你的话少，这点很好，估计也不会喜欢我，没关系，日常相处，或者见上一面的人，不讨厌就算不错了，剩下的事情，你自己拿主意，我听你的，再见。

等到七点十分，菜热了一遍，闵晓河也没回来，电话打不通，吃过饭后，我有点没精神，脸颊发热，可能是白天在海边吹到了。妈妈今天一直半张着嘴，唇部皱紧，如海螺的尾壳，似乎想要说些什么，我把耳朵凑了过去，却只有空洞的呼吸声，伴随着一点不太好闻的味道。闵晓河的妈妈有点着急，问我说，他今天加班？我说，应该是。又问，提前说过没有？我说，好像没。之后才反应过来，我都不知道他昨晚究竟有没有回来，只记得做过的那个梦。闵晓河的妈妈点了点头，没再多问，披上外套，穿鞋背包出了门。我把家里收拾一遍，用手机放着歌曲，然后躺在卧室的床上，想来想去，给闵晓河发去一条信息，问他几点回家。看着这几个字，我感到很陌生，陷入了一阵恍惚。这里是不是他的家呢？我真不知道。婚后不久，闵晓河搬了过来，背着一包行李，手里拎着篮球，像是来打一局客场比赛，速战速决。家里有人在，妈妈才肯去住院，她总觉得我一个人生活很危险，性格毛躁，日子过得草率，不如她心细。在医院里，妈妈总问我，水龙头关好没有？我说，关好了。她又问，煤气呢？我说，也关了，出门都检查过了。妈妈想了一会儿，问道，你们过得怎么样啊？我说，很好啊。妈妈说，开始不太顺利，需要磨合，相处久了就好了，也离不开了，人就是这样的。我说，妈妈，我们很好。

闵晓河的生活很奇怪，每天下班后，在家待不了多久，就又抱着篮球出去了，有时回来得早一些，有时要后半夜。刚住一起时，我没什么心思顾及他，彼此感情不深，后来觉得过于诡异，我猜他一定没去打球，而是在做什么不可告人之事。有一次，他出门后，我偷偷跟在后面，看见他把球塞进车筐里，骑着自行车，来到附近的一片室外场地，又把车在栏杆上锁好，拍着球走了进去。场地很暗，没什么灯光，只有四个木板球架守卫在此，很像是衰老倦怠的士兵，不知敌军将至，而海边的潮雾一阵阵袭来。闵晓河不换衣服，不做热身，也没去投篮，他走到场地的边缘，把球放在屁股底下，仰头坐了上去，身躯笔直，如同一位替补队员，随时准备上场。我透过树丛看着他，从黄昏到深夜，身后的大车飞驰，载着油罐、混凝土与沙石，呼啸而过，似在呐喊。我尽力想象着他所望去的方向，倾斜的球筐，熄灭的灯和喷泉，濡湿的树梢，相互倒映的天空与海，浪潮在另一侧鸣响，连绵不断，如空旷的号角，声音向着地心荡漾，回环无际。闵晓河就坐在那里，像一座将被淹没的村落，凝结在岸，一动也不动。

我原以为，闵晓河总有一天会消失，那时，我将无比难过，痛苦且不甘，必须承认，我对他不存什么真正的期望。他的离开，无非验证了我的又一次失败，孤注一掷后的失败，比从前更加彻底。有一段时间，我觉得闵晓河像是一台收音机，装好电池，拧开开关，嘈杂的声响于耳畔长鸣，怎么调节也接收不到信号，没有切实的意义。但那天回来的路上，我居然产生了一种快要爱上他的错觉，甚至认为他也爱我，并且永远不会离开我，他有着很多坚定的信念，在所有事物的尽头等待着，只是不说出来。对于他的行为，我不打算去理解，或者非要弄清什么，只因我也有过相似的时刻，持续至今，无法脱逃。没过多久，闵晓河回到家里，依旧不说话，冷漠而拘谨，他脱掉衣裳，轻轻躺在我的身边，呼吸和缓，我闻着挥之不去的油漆味道，想起一些遥远的事物，接不通的电话，蜡染的水果，蜿蜒的海岸线，想起在白日里，他持着一柄长刷，戴上古怪的面具，压低了帽檐，以轻蔑的姿态破入舱门，来到大船内部，肆意泼洒涂刮，船身摇晃不休，也无法将之倾出，想到这里，我开始晕眩呕吐。

彭彭把小腿埋进沙子里，扮作一位可怖的巨人，屁股来回扭着，假装无法移动，在他不小心睡着的时候，惨遭暗算，被小人国里的臣民们戴上了一副沉甸甸的沙铐。每次潮水袭来，彭彭都会大声呼喊着救命，声嘶力竭，仿佛快被淹死；待退去后，他又向着不存在的敌人低头狞笑，挥舞着拳头，砸向地面，好像在说，我倒要看看，你们究竟能把我怎么样。如此几次，他转过头来，望向我和丁满，狂妄的表情没能及时收回，丁满拾起手边的一块石头，掂了几下，佯装要打，彭彭顿时惊慌，迅速把双脚从沙子里面拔出来，可惜用力过猛，埋得又太深，导致他一下子摔在地上，脸部向前，平拍入海，估计一时半会儿没办法嚣张了。丁满把石头放了回去，叹了口气，感觉相当无奈。

我问丁满，你们怎么认识的？丁满说，我不认识他。我说，不认识？丁满说，对，我来这边玩时，碰巧他也在。我说，你今年多大了？丁满说，没你大。我说，这我也看得出来。丁满说，那你还问？我说，你给我讲个故事吧。丁满说，不要。我说，讲一个嘛，你肯定读过不少书。丁满说，我从不轻易给别人讲故事。我说，那好吧，我教你一句咒语，你不要告诉别人，不高兴的时候，就在心里反复默念，烦恼和忧愁都会消失，什么也用不着担心。丁满说，什么咒语？我说，哈库那马塔塔。丁满说，你再说一遍。我说，记好了，哈库那马塔塔。

说完这句，彭彭大步跑了过来，上气不接下气，两手指向脑顶，语无伦次地要让我们赶快抬头。我向上望去，光线渐暗，从西到东，太阳和月亮同时出现在天空里，先是一轮橙红色的落日，凌跃海面，像是一枚大大的浮标，然后是一道黯淡的银影，若隐若现，悬于高处。我惊呼一声，站起身来，仰着头朝前跑去，挑了个最好的位置，坐下来慢慢欣赏。丁满也跟了过来，站在我的身边，小声说道：你知道吗，月亮的大小跟太平洋完全相等，所以，月亮是从地球身上掉下来的，它是地球的女儿。

妈妈坐了起来。门敞开着，闵晓河站在楼梯上，手里捧着篮球，不知是要走还是刚回来。我问他一句，他也不答，只是向后指了指。我的心提到了嗓子眼儿，连忙跑到屋内，看见妈妈靠在床头上坐着，脑袋耷在一旁，眼睛明亮，脸上还带着一点点的笑意，灯光映照之下，妈妈的皮肤很白，也很憔悴，仿佛刚打过一场胜仗，疲惫之中又有几分满足。闵晓河的妈妈跟我说，刚在做饭，也没注意，闵晓河掏钥匙一开门，她听到声音，自己坐了起来。我很诧异，也有点怕，但尽量往好处去想，也许是下午的咒语起了一点作用，在天花板上作画的神听见了我的祈求，把妈妈扶了起来。若是如此，那么这也能让妈妈重新站立、穿衣、走路和骑车，或者不那么贪心，只是说话也行。一小块看不见的肌肉萎缩之后，妈妈就变得口齿不清了，字词在她嘴里打着滚儿，吞不下也吐不出来，她的自尊心很强，从那时起，索性一句话也不讲了。我盼着妈妈能再说一点，盼着她告诉我，一切为时未晚，还会有另一个夏天，在远处静候，像大海等待着遗失的月亮，潮汐起落，我们彼此想念，而地球的心脏又跳动了一下；告诉我说，做好一切重来的准备，不过总比上一次要容易，只要循着波浪的纹理，温习我们的记忆，想一想那些发生过的事情，就可以知道下一个季节的形状。

我躲到厕所里，哭了半天，不敢出来，怕这一切不是真的。闵晓河没有出门，整个晚上，他守在妈妈身边，寸步不离，面容严肃，保持着机警，像一位忠诚的骑士，正在保卫着他的王后。夜里，闵晓河抱着被子来到客厅，铺在地上，依旧不说一句话，关灯之后，我一只手摸着妈妈的衣袖，另一只手伸向了他，黑暗里，闵晓河轻轻握了一下，很快就松开了，然后背过身去，蜷作一团，宛若婴儿，没过多久，便说起梦话来。

医生说不清楚原因，建议再做一次检查，观察是否有好转的迹象，概率不大，我没有听从。我想，既然选择了供奉，无论是神还是咒语，都得全部交付出去，这是一张珍贵的入场券，不可滥用，也不可亵渎。当然，我更相信妈妈，像从前那样，她总有自己的办法，不会游泳也能设计一套泳装，没钱也可以过得很体面，一个人也可以带着我生活。

诗里写过，夏天盛极一时。那些盛大的日子里，闵晓河每天陪我推着妈妈去海边散步，妈妈很喜欢海水，她跟我说过，浪花冲来时，就是大海伸出了双手，在岸上演奏着钢琴曲，那是她心底的音乐。我们走过金色的沙滩、沉寂的落日，看见了许多可爱的人，拍照留念的情侣、结伴而行的朋友，拎着沙铲和水桶跑来跑去的孩子，可没再见过彭彭和丁满。我很想让妈妈认识一下他们，并对她说，这是我的两个好朋友，一个叫彭彭，一个叫丁满，彭彭是个强壮的勇士，力大无比，没什么能束缚得了他；丁满是个厉害的魔术师，默念一句咒语，太阳和月亮就会一起出现在天空的深处。

妈妈端坐在霞光里，喝掉了许多的温水。温水验证着奇迹的进程，小小的一杯，如果能分成两次喝完，且无声音嘶哑或呛咳，那就是有所好转。我相信一定会如此。每日几次，我把妈妈搂在胸前，接过闵晓河递来的茶杯，一点一点喂她喝水。水温好像只有闵晓河能够掌握，不凉也不烫，魔术一般，恰与妈妈舌尖的温度相同，在口腔内缓缓洇开，浸润着心和肺。妈妈的唇角微展，像是在笑。

我没有问过闵晓河要去往何处，一个明媚的午后，他与我告了别，走出门去，不再回来。意料之外的是，我不太伤心，只是有些惋惜，毕竟他还没学到我的咒语，而在未知的旅途里，那总会派上一些用场的。篮球也没带走，留在了家里，我把它塞进衣柜的深处，我想，许多年后，等我快要忘掉的时候，它会自己跑出来，跟我打声招呼，再对我说一句，还记得吗，我们在海边的傍晚见过一次面。

闵晓河走后，他的妈妈也不再来了。她很难过，像是失去了某种资格，悄然退场，盼望过的事情在她眼前只是掠了一下，就又消失不见了。我心怀感激，却无法为此多做点什么。入院之前，我送了一些妈妈以前的衣物给她。她一边叠着，一边跟我说，该发生的总要发生。我没回答，分不清她在劝我还是劝自己。过了一会儿，她又跟我说，我们相处得很好，是吧，这一段时间。我说，谢谢，我都记得的。她望向妈妈，叹了口气，说道，有时候想一想，挺对不住你的。我说，我不这样想。她说，有那么一天的话……没等讲完，我便打断了她，说，我知道，知道的。她就什么也不说了。后来，我自己一个人时，总在琢磨那没讲完的半句话，到底指的是哪一天呢？是在说妈妈，我，还是闵晓河？而那会不会是同一天呢？

我试过用手背和手腕去感受水温，或自己喝下一小口，还买过一支专用的温度计，可怎么也配不出来合适的温度。三十毫升的水，妈妈再也没有分成两次喝掉过，她努力地吸一口气，想多喝几滴，却只是不停咳嗽着，咳得我害怕、发抖，不敢再喂。初秋时，妈妈住进了病房，她的呼吸很困难，也没再坐起来过，有时候我想，也许闵晓河当时是为了安慰我，故意那么做的。不过这个念头一瞬间也就闪过去了，不太重要，他比我聪明，总是知道自己应该做些什么，并且义无反顾。我很想念他，想念听得到梦话的日子，也很自责，后悔没有学会他的魔术。

有一天傍晚，小雨打过电话来，他的声音很小，我有点听不清楚，但不想就这么挂掉。我望着窗外升起的夜晚，倚在一侧，像在舞台上念起了独白，向着所有人诉说：医生建议切开气管，我有点犹豫，妈妈肯定不想，她很在乎自己的仪表，总是穿得干干净净，现在也一样，我还给妈妈买了好几件新衣服。我们换了个地方，这里专门做病人的康复和看护，价格不高，条件也还不错。妈妈瘦了一点，你再见到的话，估计认不出来了，但她会记得你，妈妈的记忆力一向很好，谁来看望过，她都知道的。她不希望有人来，不想让别人见到她现在的样子，还会在心里朝自己发脾气。其实没什么的，我觉得她还是很美，比我好看，妈妈不知道，我以前很嫉妒她的。对了，我结婚了，就在去年，没摆酒席，过得还可以，我的丈夫不错，家人对我也很好。他为人诚实，很勤快，也有力气，妈妈加上轮椅，一个人就抬得起来。这段日子里，他出了趟远门，不知什么时候回来，虽然不在身边，每次遇上什么事情，我也总会想，如果换成是他会怎么做，他跟我说过的话不多，但每一句我都记得。最近我老是想起小时候的事情，以前也给你讲过，每到暑假，妈妈下了班会带我去海里游泳，她不会游，就站在水里，眼睛盯着我不放，生怕我游得太远，我总爱跟她开个玩笑，从近处游走，或者扎入海中，消失一小会儿，妈妈很紧张，大声喊着我的名字，急得快要哭出来，我不太能听见，水里很安静，像是一个密封的罐子。妈妈并不知道，我静静游过了她的身边，一次又一次，漫无目的，身心和睦。说完这些，我挂掉了电话，泪水滴在窗台上，还好他看不到。

妈妈躺在床上不说话。换过药后，我趴在她的腿上睡着了，做了一个绵延的长梦，淅淅沥沥，水汽遍布，梦里有一阵不息的小雨，还有一条蜿蜒而去的河流，小鱼和小虾在里面游着，像是要去郊游。雨水落在我的脸上，也落入河流里。空气循环，河流缓行，在望不见的尽头，它步入高空，栖息于云层。我在这样的梦里醒不过来，觉得自己也是一滴雨，从空中降落，变幻的风吹得我摇摇晃晃，我反而很惬意，这时，一阵强烈的气流从两侧窜了出来，形成夹击，来不及躲避，我打了个冷战，彻底清醒过来。屋内没开灯，我揉揉眼睛，发现彭彭和丁满正站在我的两侧，分别举着一只胳膊，彭彭紧闭双目，还在来回晃荡，丁满停了下来，看着我不说话。几夜之间，他们似乎都长高了不少，丁满还是那么瘦，彭彭看起来更壮实了。

我吓了一大跳，问道，你们怎么来了？丁满说，他带我来的。彭彭说，他带我来的。我说，这是什么情况？丁满说，我早就发现你了。彭彭说，我也早就发现你了。我说，你们俩从哪儿冒出来的？丁满说，我住在这里，三楼。彭彭说，我在二楼。我说，你们为什么也住这里啊？丁满没有说话。彭彭说，我渴了，能不能买根雪糕再说？我说，不能。丁满说，我也想吃。我说，那也不行，快点儿告诉我。彭彭说，他没吃过雪糕，平时不让。我听着有点难过，想了一会儿，跟他们说，我去哪儿买呢？彭彭抢着说，这里没有，得去海边。我说，可是我在照顾病人啊。丁满说，那我们一起去。我望向床上的妈妈，她的眼睛眨了两下。

夜里很静，推开房门，走廊无人经过，我赶紧转回身来，小心翼翼地背起了妈妈，从侧面的楼梯一步一步往下走，妈妈伏在后面，呼吸得很慢，温热的气息吹过我的发梢，我一口气来到楼下，出了一身的汗。丁满背着我的布包，坐在轮椅上，彭彭从后面推着他，装作出去透气，两人大摇大摆地从电梯里走了出来。我们在花坛边上会合，向着海边出发。

我们踩着黯淡的树影向前行去，彭彭大声唱着歌，丁满堵住了耳朵，保持着一段横向的距离，我推着妈妈跟在后面，见到什么都觉得新鲜。这一路上，我们遇见了许多商贩，有卖贝壳和海螺的，也有卖头饰和玩具的，就是没发现卖雪糕的。丁满有点儿沮丧，彭彭说，没准儿他还在沙滩上呢，我们过去看看。

海边有人设了一个套圈游戏，拉开一条细长的红线，分割出两个世界来，一边是人，一边是礼物。看着离得不远，很少有人能套中，礼物旁边放着一盏盏彩色的小灯，闪着幽幽的光芒，像是一朵朵灯笼水母，好看极了。我问他们，要不要碰碰运气？丁满摇了摇头，彭彭没说话。我跑去买了二十个裹着青皮的竹圈，分成两份，塞在他们手上，彭彭将竹圈套在小臂上，肚皮贴住红线，喊着口令，倾身向前扔去，不太有章法，只套中了一瓶矿泉水，不过已经很不错了。丁满全神贯注，思索半天，他总共扔了两次，每次五个圈一起，轻轻捻开，形成半环，攒足了力气，找准角度，朝着微弱的光芒奋勇抛去，第二次时，居然套中了一只柔软的白色独角兽，呈俯卧状，睫毛很长，眼睛闭着，正在熟睡，背上还长着一双短短的翅膀。我们都很高兴，欢呼起来，我想妈妈的心里也一样。丁满很大度，把独角兽放在了妈妈的怀里。我拧开矿泉水，喝了一大口，擦了擦嘴，又递给丁满和彭彭，他们把水喝光，我们向着那道半月湾走去。丁满说，他有预感，我们要找的东西，会在那里出现。

路不太好走，轮椅推着也很吃力，我们三人几乎是抬着过去的，累得直喘粗气，妈妈也流了很多汗水，鬓角湿透，她像是在抱紧那只独角兽，用尽力气，丝毫不肯放松。我们把妈妈放在沙滩的边缘，好让海浪能够抚到她的身体。

丁满的预感果然很准，卖雪糕的人不知从哪儿钻了出来，我掏钱买下了全部，他很高兴，如释重负，骑上车子便离开了。我从轮椅上取下布包，把里面的东西掏空，平铺在沙滩上，又把雪糕一一摆开，对丁满说，你只能吃一根。他点了点头。然后我又跟彭彭说，你负责帮我监督。彭彭说，放心吧，剩下的都归我。我拍了拍他们的肩膀，攥着那件刚翻出来的泳衣，走去礁石后面，天气很好，没有风，海洋静止如铅，我把泳衣换在身上，听着浪声，独自坐了一会儿，海风的味道让我想起了许多事情。

我登上了礁石的最高处，高喊一声，挥了挥手，妈妈无动于衷，彭彭和丁满仰起头来，不明所以，我打了个悠长的口哨，展开双臂，直直跃入海中。身体触到水面的那一刻，我看见了远处明暗的灯火，瞭望台高耸，船楫不倦搬运，静止或者远行，一大团云从海上升了起来，笼罩着未知的季节。我向前游去，游了很久，也没有抬头，浪潮不断向我涌来，我听见许多模糊的喊声，准备再开一次小小的玩笑。海水很凉，我想，在很远的地方，人们无法抵达之处，它会悄悄结成一块冰，映着月亮，仿佛仍在彼此的怀抱里，从未离开。

防鲨网没有那么严密，下面破了一个很大的洞，一只鲨鱼可能已经游了过来，此刻正潜伏于此，伺机而动。我却一点也不害怕，因为还有两道很小的影子，始终伴在我的身侧，也许是两条活泼的金鱼，游过来又游过去，用尾巴撞着我的双腿，用鳍抚过我的膝盖；或是我梦见过的小雨与小河，在海的深处重新凝结，变得阔大、坚实，演化为一小块漂浮的岛屿，将我托了起来，一起一伏，掀起美妙的浪花。岸上吹过来的风使我温暖，我舒了口气，忽然想到，自己也许就是那只走失的鲨鱼，心怀万物，四处游荡，一次次地沉没，又一次次地跃起来。在空中时，我可以望见一条星星的锁链，掠过夜晚，照亮尘埃，浮在银河的边缘；在水里时，我看到了一匹会游泳的白色独角兽。

桥头羊肉店

朱文颖 *

那天晚上，我、画家莲生、作家重生，以及歌手咪咪，我们在一个私家庭院里喝茶、聊天。院子在小巷深处，巷口有杉木做成的巷门，看起来很高很牢固。巷子两边则是年代久远的旧楼。

我们这一刻谈艺术，下一刻谈生活，再下一刻则聊起了生意。

外面的天气同样变幻莫测。我记得，刚进院子时开始下雨，不大。后来，我们聊天的时候，屋檐上的雨掉落到青石板上，就仿佛电影《金刚》里那个金刚，在生气时使劲朝下掷石块。

我们准备出门找东西吃，雨又小了下来。我和画家莲生走在前面，作家重生和歌手咪咪随后。我们一前一后地走，但距离一直不远。

> 没有两座小山是相同的，但是世界上任何地方的平原都一模一样。我在平原的一条路上行走。

我和莲生说起了博尔赫斯小说里的这句话。

---

* 朱文颖，女，1970 年生于上海，现居苏州。发表长篇小说《莉莉姨妈的细小南方》《戴女士与蓝》《高跟鞋》《水姻缘》，中短篇作品《繁华》《浮生》《凝视玛丽娜》《春风沉醉的夜晚》等三百余万字。曾获国内多种奖项，部分作品被译为英、法、日、俄、韩、德、意等文字。

我说："我现在也是同样的心情。"

莲生笑了笑，表示他也同意。莲生是一个艺术感觉极好的画家。比如说，我和他聊起全景小说这个概念的时候，他立刻会用唐宋界画来回应我。

刚走出巷门，雨突然变得疯狂起来，铺天盖地。一道道白茫茫的水帘阻断前路。我们几乎看不清道路和方向。

"跟上来！跟上来！"我朝着后面的重生和咪咪大声叫喊。声音很宽阔，也很空洞。

也不知道过了多久。我们走进了第一家清晰出现在面前的建筑。

"你们吃羊肉吗？"一个声音响了起来。

随后有一个人，跟着这个声音走了出来。他穿着麻质的小麦色衣服，在空间里因此减少了某种存在感。我并没觉得他和我们有什么不同，包括身形以及由此估摸的体重。唯一比较特别的地方是，在他脸上，眼睛的比例显得很小，非常小。给人的感觉，他是靠眼睛以外的东西判断事物的。或者说，他对人对事的态度，淡漠而疏离。

只有我一个人听出了他说的是克里奥尔语——一种由葡语、英语、法语及非洲语言简化而成的语言。因为这段时间，我正在研读一位诺奖得主的资料。他的家族极具传奇色彩，父亲说英语、法语和克里奥尔语。就是这种克里奥尔语——感谢现代科技广泛而便捷的传播，我在资料附带的音频里仔细听过这种语言。

"我有点知道你在说什么。"我对屋子里出现的这个人说。

我说的是中文。他听懂了。但他没有解释，为什么刚开始时他说的是克里奥尔语。

"你当然知道。"他用的也是一种理所当然的语气，"我是这家羊肉店的老板。

画家莲生、作家重生、歌手咪咪，还有我，我们找了一张桌子，围坐下来。

窗外仍然大雨如注，树枝摇晃，枯叶乱飞。作家重生和歌手咪咪叽叽咕咕不知道在说些什么。我正想问问羊肉店老板具体的吃食，一抬头，突然发现这间屋子的窗玻璃是干的，并且滴水不沾。

画家莲生显然也发现了什么。他轻轻拍了拍我的手背。

我跟随他的眼光看向墙上的一本挂历。

挂历上是一幅山水画。前景是凡俗世界，炎夏中，旅行者赤膊扇扇，几头驴背驮重物，步履蹒跚。中景树丛后有一位穿着僧侣袍的求道者。远景则是占画面整整三分之二的主峰，它高得突兀、不合常理。另外，山脚下还有一团非常虚灵的云雾。

挂历的右下方清清楚楚地写着日历表示的时间：二〇八一年。

“你们饿了吧？”羊肉店老板打破了沉默。

有那么一小会儿，我们都没说话。那本墙上的挂历暂时让我们陷入了某种幻觉。虽然画家莲生、作家重生还有我（我也是一位文字工作者），我们的工作本质上都与想象以及幻觉有关。即便歌手咪咪，刚才在小巷深处的私家庭院聊天时，她也承认，当她进入幻觉状态时，歌声最为动听，甚至能够唱出从未听过的曲调与声音。

但是墙上那本挂历仍然让我们感觉困惑不安。

“这样的事情以前发生过几次。”羊肉店老板不动声色地说着话，“特别是雷暴雨的季节。你们不会觉得奇怪吧？

我们没有说话。歌手咪咪明显有点不太自在，她的脸色发白。

“其实也简单。”羊肉店老板说，“就像墙上那幅画，用的是散点透视法。中国画最厉害就在这个地方。视角无处不在，脱离客观实际，完全只根据自己的感受。所以，今天晚上，你们一定是因为某种特殊的原因和感受来到了这里。不用担心，你们很快就能回去的。”

“是的，我们刚才确实在谈艺术。”我小声地接了一句话。

“我们几个都是搞艺术的。”我又补充了一句。

“对了，你们要吃一点儿羊肉吗？”羊肉店老板缓缓打断了我说的话，或许他对我说的并不太感兴趣，或许他很早就得出了他的结论。

“今天有新鲜羊肉，这已是不常见的事情了。”羊肉店老板说，“关于是否还要继续以动物为食这个话题，现在变得争议不断。有三种不同的说法。第一种认为它们是人类的朋友，应该受到尊重；第二种认为它们是食物；第三种则认为它们是整个二十世纪以及二十一世纪初期最严重的疾病——艾滋病、疯牛病、埃博拉病以及感冒等的致病因素和传播源。学者们认为它们应该从人们的餐食中消失，就像原始文明中的一些野蛮行为一样，应该成为人们的一种记忆。”

说完这些，羊肉店老板推开旁边一扇门。

“你们稍等一下。”他说。

门外应该是后院。我们仍然能听到雨声，好像还有羊的叫声。

过了一会儿，羊肉店老板拿了些绿色蔬菜、豆制品，还有一只大锅子，重新回到屋子里。

“还是火锅的方式比较鲜美，并且健康。”他温和地对我们说，还给我们每个人递上一杯清水。

“你说话的口音有点奇怪。”歌手咪咪小声地说。

“你很敏感。”羊肉店老板一边向锅子里倒水一边说，“在二十一世纪的前三十年，英语还仍然是全球贸易、文化、外交、网络、传媒的第一大语言，是全球第二大交流语言、第四大母语。但后来，情况发生了变化。各大洲根据自己的习惯，在英语中加入了自己的方言和表达方式。特别是在二〇五〇年以后，中文的使用越发频繁。直到二〇七〇年左右，夹杂了各种不同方言的中文逐渐成为商业流行语言。你刚才说我的口音有点奇怪，”他抬头看了下歌手咪咪，继续说，“那是因为，我的发音里同时夹杂了昆曲和评弹的元素。”

我看到咪咪吐了吐舌头。然而我也心存疑问。

“我觉得你说话的方式也有点奇怪。”

“是的，在成为羊肉店老板以前，我的职业是哲学系教授。”

我们惊讶地面面相觑。

“职业的区别已经不再重要了。”他看出了我们的疑虑，把话题引申开来，“生命的延伸让所有人都保有智慧，时间帮助人们看清了一切，比哲学教授和刻板的理论有用多了。二〇四〇年以后，人类已经可以经过长达两年的太空旅行抵达火星。那些去过火星的人，回来时个个沉默不语，或者终日微笑。他们比所有的哲学教授都更像哲学教授。”

“你去过火星吗？”作家重生接话道。

“没有。对于这个世界，我仍然希望保留一点儿神秘感。”羊肉店老板压低了声音，把这句话非常神秘地说完。

火锅安静而滚烫地沸腾着。

除了暴雨中滴水不沾的窗玻璃、长相确实与我们有所区别的前哲学系教授，以及他神神道道的话，一切，与平常的夜晚似乎并没有太多不同。

我们开始安静地享受羊肉、蔬菜和粮食。而羊肉店老板则从旁边那扇门出出进进。门开与关的瞬间，我们仍然可以听到雨声，好像还有羊的叫声。

第三次进门的时候，羊肉店老板后面跟着一个女人。她的眼睛也很小，比羊肉店老板更小。但看起来既非冷漠，也不疏离。

她用微笑跟我们打了招呼，向火锅里添了点儿绿色植物（其中大部分我能说出名字，还有一部分则并不能），然后就悄无声息地消失了。

“这是我太太。”羊肉店老板介绍说。

“她很漂亮。”咪咪说。

羊肉店老板仿佛对这个方向的议题没有兴趣，开始自说自话起来。

“我是在三十年前偶尔认识她的。世界人口老龄化越来越严重，大部分人深居简出，或者与设定好性别、脾气的智能机器人为伴。世界已经演变成一个孤独、个人愉悦和封闭叠加的社会。全球有一半死者的葬礼无人问津，我和她恰好相遇在一个共同朋友的葬礼上。参加葬礼的人恰好只有两个。”

“这很传奇。”我被“孤独”这两个字所吸引，同时感知着孤独、死亡以及浪漫搅和在一起的化学反应。

“世界不断变化。这几乎是生命延伸的唯一意义。十年以前，世界经济短暂复兴，在那段时间，又诞生了另一种新的消费形式：购买孤独。”

“购买孤独？”我们几个异口同声。

“是的。有钱人花高价购买个人独处和单独观看演出的权利。”

“为什么？”

“感到愉悦。享受真正的存在的感受。”

“不就是包场嘛！”歌手咪咪脱口而出。

我和画家莲生作深思状。作家重生扭头瞪了她一眼。羊肉店老板则微微一笑。

接下来羊肉店老板叽叽咕咕说了一堆话，突然又回到了克里奥尔语，那种由葡语、英语、法语及非洲语言简化而成的奇怪语言。仿佛油浮在水上，分辨出密度的差异。仿佛要把浮在水面上的那层油撇开。屋子里重新返回到意味深长的静默状态。

“我太太以前也是艺术家。”羊肉店老板如同回忆着几个世纪以前发生的事情。

“在某种程度上，我们非常相像。就像有人给予艺术家的定义：那是一群有着全然不同气质的人，他们当中的有些人受到完全不同的动机驱使，有着与别人完全不同的精神活动。那天我们参加了一位共同朋友的葬礼，没有其他人，只有我和她。我们对于别人漠不关心的人和事，有着共同的没有明确缘由的兴趣。这恰恰也是艺术的本质之一。”

我们纷纷点头表示同意。

“我们非常相爱，情投意合。我们的日常生活弥漫着各种形而上的探讨，坚硬的观念、辩论甚至争吵。大约在十年以前，有一个冬天，雪下了三天三夜。到了第四天上午，她很认真地和我谈话，表示她决定要放弃做一个艺术家了。”

“她以前究竟是做什么的？”咪咪又忍不住插话道。

“以前她是一位插画师。”羊肉店老板很有礼貌地立刻回答了这个问题。

“大致是什么风格？”人类延绵不绝的好奇心让画家莲生也开始插话提问。

“她是典型的唯美派。”

这次羊肉店老板没有再给任何人空余的时间，自己说了下去：

“那天上午她和我聊了她的疑惑。她说她开始怀疑她的画笔，因为她只想表达美，而当她只想表达美的时候，她就被美这件事情影响了、左右了。很多时候，当她在表达美的时候，其实只是在佐证一种偏见。”

“后来呢？”我们全都屏息聆听。

“后来，她告诉我她的决定，她不想再做一位插画师了。我说好的。我们彼此凝视了大约十秒钟，我也做出了我的决定。从此以后，我放弃了哲学系教授的职业。”

这时外面传来了细碎的窸窸窣窣的声响。

“下雪了吗？”我顺着羊肉店老板的话题开了个玩笑。

他笑了，扬了扬手。我惊讶地发现，锅子底下的火一下子旺了起来。

“那不是下雪，”羊肉店老板轻声说，“是我太太在准备她的作品。”

“作品？什么作品？”

“她以前是插画师时，很多人请她画像，或者给她寄来照片，再收藏她创作的自己的肖像。这些作品常常会出现在家族房屋的走廊里，让后代回味先辈的不朽与荣光。但是后来，情况发生了变化。随着时间的流逝，艺术渐渐发展成为一种可以亲身体验的项目。也就是说，每个人都可以把自己的生命变为艺术品，有一部分人或者更多的人，将通过自创艺术再现自己的方式来迎接死亡。”

"我还是不能理解。您的意思是？"我皱紧了眉头。

羊肉店老板富有深意地看了我一眼。

"很多很多年以前，我们一贯接受的观点是，事物永远是发展的，而且是向上向前发展的。但后来，特别在人口老龄化、资源匮乏、智能机器人快速更新换代以后，我们意识到，或许，在将来，世界的种种安排都只是为了防止它走向毁灭。它随时有可能走向毁灭。所以，我们中的很多人早早地开始准备一件艺术品，迎接随时可能到来，或者是自愿选择的死亡。"

"您太太……在准备什么艺术品？"

"她在院子里栽一棵树。一棵有着红色叶片的树。"羊肉店老板说。

几个星期以后，我、画家莲生、作家重生以及歌手咪咪重新约着聚会。

在等待宅院主人回来开门的时间里，我们在巷子里闲逛。沉默不语，各怀心思。

我走到一个书报亭前，拿起一本书，随意翻着。

封底有这么一排字：

如果我们找不到外星人，可能是因为我们对外星生命的理解有误，都以为他们是人。

去海南吧

姚鄂梅*

电话响时，文颖正在网上瞎逛。她瞥了一眼，赶紧扔掉鼠标，起身走到一个僻静些的角落。

人生中总有那么一两个朋友，当你听到他的声音时，全身上下所有的触须都张开了。

她和陈艺足有半年没通过电话了，她们总是这样，一旦连上线，就没完没了地聊啊聊啊，就像全世界都是石头和羊，只有她们两个才是可以对话的人类，一旦通话结束，又都比赛似的沉默着。她们二十年前就不在一个城市了，她们的友谊从中学开始从未间断。

我实在忍不住了，再不跟你说一说，我怕我活不到明天。

这话不好笑，陈艺显然也没想说笑话，但经她的口说出来，文颖就是乐不可支。

他又犯毛病了！你看看他的上网记录：煤气中毒的具体操作，哪种死法痛苦最小，吃安眠药会有临死挣扎吗，上吊一定会把大便拉在裤子里吗。

说到这里，陈艺不得不暂停，因为文颖已经笑得快要拿不住手机了。

---

* 姚鄂梅，女，1968年生，湖北宜都人，现居上海，上海市作家协会专业作家。著有《像天一样高》等九部长篇小说，《家庭故事》《基因的秘密》等七部中短篇小说集，《倾斜的天空》等两部儿童文学作品。作品多次入选中国小说学会年度排行榜、收获排行榜，曾获《人民文学》等刊物优秀作品奖、湖北省屈原文艺奖、汪曾祺文学奖等，有作品被译成英、俄、德、日、韩等文字。

他最近一周都要反复查找这些东西。真的没有吵架，早就没吵了，麻木了。我们在家共用一个电脑，你也知道现在的网络，你搜索过什么东西，它下次就给你无偿发送海量相关信息，所以现在我一开电脑，就会自动收到一大堆关于自杀的文章和图片。见他实在搜索得太辛苦，我索性给他买来一本书，《如何优雅地告别这个世界》，他又骂我是个毒妇，盼他早死，我说，原来你每天在网上搜索那些东西，并不是真的想自杀，是做给我看的？

陈艺的老公，她叫他老李，老李十年前在一家行业性报社工作，一个偶然的机会，被电视台请去做了几次节目嘉宾，意外地给电视台留下了非常好的印象，电视台当时正想开启另一档新的谈话节目，问老李愿不愿加盟。也许老李迷上了面对镜头的感觉，也许是喜欢上了电视台跟报社不一样的工作节奏，做了一段时间嘉宾后，老李感到有点回不去报社了，在那里，每一版说什么话、怎么说都是规定好的，不得有丝毫逾越，更不可能有个人倾向，而他在电视台的节目正相反，尤其是他们即将推出的新节目，人家看中的就是他的个人视角，锐气十足，又在踩线的边缘。于是马上回去办了调动，谁知在电视台干了不到两年，新节目就被叫停。这事对老李有点打击，好在同事们并没有泄气，大家商量着重起炉灶，反正大家脑子都在线，不愁找不到事做。这样过了一年多，新节目还没做出影响来，上头又来了新政，地方电视台要紧缩，功能要缩小，基本只做转播，除了他们营运中的新节目要暂停，老牌节目还要砍掉一多半。几个合作已久的小伙伴仍然不死心，说政策历来都是变来变去，说不定过一阵又变回来了，他们只需暂时偃旗息鼓，用不了多久，肯定可以风帆再起。然而，事情并没像他们想的那样，整个电视台不光节目被砍去了许多，连电视大楼都变样了，今天租出去几层，明天卖出去几层，横跨大楼楼顶的电视台台标生了锈，被挤成竖行排列，只占窄窄一条空间，昔日辉煌似乎已经难再，这时老李才意识到自己也许做错了什么。陈艺提醒老李，要不还是回报社来吧，趁领导层还没大的变动，去求他们的话，也许还能看点过去的薄面。但老李说什么也不肯，她猜他是自尊心受不了，决定代他出面去求求看，没想到报社领导哈哈一笑：他当他的电视明星多好！我们这里一潭死水，有什么意思？我说的是真心话，行业报纸的日子现在也不好过，连我都在找出路呢，他好不容易出去了，干吗还要回来？她竟无言以对。本来是背着老李做的事，没想到还是被老李知道了，可想而知，老李恼羞成怒，两人在家大吵一顿，差点连婚姻都保不住。那以后，老李拿着电视台百分之七十基本工资，在家闲等，偶尔几个节目同事聚一下，喝着酒，聊起今后的打算，头头是道，酒一醒，没几个人记得到底聊了些什么。一年年蹉跎下去，老李开始大量掉头发，很快掉光了半个脑袋，对镜自叹，酸楚不已，就算等来二度东风，就凭这颗脑袋，在电视台恐怕也无法再度风光了。又过了两年，电视台换了领导，是个年轻的女士，老李不太熟，听说是前些年的新闻主播，换了更年轻的主播后，老主播不仅没走向幕后，反而走向了高层，也算是个很有能耐的女人。新官上任三把火，第一把火就是配合上级搞起了人事改革，轮到老李头上，有两种选择：一是继续待在电视台，去做转播业务；二是提前退休。老李迅速找到当初一起做节目的同事，大家一碰头，一致决定，做转播有什么意思？初中生都可以做的事，一个念稿子出身的领导，带着一群没脑子的转播“工人”，真不如提前退了算了，从此天高任鸟飞，说不定哥几个能折腾出个像模像样的纪录片来，说不定还能得个奖，到那时再在这帮孙子面前扬眉吐气。趁这豪情，老李打电话给人事部门，预约了提前退休手续。

那阵子，陈艺为他这事急出了满嘴水疱。你还不到五十岁，就退你妈的休！老李不管，天天勤奋低调地在家找选题，查资料，偶尔出去跟几个同道喝酒，为心目中的获奖纪录片做准备。

一年又一年，纪录片没拍出来，倒是被人叫去拍了不少内部片，其实就是一些企业宣传片，有天晚上，几个人帮一个旅游开发商拍片子，拍摄过程中，有个人受了伤，因为地处偏远，大家只能手忙脚乱帮他先包扎一下，再接着干，等干完了，一起坐下来吃饭时，受伤的同事因为失血过多，加上突然的放松，竟昏了过去。把同事送到医院后，几个人抱头大哭了一场。我们都是想干事的人，我们都是能干事的人，为什么要剥夺我们工作的权利？这以后，老李的抱怨渐渐多了起来，用陈艺的话说，他终于慢慢活成了怨夫。

文颖老早就预感到老李在电视台不可能像做嘉宾时那么受欢迎。人家请你去做嘉宾，是把你当专家一样尊重着，当外人一样客气着，可你竟然想反客为主，去抢人家的饭碗，这就不一样了，果然，没多久老李就被彻底整出了局。

陈艺在那边连打了几个喷嚏。真是窝囊！天这么冷了，我连空调都不敢开，他说，有那么冷吗？就是因为有你们这些动不动就开空调的人，才把环境搞得这么糟糕，以前没空调的时候，也没见谁被冻死。我知道他的用意，他就是个小气鬼，怕用电，怕花钱。但我不敢说出来，我一说，事情马上就升级，说我是嫌他不赚钱、不成功，这两个词在我们家是高度敏感词，碰都碰不得。你知道我此时此刻怎么穿的吗？我把所有的棉衣都穿上了，小羽绒服外面套大羽绒服，毛裤外面套棉裤，还是冻得表情呆滞，像个精神病人。我这辈子没这么难看过。

文颖几乎能看到陈艺的样子，她本来是个小骨架，夏天穿衣也会给人弱不胜衣之感，现在穿这么厚的话，估计连人都找不到了。

要不，你躲出去吧，去商场逛逛，去咖啡馆坐坐，那些地方暖和。累得逛不动的时候再回家，洗个热水澡上床睡觉。热水他不限制吧？

你不觉得我这个年纪，一个人在外面逛、喝咖啡很奇怪吗？那些地方都是年轻人的天下。

谁说的？这点我要批评你了，是你自己心态不对。

我不光心态不对，表情也不对，因为长年不开心，我现在一脸晦气，走在街上，狗都当我是空气。我好后悔，当初他决定办理提前退休的时候，我们不是大吵过一阵吗？我应该趁那个机会跟他离婚的，我要是那时候就离了，现在该多幸福啊。

按说不应该呀，我记得老李是个很幽默、很爽朗的人，怎么就变成你说的那个样子了？

他有今天，都是他自己造的。老老实实待在报社多好，当年他的手下，现在已经是社长了，级别也起来了，人五人六的，出门还有司机。是他自己亲眼看到的，回家以后气得两顿没吃饭，咬牙切齿骂人家，说人家没文化，字都认不了几个，惴惴不安说成湍湍不安，说那个报社其实没有任何意义，就是个单位的黑板报性质。

文颖想起来了，老李以前就爱挑别人的错别字，弄得她在老李面前说话特别小心，生怕被他笑话。人的小习惯果然就像长得不规范的牙齿，越老越明显。

还有个把月就要过年了，身边有这么个闹心的人，我连准备年货的心情都没有。小轩也说今年不回来，这才是结婚第一年嘛，她得留在婆家那边，我想她在那边也好，他这个样子，新女婿看到了会怎么想啊。

小轩还小的时候，文颖跟她很亲近的，那时老李在电视台忙得飞起，经常不在家，陈艺只要有事，就会把小轩扔给文颖，文颖晚了很多年才结婚，所以陈艺把小轩委托给她的时候，她还是单身，一个人很冷清地住着一套不大的公寓。偏偏小轩很喜欢去她那里，还说等她长大了，也要像文颖那样生活，要把绿植摆在厨房里，要用抱枕当枕头，要用大茶杯吃饭。没想到，小轩才二十几岁就结了婚，比她当年早多了，她可是三十五岁才结婚的。

说不定女婿来了，老李的心情又不一样了，在女婿面前，总要做出个长辈的样子来嘛。

不可能！因为要喝酒嘛，他只要一沾酒，就会像白素贞一样现原形，那就一定会闹出事来。

一家人吃饭，又不闹酒，不闹酒就不会喝醉，也不会有事。

文颖你有几年没见过他了？他跟以前不一样了，他现在一个人也可以把自己喝醉，真的，我看他喝酒就跟看电影一样，一口一口，从清醒到两眼发直到摇摇欲坠。劝他是没用的，断绝他的下酒菜也不管用，发牢骚就是他的下酒菜，喝一口，说两句，骂两句，舒服得很。

不对呀！前年我们还见过呢，在朱建国的葬礼上，那时候我觉得他还蛮得体的呀，就是头发确实比以前少了很多。

朱建国是她们同学中最有前途的一个，已经进了当地政府的后备班子，声望日隆，听说马上就要去异地提拔任职，这可是要高升的大吉兆，偏偏在这个时候，去乡下扶贫的路上出了车祸，虽然消息上了新闻，政府也有专门的治丧班子，但在同学们看来，事情相当蹊跷。文颖还记得饭桌上的气氛，大家几乎都没怎么吃饭，每个人的眼睛都红红的，这不是朱建国一个人的悲剧，也是他们大家的悲剧，刚刚出头的朱建国被掐灭了，他们这一届、甚至这一代都没希望了，大家在饭桌上说着悲愤的话、过激的话，越说越大声，恨不得让所有人都听见。老李那天很冷静，像个老大哥，既要照顾最激动的同学，又要忙着拍照，满场滚。他说，越是悲伤，越是要留下印迹，否则，时间很快就冲淡一切。她很赞赏老李这句话，觉得他到底比他们都大一点，又是资深媒体工作者，看问题比他们成熟得多。

陈艺很不屑文颖的判断。

那种场合中，你是没法判断一个人的精神状态的，即便是现在，当着别人的面，他基本也是正常的，但是在人后，特别是在家里，他就变成了另外一个人。刚开始我能理解他，还这么年轻，就被光明正大地抛弃了，后来我慢慢琢磨出味儿来了，怪谁呢？你做的每一个决定都是你自身素质的综合体现，为什么要从报社调走？为什么要提前退休？你以为你从此可以天马行空，结果却是寸步难行，你对你自己、对这个社会究竟有多少了解呢？

既然你知道他的症结在哪里，就试着去理解他，不要跟他斤斤计较。

你是没有身在其中。我现在非常理解那些谋杀亲夫的人，你想想，一大团毒气，每天每天，从早到晚，从天亮到天黑，从地上到床上，跟着你，罩着你，躲都没地方躲。

这话在我面前说说可以，在外面可别说。

我的要求并不高，没钱无所谓，被全世界遗忘也无所谓，只求他不要折磨我，安安静静过日子。

无视他呢？按自己的节奏过，先忍受他一阵，再不动声色地把他带进自己的节奏里来。

不可能，他是攻击型的。就说昨天早上吧，我早餐做好了，他才起床，无缘无故气呼呼的，突然朝我的扫地机踢了两脚，骂它放着别的房间不扫，专门在人眼皮子底下打转，声音还那么大，生怕人家不知道它在扫地。

文颖再次笑起来，笑着笑着，禁不住叹起了气。跟陈艺家相反，她在家里就是老李那个角色，动不动就不高兴，还把这不高兴写到脸上，她经常看到丈夫和儿子偷看她表情的样子。当她意识到自己脾气不好，对父子俩自我检讨的时候，老公说，家里有个这样的人，也算有利有弊吧，起码可以训练儿子察言观色的能力。文颖正要把这段告诉陈艺，陈艺已进入了下一段诉说。她的诉说特别密集，文颖很难插得上话。

所以昨天我们大吵了一架，我说你要是踢坏了我的扫地机，我跟你没完，有本事你自己去买一个来踢，你不要踢我买的东西。他就暴跳如雷，说我眼里只有钱钱钱。他现在就是这样，逻辑混乱，思维混乱，我怀疑他快要老年痴呆了，我听人说，老年痴呆最开始就是脾气变坏，然后才是记忆力塌方式损坏。最要命的是，吵过了还不算，他还要给自己灌点酒压惊，不喝则已，一喝就过量，一过量嘴巴就不停，就是这么个恶性循环。他现在很少出去喝了，以前电视台那几个酒搭子都不在本地了，人家有能耐呀，都出去讨生活了，也不带他，他现在这种德行谁要带？不过昨天是他的好日子，一个酒搭子回来了，叫他出去见面，子夜一点多，一个民警给我打电话，说某某路上有个人醉倒在地，头好像摔破了，流了好多血，叫我去把他领回来。算他运气好，遇到的是民警，要是遇上坏人，我都不敢想。那么冷，我又不会开车，深更半夜打车怕得要命，还是得硬着头皮去接他，去了一看，我的天哪，那个民警太轻描淡写了，他满脸是血，眼睛也睁不开，我还以为他瞎了，费了九牛二虎之力才把他拖到医院。医生给他处理了一下，说要先醒酒。现在，酒是醒过来了，伤口开始疼了。

说了半天他现在在医院里？伤得重不重？文颖这才明白，陈艺的电话是个漫谈式开头，说了那么多铺垫以后，才把最要紧的内容说出来。

医生说只是外伤。陈艺暂停了一会儿，发了张照片过来，老李满头绷带，脸肿得像颗巨大的紫皮洋葱，有几处伤口还糊着干掉的血迹，看上去蛮吓人的，如果不是陈艺发来的，她根本认不出这是老李。一阵大呼小叫过后，文颖提示陈艺一定不要掉以轻心，脑袋的问题，一定要好好检查一下，伤成这样果真只有皮外伤吗？

检查过几次了，说是没事。医生护士都嫌弃他，说光是在他身边闻一闻都能醉倒。最着急的是小轩，她早就订好了海南的酒店和机票，我们约好三天后在酒店碰头的，因为春节她不能回来，就决定春节前先跟我们团聚一次，结果他搞出这种事来，还怎么团聚？他自己也说不想去了，我问医生他能不能出门，医生倒很幽默，说哪里都能去，除了参加选美。

说得也是，是出去玩，又不是去劳动，带好药应该没事。

我们也都这么劝他，但他自己坚决不去，还说他并不喜欢南方，也不喜欢吃海鲜。我觉得他是嫌自己脸上有伤，羞于见人。他实在不肯出去，小轩就想改变计划，把聚会改在春节后，但我不乐意呀，我连泳衣都买好了，防晒霜、遮阳帽、沙滩鞋，全套准备都做好了，你说我有多失落呀，在家闷了一年，忍受了他一年的坏脾气，就指望这几天出去透透气，结果他来这么一出！我不管了，他们父女俩都不去，我一个人也要去，否则我太不甘心！

我理解你，但他也不是故意的呀。

别管他了，我就想问你，你能不能跟我一起去呀？房间小轩都订好了，你只需要给自己买张机票飞过去就可以了，我们俩可是好长时间没在一起聊一聊了。

文颖心中一动，看了下近期日程，似乎真的刚好有这么一段空当。

两人一拍即合，文颖放下电话就拉衣柜门，把藏进衣柜深处的夏天衣服找出来，一件一件放进旅行箱里。这才是她们的风格，当她们还年轻、还是单身的时候，经常在周末搞这种小突袭，天不亮出发，赶到长途汽车站坐始发车，也没什么目的，就是去外面逛一逛、看一看，再傻乎乎地爬上夜班车一路睡回来。

猛地想起一件事来，海边的主要节目恐怕还是拍照。文颖立刻扔下正在收拾的行李箱，冲进美发店。没有满意的发型，能拍出什么好照片？

刚刚洗好头发，陈艺又发了消息来，还是关于老李的。

你说他烦不烦吧，已经决定不去了，现在又开始回忆年轻时到处跑的好日子了。

文颖心中一惊，抬手制止了理发师：没事的，他要是后悔了，我就不去了，你们一家三口还照原计划行事。

那不可能，他已经知道你要跟我去了。他的目的就是想炫耀自己的光辉历史，讲他当年如何一边工作一边游历，还被人奉为上宾，吃香的喝辣的。

文颖松了一口气，示意理发师继续，同时接着发消息：他还是有过辉煌时刻的。我要是像他有过那么一段，现在肯定平静得像一面镜子。

后来我才明白他的真正意思，他是在嫌我们乱花钱，他当年的游历都是不花钱的，我们旅游的每一分钱，都是自己辛辛苦苦挣来的。跟自己的血汗钱有仇吗？完全不懂历史文化，只会站在人造景观前拍照，没脑子的蠢货才心甘情愿被愚弄还得意扬扬。这是他的原话。

文颖也有点生气了，因为老李这通话里也涵盖刚刚决定去海南的她。

我说你多有水平呀，所以你就耐心一点，安安静静等着有人来发掘发掘你吧，听说是珍珠总会拂土而出的。你猜他怎么说？什么土？现在哪里还有土？现在到处都是水泥，挖掘机都挖不开。

文颖猛地笑出声来，顶着一头绿雾状头发的理发师在她后面叫了一声，因为她的小动作害得他剪坏了一小撮头发。她有点停不下来了，索性让理发师暂停，她要狠狠地开心一小会儿。她在脑子里想象挖掘机挖土的场面，想象老李在坚硬的水泥地底下，向挖掘机伸出求救的手，越想越控制不住。她拿起面前的水杯，看看喝点水能不能浇灭一点兴奋。自从陈艺向她提起海南之旅，她明显兴奋起来了，什么情绪都很夸张。

陈艺问她：你语音方便吗？打字打得我手指疼。

不方便哎，在外面办事。她没好意思说自己在赶着弄去海南的发型。

过了一会儿，陈艺的消息又来了。说到底，他的病根就一个字：穷！这么多年没工作，收入只有那点提前退休的工资，活命都不够，要不是我，他早就饿死了。

文颖替她一想，是挺难的，安慰她：包涵点吧，好在大家都要谢幕了，谁比谁多几块钱少几块钱基本没区别，平安就好。

不能这么说，还没老到那个程度呢，世界变了，工作有很多种，赚钱的方法就更多，唯有一种状态赚不到钱，就是发牢骚，他要是把发牢骚的劲头拿来做点事，随便什么事，早就不是现在这个样子了。

理发师正在弄她脸颊两侧的头发，她不得不关掉手机，闭上眼睛。虽然设置了静音，她还是能感受到陈艺在不断地发消息过来。陈艺今天谈兴真浓啊。不过也好，她感到陈艺一家的生活正在扑面而来，这是她隔绝已久的，也是她渴望知道的。

理发师转到身后去了。陈艺发来的消息中有一张图片，是一张基金收益明细，她平时不接触这些东西，看不大懂，但累计收益几个字她看懂了，下面的数据有八十多万，这是什么意思？应该是跟陈艺有关的吧？难道陈艺在炒基金？难道这些钱都是她赚的？难道她赚了八十多万？

陈艺接着在下面说：这是我今年一年的理财成绩，本该值得庆贺的，但他丝毫不为所动，我不知道他真正向往的是什么，什么东西才能让他满意。

文颖感到心跳陡地加快，口舌发干，她一年的工资还不到二十万，而陈艺光理财就赚了八十多万！她直着脖子，在镜子里盯着自己看了好一阵，才简略地写道：这还有什么好烦的？搞不懂你们。

就是说呀。我累死了，整天盯着屏幕看，眼睛都快瞎了，腰也坐坏了，心脏病都要整出来了，我一个女人，都在拼起老命干，他不仅不感谢我，还天天地跟我吵，自己没屁本事，还不高兴看到别人有本事，他就是这种人。

她的手指试了又试，不知道回点什么。

上天是公平的，他这边没了收入，就把机会放在我这边，他不感恩还整天骂骂咧咧，真是无语！

她更不知道怎么回复了。绿头发的理发师拨了下她的脑袋，她才发现自己的脖颈已经僵硬得像一截木头。她失神的时候就会这样。

陈艺继续发来消息：你知道吗？我赚了钱，他并不高兴，反而大怒，说连我这种人都能赚这么多钱，可见中国的证券市场有多混乱有多糟糕。

她终于回了一条：之前从没听你说过，原来你这么厉害。

我也是被逼的，不给小轩攒够一套房子，我死不瞑目。

她不是有房子吗？我记得你说过她房子还不小。

那是女婿婚前买的，房产证上没她的名字，不管怎么说，她得有自己的房子。婚姻的事谁说得清楚？

有钱也不能买吧？不是限购了吗？

办个假离婚再买呀，买好房子再复婚，大家都是这么干的。

假离婚不怕有风险吗？

如果假离婚都有风险，那说明这个婚姻本来就有风险，就更要有自己的房子，否则一旦婚姻出了问题，她上哪儿去住？

也对哦。

头发做好了，文颖的兴奋已荡然无存。她来到外面，天气很晴朗，气温却很低，她又不敢把羽绒服帽子戴起来，怕弄坏新做的发型，只好硬着头皮吹冷风。很快，她的鼻涕都冻出来了。

她怀疑陈艺是故意安排这个顺序的，一上来就诉苦，被老公日复一日的精神折磨，弄得她觉得去海南纯属救场，给好朋友帮忙，现在她突然明白过来，去海南并不是她们这次通话的重点，不经意间发布她的“年底财经新闻”才是真正的目的。也就是说，她去不去海南其实无所谓，陈艺并不是那么迫切地想要见到她。她站在原地，走不动路了。如果一上来就讲她赚了八十万，她可能担心这个消息打击了自己，不能对她的苦恼保持高度的热情。

陈艺的消息还在源源不断地发来，她已经不想及时给予回复了，她发去了“稍等”两个字，就把手机装进了口袋。

进小区之前有个十字路口，一边是小区大门，一边通向超市，她原本是打算弄好头发就去买条干发毛巾带到海南去的，现在她改变主意了。

到家第一件事就是把夏天的衣服从行李箱里拿出来，把行李箱重新放进柜子里，幸亏没买那条干发毛巾，家里还有条旧的，没必要现在就去买条新的回来囤着，她又没赚八十多万，平白无故花上近千元弄个新发型，已经够疯狂了。她在镜子里打量一下自己，罢了，就当是为春节准备的。

陈艺还在发消息。防晒霜你不用买了，小轩在网上给我买了一大瓶，足够我们这一趟用了。

陈艺没回，她在琢磨，到底应该找个什么样的理由，才能自然又体面地拒绝。在找到理由之前，她准备暂时缺席两个人的对话。

天快黑了，顶着新发型的陈艺脸色严峻地坐在窗前，她已经在这里坐了半个多小时了，这一年她过得一般，完全没有任何事情值得庆祝，实在没必要专程买张机票去海南庆祝别人的成绩。

想来想去，她给陈艺发了条消息：我好像有点发烧！

她知道这条消息会引起陈艺的重视，在疫情尚未完全结束的大环境下。

果然，陈艺急切地问她：多久了？还有别的症状吗？

别的倒没有，现在到处都有量体温的，会不会在机场就给我拦住了呀，我看我还是不去了。

陈艺回道：也好，那就待在家里观察，必要时打电话给医院。

她没有给陈艺回应，就直接挂断了。陈艺的反应迅速，如此淡定，生怕她会反悔似的，更加证明她的推断没错，邀请自己去海南不是她真正的目的，她真正的目的只有一个：层层铺垫过后，翘着指尖亮出她的八十万。

三天后，文颖在朋友圈看到了陈艺发布的一条新动态：一家三口坐在椰树下，风吹起她的头发，她微笑着，心情很好地看向镜头，小轩戴着大墨镜，墨镜下是一张猩红的嘴，老李脸上贴着三条创可贴，比她想象的白色纱布药包小很多，跟上次见面相比，老李胖了不少，看上去并不像陈艺讲的那样满腹牢骚，相反，他一脸家长式满足，似乎很享受温暖的海风，以及海风中家人的美丽心情。

从照片来看，她觉得老李完全不像反感去海南的人。

第二条是他们一家三口在海鲜餐厅，小轩一手比着剪刀，一手举着一只蟹，那蟹真大，跟她的脸差不多。陈艺的配文让她疑窦丛生：酝酿三个月，终于成行，海南值得！感恩生活！

难道陈艺在电话里对自己的邀约只是随口一说？难道她像个神婆一样，料定自己最终并不会成行？文颖的心已经彻底乱了，不知道该怀疑陈艺，还是该怀疑自己。她盯着那些照片看了又看，没有点赞。

没过多久，陈艺私信了她；给她发来了跟老李的合照，似乎主要是想给她看老李，自己的脸挤在照片边缘。比起先前满脸洋溢着团聚幸福的三人合照，这张照片中的老李，更接近陈艺电话中的老李：臃肿的脸，混浊而锐利的眼睛，嘴唇干枯，眉头紧皱，三条肉色的创可贴让整张脸平添一股怪异和悲壮的意味。

后面还有一些吃饭的照片，还有在海边赤足散步的，在椰子树下远眺的，在沙滩上跳起来定格在空中的……文颖却在想，她也不问问我身体好些没有，我不还在“发烧”吗？她是忘了，还是知道我的理由是假的？这样想着，在看了陈艺发来的那么多照片后，她什么也没说，只发了两个大拇指。

五天后的傍晚，文颖正在吃饭，陈艺打来电话。

文颖瞟了一眼，没动，她心里的不舒服还没消呢。

电话挂了，过了半分钟的样子，再次响起来，还是陈艺。

只能接了。不好意思，我刚才在马桶上。她撒了个谎。

怎么办？老李不见了！陈艺带着哭腔。

细一问，才发现情况真的有点不妙，就在昨天，他们一家三口请了一个付费的旅游摄影，边拍边玩了一天，回到酒店大家都有点累了，晚上九点多就准备睡觉。她们洗澡的时候，老李在卫生间门外说，你们先睡吧，我下去转一转。她本想叮嘱老李不要喝酒，又怕反而提醒了他，让他馋起酒来，就没吱声。这里是新开的海景酒店，也没什么可喝酒的地方。母女俩洗了澡，躺在床上看了会儿白天拍的照片，不知不觉睡了过去，一觉醒来，已是早上七点多，老李不在房间，他习惯早起，想必是一个人出去吹海风了。打他手机，手机却在房间里响个不停，她就想，连手机都没带，应该是刚刚出去了吧。

一直等到快九点，仍然不见老李回来，她跑去问大堂，没有结果，提出要看监控视频，酒店的人说，那得有公安部门的许可才行。

折腾到刚才，母女俩终于看到了监控视频，只有老李昨晚出去时的视频，走出酒店大门时，老李回过头来，面对大门站了一会儿，才转身往外走。直到看完，她们也没看到老李进来的视频。

文颖浑身一紧，她有种不好的预感，她盯着某个地方，就像陈艺正站在那里似的：你不要乱想，也不要动，听到没有？你就待在酒店里，免得他回来找不到你，我估计他终于找到某个可以喝酒的地方了，要么正在喝，要么已经醉了。

电话一挂断，她就开始收拾东西，她当然不相信老李还在喝酒，手机都没带，他怎么付账？中间，她停下来看了看陈艺发过来的照片，难怪那天总觉得老李的脸看上去有点悲壮呢。

这一次，她是真的要去海南了。

黑　鸟

张惠雯[*]

1

他们第一次去岛上那天下着雨。岛上的马路像城里公寓或私人社区里的小柏油马路那么窄。路两边，雨水“哗哗”流进敞开的排水沟。水那么清澈，沟底有碎石和断枝，看起来不像排水沟，倒像两条小溪。水沟后面是广袤的针叶林，氤氲的雨雾里，高大、笔直的松杉仿佛列队默然伫立，苍翠延绵无尽，林中不时闪过一条褐色的小径。在马萨诸塞州，人们喜欢散步，森林里总有专为散步者辟出的蜿蜒小径，其宽度容不下两个并肩的人，因此不能称之为路，只能说是 trail，小径，上面往往覆盖着厚厚的、松软的落叶或松针。他们在雨中走去那房子。格利克不打伞，这样的雨他说是 shower（阵雨），不屑于打伞。其实雨并不小，她撑着伞跟在后面，听到装在格利克夹克口袋里的手机发出指令——谷歌地图还在通报路线。

在他们身后，大西洋和天空已连成了一片浩渺烟雾。雾里有一团朦胧的灰色影子，像浮在海面的巨兽，那是他们来时乘坐的船。船应该很老了，噪音大，船身颠簸，但它的底舱里仍然能载小汽车。他们了解到，这艘老船是岛上居民

---

* 张惠雯，女，1978 年生，祖籍河南，毕业于新加坡国立大学，现居美国波士顿。小说刊发于《收获》等文学期刊，并获得多个文学奖项。已出版小说集《两次相遇》《在南方》《飞鸟和池鱼》等。

出岛的唯一工具。居民坐它到对面的镇上去购买食物等日常用品（岛上除了一个小礼品店再也没有别的商店），取信，看电影，把车从镇里开上通往各地的高速公路……在那里，他们才算是登陆了正常世界。

这岛上的许多房子是波士顿人为度假买下来的，夏天里的三个月或加上暮春和早秋的一点儿时间，他们不时来这里住一段时间。冬天里，房子多半空着。常住岛上的人则过着一种几乎与世隔绝的生活，有的人开辟了一个菜园，自己从事一点儿简单的耕种，有的人则只是退休养老，和岛上的风景为伴。

他们要看的那房子是格利克在 Redfin（房地产经济公司）上查到的，它是一座深褐色的两层木屋，外加一个半层阁楼，叫价三十二万。她觉得在这么荒凉、连邮局都不会送信来的岛上，这个价钱一点儿也不便宜。格利克说，他查了近几年岛上房子的交易记录，这个价格不算高也不算低。他们从船靠岸的地方走过去，大概走了十七八分钟。当她看到那房子的时候，她有些沮丧。它比照片上显得旧多了，外墙漆大块大块剥落，老式的木窗框因为脱漆也变得颜色驳杂。她看到这种窗户就想到冬天的寒风从窗户里钻进去，让房子变得冰冷。她当年刚到波士顿时，临时租住在一栋老房子的一个套间里。房子的窗户冬天透风，暖气又老旧，升温很慢，害得她在房间里也要穿着羽绒马甲。住满两个月后，她就赶紧搬走了。

木屋本身虽然看起来老旧失修，但也还有个亮点，就是院子很大。前院还开辟出一个小花园，收拾得很整齐，花园一角挖了个小小的鱼池，周围摆了一圈大圆石，竟然有点儿东方园林的意思了。他们走过去看，池子里没有鱼，只有一些睡莲叶子浮在水面。

他们在玄关那儿套上房主提供的鞋套，进屋参观。房子内部倒维护得不错，一点儿也没有外观那种破旧感。它的摆设，从钉在墙上的原木色画框，到铺在木地板上的红色团花波斯地毯，以及阳台上摆放的那些参差有序的盆栽，都让人感到主人是个整洁、有些品味的人。她对房子的印象好了不少。

回去的路上，当她提到房子脱落的外墙漆和老旧的窗框时，格利克提醒她说，不可能有完全理想的房子，如果在波士顿，他们花一百万也买不到这个面积的带花园的房子。她同意他说的。

后来，格利克试图挑些毛病把价钱压低一点儿，但他也没抱什么希望，只是试试。出乎意料地，房主接受了他的报价，在原来的价格上减掉了三千美金。中介告诉他们，房主住在波士顿，但平常一直请岛上的居民来定期打理房子和院子，所以内部才维护得这么好，如果不是房主要去外州工作急于卖掉这房子，他们绝不可能以这样的价钱买到这栋房子。

几个星期后，他们一起去签合同。格利克付了房款，户主写他的名字。按照他们俩以前的协议，格利克出房子的钱，她负责翻新和装修费用。

2

她和格利克之间有很多协议，主要关于钱。在很多中国人看来，他们未免把一切分得太清楚了，但她对于这种美式做法很认同，觉得反而可以避免不必要的纠纷。从她二十多岁来美国那一刻起，她就决定按照美国人的方式来生活。她在美国结交的第一个男朋友也是美国人，此后她就习惯了只结交美国男友。格利克是她的第六个男友，这是指长期交往过的男友。不知怎么回事，她和交往过的男友都没能结婚。她和格利克在一起也已经七年了，如今两个人都已经五十多岁，到了想有个伴儿一起老去的年龄。但格利克认为婚姻协议是毫无必要的，她表示赞同。

她知道那些同胞们说起她，都会讥讽地说她是个只找美国男人的中国女人，这其中甚至包括她最好的朋友于淼。她能想象她对别人说起这些事情时那副嘲弄、惋惜的样子。她们俩在一起时，她也不掩饰这种嘲弄。但她太了解于淼是怎么样的人了，她虽然爱嘲弄、议论别人，但对人从无坏心眼儿。于淼看不上她这些男朋友，说她不能接受和天天一起睡的男人到餐馆吃顿饭还要 AA。

她说："那有什么？我觉得没什么。凭什么男人就得请女人？"

"你是故意曲解我的意思。我当然可以请男人，男人也可以请我，但不能刚睡了觉接下来就开始算账单。我说的根本不是钱的问题，而是那种斤斤计较。"于淼说。

"你还是没有接受他们的文化，你这种不愿男人和你算账的想法还是很中国。"

"我承认。所以你能和他们处得来啊，我不行。不过，我没必要全盘接受他们的做法。他们也没有接受我的啊。"

有一次，她无意间对于淼说起格利克喜欢吃中餐，她经常去华人超市买食材，这个钱她一般就不和他算了。而如果换了格利克，他会把所有超市的账单在月底归总，然后算出来每人需要分摊的。

于淼立即说："我就知道，他和你算得那么清，你却不会和他算那么清。你忘了本杰明的事？"

"我可不想提那个人。"她开始后悔对于淼讲那些闲话了。

"我只是有时候懒得去算这些小钱。每个人习惯不一样。有时候我把收据都弄丢了。"她又说。

"那你还是不够美国啊。"于淼讽刺她说。

她知道朋友其实是替她不平。于淼尤其不接受格利克始终不愿结婚这一点，说他只是要找个免费保姆。她当然不同意于淼的说法，但她俩谁也说服不了谁。

买下岛上的房子后，他们就一直忙着翻新和装修。她以为重新刷外墙漆就行了，结果来检查的专业人士说屋顶也不行了，建议换个全新的屋顶。屋内虽然保持得不错，但门窗都相当陈旧，尤其窗子，冬天肯定会钻冷风，需要换成密封效果好的双层合金窗。原本厨房是个单独的小间，和起居室、餐厅各自隔开。而这导致屋里的墙太多，把空间分成了一个个间隔的小块儿。格利克想让室内的布局现代感一些，成为一个开放的整体空间。于是，他们又得找工程队拆掉这些墙，把起居室、厨房、客厅完全打通。洗澡间肯定要重新装修，因为浴缸、马桶都小而旧了，瓷砖颜色他俩都不喜欢。他们也得重新装中央空调，靠房子里老旧的取暖器，冬天人会在屋子里瑟瑟发抖。以前的房主一家只是夏天来度假的，而他们是要常年住在这里，需要它非常舒适，尤其能抗御新英格兰地区长冬的严寒。

忙碌了两三个月以后，他们的房子从外面看已经焕然一新，里面则现代感十足，舒适宜居。那些日子里，他俩经常在屋里屋外逛游，谈论着自己的想法、对每一片小空间的规划，兴奋而满足。格利克称它是他俩的 nest，说这个就是最坚固、持久的窝了，是他们的养老窝，他哪儿也不会再去了。她说她也一样。她打算在后院开辟一块地做菜园，这样他们经常能吃到新鲜的蔬菜，她还想养两三只母鸡，可以给他俩提供新鲜的鸡蛋。格利克非常支持她种菜的想法，他一向喜欢她烧中国菜，承认那是他被她深深吸引的原因之一。但对于养鸡的想法，他有所保留，担心会招来浣熊、臭鼬等野生动物。

当然，打造这个窝的花费也不小。按照以往的协议，里外装修的这些费用，包括添置新家具的钱，应由她出。她为此花了差不多十五万美金。不过，她觉得这些钱花得值得，因为这会是她终老的家。

房子整修好了，大件的家具、电器也都买齐了，他们开始添置一些装饰品和小件日用品，譬如格利克需要的酒架、各式酒杯，她喜爱的餐具，还有屋子里的摆件、室内室外需要的新植物。他们之前没有谈及这些东西应该由谁来买，所以格利克说谁买了就保留收据，最后再分摊。但他主张为了避免乱买东西，需要双方都同意购买才能分担费用，因此在购买任何家里共用的物件之前，要征得对方同意。她当时正处在装扮新窝的狂热中，觉得他定下的这个规则有些烦琐，也让人扫兴，毕竟买这些小物件并不需要大笔费用。但她还是同意了。

格利克是个较真得有点儿古板的男人，但也有他有趣的地方。他喜爱观察鸟，会画些素描和水彩画。当然，他称不上画家，只是个人的小兴趣。他画的素描通常是鸟和昆虫，水彩画则是风景，譬如树林、湖泊和港口。有时候，他一大早就带着望远镜出门去看鸟了，偶尔也带着他的画架、折叠椅去野外写生。他教会她认识很多鸟：红翅黑鸟、冠蓝鸦、新世界莺、黑冠小山雀、美国金翅雀……她很难记住这些鸟的名字，但他从来不失耐心地教她。他告诉她无论是对鸟还是其他野生动物，最好的方式就是尊重它们的习性，不要去打扰它们。他非常讨厌别人拿面包或随便什么自己吃的东西喂食野鸟，他看到总会生气，说这些人只是为了自我满足，既无知又不负责任，根本不去想这些东西是否适合鸟来吃，它们吃了会不会生病。他也会开房车带她去林中野营。作为在港口小镇长大的麻省人，他会玩帆船、汽艇，精通各种水上运动，车子出了简单问题，他也能自己修理。他几乎就是她理想中的那种美国男人，除了在金钱上过分认真、和她泾渭分明。但她安慰自己说，她的不舒服只是中国式思维作怪，而这正是她应该摆脱的东西。

3

他们在岛上的生活虽简单，也算得上快乐充实。只要天气晴朗，他们就出去散步。有时一起，有时分头行动。他喜欢钻到林中探索，她喜欢沿着岛上的小马路去看看别的居民区、别人家的院子和房子。很快，她和岛上的常住居民都熟悉了。他们喜欢她、重视她，因为她是小岛上唯一的中国人，也是唯一的亚洲人。她花很多时间管理她后院的菜圃，在那里种了丝瓜、长豆角、香菜、葱、生菜、辣椒、番茄……格利克则负责照顾花木、草坪，清理那个小小的池塘。

她最终说服格利克允许她养三只小母鸡，又从网上定做了一个坚固的鸡寮。有天早晨，格利克从窗户那儿看到一只狐狸从后院跑走。他们赶紧去查看鸡寮，发现三只鸡并没有“遇难”。她每天弄弄菜地，打扫一下屋里卫生，负责做三餐，空闲时间里再翻阅她订的那些烹饪、园艺杂志，一天也就差不多过去了。格利克则会在户外消耗更多的时间。他也阅读他的杂志:《国家地理》《鸟与花》《国家野生动物》。因为生活极其规律，岛上又太寂静，他们通常夜里十点多就上床了。那个屏幕巨大的电视机难得打开一次，格利克说生活安静得让他对体育频道都失去了兴趣。每隔两三周，他们会开车回波士顿一趟，去看场电影或音乐会，或者仅仅是去市区走走，以便和城市生活不完全隔绝。

转眼就是秋天了，院子里堆满厚厚的落叶。好几天里，格利克都在耙树叶，把树叶装进他购买的巨大塑料袋里，足足装了十六袋。进入冬天，她的花园和菜圃荒芜了，她把鸡寮挪进了车库。因为门窗的密封性很好，格利克又早早在屋子里生起壁炉，室内干燥、温暖。感恩节过后，他们去纽约住了四天，算是度假，然后就到了圣诞节。第一场雪还未降下，但天气已经冷得无法在外面长久逗留了。格利克比她耐寒，他会穿着厚厚的户外装、戴上毛线帽去看鸟。她则整日待在屋里，望着外面荒寂的院子。北方的冬天很漫长，岛上的冬天更长。她有点儿想念朋友、想念过去的生活了。闲得无聊的时候，她也会回想过去的几段恋爱，回想她和那些男友如何相遇，如何同居，又如何争吵、分手的那些细节。她想得有些恍惚、感伤，不清楚自己算不算是蹉跎了岁月。

在所有这些男友里，她想得最多的是本杰明。他是她最喜欢的那个，当然也对她伤害最深。她一直不知道在他的密友圈子里，他是人尽皆知的花花公子，而她是遭人耻笑的“那个亚洲傻女人”。在他们同居的时候，他从没间断过和别的女人纠缠。很多事她都是和他分手后才知道的。他们同居时，她经常帮他还信用卡账单，因为他自己还不了，他欠了太多钱。他们分手后，她没有问他要这些钱。她并不在乎这些钱，但当她想到这些钱可能被他拿去和别的女人鬼混，她也会愤怒、伤心。这个性情极端的男人，热情起来就像一团火，冷酷的时候又像一把冰刀。他那时喜欢唱大卫·鲍伊的 *My Little China Girl*（我的中国女孩）和她调情，她现在还记得那首歌的调子。他也喜欢陪她逛服装店、帮她挑选衣服，他眼光极好，再也没有其他男人陪她做这些有趣的事。和本杰明在一起时，她只有三十五六岁，她自己觉得那就是一个女人最好的时候。而现在她五十多岁了，已经没有那令人烦恼的生理期了，住在一个孤岛上，过着如此平静的养老生活，种菜、养鸡。如果不出差错，这样的生活会周而复始二十年，或者三十年……

格利克是她交往过的男友中最稳定持久的一个。你可以说他有点儿木讷，也可以说他清高，反正他不会去费劲讨好女人，因此也不是个受女人欢迎的男人。他也曾交往过两三个女友，但几乎从不提及她们。他唯一提及的一个叫米歇尔，他说初见她会觉得她很普通，但每一次再见到她，都会觉得她更漂亮了，他认为这一点相当奇特。她想，那有什么奇特呢，不就是中国人说的“耐看”吗？但她没有说出来，不愿扫他的兴。她觉得既然他还记着这些，说明那个米歇尔曾是他的真爱。遗憾的是，和本杰明一样，米歇尔非常可爱、有趣，但不忠。

格利克偶尔谈到他的爱情观，说他一旦遇到合适的人，就心无旁骛，想一走到底，因为他不喜欢改变，对他来说，去适应新的人、新的关系，是巨大的头疼。他这种感情的“专一”也体现在饮食口味上。譬如，他只喜欢原味芝士蛋糕，每次点餐后甜品，他都会点这种蛋糕。她劝他尝试别的，他会说，我知道这个好吃，为什么要冒险去吃别的？他喜欢中餐，但最爱吃的菜也总是那几道。他给她讲过一件童年小事。他小时候不吃任何蔬菜，他母亲很头疼，使用了各种方法想让他吃一点儿蔬菜，但都不奏效。最后，她恼火了，让他坐在餐桌那儿，在他面前放了一小碟沙拉，对他说，或者吃两口，或者就一直坐在椅子上不许下来。他那时候只有四五岁吧，他就在那把高椅子上一直坐着，坚决不碰碗里的一根菜。一个小时后，他母亲定的闹钟响了，他被允许从椅子上下来。反复几天，他母亲终于放弃了。

一月里的某个上午，大风呼啸，院子里落了很多刮断的树枝。早餐后，格利克仍然出门了。她洗好餐具，把中午准备做的一条排骨泡在温水里化冻。忙完这些，她在沙发上坐下来，注意到一只鸟一直在外面叫。她穿上羽绒服走出去查看，发现声音是从后院传来的。她绕到后院，看到后院那棵落光了叶子的白橡树上，一只黑鸟站在最高处那根树枝上，缩着脖子，仓皇地顾盼，叫声凄厉。风很大，黑鸟又站在顶端，在那一片透着寒意的青灰色天空衬托下，它显得孤独而渺小。她很少看到鸟儿在冬天站在树巅狂叫，她想大概是发生了什么不好的事儿，譬如它的同伴被浣熊吃了、幼鸟丢了……她在树下仔细找了两圈，并没有看到其他鸟的残尸或羽毛。她仰头看看它，它仍然在寒风中呼号。她又去院子里的其他地方找，后来，在靠近房角的一个地方，她看到了一个乱蓬蓬的、被风吹散的鸟窝。她明白了，它住在那棵白橡树上，但夜里风太大，把它的窝吹掉了。她看着地上摔碎的鸟窝——别在一起的一堆小树枝，还有些杂草，决定把它捧起来、放回树下，心想那黑鸟也许能用什么方法把这窝重新黏结起来，再弄回到树上。随后，她又去厨房里抓了一小把藜麦，撒在白橡树下面，希望它至少能从高冷的枝头飞下来吃点儿东西。

她回到屋里，从卧室后窗那儿注视着黑鸟的举动。它没有降落到它的旧窝那儿，也不去啄地上的藜麦。它一直站在那根旗杆般高高擎起的孤枝上，张望、鸣叫。它显得执倔、古怪、孤绝。她观望了一会儿，想到早上烘干的衣服还没有从烘干机里取出来，就去洗衣房了。接着，她又忙了些零碎家务活儿。当她再去后窗那儿查看那只鸟什么情况时，发现它已经不在了。她跑到外面，来到那棵树下，想看看它是不是躲到某个避风的地方了。但她没有找到它。

格利克散步回来以后，她马上告诉他这件事。

“鸟儿不会再要吹掉的窝。”他说。

“我们能帮帮它吗？”她问。

“它没有受伤，也不是冻僵了，只是窝被风刮掉，我们什么也做不了。尽量别去介入大自然的事。你看，我那么喜欢鸟儿，但我从不乱喂鸟。它们应该按照自然的方式生活。”

“我知道……但它会被冻死吗？它现在不知道去哪儿了。”

“它只是飞去别的树上了。别担心，它很快就会再盖一个窝。它总能再找到一个家。”他对她说。

4

春天，于淼来看望他们，她说她主要是想来看看他们的“世外桃源”。她和格利克坐船到对面的港口接她。因为岛上没有餐馆，她选择在镇上一家海鲜餐馆吃午餐。她自己叫了龙虾浓汤和熏三文鱼沙拉，于淼叫了蟹肉饼配水煮蔬菜，格利克叫的是炸鱼薯条。付账时，侍者要往格利克那边走，她赶紧叫住他，把信用卡递给他。她似乎看见于淼微微一笑。

饭后，两个女人想在镇上逛逛。走在街上，她们俩在前，格利克百无聊赖地跟在后面。每次有于淼在场时，气氛都有些尴尬，因为她这位闺蜜和格利克相互看不惯，而且他们彼此也知道。这时，于淼用中文问她，格利克会不会把他那份餐费还给她。她觉得又好气又好笑，拧了她一下。

“可是他也吃了，你应该问他要。”于淼揶揄地说。

“他是陪我们吃的。如果他朋友来了，我们请吃饭，他也会出我那份儿的。很公平啊，对不对？”她低声说。

“你喜欢就行。”于淼说。

经过一家古董店时，她注意到橱窗里的一盏复古台灯，黄铜灯座，灯罩是用教堂手绘彩色玻璃做成的。一盏古朴、美丽的灯！她立即想到可以把小台灯放在他们的床头柜上。她告诉格利克说想进去看看这盏灯，他们卧室里也刚好需要一盏台灯。他点点头，跟着她俩走进店里。那盏小台灯标价五十九美金，她问店主能否便宜一点儿卖给她，她知道古董店里一般都可以打个小折。好脾气的老头儿笑了，说因为你的眼光好，我只收你五十就行。她转过头问格利克是否喜欢这盏灯，格利克耸耸肩说如果她喜欢，他也没有意见。“我们卧室确实需要这个。”她强调说。“我不反对。”他说。老板用纸仔细地把小台灯一层层包起来，然后放进一个牛皮纸手提纸袋里。她接过店主递过来的纸袋。店主看着他们，等有人付钱。她两手抱住纸袋，站着没动。格利克走过来付了钱。“需要收据吗？”店主问。“需要。”他说。

夜里，她和于淼在客房里聊到很晚。于淼说特别喜欢这个房子，里里外外都好，欣慰她总算有了自己的房子。她告诉好友房子以前的状况，这些日子里他们如何忙于翻新、装修，还有她和格利克的经济“分工”。于淼说因为她花了这一大笔钱升级了房子的外观和内部装修，这房子的市值和他们当初买的时候已经完全不一样了，将来如果要卖的话，它会值五十万，而不是三十万。

“我们肯定不卖，之所以这么装，就是想一直住下去，住到老。”她说。

“我知道，我只是提醒你这房子有你的投入，所以户主不应该只放格利克的名字，你也应该是户主之一，这才公平。”于淼说。

“这一点儿……我倒是没仔细想过。当初格利克说他负责买房费用，我负责装修费用，我就同意了。”

“所以我才提醒你。既然你们两个习惯算得很清楚，那你也要考虑事情是否对你公平。你想一想，万一，我是说万一，你和格利克分开了，房子完全在他名下，你装修花的那么一笔费用就说不清了。你明白我的意思吗？你们毕竟没有结婚。”

“我……大概明白。”她觉得朋友说的的确有道理。

“你应该和格利克谈一谈，他是个讲道理的人。”于淼说。

她回到卧室的时候，格利克还没有睡着。她躺下不久，他突然翻过身来抱住她。她明白他的意思，但觉得太疲倦，告诉他今天不行。他不强迫她，随即松开了她。她不太喜欢这种感觉——不做爱就松开拥抱。难道不做爱就不可以抱一会儿、不可以亲吻吗？其实到了她这样的年龄，做爱带给她的快乐没那么强烈了，她更喜欢那种不以做爱为目的的亲密，更单纯、温柔的亲密。

从古董店买回来的那盏古董小台灯已经用上了。它身形玲珑，发出很淡的橘色暖光，适合当一盏床头小夜灯。格利克还在翻身，她知道他还没睡着。

“格利克。”她喊了他一声。

“嗯？什么？”他问。

“还没睡着？”

“差不多快睡着了。”他含糊地说。

她觉得她想问的话很难问出口，问了也很可能被误解。

她沉默了一会儿，问他：“你喜欢这盏灯吗？”

“还不错，”他说，“虽然有点儿女里女气。”

“所以这个灯……我们可以分摊吧？”她开玩笑似的问。

“可以。”他说。

“你就不能送给我吗？”她依然用那种开玩笑的口气。

“你想要的话我当然可以送给你。但是，那又有什么意思呢？你让我把你喜欢的每样东西都送给你，然后我要你把我喜欢的每样东西都送给我，那样的话，最后和现在又有什么区别呢？”格利克说。

“格利克，你说得没错，但太理性了，你不能偶尔放松一下？”

“亲爱的，我一直很放松。”他说。

她想，算了吧，还是不要说。

但过了一会儿，他问她：“怎么了，瑞秋？你想说什么？”

她想，既然他问，就索性说出来吧。

于是，她问他：“你觉得这样真的舒服吗？我是说……每个小东西，连一盏台灯的钱都要分摊。”

格利克没有立即回答。

她觉得就像她一开始担心的那样，他已经误解了，他不会认为她想开诚布公地谈谈这个困惑，他肯定把这理解成了她的抱怨。

格利克终于说话了，他说：“我想我们俩在这方面没有分歧，我们一直以来也是这么做的，我不觉得有什么不舒服。不过，你今天怎么了？是因为那位中国女士说了什么吗？”

她知道他生气了，他甚至不愿提于淼的名字，称她为“那位中国女士”。

“和她没有关系，是我随便想到这个。”

“可能你太累了。睡吧。”他说。

5

又到了夏天，每个星期都会下雨。丰沛的雨水让树和草都长得茂盛。从窗户里看出去，到处葱葱郁郁。格利克在前院里种下的鸢尾花、绣球花、玫瑰花一波接一波地怒放。岛上的人多起来，往常空无人迹的沙滩和码头都有人来来往往，岛上唯一的纪念品商店外面增加了一个卖冷饮和冰激凌的帐篷。邻居之间开始相互邀请赴茶会和聚餐，每次她带上她做的中国菜去赴约，都会收获许多赞叹。生活重又充满活力，也十分惬意。她越来越喜欢这个岛和他们岛上的家，可她一直没找到合适的时机和格利克谈那件事。在她心里，她已经无数次“预演”了这样的交谈。一方面，她觉得自己的要求十分合理，几乎没有可能被拒绝。但另一方面，她知道自己在极力找借口往后推迟这件事。

那天，她从港口小镇取回一个包裹，里面是她从一家专门卖欧洲货的网店上订购的桌布。那块橘色杂糅着金黄、充满抽象图案的桌布产自葡萄牙，给人的感觉就像夏天的阳光一般绚丽。当她兴奋地把桌布拿给格利克看的时候，他说他觉得他们平时用不着桌布。她说或许他们请朋友过来喝茶时可以用一用，它实在太好看了，充满了异国情调。格利克淡然地说，那样的时候恐怕一年也没有几回，同时提醒她买之前没有和他商量，没有征得他的同意。她这才想起他订的那个“规则”。“哦，没什么，”她说，“我是自己喜欢才买的，这个钱我自己出。”格利克说那很好。

她喜欢事先做足准备。一个周末，趁格利克离开岛上去探望他母亲，她请了一位专业的房产经纪人到家里来给房子做估价。那男人没打领带，但穿了衬衫和深蓝色西装。他在院子里和房子里到处转着，仔细观察，在随身带的小本上做些记录。几天以后，他发了一份详尽的评估报告给她。她发现的确如于淼所说，因为重新翻修，房子增值了很多。有了这份评估报告，她觉得可以和格利克谈那个问题了。

她找了个她认为合适的时机。那天晚餐，她做了格利克最喜欢吃的糖醋排骨和麻婆豆腐。餐后，她煮上咖啡，让格利克先不要离开餐桌，说她有件事想和他谈谈，他们可以边喝咖啡边谈。

“看起来像是很严肃的事？”格利克笑着说。

“你先看看这个报告。”她说着，拿出来那份准备好的房子估值报告。

她之前对格利克提起过她给房子做估值的事，所以他不怎么惊讶，只是说：“我实在不明白你为什么找人来给房子估价，但你说你想要知道它现在的市值，现在好奇心已经满足了？其实，我不需要看这个文件。”

“你最好看看……现在的估价比我们当初买下来的时候涨了十七万五千。”她说。

“那真不错，你告诉我不就行了？”格利克说，随便地翻着那几页纸。

“这也是我今天想和你谈的，之所以增值这么多，是因为我们的房子全面翻新过。”

“所以？”格利克这时抬起眼睛看着她，似乎有点儿明白她要说的事情比较严肃了。

“所以，这个房子目前的价值也包括了我投进去的装修费用，大约十四五万。那么。如果我认为我也应该是户主之一，你不会觉得不合理吧？”她尽量让自己说得自信、一鼓作气。

格利克再次翻开那份文件，他比较认真地看了一会儿。

“瑞秋，你改变主意了？我以为我们当初说得好好的。”他说，果断地合上文件，把它推到一边。

“你认为是我改变主意？但你觉得现在这样合理吗？在我投入了十几万之后，我的名字和房子还完全无关，我没有一点儿拥有权，你觉得这合理、公平吗？”

“那我们当初的协议——至少是口头协议——又有什么意义呢？为什么当时你同意而现在试图改变？那么我们来这么想：我花了三十一万买下这栋房子，你花了十几万来装修，然后你要求和我一样成为房主，你觉得这样才公平。但我觉得除非我们付出了差不多同样的钱，也就是说，平摊房钱和装修费，否则我认为这对我并不公平。”

“是的，我没有和你完全平摊，因为你当时决定自己买下这房子，你是这么说的。如果你需要……”

“我现在不是在说重新分摊房钱的问题，在我看来，这不是一个选项。我只是说，我不想改变原来的协议。”格利克打断她说。

“但为了这栋房子，我也出了十五万，我的贡献体现在哪儿？我连户主都不是。”

“你可以住在这儿，永远住下去。”

“所以，”她忍不住冷笑一声，“我的钱相当于我住在你的房子里所付的‘租金’？”

“我不会这么说。瑞秋，这不像你，讲点儿道理。”

“我一直非常讲道理。”她提高了声调。她想，她从来没有这样和他争执过，也许就是因为她太讲道理了。

“那很好。我觉得先让我们都冷静一下。”

“不，格利克，这一次我坚持。”

他皱起眉头看她，仿佛在判断她是不是动真格的。

她有点儿激动地接着说：“在我们中国人看来，夫妻之间不需要完完全全的‘公平’。你对我讲了太多的公平不公平，连一盏灯、一个盘子，我们都要算得清清楚楚以便公平。我不反对。可现在我也为这房子做了贡献，你却不愿把我的名字加上去。在我们中国人来看，夫妻之间还有感情，还有牺牲和付出，不光是要分账。”

好一会儿，他沉默不语。然后他说：“我相信你们中国人有你们的方式，但那未必是我们应该采用的方式。我们一直都是这样的，我以为你对此没有异议。”

说完他站起身，再次声明他们俩都需要先冷静下来。他把他的咖啡杯拿去厨房用水管冲洗了一下，倒扣在控水架上，就上楼了，留她一个人坐在餐桌边。

她独自坐在那儿，把杯子里剩下的咖啡一饮而尽：冰冷、苦涩。她刚才说得太激动，以至于有点儿想哭。但她慢慢地调匀呼吸，让自己平静下来。她感到很不舒服，这个结果是她始料未及的。她以为他可能会不高兴，可能会提出一些条件，但没想到他会断然拒绝。她并不缺钱，她可以现在就跑到楼上去，告诉他她随时可以扔给他另一半房款。但她不想这么做，因为她觉得他就是应该把她加到户主名上，即便她不付那笔钱。她知道很多女人一分钱都没有出，她们的丈夫还是会把她们的名字放在那儿，愿意和她们共有那些东西，可为什么在她付出这么多以后，却得不到这样的权利？她想不通。他们有多年的感情，是他不愿结婚，现在她只有这么一个不算过分的要求，他却不予考虑。她真的想不通。

他们随后又谈过这个问题，每次都不欢而散。格利克坚决不让步，他咬定问题不在他这里，是她变卦了。而她坚持目前的状况对她不公平，他却选择无视。他们卡在了这个坎儿上。最后，她提出了分手。格利克很震惊，说他没想到她竟然会拿分手来威胁他。她对他说这不是威胁，而是她考虑很久之后的决定，因为她无法接受在这么多年的感情以后，他仍然这么自我中心、完全不替她着想。格利克说这不是自私，只是他有他的原则，他认为两个人要结伴生活，就要尊重共同的原则。她说她无法接受，因为这只是他的原则。格利克说他会很难过，但他尊重她的决定……

就这样，他们分手了。结束七八年的感情当然让人痛惜，但她实在想不通为什么他无法对她哪怕慷慨一次，想不通为什么他可以坚守他的原则，而她总得让步。她觉得自己已经尽力了，但这根刺扎得太深，即使她留下来，它也会一直刺痛她，那种无法吞咽的挫败感使他们的关系再也不可能恢复如常。

她要求格利克至少偿还一部分装修费用，他一开始觉得这不公平，说他们之所以在装修上花那么多钱，是因为这个房子本来就是为他俩准备的，他自己住的话，完全不需要做这些昂贵的装修。但她坚持说她等于把一切装修的价值都留给了他，他理应付一半（虽然她只要求他付三分之一），如果他不接受的话，她只能找律师看该怎么解决。他最后同意了，但说他一时拿不出那么多钱，他会分期还给她。她知道他说的是实情。其实，和她在一起，他会过得更好些，但他宁可选择孤独。从某种程度上，他还是那个宁可坐在椅子上一个小时也不肯吃一片菜叶的固执小孩儿。

那天早上，她一个人悄悄地离开岛上，没有向邻居们告别，也坚持不让格利克送她，说这样可以避免不必要的伤心。在此之前，她的东西都已经分批打包寄走了。当她站在岛上的码头等船的时候，她想到他们第一次来岛上看房子的那天，雨和海雾连成一片，那时她以为这里就是终点……只有她一个人在等船。大西洋上的晨雾渐渐在阳光中变得稀薄，像牛奶被水稀释，最终于阳光中消散。她想到过去的那些恋情，那些模糊了的男人的身影、褪色的场景、破碎的片段，它们也像晨雾一样慢慢稀薄、消散，不留影迹。又一次，她失去了爱人，失去了家。后来，她登上那庞大的破船，独自一人坐在船舱最后排，在船身震荡的颠簸和发动机的轰鸣中离开了码头，眼见那熟悉的岛越来越远。她想起去年冬天站在白橡树孤枝上的那只黑鸟，格利克说过："它总能再找到一个家。"

赶在暴雨来临

李　晁*

一早，卢茎收到暴雨预警，点开看，蓝色雨图遍及全省大部，部分区域飘红，多地伴有山洪暴发危险，持续一周。卢茎皱了皱眉，时间地点全部重合。下班前，雨停了，头顶的天穹褪为灰色，均匀地覆盖下来，压得低低的，像被什么控制，陡然降了好几千米。卢茎去接儿子，车上中环，途经南明河，河水带着难得的野性，流速加快，一股浊黄冲向远处的彩虹桥，往日丝丝缕缕的鱼腥气被这山雨后的激流冲散了。

车到楼下，妻子牵着儿子在路边等候，卢茎苦笑，这是不让他上楼的架势。卢茎下车，妻子不耐烦地递过儿子的行李箱，黑色带小恶魔的造型，还是前年一家人在三亚度假时儿子挑的。妻子说，东西都在里面，带了奶粉和枕头，尿不湿没带，他不尿床了，牛奶喝三次，不要多了，睡觉前记得让他解手……

卢茎默默听着，妻子说完，他才伸手摸摸儿子。锅盖造型的头软软的圆圆的，摸上去竟有些大。两个礼拜没见，儿子又有些变化，鼻尖上挺着一粒痱子，眼睛大大的，干净又透亮，只是探出的目光有些退缩，仿佛不确定卢茎此来的目的。卢茎拉开车门，让儿子进去。儿子望他一眼，又看看母亲，女人的裙子在风里飘扬起来。直到女人点了点头，小家伙才从她手中接过iPad，爬进车里，跟着忧虑地问，我们要去哪里？像是问卢茎，也像是问车外的女人。卢茎没有

---

* 李晁，男，1986年10月生于湖南，现居贵阳。2007年开始发表小说，曾获《上海文学》新人奖、《作家》金短篇奖、华语青年作家奖短篇小说“双子星”奖等。

作答，妻子哼了一声，转而对儿子讲，旸旸乖，你爸爸带你去玩几天，我们都说好了的。

儿子说，你不去吗？

女人说，妈妈还有事呀。

儿子嘟嘟嘴，我不想去。

女人说，你听话，我办好事，你就回来了。

儿子不再吭声，小脸沮丧，好像离开女人是一件值得忧虑的事情。妻子对卢苼冷冷交代，去哪里我都要知道，现在到处下雨，不要乱跑。

卢苼已习惯这口吻，回答说，带他回雾水。妻子不再说什么，表情阴沉着，像这天气，没有松动的迹象。卢苼发动车子，掉好头，女人的话又追上来，他不听话，就早点送回来。卢生按了按喇叭，算作回应。

爸爸，雾水在哪里？等车子驶出小区，儿子微微适应了两人的空间，接受了父子俩要度过一段时间的事实，才问。

卢苼说，在奶奶家。

儿子说，不是去玩水吗？妈妈说的。

卢苼说，奶奶家你还没去过，温泉就在附近。

儿子坐在车上，安全带斜挎在他瘦小的身前，像披着条绶带，卢苼拉了拉，确保扣上。儿子摊开平板，熟练地点击软件，过了一会儿，对卢苼讲，没有网，爸爸。

你在玩什么？卢苼瞄了一眼。

《火柴人大战》啊。儿子说。

卢苼说，坐车不要玩游戏，头会晕的。

儿子说，我无聊啊。

卢苼笑，你才多大，就无聊了，睡一觉吧。

儿子认真说，我睡觉前要喝牛奶的。

卢苼只好靠边停车，打开手机热点帮儿子连上网，儿子娴熟地玩起来，刀剑声很快响起，操作的人倒气定神闲，像个高手。卢茔摇摇头，继续开车。

天光又收了几分，等到身后的楼群渐次消失，山野扑面，卢茔才又一次感到自由，心里将将升起逃离的幻觉，缠绕心头的阴云减轻了，却没有消失。卢茔不断提速，好像新的生活在路的那头等他。途中，车子闯入一阵暴雨地带，铺天盖地的雨幕在挡风玻璃上形成瀑布，雨刮器失效，卢茔视线模糊，道路消失了。一瞬的紧张带来了兴奋，卢茔握紧了方向盘，打开双闪，匀速行驶在路上。儿子已经睡着，头歪在坐椅上，对窗外的危险没有丝毫感应。

卢茔将车驶进服务区，地坪里停满了避雨的车辆，卢茔转了一圈挤进一个位置，停好。儿子仍在睡，吊着脑袋，卢茔冒雨钻入后座，将儿子从前排抱过来，让他舒展身子。四岁的小人儿已冒起了个儿，平日瞧着不高，放平了倒显得长，一双小脚抵到了车门口。卢茔等待雨小。车内如同洞穴，雨幕敲击着车身，外间的一切都被屏蔽，世界好像只剩下父子俩。卢茔将儿子的头垫在自己腿上，感受着他的体温，小家伙的呼吸还有些滞重，即使睡觉眼皮也没有合拢，露出的缝里能看到眼球，好像对卢茔仍不放心。小家伙的眉眼完全长开了，睫毛尤其显长，小嘴弯弯，像是妻子，不知不觉，竟有了少年模样。是个英俊的小家伙。卢茔的朋友拍电影，还请儿子去客串，跟在一个女明星身后跑过长长的田坎，女主角定住，凝视镜头，儿子还在朝前跑，跑出画面，这是电影的最后一个镜头。

车外响起一阵喇叭声，雨停了，拥挤的车辆开始陆续驶离，亮起一片尾灯。卢茔放下儿子，去后备厢取了毯子给他盖上，还有一大半的路程。卢茔站在外间抽烟，等待车辆疏散，一支烟的工夫，天就黑了，高速上的车又流动起来。剩下的路平淡无奇，下了高速，就是镇子，沿着老式拱桥过江，再上盘山路，越走越黑，山里的黑没有间隙，像匹素布。镇子抛到脑后，空气里泛起泥土和灌木的混合味道，谈不上好闻，还有淡淡的牛屎味，近似中药。拐过废弃的砖厂，卢茔停了车，在这山巅，空中的水汽已被风吹散，儿子一路酣睡，醒来就喊，爸爸，我要撒尿。

儿子刚站上地面就打了个哆嗦，看上去憋不住了，卢茎还没来得及帮忙，儿子就将短裤扒下，一股细水跟着冲了出来，卢茎听见路坎下树叶窸窣的声响。

等卢茎重新发动车子，电话进来，怎么还没到，旸旸怎么样？是母亲的声音。卢茎说，马上到，他在车里，刚醒。卢茎挂掉电话，儿子才问，是奶奶吗？卢茎说，是。儿子说，我好久没有见到她了，还有爷爷，爷爷长什么样我都忘记啦。卢茎说，待会儿就能见到了，你想不想他们？儿子明显犹豫了一会儿，腼腆地说，想。

母亲在城里带了儿子两年，与他分别，是去年的事。

车灯远远射出去，卢茎看见林场入口了，一旁是父母的家，亮着比往常多的灯。还是某一年母亲提出搬离，从营地搬到两公里外的办公区，是栋两层小楼，建在林场入口，是一处风口，没山坳营地的那份潮湿，被子终于能沾染上阳光的味道。两个老人被风湿症缠绕多年，能离开几步或许就能多活上几年。小楼就这样被占据，卢茎回来做过改造，现代化程度大大提升。楼旁是进场公路，也是唯一的检查卡点，山路被一道铁栅栏拦腰截断，卢茎远远看见栅栏冰冷的反光。父亲的第四辆嘉陵摩托停在小楼前，前三辆都已报废，换来父亲两次躺上小床，从此不大出门。

车还未靠拢，母亲的声音就在这山湾里响起，旸旸回来啦，旸旸回来啦。卢茎拐进小楼前的篮球场，母亲从路旁一路追过来，嘴里循环着孙子的名字，卢茎喊了声，妈。

母亲说，让你不跑夜路，你就不听，才下过大雨，危险得很。

卢茎说，我开得慢。

母亲不等卢茎下车，先将车门拉开，将自己的宝贝孙子抱出来，又不敢亲（为了这，被妻子说过多次），只是紧紧搂着他，小东西喊了声奶奶，就瘫在了女人身上，好像突然找到了依靠。父亲这才出门来，楼前的灯光投出他的影子，男人咳嗽一声，说一句，回来了？

卢茎赶紧应一声，回来了。

这是旸旸第一次来这个家。

知道孙子喜欢光亮，母亲把房间灯都开着，小家伙却不乱闯，进了门，卢茎坐哪儿，他就坐在一旁，卢茎起身，他就跟在身后，生怕这个人跑掉似的，视线不离。卢茎有些好笑，问，你跟着我做什么，回奶奶家了，你自由活动啊。儿子不说话，脸上有些难为情。卢茎就不问了，心里愧疚，该早些带他回来。往常团聚，都是卢茎接父母去城里，妻子不愿意儿子跑去什么都没有的林场，在她眼里林场是个荒凉的所在，蚊虫又多又湿冷，条件糟糕。面对妻子的抵触，卢茎没有采取行动。卢茎知道父母不满，表面却看不出什么，儿子一来，注意力更被聚拢，过了好一会儿，母亲才在厨房问，旸旸妈怎么没来？

卢茎说，她有事。

母亲就不说什么了，只问，回来待几天？

卢茎说，请了七天假，在你这里待两天。

母亲说，你再不带旸旸回来，我都要上去看他了。

吃过饭，儿子才在门前玩起来，这里大，够他一个人撒野。儿子很快用一根棍子抽打起篮球场上的蚂蚱和飞虫，那些招式不晓得哪里学来，逗得母亲直笑。父亲从房间里搬出一个稻草编的龙头，让小孙子看，小家伙立即丢下手中的棍子跑过来，问，这是什么？

卢茎说，这是舞龙的龙头，爸爸小时候最喜欢玩。

儿子不懂，问，是龙王的头吗？

卢茎说，是，你要不要舞一下？

儿子说，要，我要用金箍棒来舞。

父亲早有准备，一根削好的黄荆棍插入龙头，固定好，举在手里左右晃了晃，够牢。小人儿已等不及，跳着喊，给我给我。

卢茎对父亲说，什么时候编的？好多年没见这东西了。

母亲插话，还不是你说要带旸旸回来，天擦亮就编起来，好大的兴头，这里没有小孩，不然编个全的，那才威武呢。

卢笙想起从前，草编龙长长细细，稻草搓成的龙身有着麻绳的扎实质感，能插七八根棍子，龙头龙尾齐全，自己总是占据龙头的位置，带领一众小孩，在坝子里舞龙，有一年还下起了雪，那一场龙舞得最美。眼下，儿子举着缩小版的龙头，跳进院子，学着爷爷的动作，左一下，右一下，小身子摇摇晃晃，却舞得有模有样的，仿佛遗传。卢笙顺手拍下照片，龙头被小家伙舞起来，身后是亮眼的线条，仿佛一条真的小白龙打儿子头顶划过。

儿子在楼下玩，卢笙回到楼上，在房间里点起灯，灯光在山里恍如一点萤火，窗外全是飞虫，敢死队般不断冲撞，卢笙一次次听见这微小的爆炸。儿子不时在楼下叫他，下来啊，爸爸。卢笙朝他招手，小家伙从未玩得这么野，一头的汗，头发黏成一缕一缕的，像稻草一样飞扬起来。

电话响起，卢笙接。妻子劈头盖脸说，我发了多少微信，你都不看的？卢笙说，我没注意手机。旸旸呢？妻子问。在楼下玩。卢笙回答。他怎么样，适不适应？妻子问。卢笙忍住怒火，妻子眼里的种种担忧都化作了儿子爽朗的笑声，卢笙从未见他如此开怀笑过。卢笙说，他玩得很好，你自己听听。卢笙将窗子推开，把手机伸出去，儿子在楼下疯跑，使劲叫喊，像个小野人。卢笙问，你听见了？妻子哼了哼，在玩什么，让他小点声，喉咙本来不好，你多看着点，别搞生病了。卢笙不说话。妻子又说，麻烦你平时关注手机，我随时和他视频……卢笙拖长一声说，好——

这一刻卢笙不想与妻子争吵。

更晚，母亲带小人儿睡下，卢笙终于清静，一个人在书桌前静坐，体验曾经的林场夜晚。窗外刮起劲风，松林耸动，空气里有丝丝寒意。卢笙打开书桌抽屉，发现儿时的绘图册，纸上布满棋路，有些已经填满，有的还在等待。卢笙一时性起，找笔来画，一个“×”，一个“○”，代表黑白子，格子间很快被符号填满，抵达边界，胜负难分。一个人想赢自己太难。卢笙作罢。

从这里望不到镇子，卢笙沿着林间小路走，脚下露水浓重，鞋尖沾湿一片。

卢笙想走出这片林带，到山巅上，去看看镇子。住在河谷地带曾是他的梦想。二十世纪六十年代雾水因修水电站发展起来，等他睁眼看见这一切时已是八十年代。卢笙曾在夜间的山头眺望过小镇的灯火，迤逦的一大片，在山崖下的徐缓地带盛放，酷似他在书里读到的“火烧连营”，卢笙希望自己也住在那片灯火里，哪怕是最边缘的灯火。脚下的路越走越窄，带刺的灌木无处不在，行走的记忆变得苦涩，但在当时，这是卢笙最兴奋的事，只要能离开林场，他愿意这样一直走下去。

卢笙转上大路，回头望儿子，碎石山路让小人儿走得歪歪扭扭，林场的一切对他毫无吸引力。小东西一脸愁苦，见卢笙望他，顺势喊起来，爸爸，我们还是回去吧，这里没有好看的呀。

卢笙说，你加油，快到山顶了，可以看到大坝。

小人儿嘴里叽叽咕咕，还是费力地走起来，卢笙等着他。

晨风正凛冽，林场上空一片灰蓝，松林的气息再度袭来，卢笙闭眼，心里升起阔别之感。卢笙出生时，林场正结束砍伐，疯狂的索取被天空的撒种飞机替代（只出现过一次），之后是人工，树苗重新占领了光秃的山头，林场的伐木工纷纷离开，剩下的变成种植者，卢笙父母正是其中一对。这里是山区，海拔八百至一千八百米的阔叶林带，除了常见的林木之外，还出产名贵的金丝楠，是王朝时代的贡木，遥远的北方宫殿、陵墓乃至皇家家具都有这里的献祭。现在大株金丝楠所剩无几，埋藏在山里的仅剩的三株巨木成为重点保护对象，也是卢笙父母还留在这里的缘由。

卢笙看到大路延伸处被树木掩映的宿舍区，曾经热闹非凡，而今破落难堪，断垣颓墙被数十年的风雨摧残，一栋栋红砖楼褪尽了颜色，趋于粉化，晨间的风流窜而过，发出鬼魅吼。儿子追随卢笙的目光，望着那片被野草藤蔓包裹的房子，竟流露出恐惧。当卢笙提出要去看看时，儿子明显放慢了脚步，对卢笙说，我们还是不去吧，那里肯定有好多蛇。

卢笙指着营地，以前爸爸就住在那里。

儿子有些茫然，住在那里么，你不怕的吗？都没有人。

卢茎说，以前那里人好多。

儿子问，现在他们哪里去了？

卢茎摇头，他又哪里知道。这里轰轰烈烈了一场，到头来只剩下父母。一阵风过，带来树叶的沙沙声，仿佛召唤，一道尖锐的呼喊声夹杂其中。卢茎卢茎，你个砍脑壳的，回家吃饭了——卢茎双手一撑从木材堆上爬下来，脚尖落地，身后就传来木料滑动的声音，手中那册《三国演义》不见了（才看到马超大战许褚啊），卢茎回头找，一根滚圆的木料就跳上了卢茎脚背，卢茎哎哟一声……只差一步，卢茎便会被木料掩埋。

二十年了。

这一幕仍不断闯入卢茎的睡梦，卢茎庆幸儿子不用再经历这一切。林场的死亡从未间断。

卢茎又站在这里，头顶是一架巨大的高压铁塔，脚下打了水泥地坪，铺出一座潦草的观景平台，近两百米高的大坝在眼前展露全貌，背后是两山间的一片大水，朝上游蛇形般游去。卢茎还记得这水色变化莫测，早晨是淡蓝，中午泛绿，傍晚则开始发乌。卢茎牵起儿子的手，步到平台边，儿子细细的手腕握在手里仍不老实，想要挣脱似的，卢茎握着不动，这是儿时卢茎从未得到过的。

你看到什么了？卢茎问。

儿子只顾低头往山脚看去，岩壁的落差让他有些恐慌，嘴巴张得大大的，一个惊叹的表情，小手主动握紧了卢茎。谷底的河水呈墨绿色，一股股从基坑冒出来，形成星云的图形。儿子说，这里好高，河好小。

还有呢？卢茎问。

还有大坝和好多水。儿子说。

卢茎说，你要记住。

记住什么？儿子似懂非懂地望着眼前的山水，不明白卢茎的奇怪要求。卢茎把儿子拉到跟前，理了理他的头发，让他站立不动。卢茎掏出相机，给儿子留影。小人儿穿着红白条纹衫，身下是短裤，一双白白的脚杆露出来，卢茔后退，让大坝和大水卡在背景中央，好了，不要动了，我拍了。话音和快门一同落下，天光刚刚好，开始放蓝。卢茔去牵儿子，心里仍有些后怕，这处平台连个栏杆也没有，脚边就是悬崖。卢茔想，若是妻子看到这一幕，不晓得又会怎样发作。想到这，卢茔笑了笑。平台另一头能望到东边的镇子，镇子上空浮着一层淡淡的雾气，镇子背后的小山上有卢茔就读的学校，当年的卢茔要步行两个钟头才能抵达。见卢茔望得出神，儿子才摇了摇他的手臂，爸爸，这里没有什么好看的呀。卢茔这才发觉，儿子对这里完全没有兴致，他还不到怀旧的年纪，对哪里都没有感情。卢茔再次拿起相机，可无论怎么拍，画面都背着光。

你们是不是吵架了？母亲问，昨天旸旸说，你好久没回家，他都见不到你。

卢茔惊讶于母亲的敏锐，到底和妻子在一个屋檐下住了两年。卢茔以为能瞒过。卢茔说，我出差了，跑了好几个地方。

母亲看一眼卢茔，本能地不信，旸旸都瞒不过，还想瞒我？我不想管你们的事，只要你们想着孩子。

卢茔镇定，说哪家夫妻不吵架的，过了就好了，孙子都给你带回来了，你多看看他吧。更多的话，卢茔打住。

母亲仍狐疑地观望儿子，不确定他话里的严重程度，好在孙子确实在跟前，这是千真万确的，媳妇在不在，倒次要了。母亲知道她看不起这里，这个媳妇只回来过一次，还是结婚时露的面，第二天人就走了。母亲还提醒过卢茔，你老婆这样，你要多保点保点（方言，有自我保护、保重意）自己，别到头来什么都得不到。

妻子很快打来视频电话，因为在家，她没有表露什么，还问候了镜头中出现的父母，嘴里喊着爸妈，让二老多注意身体。儿子巴不得身边人都走开，好让自己聊个够，他叽里呱啦述说着山里的一切，说看到好多动物，有松鼠和野鸡还有山羊，和电视里看到的一样……母亲仍不时插话，关切说，晓茹，你瘦了，是不是卢茎欺负你了，你跟我说，我收拾他。卢茎听了干脆走开，避免和妻子讲话。

再进屋时，视频结束，母亲果然缓和了很多，担心消除了，可还是对卢茎讲，你老婆是不是病了，你也不关心一下，我看她憔悴好多，变了个人样。卢茎微微一惊，到底是女人看女人，嘴里却仍敷衍，就是累的，你就别操心了。

母亲说，要不要我上去看看？

卢茎说，再说吧。

母亲就不高兴了，借题发挥起来，我在你们也吵，我不在你们也闹，你们就是不晓得过日子，比起以前……卢茎知道母亲又来了，她口中的“以前”能从头说起，从她大老远跑来和父亲结合，父亲从农校下放林场，从此没能离开，母亲跟着在这里艰难度日。这些陈年旧事，母亲讲得如在目前，几十年前的细节被一次次讲述，什么媒人天花乱坠的欺骗，她第一次来看父亲坐火车就错过了站，又差点被人拐骗，出嫁时只有一个弟弟来送她，一家人在林场举目无亲……凄迷往事的灰垢在母亲嘴里一一磨尽，事实开始闪光透亮。卢茎却头皮发麻，这是儿时他听过的最多的话，曾经作为母亲激励卢茎的手段，眼下却成为最难忍受的时刻。直到儿子出来解围，小东西因为奶奶的打扰没有和妈妈好好说话，正生着气，嚷着要走，卢茎暂时没有理会。母亲听见儿子喊走，果然调转矛头，开始心肝肉肝地哄，可小东西就是不依，表现焦躁，缠着卢茎喊，爸爸，我们还是走吧，我不想在这里玩了。卢茎说，这是奶奶家，你问问她，看她放不放你走。儿子说，她就是不放啊，我们还是悄悄走吧。卢茎难以相信，一把拉过儿子，质问起来，你怎么这么没礼貌，这么小，谁告诉你可以悄悄走的……卢茎的声音有些大，儿子听后眼珠一吊，朝天一翻，摆出生气的样子，像极了妻子，哼，我就是想走。儿子哼哼唧唧，一个人走出屋子，母亲要追，被卢茎拦下，让他去，去冷静一下。

卢茎不知道妻子对儿子说了什么，又或者只是林场枯燥，儿子待不下去了。

小人儿许久没有动静，卢茔悄悄去看，却发现儿子正在拆那只龙头，稻草被小东西扯了一地，七零八落的，原本鼓胀的龙头已经塌陷，两只树枝做的龙角更不翼而飞。卢茔高声喝止，你在做什么！儿子听见，头也没回，只是双手一松，让龙头落地，再用脚一踢，龙头滚到球场边缘。卢茔一阵火起，喊得更加用力，你给我捡回来，龙头是这么玩的吗？声音惊动了父亲，老头从一旁的菜园子里探出头来，望了望，半天才讲一句，让他玩嘛，下回再编就是。卢茔却不理会，冲到球场边，指着儿子说，你再动一下，我要揍你了。

儿子这才回头，怨恨地望一眼卢茔，不说话，小脸已经阴沉，仿佛试探，又动了动自己的脚尖，挨了挨那只惨不忍睹的龙头，然后不动了。父子俩就是这样，儿子从不惧怕他，往常在家，卢茔也不真正管他。卢茔长期出差，儿子和妻子更亲近。可换了环境，这挑衅变得无法容忍，卢茔两步上前，拉过儿子的手，巴掌就往脚上扇去。卢茔用足了劲，登时三道指印，儿子脚一跳，眼泪还没下来，哭声倒率先地动山摇了。卢茔来不及制止，动静就引来了母亲，她从屋里冲出来，双手往围裙上一抹，着急忙慌问，怎么了旸旸？儿子仗了奶奶撑腰，大喊起来，爸爸打我，好痛——母亲一跺脚，这才展开架势，立时出口汹涌，一顿朝卢茔袭来，又见父亲在菜园傻傻站着，也丢下一句给他，说你倒是看戏的，不晓得拦一下，旸旸是不是你孙子？我要你有什么用！卢茔愣住，脑子里一片嗡嗡响，多少年没听到母亲这样高声大气，儿时的记忆霎时涌现，那是母亲叉着双手与找上门来的林场女人互骂的场景，话比着话，一句比一句难听，没人知道这是少年卢茔最羞愧的时刻，也是他奋力读书，想逃离林场的源头。

儿子哭得伤心，小东西从未想过卢茔会动手，还不时拿眼睛瞄他，捕捉他的反应。看到这里，卢茔放弃了，任母亲抱起儿子。母亲还气咻咻的，发什么神经，一个破龙头有什么了不起，要打你带回去打，不要在我这里现眼。儿子也乘机气鼓鼓喊着，我再也不理爸爸了，我再也不跟他说话了——

祖孙俩同气连枝地进了屋，卢茔黯然，抬头间，发现父亲还静立在菜园前，正望着这一切，还是记忆中的样子，对任何事都不表态。父子俩短暂对视，目光又很快分开，没有说一句话。这么多年，父亲一贯沉默忍让，让卢茔费解，难道就因为没能离开林场因为母亲？可自己又如何？在家面对妻子和父亲也没有什么两样。卢茔苦笑。

这么一闹，卢茔也觉得无趣，想该走了。平复了心情，卢茔去看儿子，发现小家伙在母亲怀里睡着了，母亲抱着他不断在屋里转圈，还示意卢茔赶紧走开，眼不见为净。卢茔回到屋前，给父亲打了个招呼，就往山下去了。

晚上，两台车回来，卢茔踉跄着从副驾上下来，一个女人跟着下车，走到另一台上，又转头对卢茔说，明天把你儿子带来看看呀，这么大了都没见过，藏得跟个宝贝一样。卢茔笑笑，要得。

进了屋，屋里空着，人都睡了，山里人都睡得早，卢茔没有睡意。酒意上来，卢茔跑到外间去吐，很久没喝这么多酒。卢茔的莽撞把几个昔日的男同学唬住，到头来是他们劝起他，没见你这么喝过，不要命了。还是女生敏感，悄悄问他，怎么了卢茔，遇到什么事了？卢茔摇头，不置一词。待胃里吐净，卢茔才一屁股坐在门前的藤椅上，任身体瘫软，人呆呆傻傻，万事放空，以为这样能忘记眼前的烦恼。

卢茔坐到半夜，夜空明朗，不见一滴雨，满天的星斗，仿如神秘之境，怎么也望不穿。这是标准的林场夜晚，大山沉寂，四野虫鸣不断，没有人声喧闹，仿佛具有抚慰作用，卢茔很快安稳。

第二天，暴雨未至，云层里果然有阳光的踪影。母亲指着儿子对他讲，晚上一直缠着我问你是不是走了，丢下他一个，吓得发抖哟。卢茔笑，想小东西还知道害怕，还有挽救的可能。卢茔捏捏儿子的脸蛋，说，我们今天就走，爸爸带你去玩水，我们去温泉好不好？儿子认真点点头。这时节，山里的水凉了，来之前卢茔就计划好，要带儿子把本省的温泉都走一遍。

离开前，卢茔提出拍全家福，一个人搬出椅子，一排摆在屋前。卢茔让父母坐在一头，另一头留给他和儿子。卢茔架好相机，将镜头对准不明所以坐上去的家人。镜头的背景正是小楼，小楼的背面是一大片层叠的松林。卢茎通过取景器看见一脸无知的父母和更加懵懂的儿子，他们都不明白这心血来潮的安排。卢茎很不满意，冲一家人喊，什么表情，都笑一个啊。儿子左右看看，见没人笑，又只好摆出凝重的样子，像个心事重重的小老头。卢茎说，这样拍出来丑死了，你们都不会笑的吗？听了这话，镜头里的人才勉强动了动，父母稍稍改变了面部肌肉，试图做出微笑的样子，在卢茎看来比之前还要难看，儿子倒笑了，可惜与身边人不协调，卢茎只好作罢，算了算了，你们随意，我过来了。

咔嚓，快门响起，有一刻被永远定格了。

卢茎检查照片，照片里的自己端坐着，带着强装的笑意，别人看不出来，唯有自己明白。儿子呢，瞪大了眼珠瞧着镜头，双手恰到好处地摆在腿上，一个规矩的姿势，有小孩样子，卢茎满意。母亲最终时刻保持了微笑，只是那笑带着强弩之末的味道，开始变形。只有父亲带着一贯的平静，挺立上身，肃穆庄严，看不出任何心事。

卢茎觉得可以了。

母亲也凑过来看相片，看不出什么，便丢下一句，少一个人，拍什么拍，回去又挨骂。

儿子也学舌，就是啊，回去又要被妈妈骂。

母亲笑了，儿子也笑，笑得甜，甚至有些得意，好像讲了一句高妙的话，等待被奖赏。

奇怪的是，照片拍完，阳光就败了，登时阴云席卷，大雨奋力地砸下来。卢茎不知道这是留客还是撵人。见卢茎收拾起行李，母亲没再阻拦，只抓紧和儿子讲话。这时分小东西倒不舍了，让母亲跟着一块儿走，说让爷爷守家呀，和以前一样。母亲笑，说旸旸有孝心，想着奶奶，奶奶没白喜欢你。儿子说，那你收东西啊。母亲不动，说，奶奶不能走，过几天是七月半，我要在家里烧纸。儿子好奇，烧纸，烧什么纸？我也要烧！说着望一眼卢茎，昨日的怨恨从眼睛里消失了，卢茎来不及表示，母亲立即做出惊吓状，小孩子不懂事，瞎说，饶恕饶恕。说着，冲屋外作了几个揖。见母亲这样，儿子更加好奇，问卢茎，爸爸，为什么要烧纸？卢茎说，就是给死掉的亲人烧钱。儿子好像明白，脱口而出，以后我也给你烧吧。卢茎哭笑不得，不知该欣慰还是难过，母亲却吓得不轻，摩挲起儿子脑门，反复三次，又朝屋外作起揖来，嘴里念着，小孩子无忌啊无忌啊。

母亲的动作让儿子抵触，转眼跑出屋去。母亲继续给卢茎的行李增添负担，以鸡蛋为首的土产，还有父亲刮的蜂蜜。老头子在山里养起了蜂，罐头瓶装的蜂蜜黏稠金黄有些已经变红，一看就存了不短时间，是老头子的心血。卢茎只拿了两罐，说够了，其他不要。母亲没有理会，好像还在脑中搜刮能让卢茎带走的东西，又转身进屋。卢茎说，别找了，这些东西你们自己吃用。父亲搓着手，说，好不容易回来。卢茎望着父亲，男人越发见老了，鬓角早早飘白，额头的皱纹被七十来年的岁月雕刻，凹线里都包了浆，泛出光来。有卢茎时父亲整四十岁，父子俩倒像隔了一代，直到卢茎有了儿子，这早衰的面容才名正言顺起来。卢茎一时动情，说，你少做点事，什么年纪了。父亲像是没听见，父子俩不常这样交流，卢茎也有些尴尬，欲说不说时，屋外传来小家伙的哭声，卢茎赶紧出门瞧。

儿子小小的身子正蹲在屋檐下，嘴里嘤嘤有声。卢茎上前问，又怎么了？儿子立即扭头，满眼是泪，竖着小手食指对卢茎讲，痛，爸爸，蜜蜂蜇我。

你怎么惹它了？卢茎问。

没有惹呀，它掉到水里，我去救它，它就蜇我了，你看——儿子站起来，把食指伸到卢茎面前，卢茎俯身发现儿子食指肚上的黑刺，一头还嵌在肉里。卢茎说，别动。说着努力挤出指甲将那刺拔了出来，没事了，你很乖，你想救它是不是？儿子点头，我就是想救它呀，它为什么要蜇我？卢茎说，它不是故意的，你看，蜇了你，它自己也死掉了，这根刺是它身体的一部分呀。那只瘪瘪的蜜蜂倒在儿子脚边的水塘前，一动不动了。父子俩看着，儿子的哭声渐渐平息，另一种悲伤在小人儿心头升起，卢茎摸摸他脑袋，任小家伙的疑问在脑子里持续发酵。卢茎想儿子会因此记住这里，也许是他以后唯一能记住这里的事了。和妻子的冷战终有结束的一天，也拖了小半年，直到妻下了最后通牒，字签与不签，她都要带走儿子。带儿子去加拿大是卢茎后来听说的，卢茎知道妻子一家在加拿大有不少亲人，岳父母退休前就在那边置了房产，做出这样的安排，早有苗头，那时尚没有疫情，妻子试探，分析种种，说为了旸旸以后打算，早点出去好。卢茎却不同意，他无法想象离开这里，他能去做什么？何况卢茎父母健在，他不能走。

这次放儿子出门，是妻子对卢茎的最后一点恩情。

小东西到底知不知道他要去的是什么地方，有多远的距离，这近乎永隔的分别对他又意味着什么？卢茎无法想象，更找不到机会和儿子谈这个。这一刻，卢茎只想留下他。父子俩一动不动望着雨落下去。许是最初的疼痛过去了，儿子最后坦然地对卢茎说，爸爸，我不怪它了。卢茎一时怔忡，说，你们扯平了。

直到身后又响起母亲大剌剌的声音，卢茎才拉着儿子上车，剩下的旅程到来了。母亲自顾自将一包东西塞进后备厢，又打着伞跟着，一路送出了铁栅栏。只有父亲还立在屋檐前，仍不表露什么，目光深邃。卢茎这才明白，老头子一辈子都在用眼睛说话，可惜无人知晓。卢茎来不及对父亲说点什么，只是回视一眼，父亲点了点头。

母亲一直跟在车旁，嘴里抱怨着天气，看上去还有话讲，卢茎立即堵住，说好了好了，回去了。母亲叹了口气，语气先软下来，对卢茎交代，你不要耍脾气，凡事忍让，人家和你在一起不容易，你要知足，还有孩子呢。卢茎琢磨这话，又扭头看儿子，这小东西到底知道多少事情？母亲好像冥冥中感觉到什么，抹起了眼泪，透过车窗对孙子说，旸旸要乖啊，奶奶就上来看你，你要等着奶奶啊。小人儿抱着平板，看也不看她，嘴里说着，好的，奶奶。

等到后视镜里母亲的身影逐渐变得模糊，跟着是小楼和整个林场，卢茎才问儿子，这里好不好？

儿子带着逃离的兴奋，说，还不错嘛。

卢茎不知道儿子的腔调是跟谁学的，竟有几分老成，卢茎有些冲动，对儿子说，你要记住这里，不管以后你到哪里，你都要记住这里，你记住没有？

记住了，爸爸，儿子嘹亮地回答，你已经说过一次啦。

桑塔纳

凡一平*

1. 唐生

那辆稀巴烂的汽车翻在那里，像一个摔碎了的冬瓜，或像残破的一具棺材。它令人触目惊心，望而生畏。

唐生撑着伞，走过去，颤颤巍巍，像走向一座新坟。雨淅淅沥沥地下着，洗涤着荒坡。坡面的雨水往低处流，交汇成洪，朝坡底汹涌，把那辆车包围。可能用不了多久，洪水就会把车淹没，或浮起来，变成一艘船。

唐生下到坡底，来到车的跟前。雨在这时候突然变小，稀稀落落，像关掉水龙头后的淋浴喷头。车虽然破损不堪，却因为雨停和刚经过雨水冲刷而变得明亮。它乌黑洁净，像一个掰断了的黑馒头。

他能看出这是一辆黑色桑塔纳。似曾相识，跟他的第一辆桑塔纳十分相像，只是老旧了很多。他心头一惊，去看车牌。车头严重曲张，没有车牌，不知飞到哪里去了。他来到车尾，见车牌还在，定睛一看，车牌号是桂 A33**5。

---

* 凡一平，男，本名樊一平，壮族。1964 年生，广西都安人。先后就读和毕业于河池师专、复旦大学中文系。现任广西民族大学教授、广西作家协会副主席、广西影视艺术家协会副主席，第十二届和第十三届全国人大代表。出版有长篇小说《跪下》《顺口溜》《上岭村的谋杀》《天等山》《蝉声唱》《顶牛爷百岁史》等九部，小说集《撒谎的村庄》等十二部。曾获广西文艺创作铜鼓奖、百花文学奖、《小说选刊》双年奖等。多部作品被翻译成瑞典、俄、越等文字出版。

他顿时僵住了，像一头冻猪。雨伞因为惊心动魄松落掉地，滚到一边。明确无误的车牌和车牌号，再一次像一把明晃晃的刻骨铭心的菜刀，把他震慑。

这是他曾经拥有和使用的那辆桑塔纳，十五年前被他卖掉，在十五年后的今天在他面前重现或相遇，以事故或车祸的方式。

虽然惊愕，他还是迫不及待查看车里的人，是否伤亡。他弯下身，尔后趴下，像一只蛙，朝几乎扁平的车的缝隙中探看和探听。

车里应该是两个人，一男一女。两人挤成一团或抱在一块儿，男的压着女的，或男的抱着女的，看得出来或能想象，是两车相撞后翻车的瞬间，男子迅速倾向女子，或奋不顾身抱住了女子，以自己的身体成盾牌护住她。他俩现在都一动不动、不声不响，像橱柜里一对叠在一块儿的勺子。

交警在他报警三十分钟后到了，消防、救护人员稍后相继来到。消防人员用破拆工具将变形的车扩张和拆解，把困在车里的两人分开，挪出，再交由救护人员抬走。

唐生还在接受交警的问询。他们此刻已在公路边。沿山开辟的二级路弯曲、陡上陡下，像蜷曲在树上的蟒蛇。已经能通行的车辆缓慢双向行驶，像蟒蛇身上爬行的虫群。一辆奔驰越野车纹丝不动，它在交警勘测、拍照留证后移到了路边。车的头部凹陷，像一个人被撞断了鼻梁。它不时被经过的行人瞩目和顾盼，像一个干架受伤后正在罚站的人，被不知情的人们观看和揣测。

唐生就在靠边停的奔驰车旁和附近，对交警口述和比画事故的经过及情景。

他说，他正在驾驶他这辆车，由北往南，在自己的车道上行驶，很小心，因为下着雨。突然，一辆小车超越前面一辆大车迎面而来，他踩刹车了但来不及避让，也没法避让，两车就撞上了。撞上奔驰的小车一撞就飞，在雨中飞。后来他下车，才发现小车飞出了公路，翻在坡底了。

奔驰车的行车记录仪记录了事故发生的过程，与奔驰车驾驶员描述的基本一致——桑塔纳车超车占道，与对向行驶的奔驰车正面相撞，然后翻飞。

交警初步认定，肇事车桑塔纳2000，在这起事故中，负有主要责任。

唐生如释重负，像一个排除了绝症的病人的亲属，或像一个在法庭上被判无罪的被告，他可以平安、自由地行动，或者回家了。

在得以继续返回南宁的路上，唐生的心情又沉重起来，或再度纠结，只是这次沉重或纠结的内容、地方，与车祸发生后分清责任前已经不同。此刻让他沉重和纠结的，是那辆肇事车本身——那是他卖出去十五年的桑塔纳，在今天竟然与他撞上了，而且造成了可以想见的严重后果。桑塔纳车肯定是毁掉了，乘坐车里的人不亡即伤也是肯定的。这辆十分不吉或祸患多端的车，在转卖出去多年以后，最终与原车主相撞，当场毁在原车主面前，这是为什么？是报应，还是宿命？

桑塔纳 2000 是唐生二〇〇三年买的，在他手里开了三年就卖掉了。它在这三年间不断地给他添乱，因它而起、与它有关的是非和烦心事层出不穷。它总是让他觉得不顺，甚至倒霉，像一颗灾星。没有它之前，他是发财的，有了它之后，他入不敷出花钱如流水。没有它之前，他感情甜如蜜，有了它之后，有多少爱都付诸东流。它像是被施了魔咒，总是坏事。在确认是这辆车导致他事业、感情诸多不顺之后，他果断把它卖掉，就像一个丈夫觉得遇人不淑后心狠把妻子离掉一样。

他记得裸车是十八万三千元买的，加上购置税和保险，是二十万零几百。车开三年十万公里，卖出去是五万元。

车当年卖给了谁，唐生能记得大概。他也姓唐，这是准确的，名字叫朝永还是朝远记不清了，姑且是唐朝永吧。

唐朝永是县里的一名公务员，具体地说是马安县文化局的副局长。当年他和还是唐生朋友的朋友来南宁，唐生请他们吃饭。唐生用桑塔纳拉他们去郊区的九曲湾农场，吃全羊宴。车开到半路，车胎瘪了。三四个人推着车去往不远处的修理厂，修理工从瘪了的两只轮胎上拔出了六七颗钉子。要补六七个洞，还不如把轮胎换了。换好轮胎，车继续往农场开。在车上，就是这位唐朝永提醒，钉子说不定就是修理厂的人布置在路上的，让车扎上爆胎和漏气，修理厂才有活干有钱赚。唐生一听，脾气上来，当即要转回去找修理厂理论，被朋友阻止。到了农场，还未吃上全羊宴，唐生就把气撒在桑塔纳身上。他狠狠地踢着新换的轮胎，骂说我卖了你，一定卖了你，把你当贱货一样卖掉！言者无心，听者有意，吃喝的时候，唐朝永借给唐生敬酒之机，附耳说唐兄，你说要把车卖了，要卖就卖给我。唐生一听，本就对车心存不满的他，现在听见有人想买，加上喝高了，意从心头起，恶向胆边生，说你敢买我就卖。唐朝永说我有什么不敢买的，我买。唐生说我卖！两人说话开始大声，在场的人都听到了。他们也不再回避，公开讨价还价。唐生开始叫价十万，唐朝永不接受，说十万那还是贱货呀？十万贵了，我小小的公务员，副局长，买不起。唐生说那你想贱到什么价？唐朝永一巴掌手指弯下两根，竖着三根，成 OK 状。唐生说三万？我才开三年，不到十万公里呢。唐朝永说你又不在乎钱。唐生说我在乎什么？你先把这杯酒喝了，我跟你讲，唐朝永说。唐生又喝了敬酒，唐朝永说般配，这车和你不配，配不上你。桑塔纳目前还算高档车，以后就不是了，至少不适合你这种大人物，要换就赶紧换。唐朝永的话既辛辣又甜蜜，既挠心又舒心。但唐生不甘心，又叫一次价：六万。最后，在唐生的朋友也是唐朝永的朋友好言好语下，五万成交。多出唐朝永所能承受的两万，由在场的他们共同的朋友分担。

唐生记得车过户给唐朝永时，曾对他说：这车现在是你的了，是福是祸，不要找我。

如今这辆桑塔纳又闯祸了，可以说彻底毁了。那么车主还是不是唐朝永？车里的男子是不是他？十五年了人的变化很大，唐生看见车里男子的时候，男子是背对他的，没法确认是不是唐朝永。当消防员把血肉模糊的男子挪出车子的时候，他也没法辨认是不是唐朝永。交警询问时他更不敢打听车主和肇事者是谁，他怕交警嘴里蹦出唐朝永这个人的姓名，让他邪灵附体、寝食难安。

三天后，唐生来到事故发生辖区的宜山县交警队，接受最终的认定结果。

他得知，负事故主要责任的车主是韦日龙，而驾驶员也是肇事者为黄尚达。

黄尚达已在事故中死亡。

2. 黄尚达

二〇二一年四月十四日这天，二十岁的都乐汽修厂修理工黄尚达带着十九岁的女朋友覃鲜丽回乡过节。这天是农历三月三，是壮族重要的节日，壮族人称“窝埠坡”，原意为到垌外、田间去唱歌，所以也称“歌圩节”，也有称是为纪念壮族歌仙刘三姐，因此也叫“歌仙会”。黄尚达的家在宜山县流河乡，是有名的“山歌之乡”，在山歌比赛中年年称霸。黄尚达的爷爷和父亲都是获得过称号的歌王，作为歌王孙子和儿子的黄尚达，在这个隆重和荣耀的节日，是必定要回乡的。

他带着认识不久的女朋友覃鲜丽，驾驶牌号为桂 A33**5 的桑塔纳轿车，踏上回乡的旅程。

桑塔纳轿车是黄尚达从都乐汽修厂开出来的，得到了汽修厂老板韦清金的默许。这辆牌号为桂 A33**5 的汽车，已经修好有很长时间了，车主迟迟不来取，电话也打不通。它放置在修理厂，占着一个车位，像一个病愈却不出院的人霸着病床，让修理厂的人都很无奈。无奈逐渐变成义愤、报复或处罚，修理厂把它当成了公用车或工具车，用它去拉配件，去买菜，去布置钉子，偶尔，让员工当福利开走度假。

黄尚达便是这福利的享受者。

他驾着车，身边也就是副驾座坐着他的女朋友覃鲜丽。覃鲜丽满脸潮红，兴味盎然，她的腿上活动着黄尚达的一只手，像耙田的耙。黄尚达以为是他强硬的手使覃鲜丽兴奋，其实不是，或不全是。除了粗鲁的抚摸，让覃鲜丽备感兴趣的是黄尚达的家乡——那是歌的海洋，每当三月三“歌圩节”，四面八方的男男女女、老老少少，便拥向宜山县流河乡，尽情歌唱和狂欢。在至少连续三天三夜的节庆里，会有数不清的电视台、电影公司、歌舞团、艺术院校、歌唱家和歌星，前来拍摄、观摩和表演。你只要去到那里，站在对歌的任何一方，开口一唱，一定会被人发现和欣赏，以为是刘三姐再世——黄尚达是这样对覃鲜丽说的，覃鲜丽也信以为真。她不假思索且乐意地上了黄尚达专程开来接她的车。车子从上岭村往宜山走，也就是返回宜山，经过宜山后才往流河乡。

车祸发生在距离宜山县城二十公里的路段。当时下着雨，纷飞的雨像蝗虫铺天盖地，也像是花香招引来的蜂蝶，把行驶的车吞噬，使车里的人迷离。

黄尚达唱着山歌，他一只手把着方向盘，另一只手仍然在覃鲜丽那里活动，覃鲜丽看上去像是享受着，其实是忍受着。她的忍受就是一种纵容，纵容黄尚达既危险而又不道德的行为。他越来越放肆了，唱的山歌也越来越低俗：哥妹走进青竹林，哥脱裤子妹脱裙……

黄歌让覃鲜丽羞恼，或许瓢泼的雨也让她害怕，她终于攥住黄尚达的手，推开，让他放老实点，好好开车。

黄尚达老实了一小会儿，又不老实了，他的咸猪手甚至猪嘴重新拱向覃鲜丽，像拱一颗白菜。

得意扬扬的黄尚达又唱起歌，节奏很快，于是就觉得前面的车走得慢。他冲动地加速超车，超过一辆小车，再超一辆大车。

在超过大车的时候，迎面一辆车驶来，双方来不及避让，撞上了。

然后黄尚达就死了。

黄尚达送到医院前，就已经死了。到医院的只是他的尸体，直接送太平间了。

覃鲜丽活着，这个姑娘创造了翻下四十米山沟而毫发无伤的奇迹。她只是浑噩了两天，估计是惊吓的缘故。她一醒来，就清楚地交代、说明了一切。

驾驶员也是肇事者已经死亡，那么主要责任也就转移到了车主韦日龙身上，而默许员工使用肇事车的都乐汽修厂老板韦清金，则负有连带责任。而肇事车没有购买交强险，那么损害赔偿则由主要责任人和连带责任人共同承担，前者和后者按六四开赔付死者丧葬费、家属抚恤金共八十万元。

汽修厂老板韦清金怒发冲冠、暴跳如雷，声称自己冤枉，决不支付这笔冤枉钱。交警跟他说，拒不支付，除了行政拘留三至十五天，还可申请扣押其财产强制执行。

韦清金盘算了一下，软和了一些，但语气依然强硬，说："车主韦日龙没找到之前，我是不会付钱的。他还欠我一万三修理费呢。"

交警说："车主韦日龙，我们会找到他的。但你该付的，必须付，尽快付，死者还在医院的太平间呢，得不到丧葬费和抚恤金，家属是不会领走尸体的。逝者为大，何况还是你的员工。你摸着良心想想，将心比心，该不该赔偿？"

韦清金没有摸心，只是想了想，说："四八三十二,三十二万我现在付不起，去年疫情我大半年没有收入。我最多只能付五万，剩下的以后再说。"

交警要韦清金写下承诺书。

一旁同接受处理的唐生，目睹和聆听了韦清金与交警争议的言行，他的脑子嗡嗡响，又浮现出那具血肉模糊的躯体，现在已知有名有姓的黄尚达，他是所谓歌王的孩子，其实是贫民的孩子。这孩子驾驶破旧的桑塔纳撞上他唐生崭新的奔驰越野车，死了。假如他唐生驾的是桑塔纳，那孩子开的是奔驰，调过来互撞，那死的人是不是就是他唐生？何况，肇事的桑塔纳车本就是他的，或最初是他的，只是转来转去，转到韦日龙这一任车主手上，连带修理厂的老板也有责任，出了人命，可谓车毁人亡。那么，如果追根溯源或追根刨底，他唐生摆脱得了干系吗？属不属于嫁祸于人？刚才交警劝修理厂老板摸着良心想想，仿佛也是在劝他唐生。唐生被触动了，对交警说："可不可以，我来支付这个钱？"

交警看着他，韦清金也看着交警。交警看着他像看傻子，韦清金看着交警像看救星。

唐生说："不用问为什么，我付吧。"

交警问：“全付吗？”

“全付，”唐生说，“但是我希望警察能帮助找到肇事车的车主，我想见他。”

3. 韦日龙

深山老林进来三个人。

韦日龙啃着鸡腿，看着来人。三个来人他都不认识，他想可能是警察。

来人中的一个人出示了证件，果然是警察。三个来人都穿着便服，那么是便衣警察。

韦日龙把啃剩的鸡腿，递给了身边翘首以待的一条狗。刚才来人未见时，这条狗是吠了几下的，只是未引起他的重视，他还以为是狗乱叫，吼了它一句。现在觉得是冤枉了狗，鸡腿便是对狗的抚慰。

他不慌不忙，或从容不迫，说：“我犯了什么罪？”

出示证件的警察说：“我可没说你犯罪。”

“那你们为什么来？”

“我们只是找你，找到你。”

“为什么找我？”

另一个警察说：“我是交警队的，你想想我为什么找你？”

韦日龙说：“我在山里面，三个月不出山了，山里既不通车我也不开车，我想不出来交警为什么找我。”

“你是不是有一辆桑塔纳轿车？桑塔纳 2000？”

“是，有。”

“车牌号？”

“桂 A33**5。”

“车呢？”

"扔修理厂了。"

交警看着蒙在鼓里的韦日龙，说："你的车出事故了，撞死了一个人。"

韦日龙这才吃惊了，说："我的车放在修理厂，怎么可能撞死人呢？要撞也不是我撞的！"

"你是车主，负有主要责任。"交警说。他接着讲述了一番车祸的经过，以及依法依规认定的处理结果。

韦日龙听了，平静地说："我接受这样的处理结果，但是我现在赔付不起，我没有钱。"

交警指了指一同来的一直没说话的人，对韦日龙说："你跟他谈，你们谈。"

之前没说话的人说话了，他对一同来的两个人说："谢谢你们。你们回去吧。"

三个来人回去了两个人，留下一个人。

韦日龙看着留下的这个人，穿军装夹克，络腮胡子，戴高度近视镜，威武又斯文其实是不伦不类。他说："警察没有像你这样的。"

留下来的人说："我叫唐生，是与你的车相撞的另一辆车的车主。"

韦日龙把脸转过一边，既难为情也带情绪地说："我讲过了，我现在赔付不起，我没有钱。"

唐生说："我不是来找你赔钱的。"

"那是要命咯，要命倒是有一条。"

唐生环视简陋的屋舍，再看孤独也孤高的韦日龙，他貌似穷愁潦倒，却不失高洁和傲气，坐有坐派，谈吐不凡，令唐生心生敬畏。唐生说：

"你曾经阔过。"

韦日龙见唐生流露的语气和神情，不像藐视或鄙视，问："喝什么茶，红茶还是绿茶？"

他们移到屋舍的外面，煮茶，喝茶。

苍山如海，独立的房屋像寂寞海港里的一艘船。屋前屋后觅食玩乐的鸡，似找到舒服地方产卵的鱼。天上有白云飘，优哉游哉。穿过云朵之间的太阳光芒，像神仙的手臂，轮流或依次地抚摸着一座座青山，座座青山容光焕发，像美色不衰的女人和阳刚的男人。

阳光照射到唐生、韦日龙和狗的身上，像是给腌肉抹盐，让他们看上去又白又胖。煮茶的炉子冒着火烟，炉子上的铁壶在冒泡。狗摇着尾巴。

唐生和韦日龙安静、惬意地喝茶，一个像闲云，一个像野鹤。竹椅上的唐生望着眼前摇曳的竹林，跷起了二郎腿，像竹子一样摇晃。有黑和白的鸟群一拨拨经过，像广场上空接受检阅的机种，也让他入迷。

韦日龙也沉浸着，但不是沉浸于眼前的景象，而是往事。往事如烟，在他心田氤氲。豪阔的生活首当其冲，漫卷过他的脑海，随后是没落的经历将其覆盖，如海浪颠覆了船舶，或乌云遮挡住了霞光。

“你说得对，我曾经阔过，”韦日龙最先打破沉默，他看了看仍然凝视前方的唐生，“想知道我曾经阔到什么程度吗？”

唐生转过头，倾听的样子。

“南宁光龙大厦，知道吧？”韦日龙说，“我的。”

“离我住地不远。”

“新兴酒店，也是我的。”

“四星级，我外地客人和朋友来，常住那儿。”

“但现在统统不是我的了。”韦日龙说，他语气轻松，像卸掉了沉重的负担一样。他抬手朝后指指：“只有这老屋是我的。”

唐生把跷着的腿放下，身子也转了过来，他看着一贫如洗的韦日龙，再看看山，说：“这山是不是叫东山？”

韦日龙愣了愣，反应过来，说：“你的意思是东山再起？我不会了，再说这山也不叫东山，名都没有。”

“我也没落过，甚至堕落过，”唐生说，流露出鼓励的眼神，“人有逆天之时，天无绝人之路。我现在重新振作起来了。”

韦日龙再次打量不伦不类的唐生，说：“你是干什么的？”

唐生说：“你看呢？”

“我见过各种各样的人，就没见过你这样子的。”

“拍电影的。没见过吗？”

“我泡过女明星，捧过小鲜肉。你都不是。不像。”

“女明星和小鲜肉背后的人，关键人物，再想想。”

韦日龙脱口而出：“投资大佬，看你这派头也不像。你是没见过我投资电影电视剧的时候，那牛样。”

唐生说：“我直说吧，导演，过去干过编剧。”

韦日龙笑了笑，说：“我投资电影电视剧失败，可能就是忽视导演和编剧的原因。”

“确实，想搞垮一个企业或企业家，就鼓动他去投影视，”唐生也笑笑说，“想摧毁一个艺术家，就让他与企业家狼狈为奸。”

“听来你有过狼狈不堪的时候。”

“我们谈谈桑塔纳吧，你肇事的车辆。”唐生说，他看着渐晚的天色，有些着急。

韦日龙愣怔，像是隐忧被戳中，骂了一句后接着说：“我没落后，就剩这一辆桑塔纳陪着我，想不到还给我惹祸。”

“桑塔纳是怎么到你手上的？”

韦日龙边想边说：“一个欠债的人拿来抵债的，三手车，到我这里是第四手了。我原本哪会看上这破车，甚至不记得它的存在，厨房拿去买菜用的。后来我破产，收购收债的人都不收它，就留下了。”他的神情变得沉郁，好像桑塔纳是他的心病：“好像桑塔纳转到我这里后，我就开始没落了，或者没落得更快。它就像瘟神和传染病一样，我庞大的一个企业和家业，不到三年，全垮了。”

“拿车到你这抵债的人是谁？什么人？”唐生说，他饶有兴趣，像前任关心所有后任。

“同行，比我先破产的人，”韦日龙说，他挠挠头，“这倒霉蛋好像也是接手了这辆车后开始倒霉的。很奇怪，跟这辆车有关系的人都背时或没好下场，我前任的前任车主，是个贪官，一个文化局副局长，受贿三四百万，判刑坐牢了。我前任车主是从法院拍卖会拍下这辆车的，这车邪恶附体，魔咒不散，十口相传，接连厄运，现在细思极恐。”

“都结束了，我认为，因为车毁了，不存在了。”

韦日龙看着对桑塔纳和历任车主如此关心的唐生，疑惑地说：“难道这辆车跟你有什么关系吗？”

唐生如实回答：“我正是这辆车的第一任车主。”

韦日龙目瞪口呆，长长地琢磨和思忖后，伸出手，说：“原来你是那个冤大头。”

唐生与韦日龙握手，说：“我们从头再来。”

残阳如血，薄暮中的群山像个圈子，山里的两个男人，像圈子里兴致勃勃的公羊。

4. 覃鲜丽

又是一年三月三。

宜山县流河乡，这是传说中刘三姐的出生地。关于这个聪慧机敏、歌如泉涌、优美动人的“歌仙”的出生地，有多个地方都在争抢，比如罗城、柳州和桂林，但宜山县流河乡，是经过国家考证认定的“刘三姐故乡”，并且，流河乡已经更名为刘三姐乡，只是有的人还不知道。每年三月三，来此赶“歌圩”的民众最多，活动也最隆重。

今年也是如此。

覃鲜丽是第一次来流河乡。其实，她去年也来了，乘坐黄尚达驾驶的桑塔纳车，只是半路出了车祸，黄尚达死了，没来成。她今年继续来，完成来刘三姐故乡或赶“歌圩”的心愿，或许还借机悼念此地出生的已故男友黄尚达。

她进入人如潮涌歌声鼎沸的“歌圩”，像一条鱼进入了海洋。她是海洋中最美丽出众的一条鱼，一走进歌海，她便被人发现、拍照和合影，被要求唱歌和对歌。

一个长得挺帅的小伙用山歌撩拨她：

春风吹过流河旁
哥和妹妹暖洋洋
得妹陪哥把歌唱
好比得喝爽歪歪

覃鲜丽用歌回应：

春回大地百花香
蜜蜂花中采花忙
眼望别人成双对
泪如春雨下千行

小伙子继续撩拨：

山歌唱情又唱爱
哥想找妹把情连
蜜蜂连花哥连妹
望妹留心做哥双

覃鲜丽以歌作答：

爱只清明雨上悲

唯有南山忆情郎

许诺今生唯爱他

孤山独坐泪汪汪

小伙子与覃鲜丽对着歌，一个邀约一个推拒，一个热情一个冰冷，像水和火不相容。一旁和周围的观众，有的起哄，有的干着急。

唐生在观众中，他此次来是为新电影勘景和选角，唱歌的姑娘引起了他的注意。他对身边的副导演兼剧务韦日龙说："去找她谈谈。"

韦日龙去找姑娘谈话，并把她带了过来。

唐生问姑娘："你叫什么名字？"

姑娘说："覃鲜丽。"

唐生说："愿意演电影吗？"

覃鲜丽点点头，说："愿意。电影叫什么名字？"

"桑塔纳。"

覃鲜丽听了，愣怔和打哆嗦，泪花闪烁，摇摇头，说："不。"

你不知道吧

乔 叶*

1

这年清明刚过，闲来无事，我便趁着一个周末去了一趟信阳。初衷自是为了鼎鼎大名的信阳毛尖。近年来渐渐爱上了喝茶，绿茶里自然少不了信阳毛尖。以往每年的新茶下来都是在象城的品牌专卖店里买，自家喝，也送亲朋长辈。这次突然起了兴致，是因有茶友分享经验，说该到信阳山里的村子买去，这叫到老根儿拿鲜货，省了几道倒手。自家喝的口粮茶不用闹那些虚文，送客的礼品茶也有各种包装。总之，无论是要哪种，价钱肯定都实惠。且正逢春和景明，顺便逛逛也好。

去便去。虽有四百多公里之远，好在有高铁，一个半小时就能到。要去的村子叫桃湾，离高铁站有二十来里。都是品茗人，茶友一家亲。茶友托茶友，转了几道弯，终于找到了去高铁站接送我的人。除了手机号，我对此人的年龄性别等概况统统不知，只通过一点瞧出了她的有趣：她设定了见面暗号。她举一个“金”字，我要上去对一个“钱”字。

出了高铁站，迎面便见一个女子举着个纸牌子，上面写着一个大大的

---

* 乔叶，女，1972 年生。中国作协全委会委员，北京作家协会驻会副主席。著有《最慢的是活着》《认罪书》《走神》等多部作品。曾获鲁迅文学奖、庄重文文学奖、华语文学传媒大奖、《人民文学》奖、《北京文学》奖、《小说选刊》年度大奖等多个奖项。

“金”，那定是她了，我便朝她走去。女子身材敦实，短发圆脸，看见我便欢悦地笑起来。到了跟前，听我说出了“钱”字，她笑得圆脸边缘都模糊起来。看形貌和眼纹也有三十来岁了，笑起来却仍有少女般的天真稚气。问她为什么要设立这么个暗号，她说，好玩呀。谁不爱钱呢。又道，其实是因为我姓钱。便自我介绍说全名叫钱菲，姓倒是个好姓，小时候是小钱，长大了是大钱，到老了还是老钱。总之是有钱傍身，应过不了穷日子。可是钱呢？钱去哪儿了？就因为后面这个字起岔了。菲，一个意思是香，另一个意思就是薄，菲薄菲薄嘛，所以，综合起来的意思就是，钱到了我手里虽然香喷喷的，可就是太少啦。说着就又嘎嘎嘎地大笑起来。被她感染着，我也便笑起来，问，那我眼下该叫你啥？小钱还是大钱？她笑道，大钱吧，村里人都叫我大钱。您姓金，我姓钱，咱们俩就是金钱组合。

上了车，便载着我往山林氤氲翠润处而去。路上就说起了茶，问她村里哪家的茶最好。她说一方水土养一方茶，且被茶客们认了这么多年，其实是差不多一般好的。各地的茶想来都是一样。虽是总有些特别说法，比如哪坡哪沟的更好，甚或是哪几棵树最好，她却觉得这就近乎传奇甚或是妖魔化。你想，这道坡和那道坡肩并着肩，能错过多少去？太阳难道就照这边长些、那边短些？雨水难道就这边足些、那边欠些？很多不过是噱头罢了。如果一定要说差别，那差别也多是在炒茶人的手艺这里错落开来的。说得我频频点头之际，她却忽然又道，我这话也不大准——咋忘了西坡。村里的茶我喝了这么些年，口味也刁钻了些，要我说，这村里西坡的茶树茶气最足。原因么，因为海拔高一些，长得更慢一些，云雾也更亲近一些。

问她这种茶跟哪家买去，她顽皮一笑道，西坡的茶买是没处买的，却可以亲手去打。想要喝我就带你去，自己打下的茶喝着格外香。我问，我这生手，贸然去糟蹋人家的茶树，不大好吧？大钱笑道，这你可想多了。村里的茶山有的是没人打的。多少人家，孩子们都在外打工，老两口身体不大行的，又不想雇人，就叫亲戚朋友来打茶叶，谁打下来就算谁的。西坡里的就是。有几户全家长年不回来，怕茶树长野，老是喊着叫人去打呢。打下了鲜叶，想自己喝的就找人炒，想挣钱的就直接卖鲜叶。对这，村里人的嘴边话就是：茶叶长都长成了，不打也是罪过，打了也算积德。——你不知道吧，你以为的糟蹋竟是积德呢。

就都笑。她又问我的行程安排，若是今天就走，节奏就得紧凑些，下午买过了茶就赶快再送我去搭返程高铁。若是还想要住一晚，村里没有旅店，只能等买过茶后送我进城去住。我说既然来了，就住一晚。大钱便道，那这时间就宽裕了，明天要不要打茶？我说要。她问，你带运动鞋没？我说没有。她道，村里也没处买去，单为了采茶现买新鞋也不值。问了我的鞋码说，跟我的脚码一样，就穿我的吧。我说好。

说着话便进了村，她径直把我带到一处院落，一看就是村小。里面聚着一堆孩子，小的三五岁，大的十来岁，你追我赶，喧闹得很。我问，这是村幼儿园吗？大钱笑道，算是吧。只是没人给我封个园长当当。便解释说，因大人都忙着采茶炒茶，只她得空，便都托她暂时代管孩子们。又道，先吃饭。买茶的事吃完饭再说。柴米油盐酱醋茶，茶为啥排到最后，就因为是饭后的闲事呀。

2

午餐便由她款待，和孩子们一起吃。主食是电饭锅煮的米饭，只有两个菜，一个是地锅炖排骨，待排骨炖熟了再往里面放些豆腐、粉条、香菇之类的配菜。另一个菜还在塑料袋里蓬蓬楞楞地堆着，大钱说，你不知道吧？这是苦辣菜。这菜名儿是我头一回听说，看着像是油菜。大钱说，可能跟油菜是一科的。这里的人都爱吃的，到处都有。不过却是时令野菜，也就是这些天才吃得到，且因是冬天过后长出来的头茬，也是最嫩最好吃的。等过段时间长老了，它就开出了黄灿灿的花，那时看着更像油菜呢。它的籽儿和油菜籽儿一样，确实也能榨油的。不过要仔细去看，你就能知道不是。油菜长得很温顺，是小家碧玉的风格，苦辣菜呢，到底是野菜，茎粗叶大，很生猛，一副没有教养的野丫头样子。

她边说边拾掇着，两三个小女孩子也过来帮着打下手。所谓的拾掇，也就是把它们打理成大概齐的几段，如此才好把它们放进开水锅里焯熟。菜叶子也得稍微拾掇一下。上面有着毛楞楞的边儿，叶面上散布着或密或疏的孔洞，不知道是不是虫子咬的，这些孔洞总是让我感到莫名的亲切。还有一些叶子带着暗红间杂棕黄的色块，这色块，有点儿接近泥土的颜色，或者说，有点儿接近秋天的颜色。大叶子里有，小叶子里也有，最嫩最嫩的菜芯儿里，也有这样的色块，像是胎记。清水洗了几遍后再用开水焯，从开水里捞出来又过了道凉水，大钱便用白棉布裹住它，把水挤干，切成碎丁，然后开炒。炒起来极其简单，就是用一点儿油，再用一点儿盐，待盐味进菜即可。配菜用的是葱白、红菜椒和木耳，炒出来便是红绿黑白四色兼具，十分完美。初入口有些苦，后味儿却有点儿甜，也有点儿涩，还有点儿辣，更多的却是香。

孩子们先吃。我便帮她招呼孩子们。两个人招呼十来个孩子，竟也是好一番手忙脚乱。等终于忙完了孩子们的饭，我们才端起了碗。边吃边聊，问大钱怎么就管起了这麻烦事，她方说起来。原来她竟不是这村的人，这是她姥姥家。童年时她跟着姥姥在这里住过几年，很受照顾，念念不忘。长大后，但凡回来看姥姥，就总要住些时日。舅舅们早就在城里安家立业，姥姥去世后便卖了老宅，除了上坟都不回村。她也每年都回来给姥姥上坟，每次回来都还是想要住些时日。问她住哪儿，她指指隔壁，说是二哥家。她每次来都住这。二哥是姥姥的本家孙子，虽早出了五服，却也算是亲的了。还有，她顿了顿道，这就是姥姥家的老宅。

给孩子们做饭是因为有一年她回来住，天还没亮，她就被学校里传来的声音吵醒了。那时村小还没有被并点撤走。她闻声披衣到了学校门口，看到一群孩子聚在一起，在黎明前的夜色里如童鬼一般。她吓了一跳，问他们怎么这么早？孩子们说，家里大人都因为茶叶忙活着，顾不上他们，就把他们送了过来。早送早省心。大钱困惑道，既然来了，为啥不进学校里？大门的锁是虚挂的，没有实实地锁住。孩子们说，许校长说了，不到时候不叫进。校长姓许，四十来岁，家住邻村，容长脸面，平日里不苟言笑，学生们都有些怕她。

大钱说，听到这里，她心里就翻滚着难受起来。问孩子们吃饭了吗？都说没有，不过都带了干粮。有的是面包，有的是馒头，有的是干脆面，只是都没有热水喝。——大人们去山上打茶，孩子们却没有热水喝。这么想着，她说她的泪都快下来了。她就心血来潮，打开门，叫孩子们进到了学校里，用自己带的东西给孩子们做了简单的早餐。等到孩子们吃完，天也放了大亮。许校长来到学校，看见这情形，什么也没说，只是跟大钱一起收碗筷。直到孩子们都进了教室，她们俩相对坐着歇息。她看着我，忽然笑了一下。大钱说，我也忙回了一个笑。她没再笑，我心里就有些没底，说道：对不起啊许校长，没顾上给你打招呼，也不知道这么做合适不合适。许校长说，你这不是骂我么。沉默了一会儿，又说，打春茶的时候，家里都顾不上孩子们，我早就知道。我也不是铁石心肠。可是事关孩子无小事，我实在也是害怕了。刚毕业第一年，我在茶楼小学教书，就碰到了事儿。两个孩子早早去学校玩，在二楼打打闹闹的，一个孩子头朝下摔了出去，伤了脑子，死了。家长闹个不行，茶楼小学本来就难支撑，再加上这个事，就彻底垮了。我接受了教训，来这儿就给自己立了规矩，只做分内的事。分外的事，担不起责任。我说哪有那么巧。她说不怕一万，就怕万一。这么多孩子呢，真要有了啥事，算谁的？算你的？你不是老师。算我的？不是我招揽的事。

一时间，我停了吃饭，沉默着。大钱沉吟了片刻，接着说，许校长这话不好听，可确实也有道理，且是以血泪经验得到的道理。这道理在城里是不用讲的，是我耳熟能详的，只是在这里听见，忽然间让我觉得有些陌生了。不过她也提醒了我，让我把自己往回纠偏一下。我想了想说，要不这么着吧，我以个人名义拟个委托协议，让家长们签个字。说到事前头，话丑理不丑。她眼睛一亮，却又灰了，说，那能行？我说，试试呗。那天午饭过后，我就拟了个协议，打印出来。第二天一早，二十来个孩子齐齐地带了过来，大人全都签了字。后来我才听说，也有人嫌太啰唆，更多的还是体贴，说丁是丁、卯是卯，这字该签。人家大钱做这些事，还不是心疼孩子们。要是有啥事再去赖人家，那可不是坏了良心？也有好奇的，问我图啥，有孩子说，他妈在家里签字的时候一直念叨着，这大钱图啥呢？不收钱还管孩子们两顿饭，能不图啥？我笑道，你回去告诉你妈，大钱真不图啥。叫她放一百个心。也有人见面对我说，你这是为来世积德呀。我说，什么来世不来世，我可没想那么远。反正我爱在村里待着，反正闲着也是闲着。

3

吃完后便喝茶。边喝边听大钱讲，她说好茶要喝三道，头道茶淡而脏，二道茶甜而香，三道茶喝个光。三道过后，便换了茶。入口的茶味，又有了细微分别。当然，无论怎么不一样，茶味儿总归还是涩、甘、香。不过是有的涩久一些，有的甘浓一些，有的香长一些。传达出来的气息，有的静一些，有的沉一些，有的浮一些。大钱说，有分别就对了嘛。既然世界上没有同一片叶子，又怎么可能有同一杯茶呢？等下午去各家串去，你就更能喝出差异来。各家各户的茶山茶树不同，打茶炒茶的人不同，进到杯里的茶，怎么会一样？又说到怎么通过成品茶去鉴别炒茶水平的高低，大钱说，关键一点是看茶叶的破碎度，茶叶不破损，才能留香久。破损度的指标意义如同麦子的瘪粒，破损得越少就越能证明技艺精到。也可很直观地看汤汁，最正宗最地道的汤汁不是碧绿的，而是金黄色的。所谓的闻如兰香观如金汤，正是如此。

用的是最寻常的素面透明玻璃杯，水是自来水，味道有一股天然的清甜。茶叶没有单芽的，多是一芽一叶，初展的也有，全展的也有。但看那杯子里的景象，芽的毛，叶的尖，名副其实的才算是毛尖。尖也就罢了，毛这个字，真是太妙。是用惯了的好，也是经得起用的好，不然怎么能用惯呢？这世上，最纤细的东西就是毛，最幼嫩的也是毛，汗毛、毛发、毛孔、毛毛雨、一毛钱、毛茸茸……有毛的东西几乎都是可爱的。作为茶叶的毫，这个毛，自然是要多好就有多好。

我问，这茶要按品级的话，该到一级了吧。大钱说是。不过一级在这里不是最高级，只能算个中档。看我纳闷，便详解道，这里的春茶分六档：一档是珍品，多是芽头。二档是特级，多是一芽一叶初展。三档是一级，多是一芽一叶。四档是二级，多是一芽两叶初展。五档是三级，多是一芽两叶。六档是四级，有一半是一芽两叶，另一半为一芽三叶。这跟我在象城习得的知识很是有别，我便明白，果然这里自有规矩。便又问到底是明前好还是雨前好，她笑道，这可有些难说。村民自喝和卖给茶客的标准不同。在村民看来，茶客分两种，一种是假茶客，是喝样子的，就要芽头，尤其是明前的芽头，特别小，很难打，打出来又不容易炒好，所以死贵。茶成了，用泉水一泡，茶客们赏着杯子里嫩生生齐刷刷的芽头，说好茶好茶。其实又能好到哪里去？我问假茶客都是些什么人，大钱扑哧一下笑了，说没听说么，“大官小官，明前毛尖”。

就都笑。问她什么人是真茶客，她道，就是喝味道的人嘛。真讲究味道的，那就要一芽一叶，且这一芽一叶也并非铁定只是明前好。有句老话，叫作“火前嫩，火后老，惟有骑火品最好”，这个火，就是清明节。清明上坟，要烧纸点火么。这话的意思就是只要是清明前后的，都一样好。

喝着喝着，就浑身微汗。再喝着喝着，就浑身通泰。酣畅淋漓地喝了个痛快，方想起问她的茶是在哪家买的，她说她的茶都是村里人送的。也只能让送，因没处买去。都不卖给她。除非她要得多，否则就没人收她的钱。即便买她也不好意思多买，因价太低，总觉得买得越多越亏着人家。

那里面都是。她指着桌上一个纸盒子说。我便去看，却见都是作业本的纸包，一小包一小包的。她说，家长们给孩子们带的话是，叫大钱老师尝个味儿。

也有给多的，她就会退回去。靠山吃山，靠水吃水，靠茶吃茶。春茶跟他们的眼珠子似的，怎么能白要那么多呢？大钱说，我跟他们说，春茶贵似金，金子还得金子换，你们给我留着好茶就是了，回头我买。他们却都说，哪能叫你买？花那钱。自家的茶山，不过是费把力气。我说就是你们的力气最值钱。他们说，我们的力气值钱，就非得你来买？知道你有钱，你有钱去别的地方使，别搁这里来花。你要是真心疼惜我们的力气，要不你自己来打？你打多少都是你的。

所以你就真的上山打茶？我问。大钱说，是啊，抽空就去打点儿。不打白不打，只要你想打。只要你去打，一定不白打。又都笑。

喝足了茶，她便带我去逛。事先叮嘱道，咱们先去各家尝尝，先别急着买，等看过一遍再定。我答应着，便跟着她在村中行走。尽管才认识不到一天，我却已是很信任她了。莫名信任。似乎她是老友。每进一家，那家人上来跟大钱打招呼时也都会问：有朋友来啦。你朋友真多啊。大钱应道，人缘就是这么好，实在是没办法。

说笑两句，便坐下喝茶。进了几户人家，都尝了茶。出这家进那家，一路上，大钱像个导游似的跟我说东说西，见什么讲什么。路边桑葚熟了，结了不少甜甜的黑果子，我想要摘吃，又怕不妥，被大钱看了出来，笑道，吃吧，随便吃，得紧着吃。反正人不吃鸟就来吃，人吃了也不耽误鸟吃。只是你若是能紧着吃，总能挑着那些好摘的，不用爬高下低。那些不好摘的留给鸟吃也就是了。又指着坡上说，野樱桃也有熟的了，你要是爱吃就摘去。我便果真去摘一些，小是小，味道却很不错。初时涩，忍住，会慢慢甘甜，这甘甜，来得慢，去得慢。要是不换个别的口味，能在舌尖徘徊半晌。

比较一番后，我便入手了几斤茶。买过了茶，却没有走回头路，由着大钱带着我弯弯绕绕。信阳临近湖北地界，有着明显的南方风韵。随处可见河流池塘，稻田宛若布拼一样，一块接一块地玲珑着，真叫一个好看。不少池塘里都有荷叶正冒头。荷叶的量词该用片的吧，可是刚出水的新荷还是得用枚，它们粗粗地卷着，像是个不规则的“一”字，在靠近岸边的地方，那里几乎没有水，只有淤泥，这枝小小的“一”简直就像贴附在淤泥上。如初生的婴儿，趴在老祖母破败的怀抱里。有的稍微长高了一些，离淤泥远了一些，叶面有了一点儿舒展。在背光的一面看它，它有着一抹淡淡的赭红色。在它的不远处，有几只小青蛙在水里游着，偶尔停在水下的枯枝上。

各家的花也都开得正喜人。黄刺玫一披一挂地开着，小小的丰满的圆圆的花瓣，浓烈的甜香。石榴花噘着一朵朵小火苗，这儿一簇，那儿一簇。月季也在这时候盛开了。这里家家户户似乎都种有藤月，倒是很适宜的。不占地方，依着篱笆、拱门或者随便什么架子，开得极盛。深粉，雪粉，朱红，紫红，不外乎这几个大颜色，却因为开在各家，粉又粉得不同，红也红得不同。这藤月的花比蔷薇要大一些，香气也更甜一些。走过它们，觉得衣服都染上了香。

这村子真好。我感叹。大钱道，晚上就住这里吧，也住在二哥家，别回城了。晚上家家户户炒茶，花香加茶香，整个桃湾都是香的——不是我不想送你，路又不远，几脚油门的事。就是想让你多吸几口这香气。我欣悦道，好啊好啊。大钱当即笑得灿烂如太阳，道，跟你真投缘。我睡的是张大床，你同我一起？就是多个枕头的事。我说好。

4

晚饭便是在二哥家吃的。饭后两口子便在东厢房里忙起来，二哥手里舞着茶把在茶锅里搅动，屋里的簸箩里摊放着鲜叶。我问二嫂，这叶子都是今天打的？二嫂说，那可不是。问她，怎么有的簸箩里鲜叶多，有的簸箩里鲜叶少？她说，虽说都是鲜叶，鲜叶和鲜叶可不一样呢。上午叶、下午叶，壮树叶、老树叶，晴天叶、雨天叶都得分开摊晾，不能混到一起。鲜叶不一样，炒制的力道和火候也就不能一样。我叹道，真不知道喝杯茶有这么不容易，还以为上山打茶就是最难的了。二嫂说，打下鲜叶，这难字才走了个上半程，且不到家哩。下半程的难呢，就难在炒茶，要一夜到天亮。如果不及时炒，就会发酵，“发烧出汗，鲜叶完蛋”，以前的忙活都是白忙活。

大钱道，有一个曲儿，唱的就是炒茶人的苦。我听二嫂唱过，唱得可好。二嫂，你再唱唱呗。二嫂大方道，唱唱就唱唱。等二哥炒过了一锅，趁着歇息时刻，便轻声哼唱起来：

炒茶之人好寒心
炭火烤来烟火熏
熬到五更鸡子叫
头难抬来眼难睁
双腿灌铅重千斤

音质有些粗粝，韵调也有些忧伤，却不知怎的也并不让人沮丧。我问这段曲儿叫什么名儿，二嫂笑道，就是个曲儿，没名儿。这还值当有个名目？不过这种曲子倒有个名目，叫“闲五句”，许是因为在闲时唱的，且都是五句。还有一首“闲五句”，词里也有茶，却是酸曲儿：

手扶茶棵泪不干
心中好似滚油煎
送哥送到分水滩
撩水给哥洗把脸
分水容易分人难

我不由得鼓掌叫好。二嫂笑道，这就算好？还有更好的呢。又唱道：

夜夜睡觉想着郎

想郎想得脸焦黄

打开枕头给郎看

眼泪发芽二寸长

床底挖个养鱼塘

我自是更热烈地鼓掌，得寸进尺地央求她再来几个，她说她就这些了。一边应着我，夫妻俩便又忙起来。二嫂忙着烧火，随时填柴、退柴，火光映着她的脸，多了几分红润俏丽。二哥忙着杀青，揉捻，炒生锅，炒熟锅，再甩条儿。生锅要大火，熟锅要中火，甩条要小火。每个程序都得六七分钟。最后一个程序是碳焙，用的就是极文的炭火了。焙着焙着，毛尖特有的香气就弥漫出来。

那天晚上，就是在这香气里，在二嫂忙碌的间隙里，我和大钱时而听她唱曲，时而和她闲话。我问二嫂，二哥炒茶的手艺，也算是行家里手了吧。二嫂瞧了二哥一眼，笑说，他那成色呀，顶多算半个行家，一只里手。说得二哥也笑起来，应道，我可一般。一般的意思？就是能把好茶叶炒好。好的炒茶师傅呢，是能把三等茶叶炒出二等味道，二等茶叶炒得接近于一等茶，这才是真厉害。就像种稻子，上等田里种出好稻子，不稀奇。下等田里种出好稻子，才见功力。我说，这还像老师教学生，好老师不仅能把好苗子教好，也能把中等苗子拔起来。二嫂说对对对，就是这个意思。

二嫂娘家在山外，是平原乡村，离桃湾有十来里，属于另一个镇子。问起当初怎么嫁给二哥的，她笑道，还不是因为茶。别看是在信阳山里，也不是所有的地方都有茶山，很多地方只有水稻田，没有茶山。桃湾村的茶山算是多的。早在二十年前，乡里还在这里设有茶厂，一到春茶季，就由乡里出面召集人来打茶叶，工钱不菲。那时还不太时兴去远地方打工，好多外村的姑娘小伙儿都过来做这活儿，既挣了钱，也恋了爱。二嫂和二哥当初就是这么认识的。她说，原本最动心的就是二哥家有那么多亩茶山，想着有了这茶山，够几辈子用，吃不穷穿不穷的，就嫁了过来。谁承想有恁多罪哩。听我打趣问是不是后悔了，二嫂却又道，后悔啥，不后悔。咱吃得了茶的香，就受得了茶的苦。二哥笑道，你这话说得硬气。再说了，后悔有啥用？迟啦。

不知不觉已过十点，二嫂催我们去睡，临走前我又赖着二嫂唱了一曲：

小小鲤鱼压红鳃
上方游到下方来
穿过多少金丝网
闯过多少钓鱼台
不为仁兄我不来

睡觉是在临街屋，果然是一张大床，床上铺盖被枕虽旧旧的，却很干净清爽。一张小木桌上放着电脑，还有几本书。角落里有瓶插的一大把香蒲草，叶片秀挺，蒲棒可爱。听我夸，大钱道，你走时我送你啊。又打来了一盆热水，要我洗漱。客随主便，就都依她安排。洗漱完毕，又就这热水泡脚，大钱便忙着添水。在把脚伸进盆里的瞬间，我和大钱面面相觑了片刻，便笑起来。笑得会心会意——相识不到一天，居然就睡到了一张床上。且还是在如此偏远的村庄，在这素昧平生的农户家。这史无前例的进展速度于我而言，实在也是预料之外的。虽是预料之外，却也是那么自然地水到渠成。

临睡前，我又在东厢房门口站了一刻，静静地闻了一会儿茶香。这时候的桃湾村，正浸泡在层层叠叠的香气中。有花的香、树的香，更有茶的香，几种香混合着，如同无形的波浪，此起彼伏，潮涌而来，缠绵回荡。花香平和悠远，树香深沉庄严，茶香则绵长热烈。多有意思。茶树长在那里的时候，散发出来的，也就是一股子散淡的植物清气。如今，她隐秘的芬芳被尽情尽兴地点燃，如同花朵绽放。再然后，这芬芳会被密封，会被冷冻，直至沸水再把她点燃。再度被点燃之夜，就是她最后的纯净的疯狂。

脚步轻响，大钱也走过来，问我，这味道特别好闻吧？我说，是啊，在这样的味道里睡觉应该能做美梦。她点头道，我每次回来，都会睡得很香。尤其是在这老宅里，尤其是炒茶时节。

每年都回来？

嗯，每年都回来。我妈妈去世前特别叮嘱我，叫我每年都回来给姥姥上坟。她还说，因她是出门闺女，死了也不能埋回老家，只有我能替她来看看。她还说，乡下日子总是苦。你回去时，能做点儿啥就做点儿啥，算是替我尽了心。

大钱的眼睛里泪光盈盈。

5

一夜无梦。第二天早上，大钱叫醒我时，一看时间才七点，我说，这也太早了吧。大钱道，早什么早，二哥二嫂六点都走了。咱们赶快吃了饭去采一会儿，半上午还得回来支应孩子们的午饭呢。

饭后换了鞋，大钱又塞给我们每人一个小篓子，篓子里窝着一顶防晒帽，边儿有些油黑。然后便跟着她顺着小路去往西坡，也没有多远，不到半个小时便走到了。遥遥地看到了二哥二嫂，脸用防晒帽遮得严严实实的，正在两手飞花般采着。高声喊二嫂，她挥了挥手。及至到了跟前，她先讲怎么防着脚下的枝枝节节小坡小坎，又讲怎么防着乱茶枝戳着眼睛划着手，讲若干安全事项，才开始讲怎么打茶叶。却原来，这打茶叶不是我想象的那样——我一直以为，打茶叶很像摘棉花，竟是错了的。小小的芽头小小的叶，怎么能像棉花一样呢？需得用巧劲儿。看准了芽叶下手时，有时得掌心朝上，食指和拇指向外向上提，有时又得掌心朝下，食指和拇指向里向上提。后来我才知道，这种打法叫提采。还有一种打法叫折采。最忌讳的采法就是掐采，凡是掐采过的茶叶，炒出来都会泛红。二嫂一边说着，手里也不闲着，那轻巧敏捷的动作看得我连声哦哦，我也才明白他们为什么会说打茶。必须得用打，也只有是打。

教完了我们，二嫂又叫我们打给她看，大钱自是比我们业务熟练，相比之下，我便是笨手笨脚。看着我的样子，二嫂的眼睛在防晒布后面笑得弯弯的，又演示了两遍，方才离得远了一些，去专心打茶。二嫂一走，大钱便俨然升级成了专家，开始指点起我来。我自是虚心学着。打了一会儿，手渐熟了。熟能生巧，倒也不难。只是脚下不平，需得拿捏着劲儿站着，又得看着手里的，累得慌。

打了半天，腰背便有些酸痛，看看小篓子里，却还没有盖住底儿。太阳照着，满山的绿叶子晃着，有些头昏眼花，我便站住。大钱笑道，累了吧，那就歇歇。咱们寻块宽敞地儿坐下来，你看着别踩上野猪粪。我惊讶道，这里有野猪？大钱说，你不知道吧？野猪多着呢。你看咱们这地多松软，都是野猪来刨的。野猪来这里干啥？找东西吃呗。吃茶叶？她说吃去年秋天落下的板栗，茶油树上结的果子，也吃野菜，春天新发的娃娃拳，都是它们的喜好。我说不得想法子赶它们走？二嫂在那边搭话道，赶啥呀赶，野猪来了是好事哩。人家吃的东西又不碍咱们的事，还来松土呀，来上粪呀，可不都是好事。说着便指了指隔壁的茶坡，人家今儿可不来打茶叶了，人家在茶山上下了野猪套儿，昨儿套了头小野猪，三岁了，有百十来斤。今儿肯定在家收拾那头猪呢。人家运气咋就那么好？咱也下过套儿，都没碰上这么样的大好事。前几天远远地瞧着了刺猬、猪獾和狗獾，见人就跑，以为咱会逮它们似的。倒是去年逮着了一只山鸡，山鸡知道吧？那翅膀花得跟唱戏的彩衣似的，好看死了。俺们吃了两天的肉，那毛还留着哩。

歇了一会儿，我们又起身去打。不知怎么的，都没了闲话，竟然凝神专注起来。满山的大寂静中，除了鸟叫，就只有我们忙碌的声响，沙沙麻麻，扑扑簌簌。打了好一会儿才觉口渴，喝了几口水，喊着二嫂，问她要不要喝水，她只一个劲儿摆手。问了两遍，我干脆走过去，非叫她喝口水歇一歇。二嫂说，不歇啦。歇一歇就想歇两歇，不怕慢，就怕站。水可不好多喝，喝多了得放水，这喝水放水来来回回折腾的，不知道会耽误干多少活儿。我顿时讪讪地，觉得自己一把岁数的人，怎就这么不懂事起来。

待回到大钱旁，大钱道，二嫂打茶就是这样惜时如金。手慢的一天打一两斤，手快的一天三四斤，七八十块一斤。你算算这账？单卖鲜叶，二十来天挣个四五千五六千就是寻常。这边还有句行话是：清明茶，小小芽。谷雨茶，大把抓。你不知道吧？谷雨之前的茶，都叫头茶。眼下这时节就是头茶。行话说：头茶打不好，二茶发不了。头茶芽叶长得又好又多，还长得快，隔几天就需要再打一遍，叫巡打。这头茶要是没打好，就会“跑茶”。不要以为茶树的根儿扎着，茶就不会跑。——你不知道吧？茶树不会跑，茶味儿可是有腿有脚的，待不住了就会跑。等它跑了，打到手里的叶子就不再是杯中宝，那就只是一把草。谷雨前的末几天更繁重，因要打“头茶尾”，这算是春茶里的末茶，味道又好，芽叶又体面，虽卖不上价，给亲戚朋友送一送也不那么心疼，自家喝待客喝也都适宜，几方都能抵达最佳平衡。

如此说来，头茶尾竟然是农家最体己的茶了。不过我又衍生出了些疑惑，便遥问二嫂，头茶尾打完呢？再发出来就真的不打了？二嫂回话道，头茶尾以后的茶就是夏茶了，一般没人打。即便打下来也不好喝的。你硬要再打两天也没人拦着，打下来的茶混到头茶里也没人拦着，可是你多打那两天干啥，人家都不上山了，就你上山，你家的茶名声也会赖。不定就会有人指戳说，他家的茶过了谷雨还在打哩。都穷成了这？咱这何苦哩。我惊奇道，还能有这种说处？大钱叹道，村里的事就是这呀。看着各家过日子，其实也是有条共线的。你不知道吧？村里有的人家即便富足，能买得起茶的，只要在这村里住，轻易也不去买。多少都会去亲自打一些。要是不打，也怕被村里人议论忘本，还怕会被村里人讥讽说，有钱嘛，买嘛。跷着腿在家喝嘛。

笑了一番。二嫂越打越远，我们越打越慢。后来索性又站住喝水闲话，大钱突然问，你们喝过毛尖的秋茶没有？我说没有。大钱道，秋茶最好喝。行话是：春茶苦，夏茶涩，秋茶好喝舍不得。为啥舍不得？因秋茶得留着养树。即便要打也是在白露前后轻打，所以也叫“白露茶”。秋茶没有苦涩味，有花香气，就是量极小，搁不住卖，只能送给最亲的人。所以还有句行话：春打金，夏打银，秋里打的送情人。就又都笑。

将近十点半时，大钱说得回去了，还得给孩子们做饭呢。问二嫂，中午要不要过来给你们送饭？二嫂说不用送，带了干粮。边说边把几片鲜叶送进嘴里。我便问，咋吃生叶子？她说还不到吃饭时，饿了困了累了，吃下几片鲜叶，立马就能提劲儿哩。问我说，下午还来呀？我说，下午就走啦。便慢慢走过去，把小篓子里的鲜叶合到了大钱的小篓子里。大钱夸道，不赖，夜里叫二哥给咱炒炒，我估摸着能炒出半两，够你喝三天。我说，半两哪够喝三天。大钱笑道，这是西坡呀。别坡的茶不能，西坡的就能，它茶气足嘛。

她用的是茶气，不是香气，就又勾出了我的好奇，问她茶气和香气有啥不一样？大钱道，当然不一样。香气是到茶面儿上的，一泡就出来。茶气比香气藏得深，得慢慢品。有的茶，你可能还没喝茶就闻到了香气，不想闻都不行，它奔着你的鼻子来了嘛。这种茶就是香，猛气不足。可是有的茶乍喝着是淡淡的，你必须得喝好几道，才能体会到那种盘盘旋旋的茶气。有时候得喝一段时间才能知道，茶气足的茶，更耐品。这茶气——你不知道吧？往根儿里说，是地气，是树气，是人气。我懵懂道，地气树气也还好明白，咋还有人气？大钱说，对啊，就是得有人气。人勤谨，会打理茶树，也才有树气。地气、树气和人气合股到茶上，才有茶气嘛。对了，这里的茶树之所以茶气足，顶要命的还有一点就是不打药。就是想打，你多半也打不成药。山高风大，你背一壶 920 上来，一喷出去，被风一吹都跑偏了，没效果。再说了，背着一桶 920 上去，你试试？累不死你才怪。对了，你不知道吧？ 920 又叫赤霉素、赤霉酸，种类很多，据说有三四十种。这里的人只叫 920。920 啊 920，她既赞叹又鄙视地说，你下午用喷雾剂打一下，明天早上再去看，那芽叶出的，要多好看有多好看，要多喜人有多喜人。可那毒茶，你能喝吗？你敢喝吗？

沉默了片刻，我说，来了桃湾，认识了你，认识了二哥二嫂，以后可不用担心喝到毒茶了，是吧？大钱道，当然。不为仁兄我不来，说的就是这。

就都笑。

6

午饭后要走时，在二哥这里买了十斤茶，寻常价，却多给了半斤。二哥说，熟人多吃二两豆腐三两肉，多半斤茶也是应该。大钱也送了半斤茶给我，说是自己打的鲜叶。临行前拍了拍脑袋，又进屋将那把香蒲草抱了出来，说要送给我。

这个，不好拿吧？我说。

不好寄，却是好拿的。只是你这路上得辛苦点儿。她说着做着，利落地把香蒲草用绳子密密地匝好，又用一个厚实的化肥袋把它们裹紧，放进了车后备厢。我说那你可就没有了，她说这些东西年年长的，在村里不值什么，只是到城里却不好见。你喜欢就好。你不知道吧？蒲棒是一味中药，可以止血呢。

到了信阳东站，和大钱拥抱告别。相视而笑着约了明年此时再见。她让我先进站，我非要目送她先走，她终是依了我。临上车前，她又回头喊道，差点儿忘了二嫂叫带的话，她说等谷雨过了就给你寄一些"头茶尾"。你不知道吧？这"头茶尾"可是二哥二嫂送你的，不收你钱。我如傻子一般憨笑点头。

你不知道吧？——看着大钱的车远去，不知怎么的，突然就想起她这句口头禅来。嗯，我确实不知道。不过，我很愿意知道，也很荣幸知道。

与此同时

七堇年*

1

黎明将近，天色由青入蓝，缀着疏星。

脚下，雪细如粉，头灯一照，闪动微观的虹，仿佛一层钻石粉末。雪鞋笨重，像踩着一双塑料船，走起来得两脚分开，一步一迈。

“看我们像不像两个圆规在走路？”

况子白了我一眼。“屁！”

我踹了他一脚，突然感到自由，没有女人了，可以想做什么就做什么，想说什么就说什么。

雪鞋走起来咔啦咔啦作响，登山包与滑雪板发出轻微而规律的摩擦声，脚下一停，就耳聋般寂静。眼前是最后一段陡坡，仰望：松树一根根陡立，剑指青天。况子把雪鞋后跟的搭扣撑起来，开始爬坡，我也照做了。一到户外，他总是喜欢做先锋，做领攀，给人开路，但那真不是走第一个那么简单，他每一

---

* 七堇年，女，本名赵勤，1986 年生于四川泸州。作品发表于《收获》《人民文学》《当代》等刊物，已出版《大地之灯》《被窝是青春的坟墓》《平生欢》《晚风枕酒》等长篇小说和散文集十一部。曾获华语文学传媒大奖最具潜力新人奖、紫金·人民文学之星长篇小说奖等。

步都要用体重压上去，一脚一坑，深雪吃进膝盖，像是在海水里迈步。

我跟了五十米，热得要炸。羽绒服里，汗水从腋窝滴下，沿着两肋滑，奇痒难忍。从领口里我闻到自己热烘烘的臭汗，想起每次打完球回家，桃子先是冲向我，又刹住，怔怔地盯住我，捂着鼻子，跑开。桃子妈的背影在厨房，一枚轻而冷的声音飘过来：快去洗。

我不知道为什么到现在还会想起这个，心里发紧。我卸下包，一把脱掉外套，只剩最后一件速干短袖。

“狗日的你显摆肌肉吗，冻死你。”况子又来了。

“关你屁事。”我干脆把短袖扒了下来，狠狠一拧，热汗滴在雪上，融出几个小坑。重新背上登山包的时候，背带像粗糙的冰块摩擦肩膀，鸡皮疙瘩一阵，虚脱般爽快。

不知何时天已发亮，我关掉头灯。剩下那段攀爬没花多久。登顶那一刻，太阳蹦了出来，云缝间横着几杠金光。天地澄明，远处的城市一片黯淡，像条大黑狗似的趴在山脚下睡。站在这高处，我俩忍不住号叫起来，野兽般快乐，大口呼吸，想把双肺漂染成一副天蓝色的帆。

风吹来，终于冷。我穿回衣服，拿出能量棒，喝水。况子在我旁边一屁股坐下来，看朝阳。四野白茫茫，粉雪雪道洁净无痕，又陡又窄，像一卷突然失手的卫生纸，一泻到底。世界化作一整山的海洛因，让人无法拒绝地上瘾。

喝完水，我俩眼神儿一碰：上。

2

德语里有个单词是 Fernweh，指的是“对一个从未去过的地方的思乡之情”。我心里那个地方是西伯利亚。读过一本书，《在西伯利亚森林中》，法国记者、探险家西尔万·泰松写的，记录自己在贝加尔湖畔雪松北岬的一座小木屋里的半年生活。开篇，泰松描写他为隐居生活采购物资的时候，去到了超市，茫然面对琳琅满目的货架，心中再次涌现对现代生活的厌恶：“十五个品种的番茄酱——这就是我想要逃离的世界。”

我不想用“逃离”这个词，我可是专门奔西伯利亚来的。从北京飞伊尔库茨克，两千六百公里，航班三个小时。从伊尔库茨克开到贝加尔湖，两百六十公里，却整整要花八个小时。车站破烂得仿佛还停留在八十年代，苏联风，一眼穿越回到童年县城。我查好了贝加尔湖的俄语怎样拼写，一笔一画描在纸上，去窗口买票。

几辆旧依维柯停在后院，车上没人，司机正在捯饬车尾行李舱，见了我，指了指副驾驶座位，竖起手指比出三，用力晃了晃。我不明白，也不想理会，就径直上车，选了个靠窗的座位。

车子出了站，却进城挨家挨户接人。韩国情侣，日本小子……各自站在旅馆门口，等车来接，搞半天只有我大老远跑到车站来……我感觉沮丧，一头贴在玻璃上，盯着外面的乘客。每人都有个大箱子，轮子陷进雪地，拖不动，撂在地上装傻。司机骂骂咧咧地把箱子拎起来，猛塞进后舱，依然朝着每个人比画数字三，依然没有人理会。

兜兜转转一个多小时，人总算坐满了。出了城，车速快了起来，车窗上的水汽迅速结冰，比毛玻璃还毛玻璃，视野变成白内障。我这才明白过来：只有挡风玻璃不结冰，多交三百卢布，可以坐在副驾驶，看风景。但真正坐那座位的，是最后一个上车的，只能坐那儿，而且没见交钱。

我懊悔不迭，掏出纸巾擦窗，这才发现那不是雾水，是冰，纸巾擦半天，完全没用。一想到剩下八个小时就要这么白内障下去，我烦躁极了。睡不着，眼睛越过座位中间的走道，盯着挡风玻璃看——路面像一条黑胶带，把左右两半雪景草草粘起来，勉强凑成一张画面。色调硬冷，景色重复得几近静止——

类似于早期拙劣的电子游戏背景，用简陋的相对位移来表示玩家在前进。

一阵刺啦刺啦的声音从后排传来，我回头看：众人东倒西歪昏睡，只有一个姑娘醒着，用一张银行卡刮车窗，冰屑纷纷掉落，玻璃上被生生刮出一块透明的、闪动着雪景的“相框”。阳光透进来，照亮她的睫毛和瞳孔，蜂蜜色的光晕。她大概二十多岁，亚洲脸，身旁的大概就是男友，时不时从对方耳朵里摘下音乐来听，俩人头凑在一起。我嗓子里涌出一股甜到齁似的酸闷，无端想象这姑娘和男朋友的种种画面，他们刚好上的那个月一连七天不下床的样子，结婚了以后是什么样子，有了孩子之后会是什么样子，他们的吵架，他们的分手。桃子妈在产房里挣扎的情景突然就又从黑箱里蹿出来了，撕心裂肺，号得我发软。当时我被巨大的焦虑和空白碾压，心脏堵在喉口，无法呼吸，伸手想安慰她，她却一把拽着我胳膊咬，疼得我身子一蜷，头撞在一个什么设备的角上。

没过几分钟，我再回头时，车窗“相框”又结了冰，风景消失。那姑娘像是决心要把风景从冰层中解救出来一般，又刮。孜孜不倦，车窗结冰多快，她就刮多快，好像非让这幅黑白照片在玻璃上保持显影不可。刺啦刺啦。刺啦刺啦。说实话，那声音的确刺耳，惹得其他乘客纷纷侧目，而她男朋友就把那些目光顶回去，转头护着那姑娘，露出一种纵容的笑。

我被那刮玻璃的声音磨得莫名烦躁，越发觉得不可忍受……真想让她别刮了，拳头不自觉在捏紧……不，忍住，忍住，我对自己说，七年后那个男友（要是还没分手的话）估计也会和我一样烦躁。用不了七年，三年吧。也可能一年。

不能再随便这么发火了……我努力放松拳头，闭上眼睛，想深呼吸，却只吸到车厢里的暖气，复杂的香臭抵消，混成一种闷人的浑浊。想来我跟桃子妈刚恋爱那会儿也新鲜过，好像也挺开心的，但具体是什么我忘了。婚礼特别累，吵了十顿架。临闹洞房前一天晚上在酒店房间里吹气球，分装巧克力糖。气枪给朋友了，我拿嘴吹，腮帮子酸，坐在地板上，背靠着床尾，困得快要融化了。那一刻我特别想说要不咱们别结了，别弄了，何必呢，都走吧，让我睡个好觉。

婚礼况子没来，根本联系不上。挺遗憾，没来也好，以他那张嘴，估计我只有被拿来开涮的份儿。据说当天我困得在婚车上直打呵欠，闹洞房的时候整个人出神，反应慢半拍；幸好大家一通胡闹，像葱姜蒜辣子炝炒腐肉，什么味儿都掩盖过去了。司仪的话筒嗡嗡作响，不停啸叫，我站在台上差点打呵欠，拼命忍着不张嘴，眼泪一下子就憋出来了，大家都以为我是感动。

来客们动筷子了，我们开始挨桌敬酒，一桌接一桌起立坐下起立坐下。有时候真的不知道人类发明这些破事儿来折磨自己有什么好处。我横了心把自己迅速灌醉，所以空腹一上来就猛喝，迫切躺平。大酒让我难受了三天，也被桃子妈数落了三天，说我整个人横着被抬上床，就直接吐枕头上，吐了两三天，不省人事，还哭，丢下一堆客人不管。我说行了行了都是我不好，反正没有下次了。

3

我知道贝加尔湖很大，但当况子说它有整个荷兰，或者整个比利时那么大的时候，我还是有点吃惊，暗地里不相信。想 Google 一下，但手机没网。到了湖岸，信号就时有时无了。一片白茫茫中依稀冒出些破房顶，道路纯靠车辙辨认。我心想，到了盛夏，湖畔一定是尘土连天吧，路面连沥青都没铺。

村里跑着许多同款伏尔加牌面包车，纯苏联风格，灰色，老古董。柴油味儿呛人，人坐在里面抖得像全身都被上了抢救室除颤器。轮胎磨得没了纹路，但对付大雪游刃有余，令我百思不得其解——一路上我就从没见俄罗斯人用雪链。

我找客栈老板问逛贝加尔湖的事儿，她开始帮我打电话问村里司机明儿有车不。放下电话，她找了笔，在纸上写下 10:30，看着我，笔尖戳了戳大门口。我点头。

第二天一大早我就去大门口上车。隐隐朝阳在地平线尽头闪着一线粉紫，远处的森林尚一片微蓝，空气清爽冰彻，雪深及踝，我大口呼吸，久违的兴奋。

车来了，司机是个蒙古人，身兼数职，除了开车，还是导游、厨师。在第一个下车点，乌泱乌泱的游客已经聚集在湖岸拍照，丝巾飞舞，全国各地的方言都齐聚一堂。这哪里是贝加尔湖，这分明是天安门升旗仪式。

我沮丧得喘不过气，上车后，用谷歌翻译输入中文“请带我们去人少的地方”，俄语翻译出来了，我递给司机看。他歪着头，看不清，拽过手机来认真看，终于点点头。

好像管用。我们越过好几处游客扎堆的地方没停车，一直开到森林深处。没什么人，司机像放狗似的，刚打开门，车里游客便叽叽喳喳蜂拥而出，韩语日语响彻林间，拍照的，踢雪的，都疯了似的。大人这么疯起来其实更讨厌，比小孩儿还烦，因为破坏力更大。不知道是谁来了一脚，大树上的积雪被踢下，全掉进我脖子，一回头，人影儿还见不着。

司机嚷嚷着什么，朝着一丛不起眼的灌木扑过去，搓了搓，然后双手捧到面前，做出“哇”的样子，意思是很香。我们也跟着闻了，的确有奇香，是类似花椒加陈皮的那种辛辣，又有点薄荷的感觉，到底是什么植物，始终没能搞明白。

游客满林子撒欢去了，司机开始生火，给我们做午饭。他拿出柴，点了火，支起三脚架，挂上一口锅，加水。等水开的时候，切了大坨鱼罐头肉，一堆土豆，一股脑丢进锅煮。我心里一惊——这不喂猪的吗？跟我人不人鬼不鬼那段时间的吃法一模一样。再也不想回到那日子了。

我离开人群，想穿过树林去看看贝加尔湖。雪深及膝，一脚吃进去，半天拔不出来。三百米走了十分钟，终于到了森林边缘，脚下是陡坡，陡坡底下是一望无际的白。那就是贝加尔湖了吗？全冻了，但也没有蓝冰，只是一片平整无垠的白。天际线处，浅浅地一条线收了尾，好像是岸，又好像还是天。有几个游客窜到陡坡下边去了，正往湖上去，看起来像拍死的苍蝇掉在大白纸上。

食物的味道飘来，大家围坐在大木桌旁，等司机把煮好的鱼汤分到碗里，配着面包蘸。卖相不好，但味道还将就，比我煮的好吃，也可能只是环境不同。吃完，司机迅速把我们赶回车上，原路返回，途中停下几次放我们下来拍照，就这样结束了我心心念念的贝加尔湖之行。

怎么说呢，一切都很相似——期待有多隆重，结束就有多草率。像我跟桃子妈之间。或者说，像大部分人之间。

4

砰，砰。床板下面传来两脚震动。我翻个身继续睡，把被子拉上脸。砰，砰。又来两下。我恍惚知道，只要我一睁眼，准能看见况子猴儿似的用三根手指把自己吊在床沿儿上，摇。他说那是锻炼他的小肌群，攀岩用的。

在火车上，我摇着，做了相同的梦，总觉得还在大学宿舍，下铺还会这样踢我。睁开眼，突然想不起在哪儿。要过一会儿才能回过神来：我这是在火车上，在横贯西伯利亚大铁路上，要从贝加尔湖开始，一路往东，起码要开三四天，才能抵达鞑靼海峡。铁路到那儿为止，到了那儿有一趟跨海轮渡，轮渡坐到对岸，就是库页岛了。况子在那儿等我。

我已经大概十年没有坐过绿皮火车。总觉得，每个年龄段都有每个年龄段适配的交通工具——自行车属于少年，火车属于青年，飞机属于中年，邮轮属于老年。

如今所有人都属于汽车。

我不想属于汽车，我要坐绿皮火车，我以为我坐了绿皮火车，就能回到青春时代。青春就跟大名鼎鼎的西伯利亚大铁路一样——盛名在外，身在其中，不过如此。

唯一壮观的是每次火车拐弯的时候——铁轨镰刀似的甩过雪岭，剖开密林，消失在透视灭点。跑道一样的大河，平整冻结，抚着国境线，迟疑蜿蜒。

除此之外，真是太无聊了。白天，雪野是白色的沙漠，枯燥晴朗，贫瘠广阔，植物只剩几笔灰调子，看久了怀疑自己是色盲。太阳总是显得很累，像个不想上班的人，心不在焉地斜斜挂起。在我和桃子妈生活的北纬三十五度温带，晨曦与黄昏难以分辨，差不多的色调，差不多的暧昧，通常看不见日出，也没有日落。而这里不同，黄昏和清晨分得清清楚楚，清晨总是亮的，粉的，而黄昏是黯的，蓝的。雪到深处尽是蓝，阴影普蓝，天色钴蓝，月光银蓝。我记得有一天傍晚，火车穿越一片树林的时候，我看见一只鹿，茫然地站在雪地里，拧着头，看着我们，静静地，困惑地，但也并不在意地。

那竟然是整条穿越荒野的铁路沿线，我看见的唯一一头野生动物。其余都是疲倦的村庄——清一色的老木屋，结结实实地关着双层窗，道路空无一人，像被遗弃的沙盘模型；只有屋顶冒着的那一缕烟，证明生活存在。那应该是质朴到只剩下黑面包、黄油、柴火的生活。只有一个品种的番茄酱。

逃离到西伯利亚，却没有感到自由，只剩一种真空般的茫然——大概是因为语言不通，一切感知都被冻结了。况子吓唬我，要在零下四十摄氏度的雪地露营，于是我带了温标零下三十摄氏度的羽绒睡袋。而事实上，气温一直都在零下十七到零下十二摄氏度以上，尤其是车厢里，暖气闷得我窒息，所有人都热成烤猪，一米九的俄罗斯大个子穿着短袖短裤，蓬头垢面地在过道走来走去，动物园猩猩似的刻板行为。满车都是复杂的人的气味，汗味儿，鞋味儿，泡面味儿，芝士味儿，拖把味儿。我的铺位在上铺，但除非迫不得已，我坚决不肯躺在床上。它让我想起中世纪一种刑罚：囚犯躺在一个壁龛那么大的棺材里，日日夜夜，不得动弹。

每天一早，我就趁人少，去车厢尽头接一杯开水，兑了咖啡，削了苹果，坐在过道的弹簧凳上，等天亮。漫长的火车行程里人们以昏睡度日，可我害怕睡觉，害怕睡着了那个梦又追上我。困得被迫躺下的时候，我也小心翼翼，像一个西伯利亚森林里的逃犯，随时感觉身后有几杆猎枪追上来。在不断搁浅的睡眠里，我能听见四周的俄语叽里呱啦地说啊说啊，意义的河水已经冻结成一条冰面，我滑行其上，完全不知道脚下是沙还是水，一切的所指与能指要么冻结，要么蒸发殆尽。

以前桃子或者她妈跟我唠叨个不停时，我也会关闭大脑，只留嘴皮自动播放："嗯，然后呢？嗯，然后呢？"她们会就着这些"嗯"和"然后"自动说下去。我一个字也没听，而她们也没发现我其实没听。

我不知道谁更可悲，我，还是她们。

那趟火车慢得像马上就要死了一样，不知为何还晚了点，列车员给乘客每人每天多发一盒方便面、一瓶纯净水，作为补偿。我想问列车员晚点了多少，什么时候该我下车。列车员非常认真，用放慢十倍的俄语，一字一字跟我比画，好像她说慢点我就能听懂俄语似的。

车上没信号，手机翻译也用不了了，我放弃。听她讲完，我说"死吧戏吧"，意思是谢谢，那是我唯一会的俄语单词。她扫了一眼我身体，捏了捏我胳膊，又用双手在空气中比画了一个葫芦的形状，对同事说了什么，笑起来，我猜意思是说我瘦，对她回以一笑。

直到那一刻我发现，其实和陌生人相处的时候，我更像个好人。要是换作桃子妈，问她啥时候下车，她拿放慢十倍的客家话跟我掰扯，没吵起来才怪。死吧。戏吧。所以陌生多好啊，多好。真希望我们从来没能变熟悉。

5

终于抵达大陆尽头，我下了火车，和所有人一起拥向渡轮码头。渡轮一天只有一班，要花二十四小时，才能穿过鞑靼海峡，抵达对岸的库页岛。

整个小镇萧条得像个破玩具。它仅仅是为了这个大陆尽头的火车站和码头而存在的。所有乘客一下火车就蜂拥挤进候船室，所有能躺平的地方迅速躺满了人。我走向一台咖啡机，一个老太太跟上来，紧紧盯着我。我投了币，咖啡过了很久还没出来，就在我以为机器坏了的时候，咖啡泌尿似的滴出来了。老太太和我说话。我一脸茫然，她指了指杯子，做出一个喝的姿势。我把咖啡给了她，她心满意足，端走了。没说谢谢。但我也不介意。

我没有打第二杯，转身去买了一个热狗。尽管饿，这仍然是世界上最难吃的热狗。我一边感慨着真难吃啊，一边吃完了，瞬间想起桃子妈拉着我看的电影《安妮·霍尔》，开篇伍迪·艾伦对着镜头说："人生真是处处糟心哪！最糟心的是它太短了。"除了这个开篇，电影后面部分直接把我催眠到打呼。我不喜欢她挑的片子，我喜欢《黑客帝国》，或者《无间道》《杀人回忆》，而这些，她也不喜欢。有时候我真的不明白，我们当初到底是怎么好上的。

突然售票窗口嚷嚷起来，售票员上班了。所有人拥上前去，七嘴八舌，群情激愤；很快，窗口摆出了一块牌子，群情更加激愤，但又迅速骂骂咧咧散开。

猜都不用猜，天气欠佳，轮渡取消了。未来好几天都不会再有。

在电影或者小说里，此刻应该是情节的转折点，另一个女主角会出现，跟我说话。我会在这个鸟不拉屎的地方待上几天，一生从此改变。人好像总是喜欢这类叙事——从一个意外的错误节点上衍生出正确的枝丫，并最终发现那枝丫是注定的。

但我吃过那根热狗之后就知道，绝对不要在这里停留。一个错误只会带来更多错误。我当机立断，买了回程的火车票，回到最近的有机场的那个城市，坐飞机离开这里。于是刚刚离下火车不到两小时，我又爬上了同一列火车，掉头，往西。

车厢空得好像世界末日，一个人也没有，我怀疑火车的其他车厢已经被丧尸占领了。开了一个小时，到了一个小站，上来了一个大妈，带着三个孩子。

从上来了那一刻起，孩子们就一直在尖叫玩闹，一直要吃的，要玩的，要跑，要跳。那个大妈劝着，哄着，骂着，自言自语着，从上车的那一刻起嘴就没闭上过。那声音让我发疯，像猎枪一样顶着我的后脑勺，我爬起来就逃，逃到了另一节车厢，再远一节，又远一节，更远一节，直到终于听不到那声音。

下了火车直奔机场，在铁椅上躺了几小时，终于上了飞机。落地库页岛的时候，我觉得我整个人都发臭了。一个多星期没有洗澡，甚至没能好好刷牙。机场依旧残破，许多亚洲面孔。也难怪，这里是北海道以北，离日本比离俄罗斯近多了。近代史上，日本说这儿是日本的，俄罗斯说这儿是俄罗斯的。但其实更早以前，这里是属于咱们老祖宗的。

外面大亮大晴，气温极低，但并不冷。也奇怪，在国内，气温并不低，但我总是很冷。况子来机场接我，只挂了一件抓绒外套，瘦得像条皮带，腮都塌了。他不知道从哪儿搞来了一辆车，帮我把大背包塞进后备厢。车子很破，只有前面两个座位，后面的座位拆了，堆满了杂物，一条睡袋皱巴巴蠕在表面。我闻到车里那种独属于单身浪子的臭，睾酮的、袜子的、奶酪的、香烟的。但那是自由的味道。我羡慕。我从来都羡慕，但也不确定真的就那么渴望拥有。

“你知道你那火车为什么晚点吗？”他一上车就问我。

我说不知道。

他把手机丢给我，我看到一条视频新闻——标题是《骆驼占据了铁轨，火车被迫晚点》——画面里，火车头前面有一只可怜的骆驼，始终在铁轨上小步飞奔，明显焦虑，又死活不肯下铁轨，就这么被火车逼着跑，荒诞得像一出行为艺术，我忍不住狂笑起来。

我没有追究为什么雪天还会有骆驼，只是傻笑，他也笑。我们盯着路口的红绿灯，笑着，我闻见自己的或者他的口臭，与此同时，终于感到了自由。

6

冬天的库页岛就像个醉汉，呕出一堆一堆脏雪，淌在路边。况子停下车，带我走向他的公寓楼。天色已暗，风刀骤至，雪尘被铲得像撒哈拉的扬沙，往天上翘，又盖下来，钉子似的往脸上扎，挺疼。

停车场空空荡荡，有两辆破车在冰面练漂移，横来横去地8字形转，刹车声撕心裂肺的。况子也看着他们，说："这帮人每天都在这儿飙。"他话音未落，踩到暗冰，差点滑了一跤，但还是稳住了。某些时刻还是不难看出他作为攀岩者和拳击手的敏捷，虽然只是羽量级。他在巅峰时期拿过全国大学生比赛的奖牌，最后还是混得不好，离开了四川老家，去俄罗斯跟亲戚做生意。生意没做成，倒是把滑雪练成了一把好手。

我记得我们大学时代的冬天，在头皮屑一样的细雪里，他背个大黑包，穿条及膝的拳击裤，卫衣帽子拉起来，像个不好惹的暴力犯。到了夏天，他还这么穿，仿佛眼里压根没有四季。一年到头，冷了就地做五十个俯卧撑，热了就干一瓶冰啤酒。

一、二、三，打，打打打打！保护！对，退，退，退，再来！一、二、三，打，打打打打！——整个拳馆里就数况子的声音最大，每次拳击课，他都能把我逼到精疲力竭，汗水滴在地板上。但我喜欢这种暴虐。它让我感觉活着，感觉自己被完全放电，再重新充电。让我在回到家之后，再也没有暴力可以释放。我知道自己才是个暴力犯，唯一优点是，我承认自己的暴力倾向。比起死不承认的那些，要稍微好那么一点。

7

“该往左拐的，你刚才。”桃子妈提醒我。

“我知道怎么走。右边近，红灯还少。”我说。

她不说话了，扭头看向车窗外，左手撕着右手指甲边的皮，撕出了血，放嘴里吮。

手机导航开始“前方请掉头”“前方请掉头”，我一听就烦，伸手想摁“退出”，老摁不着。

“干吗你，我来帮你弄，你好好开车！”

“我在他妈的好好开车！”

“好好说话，宝宝还在后边呢！”

“她又听不懂！”

“前方请掉头。”导航又开始闹了，我一急，把它从手机架上扯下来，稀里哗啦，连架子带充电线，全掉下来了；手机脱落，滑进了座位缝。

“你急什么你！”她埋头朝座位缝看，不好捡，骂骂咧咧伸手去摸。桃子突然有要哭的兆头，咿呀呜哇的；手机还在座位缝儿底下叫着“前方请掉头”，我吼：“快给老子关了！”

“我这不是在捡嘛！”她声音一高，桃子就像被摁了开关一样，哇的一下炸出哭声，我感觉自己马上就要变形了，回头冲她大吼：“不许哭！再哭就把你丢出去！”

“你还是人吗？！怎么跟女儿说话的！”

“快让她别哭！你赶紧捡你的手机！”

“还不是被你扯下去的！”

“大爷的你信不信我——闪你大爷的闪！”我吼叫着，后面那车子早就想超我，闪了半天远光灯，见我不让，开始“滴”我；越“滴”我越不让，一脚油门踩死，飙向前，压住道路中间。我摇下车窗，伸出手去，狠狠竖起中指。

桃子妈惊恐地扑过来，要我收手。“你别——”

她的声音立刻被后面一串巨暴躁的喇叭淹没了。那喇叭声已经追了上来，子弹一样逼近耳根，接着“砰”的一声巨响，死死撞了上来。

再睁开眼的时候，眼前是混凝土护栏，我闻见复杂的臭味儿，机械的、胶皮的、汽油味儿的，滚烫的臭。引擎盖跟山似的翘了起来，所有蜂鸣器都在疯叫。白烟蹿上来，车门踢不开，我从天窗里爬出去，手里操着一把破窗锤……哪儿来的我不知道，我不管，我瞬间化作一半铀-235一半钚-239，被中子轰击，正在裂变，正在爆炸出一座蘑菇云。

后面的记忆就模糊起来……我醒来，睁开眼，天花板仿佛雪崩一样压迫我，把我压成一摊凝滞的沥青。我闻到被子里焐熟了的汗味儿。缓了好久，我都无法动弹，鬼压床似的，疲倦虚脱。

有个说法是，一段关系有多长，就要花一点五倍的时间才能抚平它。光是一段关系就要这么久的话，那么这个梦境要花多久才肯放过我呢？真希望它就只是个梦境。

闹铃还在叫，我终于摸到枕头边上的手机，摁掉。时间是凌晨四点，我早起，要跟况子去爬山，滑雪。

我已经逃了这么远了，就为了这片野雪。

8

况子出国后，每次联络都跟我念叨，说他住在一片废弃的滑雪场附近，这是俄罗斯大陆尽头的小岛，契诃夫东游远行的终点，有一种萧条的自由，这里没有人谈A轮B轮，谈VC，谈PE，谈UI设计，再不济谈个IP……这里没有未来，也没有人再提起过去。一年有大半时间都在下雪，一下雪就什么事儿都别想了，喝到死，睡到死，干到死。况子总说，来吧来吧，我们去钓冰鱼，滑野雪，你会喜欢的。你这么爱找死。

我总说一定一定，下次一定来。

“嘁……下次，就知道说下次，有劲吗你？”

所以当我说我真要来库页岛的时候，况子挺吃惊的，问我是不是出什么事儿了，来避风头的。我说没有啊，来散心的，顺便找死。哈哈哈。他听了，一通损我，嘴还是那么贫，一切都很轻松，这就是我想要的。

雪道无人维护，松树七倒八歪。我们吃完能量棒，站起来，最后看了一眼那卫生纸似的一泻到底的雪道，决定上。

“咔”的一声，右脚尖插进了滑雪板的卡槽，固定到位；“咔”，左脚再来一下，一个崭新的世界就此解锁。我最后一次深呼吸，上身前倾，扑向斜面。

然后我整个人就消失了，只剩下速度。速度瞬间侵蚀我，压缩我，我感觉自己紧得像一粒铅球，直落而下；第三个弯道过后，我切过崖边，道旁的黑松快得模糊成一片，心脏彻底甩飞了，头脑中只剩下一个念头：这次完了。

完了完了完了。

树也太密了！怎么这么多！真到了找死的跟前，我突然想活，与此同时，滑雪板好像嵌进了轨道，令双腿动弹不得。我的重心像是被地心引力牵引，将身体生生拽向一段更陡、更长的斜坡……完了完了完了，这次彻底完了……原来一切完了的感觉就是这样的……我整个人像掉进宇宙黑洞，被引力撕成了一道扁扁的光，朝黑洞最深处坠去。

我被恐惧彻底压占，又叫不出声，和那个梦境里的时刻一样。一棵大树倒了，横在前方，又瞬间迫近，我闪都来不及，就撞了上去，飞了起来，在空中被五马分尸。

感觉过了一个世纪，头落地了，砰的一下，躯干四肢也跟着落地了。竟不是疼，而是一种“重”，就像自己有一栋楼那么重，从天上掉下来。地面在震荡，又黑又晕，但眼前一片空白，脑子也是。

手杖和滑雪板早已没了踪影。我甚至不确定我的四肢是不是也没了踪影。能确定的是，我终于可以甩掉那个梦境了。

我想喊，但不知为什么出不了声。况子早就不知滑到哪里去了，整个世界终于只剩下了我一个人，终于。连那个噩梦，都找不到我了。

我陷在雪里，与此同时，恍惚想起那趟晚点的火车，那头困在铁轨上，在火车头前面狂奔的骆驼。想起那次车祸过后的日子……它们是一片黑色的雪崩，从山顶上追下来欲掩埋我，现在终于得逞了。

我就这么躺着，看着天，看它发亮，暴蓝暴蓝的。大雪茫茫一片，与此同时，松树们安安静静站着，无动于衷，不管是刚才撞上我的那一棵，还是围观的那些。

白色猛虎

金仁顺 *

他们差不多是最后出来的。齐野推着行李车，车上有两个拉杆箱，加上一个双肩包，边走边扭头跟身边的女人说着什么。她穿了件白色紧身 T 恤，前面印着几个黑色英文字母，下身穿条牛仔裤，背着帆布双肩包，脚上是双帆布鞋。

有人拉着拉杆箱从后面急匆匆地奔跑，在出口处朝着齐野他们直撞过去，齐野把女人拉到怀里躲避，那个人一边冲他们点头表示着歉意一边毫不减速地拉着箱子继续往前冲，齐野看着他的背影说了句什么，环住女人的手在她肩上拍了拍。验过行李出门后，齐野朝接人的人群里扫了一眼，动作一下子僵硬了。

齐芳举起手，挥摆了几下，看他们走到近前。

“跟你说了不用接的，”齐野说，“我们都定好专车了。”

“你坐你的专车，”齐芳说，“我开车在后面跟着你们。”

“你好，”女人笑了，朝齐芳伸出手，“我是杨枝！”

杨枝的手跟她的名字一样，肌肤柔嫩，但骨节分明，软中有硬。

“欢迎来长白山。”

---

* 金仁顺，女，1970 年生，中国作协主席团委员，吉林省作家协会主席。著有长篇小说《春香》，中短篇小说集《桃花》《松树镇》《纪念我的朋友金枝》等多部，散文集《白如百合》《众生》等。曾获得“春申”原创文学奖、全国少数民族文学创作骏马奖、庄重文文学奖、中国作家出版集团奖、林斤澜短篇小说奖、《人民文学》短篇小说奖、《小说选刊》短篇小说奖、《小说月报》百花奖、十月文学奖等多种文学奖项。部分作品被译为英、韩、阿拉伯、日、俄、德、蒙古等文字出版。

这些年齐芳在机场说得最多的就是这句话，针对不同客人，汉语英语韩语日语，切换自如，流利至极。

“很高兴。”杨枝说。

三个人一起往外走，齐芳想，“很高兴”是指什么呢？很高兴见到你，还是很高兴来到长白山，还是说她现在的心情？之前齐野说她在国外读完了高中、大学、硕士才回国的，“很高兴”只是她的口头语？她如此揣摩一句口头语是假意还是真心是不是有病？

“我们真的叫了专车。”快走出大厅时，齐野对齐芳说。

“谁拦着你了？”齐芳沉下脸。

“跟专车司机说一声我们有车接就好了啊，车费照付。”杨枝拍了拍齐野，南方口音软软糯糯的。

出门后齐芳径自往停车场走，听齐野在身后打电话退专车，行李车发出咔嗒咔嗒的声响，她的心里疙疙瘩瘩的。上一次齐野回来的时候，她来机场接他，一米八五的大个子从出口奔出来张开双臂抱住了她：“芳芳，想死你了！”

“别整没用的，”她把他推开，“啥时候领个女朋友回来？没有漂亮的，丑的也凑合啊。”

“女朋友分分钟换一个，老妈才是常青树。”他搂住她的肩膀，跟她撒娇，“今天晚上我要吃烤肉！明天吃紫苏汤黏糕，榆黄蘑菇馅儿饺子，野生蓝莓给我买好了吧？多多益善啊——”

她打开车门上了车，杨枝坐到了后面，齐野开后备厢把行李放好后，也拉开后车门。

“你坐前面陪陪妈妈吧。”

“巴掌大的地方，坐哪儿不是陪？”齐野边说边上了车，在后视镜里对齐芳笑笑，“是不是，老妈？”

“说谁老呢？”齐芳瞪了他一眼，发动了车子。

要说老，杨枝倒是有点儿，三十四岁了。齐野跟她说找了女朋友的时候，说她如何酷，如何聪明，如何漂亮，如何阅历丰富、年轻有为。时间长，她品出不对劲儿来，“阅历丰富”是什么意思？另外，再年轻有为，大学生或者研究生能是高级白领，在事务所的位置举足轻重？在她追问下，齐野才承认杨枝三十四岁，是他当实习生时的顶头上司。

齐芳把车停到客栈门口，让齐野和杨枝先下车。齐野把行李箱拿下车后，她把车开进车库里。走回来时，发现杨枝站在客栈前面，用手机拍照。

客栈的外墙是青砖，上面涂着白色油漆，涂得不厚（人工费越来越贵，最近三年都是齐芳带着张嫂李嫂自己动手，每次都预备涂三遍，最后都是涂两遍将就了），偏冷的灰白色在下午的光线中，透出抹橙红色的调调，大门右边用几块带皮的桦木板拼接出一块招牌，上面是黑色铸铁的几个字——

“白色猛虎。”

“名字很酷！”杨枝笑着说，“怎么起这么个名字？”

“——就随便那么一取。”

客栈装修的那一年冬天，镇上一共没多少居民。齐芳把齐野安顿在市里亲戚家，独自在山上，每天整这整那，忙得不可开交。那年冬天雪多，小雪天天都下，大雪隔三岔五，铺天盖地，齐芳有几天感冒窝在家里没动，等病好些了想出门，门已经推不开了。她走到三楼，费了好大劲儿打开一扇窗户，往下一看，大雪把半栋楼都埋进去了。客栈变矮了，再往远处看，整个镇子都被埋进了白茫茫中。

雪湮没了所有。天、地、云、风。只剩下了白和冷。风在雪面上刮过时，会打起一个个旋涡，雪末儿扬起又落下。

她给林场场长打电话，说客栈被雪封住了。

场长也被封在家里，闲着没事儿，两人在电话里聊了半天。他说以前也遇上过这么大的雪。“那会儿我还是青头小伙儿，刚成了林场正式工，得意得不行。那年冬天，我在林场值班，刚入冬那一个月没觉得怎么着，冷是肯定的，零下四十多度，大烟泡儿风能把我这样的大老爷们儿卷飞。有一天晚上下大雪，冬天日头短，睡得早，半夜里我们几个突然就醒了——屋外的风刮起来时像哀号声，撕心裂肺的，那天晚上的风里还夹杂了别的声音，以及气息，说不清道不明的。我们把屋里能搬动的东西全摞到门口儿堵着门，围在火炉边上坐成一圈儿，一边烤着火一边打着哆嗦：我心里这个憋屈啊，刚有个正式工作，美了没几个月，命就要没了，我没孝敬过爸妈，也没娶媳妇呢，这辈子活得太窝囊了。我们听着外面的动静，守着炉子不敢动也不敢说话，坐了好几个小时，最后困得在椅子里睡着了。天亮后推开门一看，屋外的雪地上，有好多脚印，一圈儿又一圈儿，岁数最大的老陈腿一软坐在门槛上，说，妈呀，这是东北虎啊！”

而且不是一只，他们确定不了东北虎是因为风雪太大，借用房子来挡风，还是闻到什么味道把他们当成了食物。它们没撞开门，但雪地里冻的几只鸡一头猪被它们发现了。它们吃光抹净，走了。接下来的两个月，林场值班职工们只有白菜土豆可吃，但他们仍旧庆幸不已。

“东北虎是吧？”放下电话，齐芳对着窗外的白色喊，“来啊！谁怕谁？！”

她站在窗口，不到十秒，身上就被寒风打透了，但她持续对着白色世界喊叫：“来吧，来啊！谁怕谁？！”

寒冷在长白山的冬季是看不见的固体，喊声刚发出去就被撞得稀巴烂。喊叫的碎片儿和寒风雪屑混在一起，反打回来，让她脸颊生疼。她关上窗子，在客栈里走来走去，像个困兽，不，她就是困兽！没到半分钟她又推翻了这个想法，不，她不配，她最多是个蛐蛐，在笼子里面转圈圈儿，叽叽咕咕，哭哭啼啼。

“来之前我上网查过这个客栈，”杨枝指了指门口的招牌，“是网红打卡地呢。下面还有很多留言，什么‘不入虎穴，焉得虎子’，什么‘威虎上山’，女孩子自称‘虎妞’，男人说自己是‘虎兄虎弟’，可热闹了。”

“年轻人喜欢搞事情。”齐芳笑笑，推开门，示意杨枝进来。

“老妈，”齐野把拉杆箱放在门厅，自己钻进吧台里面，在电脑上查找空房间，“我看‘美人松’被预订了，不是让你给杨枝留着吗？”

美人松是客栈里最贵的套房。旅游旺季时，一天的费用是八百八十八元。齐野订了机票后，齐芳一早在网上把这间房挂上了已预订，昨天一对情侣跟她商量只住一晚上她都没给。

“是给杨枝预留的，”齐芳说齐野，“你的房间也收拾好了。”

齐野顾不上拿行李，先拉着杨枝在客栈里转来转去：客栈一楼一进门是前厅吧台，往里面走分别是客厅、餐厅、小酒吧和厨房。客厅里摆了三组沙发，落地窗对着外面的广场，广场依湖而建，湖水幽蓝黑绿，湖边树林郁郁葱葱如一块海绵，时不时地飞起些鸟儿来，羽毛斑斓，惊飞了在广场上啄食的鸽子，湖面如上古宝镜，白天鹅和黑天鹅脖子弯成半个问号，悠游游走，鸳鸯在湖畔不远处耳鬓厮磨。穿过过道往里面走是餐厅，整面墙的落地窗，窗外的那片树林仿佛巨幅天然油画，除了白桦树外，大部分是岳桦树。山里的树绿得纯粹，新生的叶片嫩黄或者浅红，蜷成小小蜗牛的样子，高山树种树干坚实而纤细，五六十年的树也瘦瘦一根，根系却是个巨大的爪子，在地下拼命地抓挠、纵深，抵御八级的大风对它们是家常便饭，十二级的风能把整个客栈刮成碎片，能把树拦腰折断，却拿地下的大树根爪子毫无办法。厨房摆着两张能容纳二十个人吃饭的长桌，吃饭、喝咖啡和喝酒，都在这里。厨房是开放式的，岛台和壁炉是前年客栈二次装修时添加的。齐芳在岛台和壁炉之间放了把自己专用的沙发椅，忙活累了，她喜欢坐在这儿喝茶，落地窗外的景色随着季节变换，春绿秋红，夏凉冬暖，山中日月如一段段哲思。

客栈是用石头、水泥、钢筋加固、垒盖起来的（花光了齐芳离婚时拿到的钱，银行贷款十年才还清），二楼和三楼是客房，大大小小加起来有十五间房。三楼上面加盖了一百二十平方米的房子，一个客厅加上两间各带卫生间的卧室，是齐芳和齐野的家。其余的两百平方米阳台，春夏秋三季是空中花园，冬天如果放任大雪不清扫，几天就会把整个房子埋进去。齐芳带着张嫂李嫂在阳台的雪里面挖过地道，但大部分时间，她们及时把雪清扫成一个个雪堆，再把雪堆堆成一个个金字塔。每年冬天都有些艺术家在镇上搞冰雕雪雕，齐芳曾想找人雕个狮身人面像，但费用太高，就作罢了。

齐野带着杨枝四处参观，边走边介绍，杨枝听得津津有味。然后他们各自回房间淋浴换衣服。晚餐是每次齐野回来必吃的烤肉，三楼阳台上，齐芳早早地准备好了木炭，新鲜玉米、山药和带皮土豆也早就洗干净，用锡纸包好了待用。

齐野带着杨枝上来，杨枝换了条墨绿色长裙，头发松松地绾了个发髻，穿了双夹趾凉拖，妆容精致，端庄大方又风情万种。齐野看着齐芳的目光落在杨枝身上，冲她挤了下眼睛，用口型说：我女朋友漂亮吧？

“去厨房里拿酒，”齐芳对齐野说，“想喝什么拿什么。”

齐野答应一声转身下楼了。

“这里太美了。”杨枝在阳台四周走了走，“我在朋友圈里发了几张照片，好多朋友以为我去了欧洲。”

“客人们都这么说，”齐芳说，“好多人来了就不想走了。他们觉得长白山很神奇，也很神秘。但他们只是这么说说，真正留下来的很少。”

“美是用来膜拜的，注定是寂寞的。”杨枝吟诗似的说，在齐芳身边坐下，“小野刚来公司的时候，话特别少，我们都以为他无比内向。有一天公司加班结束去吃烧烤，大家闲聊说起旅行，提到长白山，他就跟换了个人儿似的，手舞足蹈，说山，说树，说动物植物，说你，还有‘白色猛虎’，话匣子打开，跟滔滔江水似的，拦都拦不住。”齐野提着个篮子上来了，听见杨枝最后的两句话，笑了。

“你还不是被我说动了心？”

他把篮子放到她们面前，里面有冰镇啤酒、红酒和白兰地。

“公司里的人知道你们的关系吗？”

“——不知道。”齐野说。

“有人可能会猜到些。”杨枝说。

齐芳用镊子翻了翻木炭，烧得正是时候，她把烧烤架支起来，把穿好的牛肉串儿摆上去。

“当地的黄牛肉，”她对杨枝笑笑，“小野最喜欢了。”

齐野以前回来，总是一手握着串儿，一手举着啤酒瓶仰着脖子咕咚咕咚，嘴里吵吵着“大口喝酒大块吃肉，人生豪迈”。这次他吃得很斯文，细嚼慢咽，啤酒倒在杯子里喝。他知道齐芳在盯着自己，转开目光不与她交集。杨枝在齐芳的介绍下，用紫苏叶片和野菜叶加上蒜片儿、辣椒段儿，卷着烤肉吃。

吃完饭张嫂李嫂上来收拾，杨枝说回房间回几个电话和邮件。

齐芳和齐野回了“自己家”。

齐野说吃了烧烤身上有味道，又冲了一次淋浴，出来时见齐芳坐在客厅，手里端着杯茶，他在齐芳对面的沙发上坐下。

两个人沉默了一会儿。

“杨枝挺好的，”齐野说，“除了年龄，她几乎没有缺点。而且年龄这事儿也分怎么看，按社会标准来说，她还很年轻。”

“她是你领导，又比你有钱，别人背后会怎么说你？傍富婆，还是抱大腿？”

“她算什么富婆？我们是姐弟恋。再说了，你是客栈老板娘，长白山金香玉，我凑合凑合也算富二代，谁傍谁啊？”

“女人老起来很快的——”齐芳顿了顿，“我离婚那年就三十四。”

“你离婚跟年龄没关系，你遇上的是个混蛋！”齐野犹豫了一下，“——田大雨最近联系你了吗？”

“——联系你了？”

“嗯。”

“——说什么？”

“他说他生病了，很重，问我能不能去看看他。”

“——你怎么回的？”

“我说你哪位？打错电话了。”齐野说，“然后我就把他拉黑了。”

一个半月前山上春光如同滤镜，随手一拍都是美景，整个镇子水绿水绿，桃花李花粉白粉白，客栈远看像是银子盖成的；客人多时，齐芳把茉莉花茶叶直接扔进杯里，冲上热水，得空咕咚几口。那天客栈里面就她自己，花香和春风潮汐般一波又一波地从窗子里涌入，春天轻盈而繁盛，齐芳拿出工夫茶茶具，给自己泡了一壶存了二十年的班章。那还是刚开“如意居”时，她去云南进货时买的。

门被推开，风铃响的时候，她刚喝了一口，感慨二十年的时光，发酵了茶的甘甜，浓郁了茶的香气。

她放下茶杯，刚站起身，来人已经进来了，很瘦，戴着帽子，捂着口罩，穿着薄羽绒服，走近时，身上有股奇怪的味道。

齐芳心里咯噔了一下，开店久了，什么事儿都经历过，这是来了硬茬儿？来人摘下口罩，叫了她一声“芳芳”，她眨了眨眼睛——

她从未想过田大雨会变成这样儿：皮包骨，脸色黑黄，眼睛四周青得像被人打了，脸颊凹进去，鼻子眼睛显得特别大。

“——你生病了？”

“肺癌晚期，撑不了几天了。”

她一时不知道说什么好，让他坐下，拿了个杯子放到他面前。

“咱俩离婚时你骂我做了亏心事，不得好死。”田大雨笑了笑，“让你说着了。”

“恶有恶报。”

话语涌上田大雨的嘴边，但随后而来的咳嗽声把他的话吞掉了，他转过身去咳嗽，声音大得吓人，他的身体内部变成了风箱，呼啦呼啦地响，背对着齐芳的肩胛骨隔着羽绒服支起来，仿佛两个翅膀要从他身体里面展开。

好几分钟后他平息下来，转身看着齐芳："我都快死了，你就不能客气点儿？"

"你以为你死了就完事儿了？想得美！我爸在地底下等你呢，还有赵小环。你们两个狗男女欠的账，地上地下连本带利，一分一毫也别想少。"

十五年前齐芳妈妈生病住院，她去医院陪床，饭店忙，她把放寒假的齐野送回娘家，让他跟姥爷做伴。有天晚上齐野闹着要回家取寒假作业，齐芳爸爸拗不过他，打车去齐芳家里取，一开门，撞见床上两个人。老爷子一股气上来，脑血管迸裂，送到医院时，人已经走了。

齐芳手持菜刀满大街找人，就想砍死这对狗男女，杀人偿命！整整两天两夜，她不吃不喝不睡，在"如意居"和所有她能想到的地方翻找这两个冤家，派出所的两个警察寸步不离地跟着她。第三天的时候，齐芳满嘴火泡，嘴唇开裂，嗓子哑得说不出话来，她在"如意居"门口的马路牙子上坐下，整个人都虚脱了。

警察把齐野（那会儿他还叫田齐野）带来，齐野眼睛红肿："姥姥一个劲儿地问你去哪儿了？姥爷去哪儿了？"

"姐，"刚认识两天的女警察劝她，"你杀了那两个王八蛋容易，但杀人得偿命，这孩子没爸没妈的，以后怎么活？还有你妈，现在还在医院住院，你忍心留下老的老小的小病的病？"

齐芳扔掉菜刀，把齐野抱进怀里，放声大哭。

一个月后，齐芳妈妈也走了。临走时，她握了握齐芳的手，她的手瘦得皮包骨，"握"也是象征性的。

"芳啊，"她看着女儿，过了好久，眼泪从眼角流出来，"芳——"

老太太咽了气，那滴眼泪凝固了似的，挂在她脸颊上。

齐芳盯着那滴眼泪，在床边坐了很长时间。护士提醒她再不换衣服人就硬了，她才起身去取寿衣。

"半个月前，田大雨死了。"齐芳看着齐野，"他留了张卡，里面有一百万，说是给你结婚用。”

齐野嘴唇半张，说不出话来。

第二天早上，杨枝先下楼吃早餐。她的T恤是紧身弹力的，胸部像藏着两颗果实，当她走动，或者做某些动作时，腰会露出来一截儿，白腻润泽。她边喝咖啡边跟加拿大中年夫妇聊天。他们很高兴遇上语言交流如此顺畅的客人，问了一大堆问题。

“从长白山流下来的那条河叫什么？”杨枝替他们问齐芳。

“白河。”

“山是白色的山，河是白色的河，所以名叫白河？”

“这么说也行，”齐芳想了想说，“一年之中有半年，河是封冻的，冰雪是白色的；其他季节瀑布和河流远远看上去也是白色的。”

加拿大人又问，他们昨天上山，看到岩石上面长着很好看的花朵，越野车开得太快了，他们看不清花朵具体的样子。

“野花很多种，他们看到的可能是高山杜鹃。”

“这里有雪莲吗？”

“没有。有一种冰凌花，春天的时候开在冰雪里面，黄色的花瓣是透明的——”

齐芳从手机里找到照片，给他们看。“这么娇弱，”他们一片惊叹声，“却开放在冰雪里！”

“美强惨！”刚从楼上下来的齐野看一眼照片，笑着说，“最流行的。”

他坐在杨枝身边，和加拿大人互相问好。他们聊得那么愉快，齐芳把新鲜玉米磨碎煮粥时，给加拿大人带出来两份儿，上桌前，每碗粥里撒了几粒松子仁。

齐芳昨天订了温泉鸡蛋，鸡蛋是当地散养的本地鸡下的，在温泉水里面煮熟，蛋清是透明的，蛋黄是溏心的。她装了一小笸送到桌上。

“哇哦！”他们纷纷发出惊叹声，“太美味了。”

“这里有黑松露吗？”

“不知道——”齐芳说，“这里有松茸。稀少，很珍贵。”

“昨天晚上他们闻到烧烤的味道了，”杨枝扭头问齐芳，“他们问今天晚上可以在楼顶开烧烤派对吗？他们可以付费。”

吃完早餐，加拿大夫妇去大峡谷地下森林，齐野杨枝去看天池。几个人换了衣服背着双肩包出门，在门口互相告别。

“小野这女朋友，”张嫂打量杨枝，“性格挺好的。”

齐芳最不相信性格。当年的赵小环就是因为性格好，才被她挑出来，在饭店做最让人眼热的收款员，厨师满头油汗，服务员跑断腿，她坐着收款，工资不比别人少一分。饭店里忙起来从早到晚，她让赵小环三不五时地去家里做做保洁，照顾下齐野。可赵小环是怎么回报她的？

齐芳按杨枝嘱咐的，把晚上阳台办派对的消息写在黑板上，支在门口处，客人进出时一眼就能看见。

当天晚上客栈里有一半客人来参加阳台派对，加拿大夫妇穿上了西装和低胸碎花裙子，几杯酒下肚，笑得很大声。杨枝穿了一件抹胸小黑裙，腰细得像个漏斗，裸露的肩背奶油似的，男人们的目光时不时地黏在她身上。

齐野楼上楼下来回好几趟，把酒水饮料拎上来，再把空瓶收拾进空箱里搬下去。没活儿的时候他也拿了瓶啤酒，站在栏杆边儿往远处看。杨枝走过去跟他说了几句话，还用手在他头发上揉了揉。

墨蓝天幕上星星亮晶晶的，既近又远。音乐声欢快悦耳，有几个人手里拿着酒杯摇摆着跳舞，笑容灿烂，越来越多的人从座位上站起来，跳起舞来。

派对持续到半夜才结束，杨枝回了房间，齐野帮齐芳她们把阳台清理出来，把餐具酒具送到楼下。齐芳和张嫂李嫂在厨房一边清洗餐具一边准备明天早餐的备料，回房间都快一点了。齐野坐在客厅玩手机，听见她进来抬起了头。

“你怎么在这儿？”齐芳有些意外。昨天半夜她听见齐野轻手轻脚地开门、关门。她在监控屏幕上看着他穿过二楼走廊，走到最南侧的“美人松”套房门口敲了敲门，杨枝穿了一件吊带睡裙，把齐野让了进去。

“——等你啊。”

“想喝茶吗？”

齐野摇摇头，收起手机。

“——田大雨这笔钱，赵小环知道吗？”

“他们早就离婚了。”齐芳叹了口气，“我也刚知道。”

跟齐芳离婚后，田大雨带赵小环去了南方，开了家餐馆。赵小环以前眼热齐芳是老板娘，住大房子，有车开，在店里呼风唤雨，她如愿以偿后，才知道老板娘意味着什么。前两年她嫌辛苦哭哭啼啼，天天抱怨，田大雨被她哭烦了就一巴掌抡过去，打得她闭嘴。她开始藏心眼儿，收银的钱一半掖进了自己的小金库，再后来她遇到一个油嘴滑舌的帅哥，跟他走得头也不回。

“遭报应了。”田大雨太瘦了，笑的时候满脸皱纹动起来，更像哭。

“他怎么没回来找你？”齐野问，“拉不下脸吧？”

她接到电话后回去参加葬礼。以前的公公婆婆还活着，见到齐芳哭得稀里哗啦，把她弄得泪水涟涟。他们哀求齐芳，让他们见见孙子。

“‘三七’的时候，你回去一趟吧，上个香，烧点儿纸，”齐芳说，“也看看爷爷奶奶，八十多岁了，怪可怜的。”

“如果他没留这笔钱给我，你还会让我回去吗？”

齐芳自己也想过这问题。答案是不知道。“你有了这笔钱，是不是可以考虑找一个正常的女朋友。”

“杨枝怎么就不正常了？我跟杨枝在一起是我高攀她——”

“高攀容易摔下来，所以让你找个正常的。”

齐野看着她，叹了口气：“——我不想跟你吵架。”

“好像我想似的——”齐芳转身往自己房间走，她六点不到就起床，忙到这个时间，后背酸疼，腿像灌了铅，“你要去找杨枝就大大方方去，别偷偷摸摸跟搞外遇似的。”

“谁搞外——”

“客栈里到处是监控摄像头。”

“——我已经二十五岁了！”

“可不，你都二十五了。”

第二天，他们一起下楼吃早餐。

“早安呀！”杨枝对齐芳露出笑容，她的牙齿整齐漂亮，白得像刚下的雪，跟齐芳打招呼的同时，冲正吃早餐的加拿大夫妇摆手。

“早！”齐芳也笑笑。

齐野像跟谁生着闷气，没帮忙往餐桌上拿东西，一屁股坐在杨枝身边。

齐芳也没像前一天那样，给他们额外准备小灶。齐野坐了一会儿才反应过来，自己去取咖啡面包。他把东西摆上桌的时候，杨枝正跟加拿大夫妇聊天，有些意外地抬头看了看他。

齐芳给自己煮了杯咖啡，坐在她的“专座”上，看着落地窗外的树林，把咖啡喝完。开客栈，当老板，听着很酷，只有她自己知道有多累。干不完的活儿，操不完的心，每天晚上临上床前，腰都僵得跟块钢板似的。她花了十年还完银行贷款，又攒了三年的钱，前年重新装修了客栈，刚装修完，就闹了疫情，好多店铺撑不下去，关门大吉，齐芳算是幸运的，好歹没有贷款压力，能够撑到疫情消停，游客回来。

早餐吃了一个多小时，加拿大夫妇退房离开，杨枝和齐野送他们到门口，四个人互相拥抱，依依惜别，仿佛他们才是亲人。

把他们送走后，齐野和杨枝回房间换了衣服出门去原始森林“林中漫步”，齐芳在楼上库房听见齐野跟张嫂李嫂说下午回来。“美人松”房里，齐野比前一天小心多了，一些物品没再大咧咧扔在垃圾筐里，被褥也整理了一下，杨枝的衣物还是有些乱，出来玩儿，居然带了两个大拉杆箱，客栈衣橱被塞得满满的，拉杆箱里仍然有至少一半衣服没挂起来。鞋子也有四五双，洗护用品七七八八，都是大瓶，排成了一排，护肤品化妆品，浴室里房间里到处都是。小客厅茶几上也堆得满满的，电脑、平板电脑，以及几本书。杨枝还带了茶叶茶具，几盒挂耳咖啡，但都没用。她更乐意喝店里提供的饮品，直言没想到会这么好。

齐芳在房间里寻找齐野的痕迹，几乎没有，至少能放到台面上的东西，没有一样是他的。

房门被房卡刷开，发出嗞的一声，齐野走了进来。看见齐芳，吓了一跳。

“你怎么在这儿？”

“——你说呢？”齐芳扬了扬自己戴着胶皮手套的手。

齐野脚步僵硬地走进来，在拉杆箱里面翻了翻，拿出个眼镜盒：“我来取杨枝的墨镜。”

齐芳把垃圾袋系紧、收好，扔到门外，换了另外一副手套收拾卫生间。

“——我回来收拾就行。”齐野一脚门里一脚门外，看着齐芳，“你放那儿吧。”

“你是就收拾这一个房间，”齐芳直起腰来，问，“还是帮我收拾所有的房间？”“你抬什么杠啊？”齐野变了脸色，“我哪儿惹着你了？”

“你这话儿说的，”齐芳冷笑，“就好像你以前不知道我打扫客房似的！怎么了？不好意思了？你不用不好意思，走的时候付房费就行。”

“我爸不是留了卡吗？”齐野转身往外走，“你从卡里扣。”

齐芳手里的抹布扔出去打到门框上：“留了张卡给你，他就又变成你爸了？！”

门外静了静，然后是齐野下楼的声音。齐芳浑身发抖，做了好几个深呼吸才平静下来。她收拾完二楼所有的房间，把需要洗的床单被罩扔进洗衣机清洗，毛巾浴巾扔进另外一个洗衣机清洗，又把仓库收拾好才下楼。

“小野想吃蘑菇馅儿——”张嫂正和着面，抬头看她一眼，“——怎么了？”

“没怎么啊。”齐芳从她身后过去，倒了杯水。

“儿大不由娘，跟孩子较什么劲？”

“就是，”李嫂也劝她，“小野是男的，这种事儿上吃不着亏。”

下午有两个韩国女生和一个澳大利亚中年男人入住。他们在餐厅里跟杨枝相谈甚欢，晚上的阳台派对也得以继续下去。旁边旅馆的客人看到他们这边热闹，也跑来凑趣，虽然折腾了些，但收益倒很可观。

“你这未来的儿媳妇儿，脑袋瓜儿真好使。”李嫂说。

“卖了小野，小野还得谢谢她，帮她数钱。”

接下来几天，齐野大部分时间都在杨枝房间里待着。每天下午杨枝来餐厅喝茶，跟齐芳聊天，齐野有时候帮张嫂李嫂干点儿杂活儿，有时候出门跟朋友见面。

齐芳自己烤点心，烘焙的香气经常把客栈里的客人勾引出来，他们下来点杯咖啡，或者要壶茶。

“这是我想象中的生活，”杨枝说，“不紧不慢，岁月静好。”

齐芳煮了一壶咖啡，用玻璃茶具沏了壶菊花茶，血菊是当地的，小小的花头，入水后一朵一朵活了过来，茶水（或者说花水）冶艳无比。她们坐在沙发椅上，面对着玻璃窗外的树林，雨中的树木绿如新翡，通透、干净，开着的窗里，空气中流荡着植物鲜嫩的气息。

“我会想念这个地方的，‘白色猛虎’。”杨枝望着餐厅落地窗外的风景，隔着一层玻璃的森林，几近魔幻，雨停的时候张嫂李嫂带着篮子出去，一个小时就能拣回满满一筐的蘑菇，最近几天的食谱一直有蘑菇汤和蘑菇馅儿饺子。

“一想到明天就回去了，怪舍不得的。”杨枝笑着说，“我现在理解为什么每次提起长白山，小野就一副打了鸡血的样子。”

“你们可以再来。越来越多的客人喜欢冬天来这里了，虽然冷，但冰雪漂亮，山上雪大，有时候一下一整天，客栈快被雪埋到看不见了，网上订房的客人经常找不着门。客人里面，年轻的大部分是来滑雪的，年纪大的是来泡温泉的，一来都能住个十天半月的。壁炉里面的火炭不断，烤松子、榛子、核桃，还有地瓜、土豆，整个客栈香喷喷的。”

“听着都让人流口水，”杨枝笑着说，“冬天我带着欢欢、乐乐来。”

“来这里的人都欢欢乐乐的。”

“——欢欢和乐乐是我的孩子。”

齐芳的笑容定在脸上，举到嘴边的茶也忘了喝。

“我结过两次婚。欢欢是女儿，今年七岁；乐乐是儿子，今年五岁。他们各有各的爸爸。”杨枝笑了笑，“——我就知道小野不会把这些事情告诉你。”

“——我就说嘛，”齐芳喝了口水，仍旧觉得嗓子干得厉害，“你这么漂亮、聪明、优秀，怎么可能——”

这些年齐芳开店，阅人无数。杨枝是个厉害的。温柔起来，嗲嗲的调调能哄得人骨酥肉烂；认真起来（齐芳听见她在电话里安排工作），领导的架子端得又稳又高；又是个贪玩儿的，疯闹起来不管不顾，烟酒都上手。齐野跟在她身后，就是个小迷弟。

“小野以前没正经谈过恋爱，喜欢他的女同学有过几个，他跟我吧啦吧啦地讲，听着挺热闹，但转眼就凉了；遇上你，他什么都不跟我说，我知道这回他是真动心了。”

“小野来我们公司应聘实习生，我觉得这小孩儿跟别人都不一样，气息清新，眼神干净，其实他的业务能力不太好，但我仍然把他留下了。”

“那天晚上他给我打电话了，高兴的啊，”齐芳说，“说能进这个事务所实习，即使留不下，以后想找个工作也很轻松。那天他跟我说主管是个女的，气质好，气场大，气势足。我还逗他一句，领导这么多气，你以后不得变成受气包儿？”

“我没想到会跟他变成现在这种关系——”杨枝看着齐芳，“他就像个小老虎似的，让我招架不住——”

“你会和小野结婚吗？还是，只是跟他谈场恋爱？”

“你希望我们结婚吗？还是，希望我们只是谈场恋爱？”

他们走的那天天气晴朗。

齐芳开车送他们到机场，第一次，她希望齐野快点儿走，早点儿走，飞机千万别停航，别延误。

离开前，杨枝结了这几天的房费。

齐芳跟她在吧台前面争执了半天：“你是小野女朋友，是我们家的客人。”

“如果我住他房间，我就不会结账，”杨枝笑着说，“但我是住了你们最好的套房，我是客栈的客人，账是必须结的。”

齐芳说不过她，最后给她打了个七折，收了她五千块钱。刷卡的一瞬间，齐芳觉得自己输了。

车上，杨枝坐在副驾驶位上，跟齐芳聊了几句对长白山的印象，对“白色猛虎”的喜欢。到了机场，齐野忙着打开后备厢搬运行李，她对齐芳轻声说：“我会对小野很好的，你放心吧。”

齐野找了个行李车把两个拉杆箱放上去，齐芳跟他们挥挥手，正要开车离开。齐野叫了一声：“妈！”

齐芳愣了愣。

杨枝冲她摆摆手，推着行李车先进候机厅了。

齐野绕到齐芳车窗外，脸都憋红了：“能不能把——田大雨那张卡给我？”

齐芳看着他。

“借我也行，我以后有钱了，会把钱还回去——”齐野低头说，“——过几天是杨枝生日，我想给她买个包。”

齐芳拿起自己的包，从夹层里面拿出张卡，随手扔出窗外：“密码是你身份证最后六位。”

她一脚踩上油门，车子忽地窜了出去，一辆刚停下来的车跟她的车差点儿撞上。

“你有病啊你——”那辆车的司机伸头骂她。

败家玩意儿！啥也不是！

山喜鹊，尾巴长，娶了媳妇儿忘了娘！齐芳骂个不停。踩着油门时，她觉得自己精神油耗在更快地消失。十五年前，齐野还小，需要抚养，但现在他不需要她了，他有了杨枝——性感上是女朋友，年龄上可以当姐姐，阅历上能充任妈妈——她算什么呢？“白色猛虎”和长白山金香玉不过是齐野跟人聊天时的一个噱头，一个逗趣？

齐芳抬头看着公路的前方，天蓝得像块冰，云彩丝丝缕缕，寒烟似的从冰面上掠过。她想起小时候看过的一个电影，一个医生在阳台上对一个男人说话，语调平稳而魅惑："多么蓝的天啊，一直朝前走，你就会融化在天空里——"

她把油门踩到底，就会融化在天空里，融化在蓝色里。

齐野乘坐的飞机像只银鸟飞过这同一片天空，落地开机时，他会接到消息，然后立刻再回来：他会难过，会后悔，但同时他也会觉得解脱，她和客栈就像一个被废弃的茧壳，遗留在长白山上，变成他的过去和记忆，它们在他的生命里所占的比例会越来越小，直至缩成胶囊。

齐芳的思绪回到了三十五年前，她是高一女生，一心想考个好大学，窗外的秋蝉叫声响亮，她的同座田大雨才高一，个头儿就蹿到了一米八，在操场上打球打到上课铃响才冲进教室，他拉开她身边的椅子坐下，她为他那一身汗味儿皱起眉头，他冲她呵呵一笑，棕色的脸孔上，一口牙齿白得耀眼——阳光如一柄利刃，朝汽车穿刺而来，白得耀眼！

青蛇叩水

李知展*

1

他的生前黄沙漫漫。这又是个北中原的旱年。李三破坐在村后的土岗子上，像块会喘气的石头。他仰着脸，凹陷的眼窝似一口干涸的小鱼塘，漫天星河倾泻，鱼塘盛不过来的光熔岩一样流淌，挂在他枯萎的脸上……不知坐了多久，黎明即将到来，李三破起身拍拍屁股上的浮土，自此决心用尽余生编织一张巨大的渔网。

他想赶在死前将父亲打捞上岸，先兜头扇父亲一个巴掌，问他这些年去哪儿浪荡了；然后，跪倒在爹跟前，终于能像个孩子一样痛哭一场。

打小，人见他提个小网兜，常问："三破儿，找爹呢？"

"嗯，找俺爹。"李三破小时候每次都回复得认真。

"费那个劲干啥呀，别找啦，我给你当爹吧。"来人哈哈而笑，做了几个猥亵传神的动作，透着想象中占了便宜的轻浮蠢性。都知道，李三破的母亲，曾

---

* 李知展，男，1988年生，河南永城人，现居东莞。中国作协会员，曾用笔名寒郁。在《江南》《中国作家》《小说月报·原创版》《钟山》《北京文学》《青年文学》等刊发表小说一百五十余万字，多篇被《小说选刊》《小说月报》《北京文学·中篇小说月报》《长江文艺·好小说》等选载。曾获第二届紫金·人民文学之星短篇小说佳作奖，广东省有为杯小说奖，《莽原》《红豆》《黄河文学》等杂志奖。著有长篇小说《平乐坊的红月亮》，出版小说集《孤步岩的黄昏》《只为你暗夜起舞》《碧色泪》。

是享誉四近的美人。

那人没笑完，李三破忽而变作一团加速的沙包，朝对方撞去，拼命的架势。可他毕竟力气太小，被闲人逗小鸡子似的，扯住他细小的胳膊让他在愤怒中转圈儿，直转得他晕头转向，再被一把拨开或是照腚一踹。李三破栽到地上，啃一嘴黄泥，因贫穷和不卫生盛行于头顶的大小癞疮都气得涨红，一个个皮薄水丰，似成熟的草莓。他爬将起来，呼哧带喘，一双怒目如压低的探照灯，恨不能在闲人身上对穿几个窟窿，还要蓄势冲锋。等他撞过来，闲人按上述方式又将他操作一遍：转圈儿，踹开，哈哈笑。李三破不服，困兽犹斗，都晕得站不稳了，还龇牙咧嘴地扶着墙，再作冲撞……到后来，这场本是笑谑的游戏忽而陷入了无聊循环，闲人都玩腻了。看样子，除非将他打死，只要一息尚存，李三破都不服。

“真是犟种啊，小狗 × 的，缠斗不休了，和你爹一个德行！”不说还好，一说，李三破头顶的癞疮更加艳红。闲人有点懊恼了：“小爷们儿，行啦，服你了，别闹了……”李三破眼睛充血，不依不饶。一条小狗竟然挡住了纸老虎的道。俩人对峙着。

直到李三破娇小的母亲徐惠珍出现，才将他俩解放了。惠珍斥一句闲人：“你这样欺辱我们孤儿寡母，也不怕东升回来杀你！”

据说，李东升是个杀人不眨眼的狠角儿。惠珍不责问还好，凶狠的话从她小家碧玉的做派里说出，没一点威慑力不说，还带着莺声燕语的婉约。这个雪湖镇上木器行的小女儿，一辈子不会骂人。在之后漫长粗粝的乡村生涯里，偶因一点龃龉，被其他妇女堵住路，劈头盖脸 × 爹 × 娘花样翻新地骂了，她也只会张口结舌，啊啊哦哦，愣在原地，像是对从红唇白牙唾沫横飞的嘴里吐出如此鄙俗的污言秽语，只觉不可思议。

闲人摆脱了李三破的纠缠，笑得又无忌惮了：“三年多了，东升那狗 × 的骨头早都化成灰了吧？让他来杀我啊，哈……”

“你爹才化成了灰！”

"谁不知道东升这土匪羔子在白河滩上被毙了呢，我数了的，十三枪，每一下都打在你爹腰眼上，就算是块好铁，也打成了烂筛子啦……"

李三破打断他："我爹才没被打死，他水性好，往河里一跳，一下子就游跑了。"他心说，你们知道个屁呀，白河里有一条大青蛇，修炼成青龙了，是我爹多年的好朋友，就算我爹不跳河，青蛇也会把他救走。

后来据李三破讲，事实上，打到最后一枪，细雨淋漓的白河上忽而旋起一股子阴风，芦苇呈块状摇荡，河心猛然蹿出一排巨浪，白浪间夹着一抹青绿。被捆缚的李东升见此大喜，趁势，往河心一跃。那抹青色倏忽一闪，卷起大浪滔天，岸边看热闹的人来不及躲闪，纷纷惊叫着跌倒。人们看到白浪中浮动着一双绿眼，李东升安坐在水浪里，骑着那抹青色，载浮载沉，哈哈笑着，翻入水中，消失不见。未几，风平浪静，芦苇低回，人们大眼瞪小眼，一脸茫然。

李三破说："我爹是骑着青龙游走了。"顿了顿又说："骗你干啥，很多人都看到的。"然而"很多人"是个宽泛概念，李三破去世后，等我再去走访探询，和他同龄的老人也已基本死完，李东升骑蛇而遁之事到底是口口相传的实景还是李三破一厢情愿的杜撰，没法判明。答案消失在风中。

李三破去问区域内最有名的神婆。神婆是个半瞎，两只眼仁一黑一白，一阴一阳，黑眼观人世，白眼通鬼神。她转动黑眼，乜一下空手的李三破，脸上大雪封门。等他从内里衣兜里捏出一枚银币，神婆眉眼才略有了点春讯，满面皱纹缤纷漾动，笑眯眯地问他："是想问你爹的事儿？""嗯，问问他到底在哪儿。"

神婆开始扶乩。画了符咒，烧化，神像前取一碗松枝清水，捏住纸灰，将灰撒于水，一炷线香插立水中，竟然不倒，不过有些飘飘摇摇。神婆阴阳眼半闭半睁，眉心朱红，似开天眼，不经意地觑一眼李三破的脖颈，道："上神怨你心不诚啊，孩子。"李三破心领神会，将脖子上戴着的玉坠子取下，呈给神婆。神婆催动咒语，线香不飘了，也不摇了，在水里笔直直地挺立。青烟袅袅，不绝如缕。但见神婆念念叨叨，一会儿跳，一会儿蹦，时而沉吟，时而大叫，似在请罪，又似驱鬼，眉心处更红，汗粒子扑簌簌往下掉……终于，急喝一声，念念有词，跪下扑通通磕了三个头。良久，才睁开眼睛，悠悠转醒，浑身瘫软，看样子累得不轻。接过徒儿的毛巾擦把汗，虚弱至极地对李三破说："不好找啊，孩子。"

这就不厚道了。父亲留给的玉坠子，他唯一的念想，都孝敬给您了，身上实在没有值钱的了。李三破虎眼立睖，拳头紧握，正要发作，神婆拽住他胳膊："孩子啊，姨尽力了，可姨实在法力浅薄，斗不过那青龙，只随上神的金马御驾在和青龙缠斗中，依稀看到你爹人还在白河。姨就只能做到这些了……"这回神婆说得诚恳，不像在诓他，甚至还作势要把坠子还给他。李三破信了，叹口气，舒开拳头垂手而立，这就没办法了，方圆百里再没有比她更灵验的婆子了。

可他临走，犹不甘心，又问："真就没再给您留下其他话了？"

神婆看他，其色哀哀，眼神像溺水的人，伸手扑腾、抓挠，渴望漂过来哪怕一根稻草呢。十一二岁的孩子，因为愁苦和对家庭的付出，竟显出小老头般的衰老。她虽不是什么善人，总归也是做母亲的，这孩子已经癔症了，不愿意承认父亲的死，对他说你爹早在河里化成泥了，确实于心不忍。留点念想也好。人活一辈子，不就靠点念想撑着嘛。神婆想了想，说："那青龙倒是还有句话，刚才一急，给忘了。它说你爹上辈子在岸上辛苦，这回在水下龙宫里享享清福，也挺好的……"

"上辈子？"李三破皱着眉说，"您是说我爹他……"

神婆没承想这孩子如此较真，还是赶快打发了吧："孩子啊，水下岸上，一阴一阳，人鬼殊途，天机不可泄露，姨就只能说到这儿啦……"说着，玉坠子托在手上，朝李三破送出手掌。

"姨，就最后问下您，您说，我还有必要捞我爹吗？"

神婆已眼睛微闭，眉心处的红点也退去，脸色清寂，其实很不耐烦了，略一点头。你爱找就找吧，谁也挡不住不是？

李三破一揖到底，没接玉坠，走了。

自此，每到雨前，李三破便带一张自做的渔网，去白河，打捞父亲——李东升是雨天水遁的。既然神婆说他爹还在河里，对他的打捞之举，又点头认可，他想，是死是活，总要有个结果。他捞不上来，儿子捞；儿子捞不上来，他到老时，指着我：“你捞！”

这是祖父李三破临终前常给我念叨的一件事。

2

每年三月底莽山连续十天的庙会，是周边区域的节庆。农民四季躬耕忙碌，多苦。夏播之前，密集的农忙尚未到来，出大力流大汗之前，三五成群，呼朋引伴，带着欢庆的笑脸，进庙会转转，听听曲儿、大鼓、说书、撂地相声包袱；看看小玩意儿，各式泥塑、糖鱼儿、马戏、魔术；闻闻扑面的味儿，种种炒货、炸糕、煎饼、烤肉、什汤、飘过的女人香味；买买小杂货，头绳、衣服、布料、农具、饰物……不一而足，卖膏药的、走江湖的、算卦的、打铁器的、练把式的，各式各样，在庙会上叮叮当当，挤挤攘攘，嗡嗡作响，热闹也悠然。空气中弥漫着尘世生活乱蓬蓬的芳香。

李三破右手持两枚烂碗片，左肩斜挂个破褡裢，穿着叫花子补丁衣，一走一颠，有板有眼，从东到西，挨个儿到商家门前，唱一阵莲花落里现编的吉祥话、颠倒话，嘻嘻哈哈，博个彩头，以期商家赏几个子儿。掌柜的若悭吝不给，莲花落里也有对付的办法，各种尖酸刻薄嬉笑怒骂的词儿等着你呢，开门做生意谁愿意触这霉头呢？李三破不像别的同行贪心，有赏钱就千恩万谢地接着，没有也不故作纠缠。他不过是趁着农闲，做买卖又没本钱，幸而跟叔伯大爷学过滑稽小戏，耍耍嘴皮子，舍下脸，侥幸若挣上仨瓜俩枣，就能多买几斤杂和面，老娘和弟妹们吃起饭来，也可以大胆一点。

这时，他就恨李东升——别的家都有个父亲来支撑，他们家，一个娇弱秀气的母亲，两个弟弟一个妹妹，五张嘴，是五个窟窿，堵住这个，那个又起哭闹声，打地鼠似的，摁下这个，那个又起，李三破十来岁就得为家庭疲于奔命。他本名李安坡，因家贫，村里闲人编派：一家子人吃得破、穿得破、住得破，还什么李安坡，李三破吧你。

说着唱着，到了周家道口烧鸡摊前。

刘作喜正在棚下啃烧鸡，大快朵颐，撕扯着，蘸着辣椒面，就着烧酒，吃得恣意。可他的吃相实在不敢恭维，饿死鬼托生似的，抱着烧鸡，大嚼大咽，贪多不烂，嘴巴和食物粘连，发出响亮的咀嚼声，像穿着拖鞋踩在泥泞的雨地，啪嗒啪嗒的，透着一种不洁的贪婪。

周老板刚要给几个小钱打发，刘作喜停下咬嚼，抠着牙花子，叫一声："慢着。"他扯下一只鸡腿，丢垃圾似的，掷到李三破脚前，"掌柜的，我替你赏了。"说着，他继续喝酒吃肉。李三破弯下腰，捡起地上的鸡腿，抹掉上面沾染的泥灰，回家洗洗，弟弟妹妹可以打个牙祭。刚要放到褡裢里，转身往下一家，刘作喜头也不抬，嘟囔一句道："唱啊，小叫花，还没唱哪。"

李三破折回身，编了几句颠倒话——

东西大街南北走，瞎子看见人咬狗，捡起狗头砸砖头，又怕手咬住砖头。空手把锄头，步行骑水牛，人从桥上走，桥流水不流。今儿十四明儿十三，河里石头滚上山，山下来了个麦吃狗，抬住小狗砸石头，石头砸得血长流……

刘作喜一摆手："得，都是水词儿，没啥意思。过来，说段评书。不会？就当故事讲也行，给爷们儿说说土匪头子李东升是怎么被毙的。这个还有点儿意思。"

李东升的故事已被杜撰成评书和地方小戏。

拿人手短。李三破得有板有眼地讲——

李东升这天披衣出来，一抬眼，西南天上有颗流星朝他急速俯冲。这流星说来也怪，红通通的，拖着个小尾巴，像是老天爷投下来的火把，甚至能听见与空气摩擦燃烧的吱啦声，直戳戳地向着李东升的头顶……李东升蓦然一惊，可他胆横，冲着上天“哈呸”啐了一口，就仰着脸，睁大眼，任这流星砸来，他倒要看看它怎么在他头上砸出一个窟窿。可流星快挨到莽山山顶时，突然，“啪”一下，在空中爆破，像一个反方向的蹿天猴。李东升冷哼一声：“就这啊，还以为要轰死老子呢。”他呵呵笑，叉着腰，狮子巡视领地似的，在熹微晨光中望着山腰错落分布的一十二洞——那是他引以为傲的事业。

都知道，李东升在村里时是有名的懒汉。他的懒，也不是不干，是干活前，先叹息感慨一番，锄个草，发些怪论：“有啥意思呢，锄了还长，又锄不完。”养了牛羊，得割草，割草前愁肠百结。“累死累活割一天，一大车草，又值几个钱呢？”拍拍老牛，又道，“你傻呀，伙计，就吃口草，闷头干那么多干吗？你累死了，还不是被剥皮吃肉，谁念你的苦？”李东升高大壮实，胳膊长腿长，方脸浓眉，声音洪亮，称得上气宇轩昂。些小活计对他来说不过一弓腰直腰的事儿，真干起来，并不惜力。田垄被他腿一蹬胳膊一甩梳理得整整齐齐，一行行庄稼气质青葱，规规矩矩站定，如列队听训的新兵。李东升望着整饬的土地，也会欣慰，那只是对自己充盈的“力”的满意，却又叹息，男子汉大丈夫，一辈子捆在一亩三分地上，活着时捧着碗吃饭，死了碗扣过来，压到身上。奔忙一生，无非得一处覆碗般的土冢。他想，何不尽兴一点呢？

这不安分的主儿，终于等到民国二十三年豫东局部大旱，莽山周边赤日炎炎，土地龟裂，白河冒烟，连续两季庄稼绝收，眼看活不成了。李东升提着少时学武的马刀，辞别妻儿，上山入了匪帮。他是一拳一拳开创出局面的，三年时间，出生入死，树立了威望，展示了才智，成了百十号小匪帮的头目。

但李东升有一点坚持——不打劫莽山周边村镇。他和邻近的帮派划定了势力范围，他的领地内有被绑了票的，他去捞；有起了纷争的，他去平。这就是为什么李东升死了那么多年，他的故事还能在民间流传，提起他，大都念他的好。说是兔子不吃窝边草也好，说是盗亦有道也好，李东升被枪决前，已在莽山经营五年，到最后，却没给家里留下什么钱。他送钱，妻子不要；站稳脚跟要接他们上山，妻子不去，自拟了休妻书，逼李东升签了字，要跟他一刀两断，并说："你不要脸，我们娘几个还要呢。"惠珍想，还笑呢，你项上人头，不过是行走的靶子，明有官府，暗有帮派，背后还有小兄弟觊觎其位，不定哪天被打死了，都不知道吃的哪一方枪子；你去尽兴，混你的残生，孩子们呢，将来也去做土匪羔子吗？惠珍想得深远。李东升再摸黑回家，她门都不开。他上山的那天，惠珍就当他死了。

这个看似娇弱的女人，有她清洁的自尊和执拗的韧劲。

于那乱世中，李东升要做好土匪，须打起精神，兢兢业业，不烟不酒，黎明即起。在村里懒散惯了，做土匪倒勤快了起来。这时他就苦笑，原以为呼啸山头大块吃肉大碗喝酒，皆快意事，谁知做了个小头目，比老牛还苦。到此才悔悟，为何牛、马、驴、骡、村人但凡有口吃的都甘愿忍受呢，套上固定的辕轭，拉着重复的石磨，虽也辛劳，却不必担心变故，有一份认命的笃定和满足。

这天，他循例早早起来，巡查了一圈，兄弟们还在酣睡。他站在斜出来的一块叫孤步岩的大石头上，打了一套通背拳，四体通泰，微微有汗。下来，刚端起大茶缸子，手下有报。

这一报，大不好！

手下在山门处收到一封鸡毛信，展开，言简意赅——

青蛇兄好：

久未拜会尊兄。你我路途虽殊，然保境安民，实则同心。犹记去岁，白河芦花飞雪，你我兄弟酒酣耳热，论说国家前程，其时，黄鸟于飞，白鸥翔歌，何其畅美；想他日山河清宁，人民乐生，你我二人，携手纵酒，闲话桑麻，诚可期也……余言不赘，一事相扰，我军亟须米面十车，端阳前某日某时送至白河入雪湖大堤处。

拜托，切切！

右下角署名处画了一瓣雪花一片红叶。

李东升眼前浮起去年和将军在白河边上饮酒论世的场景。

3

有说杏子黄时生的，有说下雪时生的，哪一年杏子不黄，哪一年冬天不下雪？所以李东升的具体生辰年月，没人弄得清了。不过，都对他的水性印象深刻。按说北中原十年九旱，邻人大多是旱鸭子，可李东升靠着一条白河一涡雪湖，练就了如鱼得水的本领。他一旦入水，姿态好看得很、飒爽得很，似乎人就是水，水就是人，人随水漂，水推人走，如鱼滑行时和水的交融，如鸟展翅时和风的互动，有了美学的观赏性。

每年端午雪湖的龙舟赛，搭了戏台，镇上的店家们出了赏礼彩头，在凉棚下，携家带眷，听戏，看划龙舟。李东升总能摘得红绸，商会会长亲自给他披挂后，他将绸子抛给兄弟们，然后，呼啸着，凭高而跃，扎个猛子潜泳一段，再探出身。水珠子和汗珠子挂在油润润的宽阔脊背上，折射着太阳光，他一个摇动，水花四溅，甩落一地的光芒……那份得意和爽朗，金黄、明亮，很多女人爱看。惠珍随着木匠父亲，也看。

李东升在湖水里扎猛子，一年一年，也扎到徐惠珍心湖里了。只是那时，她就该觉出端倪，这个人哪，热腾腾的，活泼泼的，是好热闹享受观众的性儿——他愿意自己的人生有戏剧性。对于他的出格和悲剧结果，等她老了，再到已经瘦小乌黑的雪湖岸边凭吊，惠珍心说，老李，你我缘来于水，终逝于水，也算适得其所。

且说这年李东升龙舟赛夺魁后，热闹完，往家走。这年夏凉，麦子熟得稍晚，沿路麦子青黄，南风焦香，这个节令麦穗在为丰收做最后的冲锋，白花花的阳光倒灌下来，空气里酝酿着躁动和紧张，人们抬头望望，喜忧参半，又到了抢收的麦季了。李东升叼着个麦穗，腰间别着镇上买的新镰，回味着刚才的热闹，脸上的表情像吃了糖，走个路还像在龙舟上，一摇一晃，吊儿郎当。到了大坟地前，一帮人在喧嚷。这是绵延数百年的李氏祖坟，一排排坟包呈携子抱孙状前赴后继排列，李东升不用瞅，就清楚按秩序预留给自己的三尺地。这时李东升就悲从中来，刚才的热闹不过是刹那的烟花，亮一下，他还得回归漆黑无望的死水生活，生老病死自有世俗惯性压着……

到了近前，是几个半大小子在桑树下烤麦穗，吃得手嘴黢黑，正挑着一条大蛇要给它烤烤火。细看火堆里已火化几条了，小子们嘻哈笑，他们活得像夏草，盲目又蓬勃，无聊到残忍，就为了看蛇烧爆的样子。挑着的这条青蛇，长而肥硕，一挨近烈焰，在竹竿上便痛苦地扭动着，肚子那儿鼓鼓囊囊的，大约是刚进了食。这个时候的田鼠肥头大耳，蛇也丰衣足食。见他过来，青蛇在火上被烤得吱吱冒油，勾着头，眼泪汪汪的，看一眼自己的腹部，似在向李东升哀求……他略微一惊，似是懂了，急忙喝住浑小子们，要他们将青蛇挑下来。小子们正玩到兴处，颇不情愿，只是见李东升高大，不像是闹着玩的，手里还拎着镰刀，他们将竹竿从火里过了一下，才把蛇甩在他脚下。

已经晚了，奄奄一息了，它还在挣扎着，扭曲着身子，耗尽最后一点力气，产下了三条小蛇。最后，它勾着头，看了看孩子，抬头望着李东升，摇动几下尾巴，眼睛湿漉漉的，似在托孤了。

他蹲下来，它战栗着，伏在地上，死了。李东升用镰刀掘一个小土坑，将它掩埋。再仔细去看，三条小蛇里，就一条还活着。李东升脱下汗衫，将小蛇包住，兜回家里，用个瓦罐悄悄养着，捉些蚂蚱、苍虫、知了之类喂它，天天跟它说话："小可怜呀，吃吧，快吃吧。"

李东升少年丧母，知道没娘的孩子那份心酸难过。

养到四个多月，父亲发现了，说他“一天到晚不好好种地，惯会瞎倒腾”，嫌“瘆得慌”，让他“赶紧扔得远远的”。小蛇有手指粗了，因照顾得仔细，通体青绿，眼睛灵动。李东升携它到白河最茂密的草丛放生。这里水草丰美，虫类繁盛，远离人迹，且有遮蔽，想它总能活下去。他倒它出来，它不走。李东升劝它，引导它，它还是没听话，绕在他脚边。他就无奈了，点着它的额，两个头对着头，叽叽咕咕到黄昏，小蛇犹依依不舍，还是李东升一狠心，将它捧着，抛到长草里了。抛是抛了，心也空了，似被拽掉一块心头肉，只觉丝丝缕缕般疼。他叹口气，扒掉衣服，想潜个泳，冲刷下心里的闷气。

刚下到水里，手拍击一下水面，它就昂着脑袋出现了。李东升又惊又喜。这蛇还是水陆两栖的，跟在他身边，亦步亦趋，他游，它也游，小眼睛骨碌碌地，盈盈可爱。李东升和它在白河里玩到天黑才回。

自此，只要他有空闲，就跑到白河，叩击几下水面，轻轻呼喊，青蛇就心有灵犀，循声而来，从水里钻出，听他说话，和他嬉戏。

一年一年，小蛇成了大蛇，李东升也娶妻生子，套上枷锁，做了一头老牛，一步一步往前挣，不复有赛龙舟的兴致。只每到排解不开的烦心事时，才到白河，叩动水面，唤来他的小伙伴，一个坐在岸边，一个潜在水滩，寥落黄昏里，两个你望着我，我望着你，叽叽咕咕说上半天。常常是他有疑难，诉说一番，青蛇点头摇头之间，帮他决断。

当时他就要不要上山，曾来和青蛇商量。

青蛇也为难。白河的水位都不足以存身，它已在雪湖湖心争得地盘。它虽历世短浅，可听得湖里德高望重的老鱼老鳖说过，大旱之后往往大涝。不上山，生计艰难；上山，前路未卜。但它还是摇摇头，不上山就一直还有个“上山”可以选择，真上山了，就没得选了：“你又非那深沉狠毒之人，就算能拢住局面，难防有人见利忘义，遭了暗算。”

“你怎知我狠不下心、做不来毒害事？”

青蛇笑了：“就凭你救了我。”

他在莽山开拓进取的时候，它也在忙着打江山，现在，白河到雪湖水域的鱼虾鳖蟹基本都由它说了算。

这天，他又来到河边，问青蛇：“小可怜，你说这粮，我该怎么借？”

青蛇不言。

“借粮这位将军，且不说我和他的交情，准确来说，是我追慕他的才能和品性。以前不知道世上竟还有这样一群人，不谋私利，一心为国为民。说起来，也就和他长谈过一次，就是去年白河饮酒那次，你在河里也见过他的。”李东升还跟将军说了他和青蛇的故事，叩动水面，唤来它在浅水处倾听。并和将军约定，将来倘幸得赐书信，就称他为“青蛇兄”。“若有需要，你叩动水面，我必奔赴而来。”

青蛇记得。

“再给你讲个故事吧。有一年夏天，他率纵队转战豫东，入夜，住在大王庄王老汉家中。半夜下了大雨，将军惊醒后，想到老王家新生不久的小牛犊还拴在院里，于是冒雨将小牛牵回。王家没有牲口棚，将军就把小牛拉屋里，拴在自己睡的小床上。将军淋了一身水，却顾不得自己，拿起被单子，给牛犊擦拭。他做得那样亲切、自然，就像在照料淋了雨怕感冒的小孩。

“他知道小牛犊以后对农家的意义。一个将军，对农民的牲畜都如此用心，小可怜，你说，他能是坏人吗？这粮，咱得借，还得多加几车。”

天黑下来了，李东升又说：“来和你絮叨，也不是借不借粮的事，这事我心里早有定夺。主要是拿这钱去买粮，山上的兄弟伙儿不好交代，现在，形势乱了，人心也乱……”他拍拍青蛇，叹息道，“当初应该听你的劝，不该走这条路的。这次弄不好，我可就……”他无声笑了，吐口气，说，“到了这一步，就不能顾虑那么多啦。将军就托付这么一次，说起来也不是啥大事，怎么也得把它办好喽。是吧，小可怜，你说呢？”

夜深了，他拉杂说完。这回，青蛇却没点头也没摇头，默默退到水里，眼里似有泪影。

4

李三破继续讲——

当时，莽山周边的势力错综复杂，主要有两小股两大股。两小股：一是腐朽的国民政府；一是李东升之类的山匪流寇。两大股：一是将军遵照上级指示将工作重心转向豫东，开创豫皖苏边新局面，并奉新四军军部命令，将其领导的游击支队编入新四军，一九三九年后，建立以永城为中心的抗日民主政权；一是日军扶持的伪军一众，为首的汉奸叫李光明，自认支队司令。要说气焰上，还是伪顽军显得闹腾。

李东升乔装成客商要去市里买粮。十余车粮食，不是小数目。乱世年间，人命草芥，粮米腾贵，这时节，新麦还要半个多月才能上市，正是青黄不接的关键节点，粮价更高。他带了山上一大半金银细软，兄弟们虽不明言，私下定然颇有意见。出发前，趁着酒劲，刘作喜率先发难："头儿，你把我们的老底儿都带上了，这是要去干啥？我倒听人胡吣，进而议论你和共产党有来有往，这可是……"

这些年出生入死，像是水里、火里、砧板上淬炼宝剑，李东升眼神、动作都历练出不容违逆的威严，他牛眼瞪过去，刘作喜就不吭了，只嘟囔道："山上可不是某个人的，得为大伙儿着想哪……"很语重心长了。他小眼睛眨巴着，往下面撒网，罩在一众小兄弟头上，小兄弟们低头不语。在山头的发展方向、需要投靠的势力上，两人就有出入。此时小兄弟们虽不敢明确支持刘作喜，李东升也知道老刘这是翅膀根硬了，拉拢不少拥趸了。

李东升的表情似脱衣卸甲，柔和下来，呵呵笑着，拍拍二当家坚硬的肩膀。"老刘，你说得对，是要好好为兄弟们着想。这不眼看端午了，这几年不是闹旱灾就是跑蝗虫，我想着端阳开泰，咱们在雪湖恢复一下龙舟赛，搞个流水宴，唱几场大戏，兄弟伙儿都热闹热闹，也显得咱们山上兴旺。”他顿了顿，“带这钱，就是去置办修缮龙舟的材料，采买宴席上的酒肉，请戏班儿。”

兄弟们听说有酒有肉有耍头，大都纷纷叫好；不过刘作喜和另一些弟兄面如沉水，仍盯在李东升脸上，怀疑的目光里在说：热闹是热闹了，可这一场，家底也快败光啦！

李东升不疾不徐，等喧嚷退去，先惭愧一笑，道：“这些年，为了山头能顺当地发展，我李某人规矩较严，不许抢占周边的区域，为此，处置了一些兄弟，惹得有人不开心，实在得罪了，得罪啦……”他一抱拳，继续说，“现在，我想通了，为什么办这龙舟赛呢？让兄弟热闹是一方面，另外的目的，是趁此机会，通知区域范围内所有的大户、地主、商铺、大小官儿，对这次龙舟赛都得给老子大力赞助！而今乱世，谁知生死，什么盗亦有道，咱爷们儿先痛痛快快捞他一大笔再说！”

这下，所有人都欢欣鼓舞山呼海啸了，连刘作喜都竖了大拇哥。

李东升终于可以带着心腹去市里置办一应吃喝用度。龙舟赛在雪湖边大张旗鼓地准备着，搭棚的、装戏台的、支锅的、垒灶的、给龙舟修整上漆的，热热闹闹，范围内殷实的家户按照份额捐钱捐粮，络绎不绝。李东升吁出一口气。

是夜，按约定的地点时刻，白河入雪湖的芦苇荡里已提前掩藏了十三车粮食，顺利接应上将军来运粮的队伍。一河之隔，对面来赞助的客商被请到流水席上喝酒看戏；请来名动数省的豫东红脸王在台上大吼大唱，为龙舟赛预演；来回穿梭的匪帮和看客熙攘着，热闹非常。锣鼓喧天鞭炮长鸣的背景中，更衬得这边黑蒙蒙的安静。将军先冲李东升敬了个军礼，弄得他一下子隆重起来，手足无措，不知怎么回礼。幸而将军立时笑如春风，拉住他胳膊，两双大手绞在一起，不停摇动。将军望着一排粮食车，攥住他的手，说：“谢了，谢了……”一时无言，两人眼眶都有些泛红。将军重重地拍他一下，望一眼对面喧闹，笑道：“东升兄，真有你的。”李东升挠挠头，也笑。“略施小计，您见笑啦。”他从身边心腹那儿取一包钱，捧给将军，说，“不宜久留，就此别过吧。”将军脸色肃穆，接过包裹，从口袋抽出钢笔，掏出随身携带的小本子，唰唰写了几笔，交给李东升——是一张借据。他刚要推辞，却震慑于将军的郑重。将军站定，凝视他一眼，立定，再朝他敬个军礼，带着队伍，走了。目送他们安全走远，攥着纸条，李东升眼圈儿一红，不知为何，差点掉下泪来。

龙舟赛圆满落幕，山上盆满钵满，众兄弟都对李东升服了。他也颇觉满足，最重要的事儿没耽误，就是常想，不知将军此时在何处战斗，责令心腹不停探知。

操持这些天，确实累了，这一歇下，绷着的神经松弛了，才觉得疲乏。这天，正在山下不远的道观里喝茶闲扯，忽而，一队锃亮的皮靴跑过，堵住山门，架起机枪，朝外围扫射了一圈，李东升的随从全死了。

来的是李光明的伪军。

李东升大意了。那张借据想撕碎扔了又没舍得，上面有将军字迹，是个念想，夹在贴身衣兜里了。转天龙舟赛上，都知他是好手，有意让他出彩，起哄让他下河参赛。照例是众人喝彩，率队夺魁，他一兴奋，又居高跳下，在湖里游了个痛快！上岸不觉就另换了衣裳，这都没事。山上有老妇专门浆洗衣裳，发现了那张纸条，这浆洗衣服的老妇并不识字，以为是什么收据，既然李东升去喝茶了，妇人阴差阳错，就交给了二把手。

二把手正对李东升一面倒的威望感到恐慌，更对这次捞了这么多钱觊觎得小眼放光，得此纸条，天降惊喜！一看借据上的数额，就知是李东升所为。他困惑的是取个什么代号不好，叫个“青蛇兄”，可笑。他急忙携着借据，投诚伪军李光明。

“告密这人呢，”李三破声色寂静笃定，伸出手指，戳住刘作喜，“就是你。”

刘作喜手里的烧鸡不啃了，他笑，一双小眼睛溺在臃肿的眼皮里，哈哈哈哈。仿佛李三破啰里啰唆编了个蹩脚的笑话。旁边的人，不尴不尬的，谁也不想招惹他，毕竟他现在是莽山的大当家，又傍上李光明这个后台，他才不管窝边草不窝边草。“老子又不是兔子，是狼！”不必费劲兴办什么龙舟赛，莽山周围的饭馆、客店、商铺、村庄，每月统统都须孝敬。

李三破说完，走开了。

他在后山等。

刘作喜酒足饭饱，剔着牙花子，醉醺醺地刚出现在路口，李三破就祭出袖里按捺不住的尖刀。

刘作喜一惊，诡谲一笑，却不拔枪，一闪身，从怀里掏出一把石灰，扬到李三破脸上。

但见李三破一声惨叫，痛苦地往眼睛上抓挠。

刘作喜拊掌而笑。“嘿，小爷们儿，老子早防着你呢！”

李三破老时，眼睛损伤的后遗症愈加严重，眼仁干瘪，眼窝深陷，几乎全瞎了。临死，他从怀里掏出油亮滚烫的玉坠子。神婆当年也没料想她潦草一个点头，李三破能打捞他爹一辈子，她死前，差人将玉坠子还给了他。他摸摸索索地，将坠子戴到我脖颈上。李三破已神志不清，还在气冲冲地对他的长孙，孙辈里最亲近的人，千叮咛、万嘱咐：“好孩子，这些孙子里，就你和你太爷相像，你像有种的样子，不似你爹你叔那么窝囊。家仇不敢忘啊，不敢忘，岂能饶了刘作喜这狗 ×，要报仇、报仇啊……”

他都忘了刘作喜后来作为汉奸头子，早被枪毙在莽山脚下。

这是祖父李三破临终前常给我念叨的另一件事。

5

月夜下，蹚起的尘土飞扬，一个瞎子，在旱地上撒网。

我说：“爷，白河已经没了。”

雪湖已萎缩得只有水塘大小，白河早消失在岁月里了。祖父抽动鼻翼：“我能闻到水的方向。”

他撒的每一网，都落在白河曾经的河床上。溅起的灰尘扑在他枯萎的脸上、雪白的眉毛上、凹陷的眼眶里，在收网的间隙，他揮揮眼眶的土，试图让受到损害的眼睛辨认出李东升消失的方位。网收回来了，仍是一兜风沙和月光。

我喊：“爷，白河已经没了。”

祖父似乎听不见，还在艰辛地撒网、收网。网不到河水，网不到李东升的遗骸，也网不到消逝的时光……祖父陷入自己的世界，他什么都快忘了，唯独忘不下寻找父亲。这个撒网的老人，在世上余日无多，他用残存的力量，一遍一遍，向天空，向过往，向风沙，撒出巨大的渔网。

我感到一种深切的无力。我们之间，隔着一道时光的暗河，不管我和死亡怎么角力，祖父这枚枯落的树叶还是会被暗河裹挟而去……

我哭：“爷啊，白河已经没了……”

到后来，我们都累了，就在沙化的河床上睡着了。

如今，时光流转，祖父已经去世十五年了。我也是个平庸和辛劳的中年男人了，早就背叛故乡和炊烟，离开豫东四省交界的破败乡村，历经郑州、苏州、深圳、东莞的漂泊生涯，最后定居岭南一隅，有了自己的家庭和孩子，成了一头李东升曾经鄙薄的老牛，谁还顾得上那些久远的不足挂齿的故事？只夜深人静时，偶尔摸着脖子上的玉坠子，手心感受着玉石上祖传的温热，闪念里会掠过祖辈的吉光片羽。遥远的先辈一直在编织我们的生命之网，祖先的血液在我们身上流淌……可天一亮，就抛到了一边，又得继续疲于奔命。

一天下午，正顶着没顾得上午休的头颅，根据吹毛求疵的会上记录，在改一份漫长又无聊的材料，老家的忘年交文友，传来几张截图。这位文友博学宽厚，精通地方风物掌故，退休后被市史志办返聘，作为文史顾问，参与新一版县志的修订完善工作。等忙完了，我才顾得上细看三张图片的内容。

一张是借据——

兹借莽山青蛇兄米面十三车金条两根银圆四百元。某年月日。具名。

一张是不知他从哪里搜到的当年地方小报的报道，隐藏了立场，抹去了细节，残损泛黄的草纸上，只黑体一竖行——

近日，莽山匪首李东升被毙于白河。

一张是将军纪念馆的一段生平介绍——

一九三八年，将军与地方爱国力量配合，多次打退日军的围剿。随着抗日队伍壮大，一九三九年，将军率部继续向东挺进，以永城为中心，创建根据地，创办抗大四分校，兼任校长。一九三八年至一九四四年，将军率支队进行大小战斗三千七百六十次，累计歼敌四万八千余人。一九四四年十月，在对伪军李光明的激烈战斗中，将军英勇无畏，亲临前线指挥，不幸中弹牺牲，时年三十七岁……至今，永城市许多标志性街道、学校、建筑仍以将军的名字命名。

我的曾祖，李东升，在历史的节点上，就这样，或许作为“地方爱国力量”，和永镌丰碑的将军有了一次交集。他们的生平当然云泥高低，但相同的是，都为脚下的土地付出了正值壮年的生命。

那晚，我以酒祭。倒酒于地时，想起祖父说我和太爷有相似的地方，我在努力想象李东升和将军喝酒时，会是个什么样子。

睡着后，梦到深蓝的海水在大漠上徘徊，海水退后，留下一片高远的芦苇在天空下摇荡。我搀扶着祖父，仍然在白河河床上重复地徒劳打捞。倏忽，一条青蛇闪过，有碧色的水从干涸的河床涌出、流动。天地一派澄明，一阵来自远古的鲸鸣从地心响起。一转身，有一白衣健朗的汉子，从芦苇荡中走出，笑着，冲我们挥手招呼。身下的流水载浮载沉，驮着他向下游飞流而去。祖父跪倒在地，望着帆影一样逐渐远去的父亲，颤抖着嘴角，在笑——笑得泪光闪动，破碎而美好。

编后记

又是一年过去，虎啸犹在耳，兔步已前来。每次编完年选，我们的内心都同时涌起两种矛盾的情感，一则以忧，一则以喜：忧的是时光迅捷生命匆促，任你百年人生也不过是一百本年选；喜的是，2022 年中国文学的中短篇小说不因严峻的疫情而低迷，佳作琳琅，乱花迷眼。我们像采花的蜜蜂一样，在繁花之中忙碌而兴奋，即使反复斟酌优中选优，心中仍不免怀有环肥燕瘦顾此失彼之虑。

每年的年选我们遵循着不拘一格、择优选录的方针，但在同一水平层面也考虑到了作家、风格、题材、原刊的多样和均衡。近几年有多位作家创作力旺盛，一年内发表了多篇优秀的中短篇小说，《小说选刊》在转载时已经有所衡量比较才做出选择，即使这样，我们 2022 年十二期杂志还是转载了这些作家两篇甚至三篇作品。编发年选时，我们希望尽量选入最多的作家以呈现当代小说的丰富性，中篇小说卷、短篇小说卷，每位作家只选录一篇。因此遗珠之憾在所难免。

对每篇入选作品，我们在转载发稿的三审意见和责编稿签中，对其优异与不足都有认真的分析。所以在年选中，我们不再试图对每篇入选作品做美学风格上的评析，以免影响读者的阅读印象和审美评判。我们也不再试图对 2022 年度的中短篇小说做宏观的审视与概括，在一个文学繁荣的时代，写作者不会主动寻求追踪时代潮流，百花齐放争奇斗艳、各有其芳各显其美才是正道，理论性、综合性的概括往往是苍白无力的。

2022 年度中国文学界有一件大事值得在此提起。中国作家协会在 2022 年 7 月底正式推出“新时代文学攀登计划”和“新时代山乡巨变创作计划”两大创作工程。“文章合为时而著，歌诗合为事而作”，如何用文学形式反映新时代历史巨变，向伟大时代、伟大人民、伟大实践致敬，开启一场与文学前辈跨越时空的文学接力，开拓文艺新境界、开创文学新局面，推动新时代文学高质量发展，从“高原”向“高峰”迈进，这是新时代新征程需要解答的新课题，“新时代文学攀登计划”和“新时代山乡巨变创作计划”正因此应运而生。2022 年度年选中的多篇作品，是我们从《小说选刊》“新时代文学攀登计划”专栏中选入的。年选中的多位作者，也是入选“新时代山乡巨变创作计划”的作者。

期待 2023 年中国文学继续攀登，抵达新的高峰；中短篇小说继续优质高产，不辜负年选读者深情期待。

《小说选刊》编辑部

2023 年 1 月

附 录

书童……张炜（2022.1《万松浦》 2022.11《小说选刊》）

飞来飞去……东西[2022.5《收获》(双月刊) 2022.11《小说选刊》]

诗会……韩东[2022.3《花城》(双月刊) 2022.7《小说选刊》]

瓦尔帕莱索……徐则臣（2022.5《作品》 2022.6《小说选刊》）

梧桐风……刘庆邦（2022.8《北京文学》 2022.9《小说选刊》）

他乡……程永新（2022.8《长江文艺》 2022.9《小说选刊》）

德雷克海峡的800艘沉船……弋舟[2022.3《十月》(双月刊) 2022.8《小说选刊》]

比时间更久……钟求是（2022.4《人民文学》 2022.6《小说选刊》）

兰亭惠……潘向黎（2022.3《人民文学》 2022.4《小说选刊》）

月光下……蔡东（2021.12《青年文学》 2022.2《小说选刊》）

漫长的季节……班宇[2022.3《十月》(双月刊) 2022.7《小说选刊》]

桥头羊肉店……朱文颖（2022.1《雨花》 2022.2《小说选刊》）

去海南吧……姚鄂梅[2022.4《芙蓉》(双月刊) 2022.8《小说选刊》]

黑鸟……张惠雯（2022.2《上海文学》 2022.3《小说选刊》）

赶在暴雨来临……李晁（2022.3《上海文学》 2022.4《小说选刊》）

桑塔纳……凡一平[2022.2《江南》(双月刊) 2022.5《小说选刊》]

你不知道吧……乔叶（2022.9《四川文学》 2022.12《小说选刊》）

与此同时……七堇年[2022.2《当代》(双月刊) 2022.5《小说选刊》]

白色猛虎……金仁顺（2022.1《万松浦》 2022.12《小说选刊》）

青蛇叩水……李知展（2022.10《中国作家》 2022.12《小说选刊》）

2022年选系列封面绘图画家介绍

文瑶 1996年就读于广西艺术学院美术系油画专业。现为广西艺术学院美术学院副院长，副教授，硕士研究生导师。中国美术家协会会员，广西美术家协会理事，广西青年美术家协会常务副主席，漓江画派促进会理事。

《放飞吧青春》 文瑶 油画 180 cm×180 cm 灰

文瑶画作短评

文瑶的画有野兽主义的气度，也有印象主义的灵动。大块的坚定运笔，有味道的经营布局，再加时不时的一些小点缀，使文瑶的画透出自己的独有韵味，画面效果既有装饰趣味又不缺油画的厚重。

……文瑶的语汇里还有着贴近他性情的逗乐与调侃式的把玩心态，他总是不按常规地强化出对象的某种特殊的形貌状态，无论是画人物或者风景，他的处理总会有一些让人眼睛一亮的闪光点出现。这样的能力来源于他对现实对象的独特体察与概括性的整体把握，尊重事实而又能跳出常理的束缚。

——黄菁（广西艺术学院教授）